사라진 여자들

사라진
local woman missing
여자들

메리 쿠비카 장편소설 | **신솔잎** 옮김

해피북스
투유

차례

프롤로그
11년 전

남자의 셔츠 깃에 묻은 립스틱 얼룩이 보였다. 여자는 아무 말 없이 그저 천을 뚫고 지나가는 재봉틀 바늘처럼 우는 아이를 무심하게 위아래로 흔들며 얼렀다. 여자는 남자가 저녁마다 성의 없이 읊어대는 구차한 거짓말을 듣고만 있었다. 남자는 핑계를 수백 개쯤 주머니에 넣어 두고 하나씩 꺼내 쓰는 게 분명했다. 고속도로 병목현상이 심했어, 동료 차가 고장이 났어, 피해 증빙 서류 미달로 화재 피해를 보상받지 못해 길길이 날뛰는 계약자의 전화에 매여 있었어. 남자의 핑계가 자세해질수록 여자는 남자의 외도를 확신했다. 여자가 따지고 들면 남자는 화를 내다 여자에게로 화살의 방향을 틀어 "내가 거짓말을 한다는 거야?"라고 쏘아 붙이곤 했다. 그래서 이제 여자는 별 대꾸를 하지 않는다.

그녀가 겨우 립스틱 얼룩 정도로 유난을 떤다면 그건 모순이다.

남자의 변명에 여자는 이렇게 답했다.

"괜찮아."

그러고는 얼룩에서 시선을 거두었다.

두 사람은 함께 저녁을 먹었다. TV도 봤다.

늦은 밤, 여자는 자신이 없는 새에 아이가 배가 고파 깨지 않도록 재우기 직전에 우유를 먹이고 침대에 눕혔다.

그러고는 밖에 나가 좀 달리고 오겠다고 하자, 남자가 "지금?"이라고 되물었다. 러닝복 차림으로 신발을 신고 침실에서 나오니 밤 10시가 넘었다.

"왜?" 여자가 물었다.

남자는 묘한 표정으로 지나치게 오래도록 여자를 바라봤다. "이런 멍청한 짓거리를 하는 사람들이 결국에는 죽더라고."

남자의 말을 어떻게 받아들여야 할지 혼란스러웠다. 늦은 밤 여자 혼자 달리는 걸 말하는 건지 아니면 남편을 속이고 외도하는 걸 말하는 건지 알 수 없었다.

여자는 입안이 말라 침을 삼켰다. 온종일 고대하던 시간이었다. 마음을 굳혔다. "그럼 언제 나갈 수 있겠어?"

하루 종일 아기와 집에 있느라 혼자만의 시간이 없었다.

남자는 어깨를 으쓱하더니 "당신 좋을 대로 해"라고 말하고는 소파에서 몸을 일으켜 스트레칭을 했다. 잘 준비를 할 모양이다.

현관을 나선 여자는 열쇠를 갖고 다니기가 번거로워 문을 잠그지 않고 나갔다. 남자가 침실 창문에서 지켜볼 것을 대비해 한 블록은 달렸다.

모퉁이를 돌아 달리기를 멈추고 문자를 보냈다.

가고 있어.

답장이 왔다.

거기서 만나.

그녀는 문자를 읽자마자 지웠다. 남편처럼 티가 나는 걸까? 남편 셔츠 깃에 묻은 립스틱처럼 한밤중에 달리기라니, 너무 뻔하게 굴고 있는 걸까? 아니라고 생각했다. 남편은 다혈질이었다. 그녀가 몰래 경로를 바꿔 4번이 끝에 자리한 가정집에서 다시 100미터나 떨어진 막다른 길에 주차된 차 안에서 다른 남자를 만난다는 것을 조금이라도 눈치챘다면 남편은 지금쯤 자신을 죽기 직전까지 두들겨 팼을 거다.

여자는 길을 따라 걸었다. 적막한 밤이었다. 낯선 남자가 잠시나마 자신을 만족시켜줄 거라는, 행복에 취하게 만들어줄 거라는 기대에 흠뻑 빠진 지금이 하루 중 유일하게 반가운 시간이다.

지금 만나러 가는 남자가 남편 몰래 바람을 피우는 첫 상대는 아니었다. 마지막 남자도 아닐 것이다.

아기가 태어난 후에는 가정에 충실하기 위해 그만두려고도 했지만, 그런 노력을 할 만한 가치가 없었다.

이 남자의 이름은 샘이다. 실명인지는 여자도 모른다. 지난 몇 달간, 남자 또는 여자가 욕구를 느낄 때마다 한번씩 만나던 사이였다. 여자가 임신했을 때 만난 남자였다. 어떤 남자들은 임신한 여자에게 성적 매력을 느꼈다. 이 남자와 있을 때면 살이 붙은 몸으로도 섹시한 여자가 된 것 같은 기분이 들었다. 남편과는 달랐다.

여자처럼 샘도 유부남이었다. 여자가 비밀스럽게 만나는 남자는 샘만이 아니었다.

몇 번 만날 때마다 '샘'은 결혼반지를 빼서 대시보드 위에 올려두었다. 그렇게 하면 지금 하는 짓이 덜 나빠 보이기라도 하는 듯 말이다. 여자는 그러지 않았다. 죄책감을 느낄 사람은 자신이 아니었다. 여자가 이런 일을 저지르는 것은 남편 잘못이라고 생각했다. 받는 대로 되돌려주는 것뿐이다.

하늘에는 별이 가득했다. 잠시 별을 보다 여자는 금성을 발견했다. 밤기운이 서늘해 팔에 닭살이 올라왔다. 그의 차에 타면 얼마나 따뜻할까, 생각했다.

별을 올려다보던 중 무언가 여자에게 다가오는 소리가 들렸다. 몸을 돌려 도로를 살폈지만 어둠 속이라 아무것도 보이지 않았다. 쓰레기통을 뒤지던 길고양이 소리였을 거라고 넘기고는 속도를 높여 걸었다. 겁이 나는 게 아니라 혹시나 하는 생각이 들기 시작했다. 만약 남편이 눈치챘다면, 남편이 여자의 뒤를 밟았다면, 남편이 알고 있는 거라면?

남편은 모를 거라고 스스로를 다독였다. 알 수가 없었다. 여자는 거짓말에 아주 능했다. 자신의 이야기를 다 털어놓지 않는 법을 알고 있었다.

하지만 만약 저 남자의 아내가 안다면?

샘이 아내에게 뭐라고 말하고 집을 나왔는지는 여자도 알 수 없었다. 두 사람은 이런 종류의 대화는 나누지 않는다. 본격적인 정사에 앞서 시작을 알리는 몇 마디 말을 제외하고는 대화를 많이 나누지 않았다.

당신 정말 아름다워.

하루종일 이 순간만을 기다렸어.

그들은 서로 사랑하는 사이가 아니다. 둘 다 당장 배우자를 떠나거나 할 생각은 없다. 여자에게는 그저 이 순간이 현실 도피이자, 해방이자, 복수일 뿐이다.

또 한번 기척이 들렸다. 이번에는 정말 겁에 질린 채 몸을 돌려 주위를 둘러보지만 아무것도 없었다. 신경이 곤두섰다. 누군가 자신을 바라보고 있다는 기분을 떨칠 수 없었다.

달리기 시작했지만 얼마 지나지 않아 운동화 끈이 풀려 넘어지고 말았다. 잔뜩 긴장한 몸은 말을 듣지 않았고, 남자가 있는 차로 가고 싶다는 생각뿐이었다. 혼자 이 거리에 있고 싶지 않았다. 길이 어두웠다. 여자가 바라는 것보다 훨씬 어두웠다.

시야 한편에서 언뜻 무언가 움직임이 감지되었다. 뭐가 있는 걸까? 누군가 있는 걸까? 여자가 물었다.

"거기 누구 있어요?"

밤은 고요했다. 아무도 대답을 하지 않았다.

여자는 남자를, 자신을 어루만지는 따뜻하고도 부드러운 남자의 손길을 떠올리려 했다.

운동화 끈을 묶으려 몸을 숙였다. 또다시 뒤에서 소리가 들렸다. 여자가 돌아보자 지면에 반사된 자동차 불빛이 빠르게 다가오고 있었다. 몸을 숨길 시간이 없었다.

11

1부

딜라일라

현재

발자국 소리가 들렸다. 내 머리 위 천장을 거닐고 있다. 두 눈이 소리를 좇지만 발소리가 눈에 보일 리 없다. 눈에 보이든 보이지 않든 그건 중요치 않다. 그 소리만으로도 내 심장을 두근거리게 만들고, 두 다리를 벌벌 떨게 만들고, 고동치는 심장처럼 무언가 내 목 안을 쿵쿵 울리게 하기 충분하니까.

남자는 항상 신발을 신고 있지만 여자는 맨발이라 발소리만 들어도 누구인지 알 수 있었다. 여자의 발걸음은 남자보다 가벼운 느낌이다. 남자처럼 바닥을 쾅쾅 밟지 않는다. 남자의 발소리는 밤에 구릉거리는 천둥소리처럼 크고 낮다.

여자가 남자에게 말을 거는 걸 보니 남자도 위층에 있었다. 우리에게 밥을 줄 시간이라며 짜증 섞인 목소리로 말하는 것이 들렸다. 누가 보면 우리가 무언가 잘못해서 짜증이 난 줄 알겠지만 내가 아는 한 우리는 아무 짓도 하지 않았다.

계단 위쪽에서 걸쇠가 열리는 소리가 들렸다. 문이 벌컥 열리며 들이치는 한 줄기 빛에 눈이 시렸다. 가늘게 뜬 시야로 추한 가운과 추한 슬리퍼, 울룩불룩 튀어나온 무릎에 멍이 앉은 비쩍 마른 다리가 차례로 들어왔다. 머리가 잔뜩 헝클어져 있었다. 여자는 거스와 내게 식사를 챙겨줘야 한다는 것 때문에 화가 난 상태였다.

여자는 허리를 굽혀 쨍그랑 부딪치는 소리와 함께 무언가를 바닥에 내려놓았다. 어둠 속에 내가 숨어 있다는 것을 아는지 모르는지, 여자는 굳이 나를 찾지 않았다.

저들이 우리를 가둔 곳은 상자처럼 생겼다. 네 개의 벽이 있고, 중앙에는 위로 연결되는 계단이 있다. 빠져나갈 곳을 찾아 손으로 거칠고 울퉁불퉁한 벽을 만져봤기 때문에 알고 있다. 벽 끝에서 끝까지 걸음 수를 세어봤다. 열다섯 걸음 정도였지만 내 발이 자랐다면 조금 차이가 날 수는 있다. 처음 이곳에 왔을 때 신었던 신발이 맞지 않는 걸 보면 내 발이 자란 게 분명했다. 신발이 작아진 지는 이미 꽤 되었다. 이제는 엄지발가락조차 들어가지 않는다. 발이 아프기 시작한 이후로 신발을 신지 않아 지금은 맨발로 다닌다. 옷은 한 벌뿐이다. 어디서 난 옷인지는 몰라도 내가 이곳에 들어올 때 입었던 옷은 아니다. 오래전에 옷이 작아지자 여자가 새 옷을 가져왔다. 거스와 내게 식사를 챙겨주며 짜증을 낸 것처럼 옷을 가져다줄 때도 화를 냈다.

나는 매일 똑같은 옷을 입는다. 너무 어두워서 옷이 어떻게 생겼는지 전혀 모른다. 다만 배기팬츠라는 것과 셔츠 소매가 너무 짧다는 것은 알고 있다. 추울 때면 소매를 어떻게든 내려보려고 잡아당기니까. 내 몸에서 나는 악취가 여자의 코에 닿으면 여자는 거스가 있는 데서 나를 발가벗겨 추위에 떨게 하고는 내 옷을 빨았다. 그럴 때마다 하는 말이 있다. 배은망덕한 계집애. 여자는 내 옷을 빨아야 해서 화가 났다.

우리가 있는 곳은 칠흑같이 어둡다. 너무 깜깜해서 눈이 절대 적응하지 못하는 정도의 어둠이다. 한번씩 내 손을 올려 눈앞에 가져다 댔다. 손이 움직이는 걸 확인하고 싶지만 아무것도 보이지 않았다. 내 손이 사라졌다고, 나도 모르는 새 내 몸에서 분리되어 버렸다고, 내게서 떨어져 나갔다는 생각이 들 정도다. 하지만 정말 그랬다면 고통을 느꼈을 것이고 피도 흘렸겠지. 이 어둠 속에서 피가 흐르는 것을 확인하지는 못하겠지만 그래도 축축하게 젖어가는 것은 느꼈을 것이다. 팔이 뜯겨 나갔다면 통증도 있었을 거다.

거스와 나는 때때로 담력 놀이를 했다. 캄캄한 어둠 속에서 한쪽 벽에서 반대쪽 벽까지 걸어가다 얼굴을 부딪치기 전에 걸음을 멈추는 것이다. 팔은 뒤에 둬야 한다. 손이 먼저 벽에 닿으면 반칙이다.

계단 위에서 여자가 장미 덤불 속 가시처럼 거칠한 목소리로 말했다. "여기는 식당도 아니고, 나도 종업원이 아니라고. 먹고 싶으면 와서 직접 가져가."

문이 쾅 하고 닫혔다. 잠금장치가 걸린 뒤 다시 발소리가 울렸지만 이번에는 멀어지는 소리였다. 여자야 거스와 내게 굳이 식사를 챙겨주고 싶지 않겠지만 남자가 시킨 일이었다. 그는 손에 피를 묻힐 생각이 없으니까. 언젠가 그가 하는 말을 들었다. 한동안 아무것도 먹지 않고 버티기도 했지만, 머리가 어지럽고 몸이 약해졌다. 배도 너무 아파서 어쩔 수 없이 먹어야 했다. 굶어죽는 것보다 죽기 더 좋은 방법이 있을 거라는 생각이었다. 굶어 죽는 것은 너무 고통스러웠다.

하지만 이것도 거스가 들어오기 전의 일이다. 거스가 온 후에는 죽고 싶다는 생각을 한 적이 없다. 그랬다가는 거스만 홀로 남을 테니까. 거스 혼자 이곳에 남는 건 싫었다.

바닥을 짚고 몸을 일으켰다. 바닥은 딱딱하고 차가웠다. 너무 딱딱해서 한 자리에 오래 앉아 있으면 엉덩이가 마비될 지경이었다. 엉덩이 전체의 감각이 사라지다가 그 후에는 간지럽기 시작했다. 다리가 약해졌다. 가만히 앉아 있는 것 외에는 아무것도 하지 않는데 다리가 약해지다니 이상했다. 다리가 피곤할 이유가 전혀 없는데, 아니 어쩌면 그래서 다리가 약해지는지도 모른다. 걷고 뛰는 법을 완전히 잊은 것이다.

계단을 한 칸씩 힘겹게 올라갔다. 저들이 거스와 나를 가둬둔 곳에는 빛 하나 들지 않는다. 우리가 있는 곳은 지하다. 창문도 없고, 문틈으로 새어 들어오는 빛조차 없었다. 위에 사는 남자와 여자는 거스와 내게 조금도 양보하지 않고 자기들끼리만 빛을 누린다.

몸으로 가늠하며 계단을 올랐다. 여러 번 해봤으므로 익숙하다. 보이지 않아도 괜찮다. 걸음 수를 세어봤다. 총 열 두 계단이다. 매우 거친 나무 계단이라 디디기만 해도 발에 가시가 박혔다. 가시 또한 본 적은 없지만 따끔한 통증은 느낄 수 있다. 발에 박힌 가시가 느껴졌다. 엄마가 족집게로 내 손과 발에 박힌 가시를 뽑아주곤 했다. 내 피부에 박힌 가시가 저절로 떨어져 나갈지 아니면 박힌 채로 조금씩 나를 호저(뻣뻣한 가시털이 난 쥐목과 포유류 - 옮긴이)처럼 변하게 만들지 궁금해졌다.

계단 제일 위 칸에는 거스와 내가 먹을 음식이 담긴 개 밥그릇이 놓여 있다. 물론 볼 수는 없지만 매끄럽고 둥글게 마감된 그릇을 손으로 느낄 수 있다. 예전에 이 집에는 개가 있었다. 종종 개가 짖는 소리가 들리곤 했었다. 내 머리 위 천장에서 발톱을 긁는 소리를 들으며 언젠가 저 개가 문을 열어 나를 풀어주는 상상을 했었다. 나를 풀어주거나 아니면 나를 산 채로 잡아먹거나. 짖는 소리로 보면 아주 크고 사나운 개였으니까. 하지만 지금은 없다. 개가 사라졌다.

여자는 개가 짖는 것을 싫어했다. 남자한테 조용히 시키라고 말했고 ― 당신이 조용히 시키지 않으면 내가 할 거야 ― 어느 날인가 짖는 소리도 바닥을 긁는 소리도 한순간에 사라졌다. 나는 그 개를 한번도 본 적이 없지만 짖는 소리가 엄청나게 큰 걸로 봐서는 빅 레드 클리포드랑 비슷하게 생겼을 것 같았다.

개 밥그릇 안에는 오트밀처럼 곤죽이 된 음식이 담겨 있었다. 그릇을 들고 아래로 내려갔다. 차갑고 딱딱한 바닥에 앉아 콘크리트 벽에 등을 기대었다. 거스에게 권했지만 거절했다. 배가 고프지 않다고 했다. 나는 어떻게든 먹어보려 했지만 비위가 상했다. 토할 것처럼 속이 메슥거리는데도 억지로 음식을 삼켜야만 했다. 여자가 언제 또 음식을 가져다줄지 알 수 없으므로 일단 먹어두어야 나중에 배가 아플 일이 없다. 입에서 침이 흘러나왔지만 맛있어서가 아니라, 토하기 직전에 침이 넘치는 것과 비슷했다. 곤죽을 입에 넣으니 음식이 역류해 억지로 다시 삼켰다. 거스에게 조금이라도 먹여보려 했지만 먹지 않았다. 뭐라할 수는 없다. 여자가 주는 음식을 먹는 것보다 굶는 편이 나을 때도 있다.

남자와 여자는 이곳에 거스와 내가 쓸 작은 변기를 설치했다. 그 작은 통에 앉아 어둠 속에서 볼일을 보며 두 사람이 들이닥치지 않기를 바라고 기도했다. 거스와 나는 한 가지 약속을 했는데, 거스가 볼일을 볼 때 내가 반대쪽 구석으로 가서 콧노래를 불렀다. 내가 변기를 쓸 때는 거스가 그렇게 해줬다. 휴지도없다. 손은 물론 몸 어디도 씻을 만한 곳이 없다. 우리는 말도 못할 정도로 더럽지만 별로 중요치 않았다. 여자가 더럽다고 화를낼 때를 빼고는 말이다.

여기서는 목욕다운 목욕을 하지 못한다. 하지만 한번씩 차가운 비눗물이 담긴 양동이를 가져오면 옷을 벗고 손으로 몸을 씻은 후 차갑고 축축한 채 서서 자연적으로 몸이 마를 때까지 기다려야 한다.

저들이 우리를 가둔 곳은 땀처럼 축축하고 차갑고 끈적이는, 밀도 높은 습기가 가득하다. 벽에서 물이 스며 나오고, 비가 세차게 내리는 날이면 물방울이 벽을 타고 흘러내리기도 한다. 바닥에 빗물이 고여 웅덩이가 생긴다. 맨발로 여기저기 생긴 웅덩이를 밟고 다녀야 했다.

한번씩 어둠 속에서 무언가 물웅덩이를 찰박찰박 거니는 소리가 들렸다. 작은 발톱으로 바닥과 벽을 긁는 소리도. 이곳에 무언가 있다. 내 눈에 보이지 않지만 무언가 있다. 뭔가 있는 것 같긴 하지만 그게 무엇인지는 알 수가 없다.

거미와 좀벌레가 있다는 것만은 확실하다. 본 적은 없지만 잠을 자려고 할 때면 내 피부 위로 슬금슬금 조용히 움직이는 다리가 느껴진다. 비명이 나오지만 그렇다고 비명을 지르는 것은 아무 도움이 안 된다. 그래서 내버려 둔다. 벌레들도 나만큼 이곳에 있기 싫을 것이다.

거스가 온 이후로 더는 혼자가 아니었다. 홀로 있지 않아서 그리고 여자가 내게 한 만행을 지켜봐주는 증인이 생겨서 견디기가 좀 나아졌다. 못된 짓을 하는 쪽은 늘 여자다. 착한 구석이라고는 눈곱만치도 없으니까. 남자는 조금이나마 있는 것 같다. 여자가 집에 없을 땐 하드캔디 같은 것을 가끔씩 가져다준다. 그럴 때면 거스와 나는 고마움을 느끼면서도 마음속 깊은 곳에서는 남자가 왜 이런 친절을 베푸는지 의아했다.

나는 내가 몇 살인지도 모른다. 저 사람들이 이곳에 나를 가둔 지 얼마나 되었는지도 모른다.

이곳은 항상 춥다. 위층에 사는 여자는 조금도 신경 쓰지 않는다. 너무 춥다고 이야기한 적이 있는데 그때 여자는 화를 내며 내가 고약하고 배은망덕하다며 이해할 수 없는 단어들을 쏟아냈다.

여자는 나를 여러 이름으로 부른다. 내가 멍청했다면 딜라일라 말고 저능아나 병신이 내 이름이라고 생각했을 정도다.

저녁 가져가, 병신아.

그만 좀 징징거려 이 저능아야.

남자가 담요를 가져다준 적이 있다. 하룻밤 담요를 덮고 자게 해주고는 여자에게 들키지 않으려고 다시 가져갔다.

더는 언제가 낮이고 저녁인지 분간을 할 수가 없다. 아주 오래전에는 밝으면 낮이고 어두우면 저녁이었지만 이 지하실에서는 달랐다. 지금은 하루종일 어두웠다. 가능하면 잠을 오래 자려고 했다. 거스와 이야기를 하거나 담력 놀이를 하는 것 외에는 달리 뭘 할 수 있을까? 어떨 때는 거스와 대화도 나누지 못했다. 여자가 우리에게 화를 내니까. 여자는 계단 아래를 향해 다시는 입을 열지 못하게 만들기 전에 그만 징징거리라고 소리를 쳤다. 거스는 혼이 날까 무서워 귓속말만 한다. 거스는 소심한 아이고, 그런 거스를 비난할 수는 없다. 거스는 착한 아이다. 나쁜 건 나다. 늘 말썽을 일으키는 건 나다.

이곳에 온 이후부터 날짜를 세어보려고 했다. 하지만 밤낮이 구분되지 않아 하루를 가늠할 수가 없었다. 날짜를 헤아리는 것은 오래전에 그만두었다.

위층에서 울리는 발자국 소리가 내가 시간의 흐름을 가늠하는 방법이다. 지금 남자와 여자는 큰 소리로 서로에게 모욕적인 말을 내뱉고 있다. 서로 늘 으르렁거린다. 두 사람이 저렇게 큰 소리를 낼 때가 좋다. 싸울 때는 거스와 나를 신경 쓸 여유가 없으니까. 두 사람이 조용할 때가 내가 가장 두려운 순간이다.

나는 개 밥그릇을 한쪽으로 치웠다. 먹을 수 있는 만큼 최대한으로 먹었다. 더 먹는다면 토할 것 같았다. 거스에게 한번 더 권했지만 싫다고 했다. 저렇게 적게 먹는데도 이렇게 오래 버틸 수 있다니 의아하다. 이 어둠 속에서 거스를 제대로 본 적이 없지만 마르고 앙상한 모습이 상상되었다. 위층에서 문이 열리며 아주 잠깐 빛이 들 때 그를 언뜻 본 적이 있다. 머리칼이 갈색이었다. 나보다 키가 크다. 미소가 예쁠 것 같았지만 거스가 미소 짓는 일은 없을 것이다. 나도 그랬다.

밥그릇 안에 숟가락이 부딪히며 소리가 났다. 손을 뻗어 수저를 쥐었다. 갑자기 여자가 여기로 내려오는 모습이 떠올랐다. 정말 싫었다. 여자는 머리끝까지 화가 차올라 분풀이 대상이 필요할 때만 이곳에 왔다.

거스도 숟가락이 그릇에 부딪히는 소리를 들은 것이 분명했다. 내게 뭘 하냐고 물었다. 거스가 내 마음을 읽는다는 생각이 들 때가 있다.

"갖고 있으려고."

거스는 누군가를 해할 생각이라면 뭉뚝한 숟가락은 별 도움이 안 될 거라고 말했다. 실제로 그럴 생각이었다.

"숟가락 안 돌려줬다고 여자한테 혼만 날거야." 거스가 말했다. 표정을 읽을 수 없지만 내가 무슨 짓을 벌일까 걱정하는 표정이 그려졌다. 거스는 걱정이 많은 아이다.

"날카롭게 만들 방법만 찾으면 이걸로 찌를 수 있어."

밥그릇을 챙기러 온 여자가 머리가 나빠 숟가락을 깜빡 잊기를 바랐다. 자신이 만든 음식을 다 먹지 않았다고 여자한테 욕을 먹는 일이 없도록 남은 개죽 같은 음식을 변기에 버렸다. 빈 그릇을 계단 위에 올려다 놓고 이 동그란 숟가락을 창처럼 날카롭게 만들 방법을 생각하기 시작했다.

저들이 우리를 가둔 이곳에는 할 게 별로 없다. 남자와 여자는 거스와 나에게 아무것도 주지 않았다. 우리가 걸치고 있는 것 외에는 옷도 없고, 담요도, 베개도, 아무것도 없다. 바닥과 벽 말고는 우리 둘과 칠흑같이 새카만 이곳 구석에 자리한 더러운 변기밖에 없다.

숟가락을 벽과 바닥 대고 갈아보다 변기에 시도해 보기로 했다.

볼일을 보는 곳이라는 것 그리고 한번도 청소한 적이 없다는 것 외에는 변기에 대해 전혀 아는 바가 없었다. 그간 볼일을 잔뜩 보고 누구도 청소한 적이 없으니 변기를 생각하면 어둠이 다행스럽게 느껴졌다. 악취만으로도 충분히 속이 메스꺼워졌다.

"어디 가?" 숟가락을 갖고 변기로 다가가는 내게 거스가 물었다. 보이지 않아도 누가 뭘 한다는 것은 알 수 있다. 이곳에서 함께 오래 지내며 서로의 습관을 파악했기 때문이다.

"곧 알게 될 거야." 거스에게 말했다. 우리는 작은 목소리로 속삭였다. 조금 전에 문이 열렸다 닫히는 소리를 들었으므로 위층의 남자와 여자가 집에 없는 게 분명했다. 시끄럽게 울리던 발자국 소리가 일순간 조용해졌다. 위에서 떠들거나 고함을 치는 소리도, TV 소리도 들리지 않았다.

하지만 확신할 수는 없다. 혹시라도 집에 있다면 나와 거스의 대화를 엿듣고 몰래 훔친 숟가락으로 무슨 짓을 꾸민다는 것을 눈치챌 수도 있다. 그랬다가는 매질을 당하거나 어쩌면 그보다 더 끔찍한 벌을 받게 될 것이다. 지금껏 도망치려 한 적도, 무기를 만든 적도 없지만 상식적으로 생각해도 여자가 만든 역겨운 음식을 남기거나 춥다고 말하는 것보다는 더 심한 벌이 내려질 것 같았다.

손으로 변기를 매만졌다. 날카로운 부분을 찾아 이리저리 더듬었다. 하지만 변기는 아주 매끄러웠다. 변기에는 숟가락을 날카롭게 갈 수 있을 만한 곳이 없는 것 같아 그만두려고 했다. 하나의 몸체로 매끄럽게 이어진 변기를 만지다 실수로 들린 변기 위의 뚜껑 말고는 말이다. 두 팔로 뚜껑을 들어 올렸다. 생각했던 것보다 훨씬 무거웠다. 바닥으로 떨어뜨릴 뻔했다.

"무슨 일이야?" 시끄러운 소리에 놀란 거스가 물었다. 키는 크지만 저렇게 겁이 많은 걸 보면 나보다 어린 것 같았다. 하지만 나이가 많거나 키가 크더라도 겁쟁이일 수 있다.

"아무 일도 아니야." 변기 뚜껑을 떨어뜨렸다면 어떤 일이 벌어졌을까, 아찔한 상상을 지우며 그에게 답했다. 바닥에 뚜껑을 조심스레 뒤집어 놓았다. 거스에게 이렇게 말했다. "걱정하지 마. 별일 아니야. 아무 문제 없어."

거스는 걱정이 많은 아이다. 원래 저런 아이인지 아니면 남자와 여자 때문에 변한 건지는 잘 모른다. 거스가 이곳에 오기 전에는 어떤 아이였을지 궁금했다. 나무를 올라타고 개구리를 잡고 밤에는 묘지에서 귀신 흉내를 내던 아이였을지, 아니면 책을 많이 읽고 어둠을 무서워하는 아이였을지 말이다. 거스와 이런 이야기를 한번 나눈 적 있지만 슬퍼진 내가 이제 그만하자고 대화를 끝냈다. 내 어린 시절 기억 대부분에 저 남자와 여자가 등장했고, 내게 못된 짓을, 내가 싫어하는 짓을 했던 장면이 자꾸 떠올라서 그랬다.

남자와 여자는 내가 실종되던 날의 신문을 모았다. 여자는 우리 엄마에게 무슨 일이 벌어졌는지 기사를 읽어주고 커다란 파란색 집 앞에 서서 울고 있는 아빠의 사진을 보여줬다. 경찰들이 나를 찾고 있다는 이야기도 해주었다. 하지만 얼마 지나지 않아 여자는 흡족한 얼굴로 경찰이 이제는 나를 찾지 않는다는 가슴 아픈 이야기를 끈질기게 해댔다. 이제 나는 잊힌 사건의 주인공일 뿐이고 자신들이 남의 아이를 빼앗는 데 성공했다고 말했다.

"아이를 훔치는 게 세상에서 가장 쉬운 일이야."

나는 변기통을 살피는 데 다시 집중했다. 실수로 변기 수조 안에 가득한 역겨운 액체 속으로 팔꿈치까지 팔이 빠져버렸다. 팔을 급히 빼내며 소변인지 뭔지 모를 팔에 묻은 액체를 털어냈다. 그런 후 바닥에 앉아 수조 뚜껑의 안쪽을 손가락으로 더듬거렸다.

뚜껑 안쪽은 변기의 몸체와 완전히 달랐다. 부드러운 몸체와 달리 거칠고 껄끄러웠다. 뾰족하게 솟은 모서리가 만져졌다. 여기라면 숟가락을 날카롭게 갈 수 있다.

내 계획이 나쁜 결말을 맞게 될까 봐 거스는 무척이나 걱정했다. 이곳을 탈출하는 것 외에는 달리 방도가 없다는 것을 거스에게 이해시키려고 오랜 시간에 걸쳐 그를 설득했다. 하지만 그게 문제였다. 거스는 탈출하다가 잡히는 위험을 감수하느니 차라리 여기서 지내고 싶어 했다.

변기 수조 뚜껑의 모서리에 숟가락을 대고 앞뒤로 움직이며 갈아냈다. 한번씩 손등이 쓸려 피부가 긁혔다. 말할 수 없이 따가웠지만 계속 손을 움직였다. 시간이 한참 걸렸지만 점차 뚜껑 모서리에 숟가락이 갈려 나가기 시작했다. 숟가락을 아주 날카롭거나 고르게 갈 수는 없지만 시간을 들인다면 뾰족하게는 만들 수 있을 것 같았다.

"그러면 안 돼." 거스가 말했다.

"왜 안 돼?"

"저 사람들이 널 죽이려 들 거야."

뭉뚝한 숟가락을 갈아내며 아주 오랜만에 희망이란 것을 품을 수 있었다.

"내 손에 먼저 죽을지도 모르지." 거스에게 이렇게 대꾸했다.

지금껏 누군가를 해치거나 죽이겠다는 생각을 단 한번도 해본 적이 없었다. 나는 그런 짓을 하는 사람이 아니다. 잔인한 면도 없다. 아니 적어도 이곳에 오기 전까지는 그랬다. 하지만 어둠 속에 갇혀 살다 보면 나쁜 마음이 생긴다. 사람이 달라진다. 완전히 새로운 사람이 된다. 나는 남자와 여자가 앗아간 이전의 나와는 다른 사람이 되었다.

거스가 아니었다면 이곳에서 이토록 오래 살아남지 못했을 거다. 거스는 내게 최고의 선물이다.

거스가 언제 왔는지는 정확히 모른다. 어느 날, 아주 깊은 잠을 자고 깨어보니 갑자기 거스가 나타났다는 것만 기억한다. 눈을 떠보니 나보다 훨씬 망가진 모습으로 한쪽 구석에 울고 있는 그가 있었다.

거스는 내게 남자와 여자가 지하실 문을 열고 자신을 계단 아래로 밀친 뒤 문을 잠갔다고 설명했다. 거스가 열두 살 때 일이다. 이 아이가 아직도 열두 살 인지는 오직 신만이 알 것이다.

울음을 멈춘 거스는 내게 두 사람이 큰 덩치에 붉은 털의 클리포드를 미끼삼아 자신을 차로 유인했다고 말했다. 불쌍한 거스는 개를 좋아하는 아이였다. 친절한 미소를 지으며 차창 밖으로 머리를 내놓은 빨간 털로 뒤덮인 개를 만져보고 싶냐고 묻는 여자에게 넘어갈 수밖에 없었다.

두 사람에게 납치당할 당시 거스는 놀이터에서 혼자 공놀이를 하고 있었다. 농구 골대에 슛을 던지며 놀았다. 세 사람이 떠나는 것을 본 사람은 아무도 없었다. 거스의 공만 남겨졌다. 거스가 왜 혼자 공놀이를 하고 있었는지, 친구가 하나도 없었는지 궁금했지만 묻지 않았다. 그런 건 아무래도 상관없으니까. 이제 거스에게는 내가 있으니까.

밤낮으로 숟가락을 날카롭게 만드는 데 매달렸다. 며칠이나 갈아댔는지는 모르지만 끝이 뾰족해진 게 느껴졌다. 아주 날카롭지는 않았다. 삐죽삐죽하고 울퉁불퉁했지만 그래도 금속 숟가락의 끝이 예리해졌다. 손가락을 대 찔러보니 통증이 느껴졌다. 겁이 나서 피가 날 정도로 찌르지는 못했지만 조만간 실험해 봐야 한다. 잘되는지 확인해야 한다.

이 망할 숟가락을 얼마나 갈았는지 모른다. 손이 아파 죽을 정도로 갈았다. 거스가 대신 하겠다고 나섰지만 그 아이를 나쁜 일에 휘말리게 하고 싶지 않아 거절했다. 사실 거스가 거들고 싶어 하지 않는다는 것은 이미 알고 있었다. 내가 꾸미고 있는 일은 너무도 무서운 일이니까. 거스는 그저 내게 잘해주고 싶은 것뿐이고, 이 숟가락 때문에 벌을 받는다면 그건 내가 되어야 한다.

숟가락을 갈지 않을 때는 숨겨두었다. 변기 수조에 숨긴 뒤 뚜껑을 덮었다.

하지만 지금은 남자와 여자가 위층에 있음에도 숟가락을 꺼내 갈고 있다. 우리가 여기서 나가려면 이 방법밖에 없다. 변기 뚜껑을 바닥에 내려놓았다. 여자가 남자에게 지하실에 밥을 주고 오겠다고 말하는 소리가 들리면 재빠르게 숟가락을 수조 안에 넣을 생각이었다. 하지만 예상과 달리 아무런 사전 경고도 없이 문이 벌컥 열렸고, 눈을 시리게 하는 빛줄기가 들이쳤다.

여자가 계단 위에서 갑자기 나타났다. "저녁 가져가." 나는 움직이지 않았다. 보통 저렇게 말하고 계단 위에 밥그릇을 놓아두니까. 하지만 오늘은 달랐다. 오늘 밤에는 우리가 계단 위로 올라가지 않자 이렇게 덧붙였다. "여기는 망할 식당도 아니고, 나도 망할 종업원이 아니라고 몇 번이나 말해야 알아듣겠어? 얼른 기어 올라와서 5초 내로 가져가. 5." 여자가 갑자기 숫자를 셌다.

거스를 바라봤지만 겁에 잔뜩 질려 몸이 굳어 있었다. 거스가 얼어붙어 내가 올라가야만 했다. 거스는 꼼짝도 하지 못하는 상태였다.

"4." 내가 숟가락을 변기에 숨기고 조용히 뚜껑을 덮은 뒤 힘없이 늘어진 두 다리를 추슬러 달려 나가기도 전에 숫자가 줄어들었다.

난 멍청이가 아니다. 여자가 1을 외칠 때까지 얼마나 걸릴지도 알고, 그 시간이 길지 않다는 것도 안다. 숫자를 세는 법도, 계산을 하는 법도 기억하고 있다. 심심해 죽겠을 때마다 머릿속으로 덧셈 뺄셈 문제를 푸니까. 곧 있으면 여자가 1을 외칠 거라는 걸 안다.

"3." 여자가 외쳤고, 시간 내에 내가 계단 위까지 도착할 방법이 없었다. 손과 다리가 벌벌 떨렸다. 심장이 세게 뛰었다. 달려 나가며 거스의 모습을 스치듯 봤다. 거스는 두려움에 떨며 울 것 같은 얼굴로 두 다리를 말고 앉아 있었다.

계단 제일 아랫단을 밟는 것과 동시에 여자가 1을 외쳤다. 여자는 계단 꼭대기서 나를 내려다봤다. 나는 빛에 적응하지 못한 두 눈을 가늘게 뜨고 여자를 바라봤다. 여자는 역겨운 음식이 든 개 밥그릇을 든 채로 서 있었다.

1을 외침과 동시에 소름끼치는 웃음소리가 들렸다. 내가 공포에 질려 뛰어다니는 꼴이 만족스러운 모양이었다.

“배가 안 고프지?” 여자가 거만한 모습으로 계단 위에 서 있었다. 내 대답을 기다리지 않았다. 뭐라고 대꾸하기 전에 여자가 다시 물었다. “네가 밥을 가져가길 기다릴 정도로 시간이 남아도는 사람처럼 보이니?”

“아니요, 부인.” 떨리는 입술로 대답했다.

“뭐가 아니라는 거야?” 여자가 신경질적으로 물었다.

“아니요, 부인. 제가 밥을 가져가길 기다릴 정도로 시간이 남아돈다고 생각하지 않아요.” 쉰 목소리가 나왔다.

“배가 안 고프지?” 여자의 질문에 정답이 무엇일까 잠깐 고민했다. 배가 고팠다. 그저 여자의 음식을 먹고 싶지 않은 거였다. 하지만 이렇게 말하면 기껏 고생해서 식사를 준비한 여자가 화를 낼 것이다.

“배가 고파요, 부인.”

“한번씩 감사인사를 하면 좋잖아. 내가 밥을 꼭 챙겨줘야 하는 건 아니라고, 알겠니? 그냥 굶어죽게 내버려 둘 수도 있어.”

“죄송해요, 부인.” 여자의 흉측한 얼굴을 안 보려고 바닥만 뚫어지게 쳐다봤다.

여자가 물었다. "뭘 하고 있었기에 이렇게 오래 걸렸지?" 뭔가를 알고 있다는 눈빛으로 바라보는 저 시선이 싫었다. 내가 나쁜 짓을 꾸미고 있다는 것을 알지도 모른다는 생각에 뱃속이 뒤틀렸다. 계단 제일 아래 칸에 선 채로 몸이 굳어갔다. 하지만 숟가락은 변기 안에 숨겨두어 여자가 절대로 찾지 못할 것이다. 숟가락은 안전하고 고로 나도 안전하다. 지금으로서는 말이다.

나는 거짓말을 했다. "자고 있었어요."

"너 지금 뭐라고 했어?" 갑자기 성을 내며 여자가 쏘아붙였다. 계단 제일 꼭대기에 선 여자의 얼굴이 새빨갛게 달아올랐다.

내가 실수했다는 것을 너무 늦게 깨달았다.

"자고 있었어요, 부인." 무슨 말을 하든 끝에 부인이라는 호칭을 절대 빼먹어선 안 된다. 여자가 내게 베풀어주는 모든 것에 공손함을 표해야 했고, 규칙을 따르지 않으면 벌을 받았다.

여자가 한동안 침묵했다. 나를 빤히 바라보기만 했다. 그 침묵이 싫었다. 여자가 아무 말도 안 할 때가 제일 무서웠으니까.

"보아하니 오늘 밤에는 밥을 먹기 싫은 것 같네." 여자가 낮은 소리로 중얼거렸다. "배은망덕한 계집애."

여자는 몸을 돌려 개죽 같은 음식을 들고 나갔다. 계단 꼭대기에서 문을 쾅 닫은 후 잠금쇠를 돌렸다. 나는 뒷걸음질을 쳐 나무 계단에서 콘크리트 바닥으로 내려서며 거스와 내 저녁을 도로 가져가는 게 벌이라면 가볍게 끝난 것 같다고 생각했다.

하지만 나는 바보가 아니다. 이 정도로 끝나지 않을 거라는 것을 알고 있다.

여자의 역겨운 음식을 먹고 싶은 것은 아니지만, 내가 부인이라는 호칭을 잊은 그날부터 여자는 우리를 굶겼다. 하지만 먹고 싶지 않다고 해서 배가 고프지 않은 건 아니다. 음식을 먹을 필요가 없다는 것도 아니다. 마지막으로 우리에게 음식을 준 날로부터 얼마나 흘렀는지 가늠이 안 되었다. 몇 주는 지난 것 같았다.

처음 며칠은 배가 너무 고팠다. 하지만 얼마 후 이상하게도 배고픔이 사라지고 다른 현상이 나타났다. 배고픔보다 더욱 끔찍한 현상이. 첫 이틀 동안은 음식 생각밖에 나지 않았고, 이내 머릿속에 떠오른 음식의 냄새와 맛이 느껴질 정도였다. 더는 음식에 대해 생각하지 않았다. 지금은 사람이 굶어죽는 과정에 대해 생각한다. 그냥 이렇게 버티다 잠이 들면서 죽는 것일지, 아니면 거칠게 숨을 헐떡이다 호흡과 심장이 멈추는 순간을 맞이하게 되는 것일지.

여자는 우리에게 마실 것도 주지 않았다. 무척이나 목이 탔다. 거스와 나는 목이 마르다 못해 변기 수조 속 역겨운 물을 마시는 지경까지 이르렀다. 물이라고는 그거밖에 없었으니까. 우리는 물이 얼마나 남았는지 불안해하며 아주 조금씩만 목을 축였다. 갈증을 해소할 만큼 충분히 마시지 않았다. 그래서 계속 목이 말랐다.

배고픔을 느끼는 사람은 나뿐만이 아니었다. 거스도 굶주림에 시달리고 있었다. 배 속에서 꼬르륵 거리는 소리가 들렸지만 나 때문에 벌어진 일임에도 거스는 배고프다는 이야기를 하지 않았다.

거스는 잠이 들었다. 나도 잠을 청했다. 하지만 머리가 복잡해 잘 수가 없었다. 여자가 우리를 굶겨 죽이려고 하는 이상, 죽고 싶지 않다면 이곳에서 나가야 한다. 언제 또 기회가 올지 모르니 도망칠 기회가 생기면 바로 달아나야 한다. 맨손 체조를 꾸준히 해왔다. 하지만 계속 굶었던 터라 몸이 잘 움직이지 않았다. 몸이 너무 약해졌다. 두 다리에 힘이 들어가지 않지만 여기서 탈출할 기회를 잡고 싶다면 다리를 튼튼하게 만들어야 했다. 제자리에서 조깅을 하고, 허리를 숙여 손이 땅에 닿도록 스트레칭을 하고, 거스 주변을 뱅글뱅글 돌며 지하 감옥 안을 걸어 다니자 거스는 지금 뭘 하냐고 물으며 제발 그만하라고 사정했다. 거스는 다시 잡힐까 봐 겁이 난 나머지 도망치는 데 반대했다.

거스의 말에 나는 어깨를 으쓱하며 대답했다. "성공할 수도 있고, 못 할 수도 있어. 해보지 않고는 알 수 없잖아?" 내가 도망치기 시작하면 뒤에 바짝 붙어 있어야 한다고 거스에게 말했다. 잡힐 바에야 죽는 편이 나으므로 거스도 최선을 다하지 않을 수 없을 거다.

숟가락을 무릎에 올려둔 채로 앉았다. 숟가락을 가까이에 둘 생각이었다. 창처럼 날카롭지는 않다. 그렇게까지는 아니지만 그래도 제법 뾰족하게 깎아서 죽이지는 못하더라도 기절시킬 정도는 되었다. 기절시키는 걸로는 부족하겠지만 그래도 아무것도 하지 않는 것보다는 낫다.

갑자기 벌컥 문이 열렸다. 나는 숨을 죽였다. 내려온 사람은 여자가 아니었다. 남자다. 조용히 움직였지만 발소리만 들어도 남자라는 것을 알 수 있었다. 발소리를 죽인 걸로 봐서는 남자가 여자 몰래 거스와 나를 보러 내려오는 것 같았다.

나는 숟가락을 쥐었다. 내게 잘해준 아니 그나마 잘해줬던 사람을 다치게 하고 싶지 않지만, 때리지는 않았다 해도 어린아이들을 지하실에 가두는 사람은 어떻게 봐도 좋은 사람이라고 할 수 없다. 어쩔 수 없이 해야 하는 일이 있고, 그나마 둘 중 남자가 의심이 덜한 편이었다. 나는 준비가 되어 있다. 그 어느 때보다도 준비가 되어 있다. 머릿속으로 수만 번도 더 그려봤다. 머리로는 뭘 어떻게 해야 하는지 알고 있다. 그렇다고 해서 심장이 미친 듯이 뛰지 않는다는 건 아니다. 팔다리가 떨렸지만, 제대로 해내고 싶다면 진정시켜야 했다. 숨을 깊이 들이마시고 열까지 세었다. 숨을 내쉬었다.

"어디 있어?" 남자가 숨죽인 목소리로 어둠을 향해 물었다.

거스는 아무 말도 하지 않았다. "여기요." 나는 대답하며 손이 아플 정도로 숟가락을 세게 쥐었다.

남자가 내 쪽으로 다가왔다. 내가 먹을 초코바를 가져왔다고 말했다. 초코바 포장지를 벗기는 소리가 들렸다. "저 여자는 여기서 굶겨 죽이는 게 낫다고 생각하겠지만, 걱정 마. 네게 나쁜 일이 생기지 않도록 내가 막을 거야." 남자는 그동안 여자가 우리를 굶긴 일을 사과하듯 듣기 좋은 소리로 얼렀다. 여자가 우리를 굶긴 것 때문에 마음이 안 좋은 듯했다. 내 손에 초코바를 쥐여주었다. "자, 어서 먹어." 남자가 말했다. 남자가 내게 초콜릿을 준 것이 처음은 아니었다. 한번은 내 생일이라며 컵케이크를 가져오기도 했다. 그날이 진짜 생일이었는지는 모르지만.

나는 초코바를 입으로 가져갔다. 입술에 초코바를 대고 맛을 봤다. 지금껏 먹어본 그 어떤 음식보다 강렬한 맛이었다. 이로 천천히 베어 물었다. 견과류가 들어 있는 초코바였다. 안에는 부드럽고 끈적이는 무언가가 들어 있었다. 끈끈한 무언가가 턱으로 흘렀고, 그 맛이 너무도 달콤해 울고 싶을 정도였다. 평생 처음 맛보는 달콤함이었다. 오래 먹고 싶어서 조금씩만 베어 물었다. 거스 몫도 남겨두어야 했다. 거스도 분명 좋아할 것 같았다. 그리고 음식이 필요한 것은 나보다 거스였다. 거스는 쇠약해지고 있었다. 하지만 남자의 눈에 고마워할 줄 모르는 것처럼 보이고 싶지는 않았다. 거스 몫의 초코바가 하나 더 있을 것이다.

초코바를 한 입 더 먹었다. 설탕이 혈관으로 퍼져나갔다. 감탄사가 터져 나왔다.

"맛있어?" 어찌나 가까이 있는지 남자가 말할 때 숨결이 느껴졌다. 입 냄새가 났다.

"맛있어요." 입안 가득 초콜릿을 물고 대답했다. 풀처럼 끈적이는 무언가가 이에 들러붙었다.

남자는 내 비위를 맞춰주려 하고 있었다. 따뜻하게 말하며 잘해주는 이유가 여자가 나를 굶긴 것이 미안해서인지 아니면 다른 생각이 있는 건지는 종잡을 수 없었다. "많이 있어. 네가 원하면 줄 수 있어. 나한테 말만 하면 돼."

남자가 무척이나 가깝게 서 있었다. 여자가 어디에 있는지는 모르지만 남자가 이곳에 있다는 사실은 모르는 것 같았다.

어쩌면 이보다 더 좋은 기회는 안 올지도 모른다.

숟가락으로 남자를 찌른 후 벌어질 수 있는 나쁜 상황들을 떠올리자 긴장이 되었다. 공포에 짓눌렸다. 자칫하면 포기할 뻔했다.

하지만 거스가 이곳에서 남은 평생을 살아야 한다는 데 생각이 미쳤고, 그 아이를 위해서 해야만 한다고 생각했다. 무슨 일이 있더라도 거스를 이곳에서 내보내야 한다.

숟가락 머리 부분을 꽉 쥐었다. 기회는 단 한 번뿐이다. 어느 부분을 노려야 한다는 계획은 없었다. 어차피 너무 어두워 어디를 찌르는지도 알 수 없다. 어디든 일단 찌르고 봐야 한다.

네가 얼마나 예쁜지 아냐고 말하는 남자를 향해 겁에 질린 채 숨을 크게 들이마시며 온 힘을 다해 숟가락을 찔러 넣었다. 짐작하건대 서 있는 위치상 남자의 목 부근 어디쯤 이른 것 같았다. 뾰족하게 갈아낸 숟가락 끝이 남자의 몸 안에 들어갔다. 찌를 때 끝이 단단한 무언가에 부딪히지 않고 쑥 들어가는 느낌이 들어 알 수 있었다. 깊게는 아니지만 피부를 뚫고 들어는 갔다. 남자가 비명을 질렀다.

칼로 찌른 것이 아니었다. 칼보다 훨씬 무뎠다. 따라서 한 번으로는 부족하다. 나는 숟가락을 남자의 목에서 빼내 몇 번 더 찔렀다. 얼마나 타격을 입혔을지는 모르지만 비명 소리를 봐서 고통을 줄 정도는 되었다.

남자가 나를 붙잡으며 바닥으로 쓰러진 탓에 같이 넘어졌다. 그는 신음 소리를 내며 목을 감싸 안고 나를 향해 욕설을 내뱉었다. 나는 몸을 일으키려 했다. 그때 남자가 땀에 젖은 손을 뻗어 내 머리채를 잡았다. 남자의 손을 밀어내자 머리카락이 뽑히는 것이 느껴졌다. 비명을 지르며 남자의 손에서 벗어나려 했다.

남자가 다시 한번 내게 손을 뻗었지만 이미 몸을 일으킨 상태였다. 그는 내가 도망치지 못하게 다리를 붙잡았다. 남자를 향해 발길질을 했다. 맨발이라 다치게 할 수는 없었지만 힘껏 발길질을 하자 남자의 손이 더는 버티지 못했다.

남자가 바닥에 쓰러졌다. 신음 소리로 봐서는 금방 일어나 따라올 것 같지 않았다.

계단을 올라가며 거스에게 소리쳤다. "가자." 숟가락이 없는 걸 보니 어딘가 떨어뜨린 것 같았다.

계단 꼭대기까지 올라 문손잡이를 돌렸다. 뒤에서 두려움에 떠는 거스의 발걸음 소리가 들렸다. 뛰어야 하는 순간에도 거스는 걷고 있었다. 거스에게 서두르라고 말했다. 머리가 지끈거리고 귀에서는 이명이 울렸다. 거스의 울음소리가 들렸다.

지하실에 있는 남자가 소리를 쳤다. 비명보다는 고함에 가까웠다. 제법 소리가 커서 멀리까지 들릴까 걱정이 되기 시작했다. 여자의 귀에 들리면 어떡하지?

위층으로 올라왔지만 도무지 어디가 어딘지 가늠이 안 되었다. 어디로 가야 할지도 모르겠다. 위층에 와본 적이라고는 이곳에 처음 온 날, 저들이 아래로 이어지는 계단으로 나를 밀어 넣은 후 문을 잠그기 전까지 딱 2초뿐이었다. 기억이 나질 않았다. 위층도 어두웠지만 지하실처럼 칠흑 같은 어둠은 아니었다. 곳곳에 희미한 빛이 들어와 주변을 볼 수 있었다.

거스를 재촉했다. 거스가 얼마큼 쫓아왔는지 알 수가 없었다. 어깨 너머로 힐끗 뒤를 보니 거스가 뒤처져 있었다. 겁에 질린 거스에게 다 잘될 거라고 안심시켜 주려 했다. "거스, 지금 두려워할 때가 아니야." 재촉은 아니지만 그래도 단호하게 말해야 했다. "나가야 한다고. 뛰어." 손을 뻗어 거스의 손을 잡고 내 쪽으로 당겼다. 손이 얼음장처럼 차가웠다. 거스는 아무 말이 없었지만 이따금 훌쩍이는 소리가 들렸다.

멀리서 잠이 덜 깬 여자의 혼란스러운 목소리가 들렸다. "에디?" 여자가 외쳤다. "무슨 일이야, 에디?"

남자가 올라오고 있었다. 겨우 몸을 일으켜 거스와 나를 쫓았다. 가쁜 숨을 몰아쉬며 화가 난 음성으로 여자에게 소리치는 남자의 목소리가 들렸다. "망할 계집애가 도망쳤어." 남자가 말했다. "여자애가 탈출했다고."

"뭐라고?" 여자가 물었다. "에디, 어떻게 말이야? 도대체 어떻게 도망쳤어?"

남자가 거짓말을 했다. "어떻게 된 건지는 나도 몰라." 남자는 여자에게 나를 찾아야 한다고, 도망치게 두어선 안 된다고 소리쳤다.

문을 찾았다. 희미한 달빛 아래 네모난 문의 모양만 간신히 보였다. 손잡이를 돌렸지만 단단히 잠겨 있었다. 땀에 젖은 손으로 문을 더듬으며 잠금장치를 찾았다.

남자와 여자가 가까이 오고 있었다. 어느 쪽으로 가보라고 서로에게 악을 쓰는 소리가 들려 알 수 있었다. 서로를 향해 멍청이라고 부르고, 불을 켜야 한다는 대화가 들렸다. 두 사람의 목소리가 잡힐 듯 가깝게 느껴졌다.

두 사람은 내게 거래를 시도했다. 내가 속아 넘어갈 거라고 생각한 건지 "어디 있는지 알려주면 쿠키 줄게"라고 말했다. 어떤 쿠키를 준다 해도 여기서 평생을 지낼 수는 없었다.

쿠키를 들먹이며 내게 거래를 제안하던 두 사람은 눈 깜짝할 새 나를 망할 계집애라고 불렀다. "잡히면 죽여버릴 거야, 이 망할 계집애, 이 등신 같은 계집애."

두 사람은 내가 벌인 짓이란 것을 알고 있다. 거스는 탈출을 시도할 만큼 반항적인 아이가 아니란 사실을 알고 있었다.

땀에 젖어 축축해진 손으로 잠금장치를 돌리자 문이 기적처럼 열렸다. 바깥 공기가 훅 밀려들었다. 뜨겁고 습한 공기에 정신이 아찔해졌다. 이곳에 온 후로 지난 몇 년간 느껴본 적 없는 바람이 나를 향해 달려들었다. 꼼짝도 할 수 없을 정도로 신선한 공기였다.

바깥세상을 마주한 나는 얼어붙고 말았다. 하지만 정신을 차려야 한다. 그렇지 않으면 순식간에 잡히고 말 테니까. 현관문이 열리자 경보가 울리기 시작했다. 남자와 여자가 우리의 행방을 몰랐다 해도 이제는 알 터였다.

우리가 집을 빠져나갔다고 여자가 소리쳤다.

용기를 내 집 밖으로 나와 달리기 시작했다. 거스의 손을 꼭 잡아 내 쪽으로 끌어당긴 채 달렸다. 집 안에 갇혔을 때도 무서웠지만 집 밖을 나가니 더욱 두려웠다. 바깥에 나가본 지 너무 오래되었다. 바깥세상에 대해서는 아는 것이 하나도 없었다.

나를 통째로 집어삼킨 더위와 어둠을 가르며 젖 먹던 힘을 다해 달렸다. 실수로 거스의 손을 놓쳤지만 잘 따라오고 있을 거라고 믿었다. 거스는 나처럼 맨손 체조를 하지 않았기에 잘 달릴 수 있을지는 알 길이 없었다. 하지만 공포에 질리면 할 수 없을 것 같은 일도 해내는 힘이 생긴다.

맨발에 처음에는 자갈이 그러고는 잔디가 느껴졌다. 뾰족한 자갈이 발을 찔러 상처가 나고 피가 흘렀지만 그런 것에 신경 쓸 여유가 없었다. 이후 잔디에 발을 내딛자, 부드럽고 축축한 느낌이 발을 간지럽혔다. 하지만 그것 또한 제대로 느끼진 못했다. 무작정 달리고만 있었으니까.

하늘에 반짝이는 것들이 보였다. 달. 별. 완전히 잊고 살았던 것들이다. 근처에서 벌레 소리가 들렸다. 달리기를 멈추고 벌레를 들여다보고 울음소리를 듣고 싶었지만 그럴 수 없었다. 아직은 아니다. 지금은 아니다.

"거스, 내 옆에 붙어 있어." 여기서 멀리, 아주 멀리 달아나야 안심하고 뒤를 돌아볼 수 있다고 생각하며 고개만 살짝 돌려 어깨 너머로 거스를 향해 소리쳤다. 모르긴 해도 남자와 여자는 고작 스무 걸음 쯤 뒤에서 우리를 쫓고 있을 테고, 잠깐이라도 멈췄다간 붙잡힐 게 뻔했다. 거스에게 잘 따라오고 있냐고, 괜찮은 거냐고 물었다. 내 옆에 꼭 붙어 있으라고도 말했다. 잠깐이라도 속도를 늦추면 안 된다고. "거의 다 왔어, 거스. 조금만 참으면 우린 자유야."

처음에는 남자와 여자가 뒤에서 우리를 부르며 뒤쫓는 소리가 들렸다. 소란을 피우고 싶지 않은 두 사람은 조용히 움직이려 했다. 남자와 여자는 손전등이 있었다. 나무들 사이를 이리저리 비추는 손전등 불빛이 보였다. 한번씩 불빛이 거스와 내 쪽으로 올 때마다 몸을 납작 숙였다가 방향을 바꾸기를 몇 번 했더니, 이제는 그 집으로 돌아가고 싶어도 길을 찾지 못할 것 같았다.

얼마 후 남자와 여자의 소리가 더 이상 들리지 않자, 안심이 되는 동시에 두려워졌다. 두 사람이 어디 있는지 내가 파악할 수 있도록 무슨 소리라도 내주었으면 좋겠다고 바랐다. 두 사람을 따돌린 걸까? 아니면 나무 어딘가에 숨어 날 기다리고 있는 걸까?

아직 밤이라 밖이 어두웠다. 달빛과 별빛이 약간이나마 밝혀준 덕분에 어느 정도 볼 수는 있었다. 오랜 시간 지하실에서 지낸 우리의 눈은 어둠에 적응되어 있다. 여자와 남자보다는 유리한 셈이다. 두 사람은 거스와 나처럼 어둠에 익숙하지 않았다.

우리가 지금 어디에 있는지 도통 감이 잡히지 않았다. 거리를 따라 집 몇 채가 보였다. 다만 집이 그리 많지 않았고, 그나마도 나무를 사이로 듬성듬성 자리하고 있었다. 키가 크고 높은 나무라 거스와 내가 숨기에는 적합하지 않았다. 나무로 가려진 집들은 불빛 하나 없이 전부 캄캄했다. 잔디가 무성하게 자라 있었다. 꺼끌꺼끌한 잡초가 내 무릎 높이까지 웃자라 맨발과 다리를 할퀴었다. 칼처럼 날카로운 풀들이 피부에 생채기를 내어 피가 났다.

걷다가 나무에 머리를 부딪쳤다. 잠깐 별이 보였다. 제자리에 우뚝 멈춰서 충격을 추슬렀다, "무슨 일이야?" 거스가 물었다. 거스에게 설명할 새도 없이 뒤쪽 어디선가 나뭇가지가 부러지는 소리가 들렸고, 살고 싶다면 계속 달려야 했다.

"가야 돼." 거스에게 말하며 다시 다리를 움직였다. 뒤에서 거스가 거칠게 숨을 내쉬는 소리가 들렸다. 달리려면 숨을 아껴야 했던 우리는 한동안 아무 말도 하지 않았다.

쓰러진 나무에 다리가 걸려 넘어졌다. 몸이 공중에서 떨어졌다. 무릎이 아팠지만 바닥에 누워 울고 있을 수만은 없었다. 자리에서 일어나 손과 무릎을 털어내고는 계속 달렸다. "나무 조심해." 몇 발자국 뒤에서 나를 쫓아오고 있을 거스에게 속삭였지만 어쩐지 내 숨소리에 묻혀 거스의 숨소리가 점점 더 희미하게 들리는 것 같았다.

쉬지 않고 달렸더니 다리가 후들거리고 발은 돌덩이처럼 무거웠다. 숨이 차고 겁에 질려 심장이 쿵쾅거렸다. 잡히면 남자와 여자가 우리를 어떻게 할지 몰라 너무 두려웠다.

잠시의 자유를 맛본 나는 정말 죽고 싶지 않았다.

집들을 지나쳐 빠르게 달렸다. 마당을 가로질러 도로를 따라

달렸다. 거스와 내게는 선택지가 별로 없었다. 한밤중에 현관을 두드리는 우리에게 문을 열어줄 사람이 얼마나 될까? 그런 위험을 감수할 수는 없다. 아무도 열어주지 않는다면 우리는 금세 잡히고 말 것이다.

몸을 숨기는 편이 나았다. 숨을 만한 곳을 찾기 시작했다. 달리는 속도를 조금 늦추었다. 손전등 불빛이 더는 따라오지 않았지만 남자와 여자가 우리를 뒤쫓는 것을 완전히 포기하고 집으로 돌아갔다고 믿을 만큼 멍청하지 않다. 두 사람은 거스와 나를 상대로 장난을 치고 있는 것이다.

어느 집 뒷마당의 비틀린 고목 아래 자리한 작은 창고가 눈에 들어왔다.

"거스, 이쪽이야." 숨기에 딱 좋아 보였다. "이 안에 들어가자." 창고 문에 맹꽁이자물쇠가 걸려 있었지만 잠겨 있지는 않았다. 들어갈 수 있다.

쇠로 된 고리에서 자물쇠 몸통을 조심히 분리한 뒤 걸쇠를 열었다. 창고 문을 밀자 끼익 하는 쇳소리가 울려 활짝 열지는 않았다. 몸을 겨우 통과할 수 있을 정도만 열었다. 안으로 몸을 밀어 넣고 거스가 들어올 수 있도록 자리를 만들었다. 하지만 거스가 보이지 않았다. 예상보다 훨씬 뒤처져 있는 모양이었다. 거스가 올 때까지 기다려야 했다.

창고 안에 들어와 문 뒤로 몸을 숨긴 후에야 밖을 내다봤다. 숨을 죽인 채 거스가 밤의 어둠이 깔린 뒷마당에 나타나길, 내가 있는 창고로 들어오길 기다렸다. 하지만 거스의 모습은 보이지 않았다.

주변을 살피며 작은 목소리로 거스의 이름을 불렀다. 거스는 어디에도 없었다.

발소리가 들렸다. 감자 칩이 입안에서 부서지듯 누군가의 발 아래서 바스락 부서지는 나뭇잎 소리가 들렸다. 헉헉거리는 숨소리도 들렸다. 제발 거스의 숨소리이길 간절히 바랐지만 아닌 것 같았다. 남자가 내 뒤를 쫓을 때 냈던 숨소리와 비슷했다.

나는 창고 안에 들어가 문손잡이를 잡고 있었다. 거스를 기다리느라 문을 닫지 못했다. 발소리에 살금살금 뒷걸음질 쳐 빛이 들지 않는 어두운 구석으로 몸을 숨겼다. 조심한다고 했는데도 무슨 소리를 들은 모양이었다. 무엇 때문인지 그가 창고 쪽으로 다가왔다.

정말 코앞에 남자가 와 있었다. 창고 구석에 있는 커다란 낡은 쓰레기통 뒤에 몸을 잔뜩 웅크리고 숨었다. 창고 안에는 온갖 잡동사니가 가득 차 있어 공간이 별로 없었다. 너무 어두워 주변이 잘 보이지 않았다.

몸이 떨리는 게 느껴졌다. 몸을 떨다가 혹시라도 뭔가를 건드리게 될까 봐 나무 바닥에 앉은 채로 무릎을 말고 팔로 꽉 안았다. 거스가 걱정이었다. 남자가 여기 있다면, 남자가 거스를 데리고 있지 않다는 뜻이다. 여자가 거스를 데려간 건지도 모른다. 아니면 거스도 나처럼 창고 같은 데 잘 숨어 있을지도. 거스는 겁쟁이긴 하지만 바보는 아니다. 자기 몸 하나는 건사할 수 있다.

창고 주변을 한 바퀴 도는 남자의 발소리가 울렸다. 그러다 문 옆에서 우뚝 멈췄다. 그의 거친 숨소리를 듣자 호흡이 빨라졌고, 숨은 곳을 들킬까 봐 숨을 참아야 했다. 거칠게 들고 나는 숨소리가 들리지 않도록 손으로 입을 틀어막았다.

목까지 올라온 듯한 심장이 어찌나 크게 뛰는지 머리가 어지러웠다. 식은땀이 났다. 소변이 찔끔 나올 것 같았다. 숨을 계속 참을 수만은 없었다. 재빨리 숨을 한번 들이마시고 다시 손으로 입을 막았다.

밝은 달빛이 창고로 쏟아져 내렸다. 문 앞에 서 있는 남자의 모습이 달빛에 빛났다. 남자의 형체가 눈에 들어왔다. 뾰족한 턱과 제멋대로 뻗친 머리카락이 보였다. 큰 코도 보였다. 흉측하게 생긴 여자처럼 남자도 얼굴이 못생겼다. 키도 별로 크지 않았고, 내가 기억하는 아빠의 키에는 비교도 안 되었다.

창고 문을 마주하고 선 남자가 문을 세게 밀었다. 남자가 들이닥쳤다는 게 슬프다는 듯 문이 구슬픈 울음소리를 냈다. 활짝 열린 문으로 달빛이 점점 퍼지더니 창고 곳곳을 밝혔다. 불을 켠 듯 환해진 것은 아니지만 내 몸을 얼어붙게 만들기에는 충분했다. 달빛 아래서는 내가 보일지도 모른다는 생각에 두려워졌다.

나는 눈을 감고 머리를 무릎에 깊숙이 묻은 후 최대한 몸을 작게 만들었다

손전등 스위치를 누르는 소리가 들렸다. 닫힌 눈꺼풀 사이로

창고 안을 정신없이 비추는 불빛이 느껴졌다. 살면서 지금처럼 두려운 순간은 없었다.

커다란 쓰레기통은 나보다 키도 크고 폭도 넓었다. 그래도 온몸이 아플 정도로 잔뜩 웅크렸다. 쥐며느리처럼 몸을 동그랗게 말았다. 정신을 잃지 않을 정도로만 숨을 쉬었다. 충분히 숨을 뱉고 마시질 못하다 보니 가슴이 타는 듯 아팠다. 소변이 나왔다. 트레이닝 바지가 축축해졌다.

손전등 불빛이 아까보다 멀어졌지만 완전히 사라지지는 않았다. 남자가 다른 곳을 둘러보고 있는 것이었다. 그 시간이 억만년 같이 느껴졌다. 두 눈을 꼭 감아 아무것도 보이지 않았지만, 남자가 나를 찾아 작은 틈, 어두운 구석에 불빛을 비추며 샅샅이 뒤지는 모습이 그려졌다.

쓰레기통 밖으로 발이 튀어나와 있을까 봐, 소매나 엉켜붙은 머리카락이 삐죽 나와 있을까 봐 걱정이었다. 쓰레기통 뒤에 내몸이 다 가려진 게 아니면 어떡하지?

창고 문이 날카로운 소리를 내며 활짝 열렸다.

창고 안으로 커다란 발소리가 한 번 울렸다. 또 한 번. 그리고 또 한 번 이어졌다.

내가 숨은 창고 안으로 들어오고 말았다. 어느새 창고 안에 그 남자와 단둘이 있는 처지가 되었다. 남자의 거친 숨소리가 들렸다. 입 냄새가 코를 찔렀다.

내가 여기 있는 것을 안다고 말했다.

"꼭꼭 숨어라. 머리카락 보일라." 남자가 노래를 불렀다. 그

노래만 부르지 않았더라도 정말 들킨 줄 알았을 거다. 여자가 뭐라고 하든 난 바보가 아니다. 멍청이가 아니다. 내가 숨은 곳을 알았다면 벌써 잡고도 남았을 것이다. 남자는 확신이 아니라 추측하는 거다.

날 해치지 않겠다고 약속했다. "일단 나와 봐. 그럼 집에 데려다줄게."

믿지 않았다. 사실 살짝 기대가 생겼다. 하지만 이 남자가 말하는 집이 내 진짜 집이 아닌 건 알고 있다. 아빠한테 데려다줄 생각이 아니다. 저 남자는 자신의 집으로 나를 다시 끌고가 지하실에 가두려는 것이다. 물론 숟가락으로 사람을 찌르면 어떤 대가를 치르게 되는지 가르쳐주고 나서 말이다.

나는 몸을 더욱 동그랗게 웅송그렸다. 숨을 꾹 참았다. 입술을 깨물고 두 눈을 꽉 감았다. 눈으로 보지 않으면 그나마 덜 현실처럼 느껴졌다.

창고 안에서 무언가 떨어지는 소리가 났다. 나는 소스라치게 놀랐다. 정말 온 힘을 다해 비명을 참았다. 뭔지는 모르지만 남자는 일부러 무언가를 떨어뜨리며 내가 화들짝 놀라 튀어나오기만을 기다리고 있었다. 또 무언가가 바닥으로 떨어졌다. 일부러 물건들을 툭툭 건드리며 바닥으로 떨구고 있었다. 한쪽 눈을 살짝 뜨자 나무로 된 바닥에 못 한 박스가 나뒹굴고 있는 게 보였다. 날카로운 칼처럼 끝이 뾰족했다.

이 못으로 남자가 내게 할 수 있는 온갖 나쁜 짓을 떠올렸다. 남자는 그 어느 때보다 화가 나 보였다. 숟가락으로 찌를 때 남자 안에 있던 악마를 깨운 셈이다.

창고 밖에서 씩씩대는 여자의 목소리가 들렸다. 남자에게 누가 들을지도 모르니 큰 소리 좀 그만 내라고 말했다.

"찾았어?" 여자가 물었다. "여기 있어?"

남자가 길게 한숨을 쉬고는 답했다. "없어."

손전등 불빛이 사라졌다. 발소리가 멀어졌다.

바깥에서 두 사람이 목소리를 낮춰 앞으로 어떻게 할 건지 계획을 세웠다. 남자는 이쪽으로, 여자는 저쪽으로 가서 나를 찾기로 했다.

나도 계획을 세웠다. 난 여기에 계속 있을 생각이었다.

남자가 물었다. "집에 별일 없지?" 거스를 말하는 거였다.

"응, 문제없어." 여자가 답했다. 거스를 잡아 데려간 거였다. 이제 거스는 내가 없는 그 지하실에 혼자 갇혀 있다. 어쩌면 죽었을지도 모른다. 내게 벌을 주고 싶다면 가장 좋은 방법은 거스를 다치게 하거나 죽이는 거니까.

울고 싶었지만 발각될까 봐 울 수도 없었다. 다 포기하고 두 사람이 만들어놓은 지하감옥에서 거스와 살 수도 있지만, 그건 안 된다. 우리 둘 중 하나는 이 지옥에서 살아남아 세상에 알려야 한다. 거스를 위해 그 어느 때보다 간절히 살아 나가야 했다.

햇빛이 조금씩 창고 안에 스며들었다. 나무판자 틈새로 새어들고 있었다. 황금색이 도는 이 빛, 아주 오랜만에 보는 거였다. 햇빛을 보자 눈물이 터질 것 같았지만 울지 않았다. 우는 건 도움이 되지 않는다. 내 진짜 집으로 돌아가고 싶다면 정신을 바짝 차려야 한다.

햇빛 아래서 본 창고는 낡고 허름했다. 잔디 깎는 기계와 사다리, 망가진 자전거 몇 대가 보였다. 자리에서 일어나 움직여보려 해도 오랫동안 웅크려 있던 탓에 다리가 말을 듣지 않았다. 밤새 잠 한숨 못 잤다. 남자가 다시 들이닥칠까 내내 몸을 동그랗게 말고 버텼다.

간밤에 비가 내렸다. 빗방울이 지붕을 두드리는 소리가 들렸고, 한번씩 빗물이 창고 안으로 떨어져 팔과 얼굴을 적셨다. 손으로 빗물을 모아 마시려고 했지만 겨우 몇 방울밖에 되지 않았다. 며칠째 물을 마시지 못해 목이 너무 탔다. 목 안이 바짝 말랐고, 입술도 버석하니 말라붙었다. 입술이 찢어져 피가 나는 것 같아 혀로 입술을 핥았다.

빗소리에 당장이라도 이 안전한 창고에서 나가 하늘을 향해 고개를 젖히고 입을 크게 벌려 비를 맞고 싶었다. 하지만 남자가 밖에서 나를 기다리고 있을까 봐 너무 겁이 났다. 그래서 한번씩 빗물 몇 방울로 목을 축이는 데 만족해야 했다.

어젯밤에 달리느라 온몸이 아팠다. 팔과 다리에 말라붙은 피 딱지가 보였다. 나무에 발이 걸려 넘어졌을 때 생긴 상처였다. 발에도 피가 묻어 있었다. 나뭇가지와 작은 돌들이 박혀 있었다. 땅을 디디려니 아팠지만 달리 방법이 없어 꾹 참고 걸었다. 햇빛 아래서 보니 어디서 생겼는지 모를 상처가 팔에 가득했다. 아마도 여자가 벨트로 내려친 흔적이거나 수영장 냄새가 나던 뜨거운 물을 내 몸에 끼얹었을 때 생긴 상처일 것이다. 한번씩 여자가 뜨거운 물을 몸에 끼얹었고 나면 피부가 참을 수 없이 가렵다가 나중에는 견딜 수 없을 정도로 아팠다.

창고 앞쪽으로 걸음을 옮겼지만 곧장 밖으로 나가지는 않았다. 우선 문 앞에서 주변을 살폈다. 내가 어디에 있는지도 가늠이 안 되었다. 내가 정말 혼자 있는 건지, 누군가 나를 지켜보는 건 아닌지 알 수 없었다.

집 한 채가 보였다. 커다란 하얀 집은 허물어지기 직전이었다. 한쪽으로 기울어 현관 베란다도 비스듬했고 부서진 창문에는 빨간색 테이프가 덕지덕지 붙어 있었다. 굴뚝에서 연기가 나오는 걸 봐서 버려진 집은 아니었다. 누군가 살고 있었다.

창고 밖의 세상은 비가 그쳤음에도 여전히 젖어 있었다. 이제 막 해가 떠오르고 있었다. 하늘에는 핑크빛과 파란빛을 머금은 구름이 피어올랐다. 멋진 색이 수놓아진 하늘을 보고는 놀라 숨이 멎는 것 같았다. 마지막으로 색이라는 걸 본 게 언젠지 기억도 나지 않았다. 색깔 이름이 바로 떠오르지 않았다. 하늘과 땅이 만나는 지점에 해가 걸려 있었고, 구름 아래가 노랗게 빛났다.

마치 땅이 구름에 휩싸인 것처럼 온 세상이 흐릿하게 보였다. 바깥세상은 너무나 압도적이고 너무나 광활했다. 고립된 지하실의 어둠이 그리워졌다. 끔찍한 곳인데도 갇혀 있는 동안 안전한 기분이 들기도 했다. 그곳에는 입구와 출구가 하나밖에 없었다. 누군가 다가오는 것을 내가 모를 수 없는 곳이었다. 하지만 여기서는 나쁜 일이 어디서든 튀어나와 나를 덮칠 수 있었다. 해가 점차 밝아지기 시작해 눈을 뜨고 있기가 어려웠다. 내가 보지 못하는 어딘가에 위험이 도사리고 있는 것 같아 불안했다.

창고는 지하실처럼 나를 감싼 보호막 같아 안전했다. 창고에 그냥 가만히 있을까 하는 유혹이 스쳤다. 하지만 이곳에서 나갈 용기를 내야 한다고 스스로를 다그쳤다.

망설이며 한 발짝 내디뎠다. 맨발로 축축한 잔디를 밟았다. 빗물이 고인 웅덩이가 보였다. 진흙투성이의 미지근한 물이었지만 그 자리에 엎드린 채로 더러운 물을 한참 마신 후 몸을 일으켰다.

저기 보이는 하얀 집에 가지 않기로 했다. 누가 사는지, 어떤 사람들이 사는지 모르니까. 남의 아이를 납치해 가두는 사람들일지도 모르니까.

나는 조심스레 풀밭을 가로질러 건너편 거리로 이동했다. 거리는 무척이나 고요했다. 집이 몇 채 있었지만 하나같이 크고, 하얗고, 낡았다. 집들이 간격을 두고 드문드문 자리해 옆집과의 거리가 제법 되었다. 길거리를 따라 걷지 않기로 했다. 거리 옆에 난 배수로로 걸으면 한번씩 차가 지나갈 때마다 흙탕물이 고인 배수로에 주저앉아 몸을 숨길 수 있다.

내가 지금 어디에 있는지 알 수 없었다. 어디로 가야 하는지도. 내가 아는 한 처음 와보는 곳이었다. 그 남자와 여자가 나를 가두었던 집이 어디였는지도 모르겠다. 집 외관이 어떤지 전혀 모른다. 간밤에 정신없이 달렸던 걸 떠올리며 주변을 둘러봤다.

어느 쪽에서 달려왔는지 전혀 감이 오지 않았고, 어쩌면 저 집들 중 한 곳에 남자와 여자가 살고 있을지도 모른다는 생각이 들었다. 어쩌면 거스가 저기 어딘가에 있을지 모른다고. 하룻밤을 보냈던 창고가 사실 그 사람들의 소유일지도 모른다고.

거스가 걱정되었다. 하지만 뾰족한 수가 없었다. 다만 거스를 구하려 들기 전에 나부터 구해야 한다는 것만은 안다. 이런 생각을 한다는 것이 섬뜩하기도 했다. 다시 그 집에 돌아간다면 거스와 나 둘 다 죽은 목숨이라는 걸 알면서도 거스를 두고 혼자만 도망치는 것이 마음에 걸렸다.

주변 풍경을 머릿속에 담아두려고 노력했다. 나중에라도 이곳을 다시 찾으려면 갈색의 허리 높이까지 오는 다 허물어져 가는 울타리 같은 걸 기억해야 한다. 그리 멀지 않은 곳에서 연기를 뿜어내는 높은 굴뚝도. 페인트가 벗겨진 낡은 집들도 기억해야 한다. 도로 한쪽은 나무가 늘어서 있고 맞은편에는 작물을 키우는 밭이 있었다. 밭으로 가 옥수수 하나를 꺾었다. 밭에 숨어 옥수수를 먹으며 마지막으로 음식을 먹었던 것이 언제였는지, 아니 마지막으로 개죽 같은 게 아닌 진짜 음식을 먹은 게 언제였는지 생각했다. 옥수수는 딱딱하고 뻣뻣했다. 익히지 않은 날 것이라 맛도 없었다. 그런 건 하나도 상관없었다. 너무 배가 고픈 상태라 정 방법이 없다면 흙이라도 퍼먹을 기세였다.

옥수수를 다 먹은 뒤 자리에서 일어났다. 피곤했지만 한가하게 낮잠이나 잘 시간이 없다. 옥수수밭의 경계를 따라 느릿느릿 걸었다. 간밤에 내린 비로 땅이 질척거렸고 얼마 지나지 않아

다리가 진흙투성이가 되었다.

해가 점점 높이 뜨고 있었다. 조금 더 걷자 땅에 생긴 물웅덩이가 조금씩 마르는 게 보였다. 살갗이 뜨거워졌고, 추웠던 몸이 순식간에 더워졌다. 점차 밭이 사라지고 나무가 하나둘 보이더니 어느새 숲을 따라 걷고 있었다. 멀지 않은 곳에서 도로를 오가는 차 소리가 들렸지만 기다란 옥수숫대처럼 나무들이 나를 숨겨주었다. 쌩하고 지나가는 자동차 소리가 들렸다. 숲속에서 작은 개울을 만났다. 잠시 멈춰 물을 한 모금 마셨다. 얼굴과 손에 물을 끼얹으며 열을 식히고 말라붙은 피를 닦아냈다. 양팔을 문지르며 씻어냈다. 기분은 상쾌해져도 흉터는 지워지지 않았다.

이제 햇볕이 뜨겁게 느껴졌다. 눈이 시렸다. 조금이라도 올려다보면 눈이 너무 아파 시선을 땅에 고정시켰다. 아직은 눈이 햇빛에 적응하지 못했다.

한 여성이 어린아이와 개를 데리고 숲속을 산책하는 것을 보지 못했다. 개가 나를 먼저 발견했다. 개 짖는 소리에 급히 고개를 돌린 나는 개울에서 몸을 일으킨 후 도망쳐야 하나 고민했다. 순식간에 힘이 들어간 다리는 금방이라도 달려 나갈 기세였다.

하지만 몸집이 작은 하얀 개였다. 무섭게 짖기보다는 깽깽거리는 정도였고 혀가 옆으로 빼꼼 나와 있었다. 나를 만나서 너무도 기쁘다는 듯이 작은 꼬리를 부지런히 흔들어 댔다. 꼬마 여자아이가 내게 안녕이라고 인사를 했다. 몇 번이나 계속 인사를 했다. 얼마 전에 새로 배운 말을 열심히 연습하는 중인 것 같았다. 긴장이 풀렸다. 개와 꼬마 아이가 나를 무척이나 반갑게 맞아주는 것 같아 도망치지 않았다.

엄마로 보이는 여자는 입을 벌린 채 나를 쳐다보고 있었다. 두 눈을 크게 뜬 채로 개가 내게 달려들지 않도록 목줄을 잡아당겼다. 그러다 실수로 줄을 놓치고 말았다. 곧장 개가 내게 달려왔다. 개를 본 지가 너무 오랜만이었고, 개가 점프를 해대며 나를 핥다가 쉬도 지려 처음에는 몸을 움찔했다.

"코디예요." 여자가 말했다. 따뜻한 목소리였다. "물지 않아요. 낯선 사람을 만나서 좋아서 그래요." 다가와 떨어진 목줄을 주웠지만 당기지는 않았다. 순한 개였고 얼마 지나지 않아 개가 하나도 무섭지 않았다.

여자는 나를 이상한 눈빛으로 바라봤다. 내 모습이 어떻게 보일지 알 수가 없었다. 내가 볼 수 있는 건 팔과 가슴, 다리와 발이 전부였다. 머리카락도 보이긴 했다. 길게 자라서 치렁하게 늘어진 부분은 보였다. 하지만 내 머리가 어떤 모습인지는 모른다. 두 사람이 날 가둔 지하실에 있을 때 머리카락이 아무 이유 없이 한 움큼씩 빠지곤 했다.

"이사 왔어요?" 이 동네에서 날 본 적이 없던 여자가 물었다. 나는 고개를 저었다. 여자의 시선이 피가 나고 있는 맨발로 향했다. 발바닥에서 가느다란 핏줄기가 흘러나왔다. 바지 무릎에도 피가 묻어 있고, 목욕을 안 한 지는 몇 주가 지났다. 입과 겨드랑이에서 악취가 났다. 팔을 들 때마다 나는 고약한 냄새가 여자에게 풍기지 않도록 팔을 내렸다. 꼬마 아이는 여전히 안녕, 인사를 하고 있었다.

"어디 다쳤어요?" 그녀의 눈에 너무도 훤히 보였으므로 내가 대꾸하길 기다리지 않았다. 온몸이 상처투성이였다. "다쳤군요. 피가 나고 있잖아요." 내 발과 무릎을 가리켰다. "여기요. 그리고 여기도. 몇 살이에요?" 내가 대답을 하지 않자 숫자를 빠르게 말했다. "열한 살? 열두 살? 열네 살?"

내가 몇 살인지 몰라서 열네 살에 고개를 끄덕였다. 열한 살이고 열두 살이고 열네 살이고 내겐 다 똑같았다.

발바닥이 다 찢어져 서 있는 것도 걷는 것도 너무 아팠다. 다리도 쑤시고 배도 아팠다.

여자는 여전히 나를 바라보고 있었다. 햇빛처럼 머리가 노란빛이었다. 나를 향해 웃었지만 진짜 미소가 아니라는 건 나도 안다. 걱정 어린 미소였다. 내가 어떤 상황에 처했는지 혼란스러운 것 같았다. 더는 내 얼굴을 바라보고 있지 않았다. 내 손과 팔, 무릎과 다리를 살폈다.

여자의 목소리가 듣기 좋았다. 부드럽고 다정했다. "길을 잃었나요?" 다시 내 눈을 바라보며 물었다. 나는 아무 말도 하지 않았다.

"이 근처 살아요?"

나는 어깨를 으쓱해 보였다. 말을 하려고 입을 벌렸지만 목소리가 나오지 않았다. 잠시 멈췄다가 다시 소리를 내보려 했다. "모르겠어요, 부인." 파란색 집이라는 것 말고는 내가 예전에 어디에 살았는지 모른다. 하지만 아무리 찾아봐도 파란색 집이 보이질 않았다.

"부인이라고 부르지 않아도 돼요. 애니라고 불러요." 하지만 그럴 수 없었다. 부인이라고 부르지 않으면 맞거나 밥을 굶었다. "길을 완전히 잃은 거 맞죠? 여기는 어쩌다 이렇게 되었어요?" 팔에 난 상처를 가리키며 물었다.

여자를 그저 바라보기만 했다. 아무 말도 할 수 없는 채로 눈물이 차올랐다.

"부모님께 연락해줄까요? 부모님 연락처 알아요?"

고개를 저었다. 전혀 모른다.

여자의 눈에 걱정이 가득했다. 위아래로 나를 살폈다. 여자의 시선이 불편해져 내 손을 내려다봤다. 이 아름다운 여성의 시선을 피하려고 더러운 손톱 주변에 일어난 거스러미를 뜯었다.

"이름이 뭐예요? 말해줄 수 있나요?" 내가 답하지 않자 여자는 작게 숨을 내쉬었다. "원치 않으면 말하지 않아도 돼요."

내 이름을 묻는 이유가 뭘까, 무서운 생각이 들었다. 하지만 말해주었다. 달리 할 수 있는 게 없었고, 착한 사람 같아 보이니까. 남의 아이들을 납치해 지하실에 가둘 만한 사람으로 보이지 않았다.

"딜라일라." 목소리가 떨렸다.

여자가 마른침을 삼켰다. 목울대가 크게 움직였다. 어린아이가 여자의 손을 잡아당기며 계속 물었다. "누구? 누구, 엄마?" 하지만 여자는 아이의 질문에 답하지 않았다.

"성은 어떻게 되죠?" 여자가 내게 시선을 고정했다. 내 발이나 무릎을 보는 게 아니라 나를 주시하고 있었다. 여자의 눈이 점점 커지고 순식간에 얼굴이 하얗게 질렸다. 강아지가 깽깽대며 관심을 바랐지만 여자는 눈길조차 주지 않았다.

"딜라일라 디키."

더는 아무 말도 하지 못한 여자가 헉하고 숨을 들이마신 채 손으로 입을 막았다.

2부

케이트

11년 전

5월

노크 소리가 들렸다. 문을 쾅쾅 두드리는 소리가 집요하게 이어졌다. 밤 9시가 넘은 시간이었다. 달과 별이 먹구름에 가려져 밖이 어두웠다. 번개가 치며 갑작스러운 빛으로 세상이 환해지는 때만 밖이 보였다.

야근으로 퇴근이 늦어진 나는 주방에 있었다. 와인을 한 병열고 몇 시간 전에 (이때만 해도 내가 정시에 퇴근할 줄 알았다) 비아가 만들어놓은 셸파스타를 전자레인지에 돌리고 있을 때 노크소리가 들렸다. 순간 가슴이 서늘해진 나는 안경 너머로 소리가나는 쪽을 바라봤다.

폭풍우가 휘몰아치는 밤에 느닷없이 남의 집에 찾아오는 사람은 없다.

비아는 음악 스튜디오로 쓰는 집 뒤편의 차고에 있었다. 비아의 핸드폰은 카운터 위 내 와인 잔 옆에 놓여 있다. 주방 창을 통해 비가 쏟아지는 캄캄한 뒷마당이 시야에 들어왔다. 비가 무섭게 퍼붓고 있었다. 비 때문에 바깥이 잘 보이지 않았다. 며칠째 이런 날씨가 계속되었다. 지금껏 경험해본 적 없는 폭우였다. 방주를 만들어야 하는 게 아닐까 생각하는 사람은 나뿐만이 아니었다. 둘 중 더 침착한 쪽인 비아마저 방주를 떠올렸다. 심각한 홍수 피해가 예상되었고, 다음 주에도 매일같이 더욱 큰비가 올 예정이었다. 강이 범람해 피해가 막심했다. 식료품점 주차장은 수영장이 되었고, 도로는 통행금지에, 몇몇 학교는 휴교령을 내렸다. 우리 집과 멀지 않은 몇몇 동네에서 사람들이 거리에서 카누를 타고 다니는 장면이 뉴스에 나왔다.

폭우가 세계의 끝을 알리는 신호라는 히스테리적인 이야기와 함께 종말이 언급되기 시작했다. 최후의 심판일을 믿는 사람은 아니지만 혹시 모를 상황을 대비해 교회에 가서 성직자에게 고해성사를 이미 마쳤다. 이런 문제만큼은 아무리 대비해도 지나치지 않다.

지난 몇 시간 사이에 바람이 더욱 거세졌다. 뒷마당 전등을 몇 번 껐다 켰다 반복하며 비아에게 신호를 보냈다. 흔들리는 나뭇가지들이 집 옆과 뒤편의 벽을 할퀴었다. 악몽 속 한 장면처럼 나뭇가지들이 발톱을 세우고 벽을 긁으며 집 안으로 들어오려는 것 같은 소리에 소름이 끼쳤다. 바깥에는 나무에서 떨어진 잎들이 폭풍에 이리저리 휘날리고 있었다. 전신주가 쓰러져 동네 일부 지역에는 전기가 들어오지 않았다. 다행스럽게도 우리 집은 괜찮았지만 얼마나 갈지는 알 수 없다. 우리는 만약의 사태를 대비해 초와 손전등 배터리를 미리 사놓았다. 지금은 상점에서 살 수 없는 물품들이다.

아침에 보니 간밤에 무시무시한 폭풍의 피해를 입은 나무들이 거리에 쓰러져 있었다. 간밤에 토네이도 경보가 울렸다. 비아와 나는 제우스를 꼭 끌어안고 1층 화장실에 웅크리고 앉아서 폭풍이 지나가길 기다렸다. 제우스는 천둥소리를 싫어하지만 안기는 것도 무척 싫어한다. 제우스 때문에 팔에 상처가 생겼다.

뒷마당 불을 계속 깜빡였지만 차고 문이 닫혀 있는 바람에 비아가 알아채지 못했다. 차고에 난 창이라고는 다락에 있는 것이 다였고, 그녀가 다락에 들어가는 일은 거의 없었다.

또 한번, 육중한 나무 문을 쾅쾅 집요하게 두드리는 소리가 울렸다. 턱에 힘이 들어가고 어깨가 뻣뻣해졌다. 별일 아닐 거라고 스스로를 다독였다. 둘 중에 좀 더 용감한 쪽은 비아다. 비아였다면 의연하게 현관으로 나갔을 것이다. 비아가 없는 이상, 나는 성인답게 굴어야 한다고 다독이며 현관으로 향했다. 현관에 다가가니 계단 마지막 칸에 있는 제우스가 보였다. 또 한번 노크 소리가 울리자 집 지키는 데는 제 역할을 전혀 하지 못하는 고양이 제우스가 숨을 곳을 찾아 위층으로 달려갔다.

현관문 옆에는 창이 나 있다. 문을 열기에 앞서 현관 베란다 등을 켜고 밖을 확인했다. 현관 등 아래 한 남자가 서 있는 것이 보였다. 비에 젖은 남자의 몸에서 물이 뚝뚝 떨어졌다. 처음에는 심장이 쿵쾅거렸지만, 이 밤중에 난데없이 웬 낯선 사람이 들이 닥친 게 아니라는 것을 확인하고는 안도의 한숨을 내쉬었다.

상대를 확인하고 나자 온몸에 힘이 빠지며 어깨를 짓누르던 긴장이 풀렸다. 이웃집에 사는 조시였다. 아내 메러디스, 아이 둘과 함께 옆집에 사는 사람이다.

현관문을 당겨 열자 바람이 밀려들어 왔다. 조시와 옆에 선 아들 레오는 비에 흠뻑 젖어 있었다. 온통 젖은 레오가 몸을 떨었다. 축 늘어진 머리카락이 두 사람의 얼굴에 들러붙었다. 이마와 뺨에서 물이 뚝뚝 떨어졌다. 비에 젖어 무거워진 옷이 제 형태를 잃고 축 늘어졌다. 널찍한 현관 베란다 지붕 덕에 비가 들이치지는 않았지만 두 사람은 이미 푹 젖어 있었다. 우리 집 까지 걸어온 모양이었다. 멀지는 않지만 이런 날씨에, 이 늦은 시간에 아무 이유 없이 나오지는 않았을 텐데. 조시는 무릎에도 한참 닿지 않는 레오의 어깨에 손을 둘러 자신 쪽으로 당겼다.

레오는 울고 있지 않았다. 하지만 울 것 같은 얼굴을 하고 있었다. 네 살 된 아이다. 지난달 우리는 조시 부부의 뒷마당에서 열린 서커스를 테마로 한 레오의 생일 파티에 참석해 축하해주었다. 부부는 광대와 풍선으로 동물을 만드는 사람도 데려왔다. 초대받은 사람들은 코스튬을 입었다.

조시가 인사를 했다. 희미하게 지어 보인 미소에서 걱정이 묻어났다. 저녁 식사 시간에 맞춰 퇴근했을 테지만 여전히 외출복 차림이었다. 고객 접대 약속이 없을 때는 퇴근 시간을 칼같이 지키는 사람이니 지금쯤이면 잠옷 차림으로 TV를 보며 쉬고 있을 시간이었다.

"무슨 일 있어요?" 무언가 큰일이 생긴 것 같았다. 두 사람이 비를 피해 집 안으로 들어올 수 있도록 문을 활짝 당겨 열었다. 하지만 레오의 어깨를 단단히 잡고있는 조시는 꿈쩍도 하지 않았다.

자신의 집 쪽을 한번 쳐다본 그가 나를 바라봤다. "케이트, 메러디스 본 적 있어요?" 그가 물었다. "메러디스가 어디 있는지 혹시 알고 있어요?"

조시와 레오 뒤편으로 하늘에서 번개가 번쩍이며 땅으로 내리꽂혔다. 곧장 천둥이 울렸다. 레오가 아빠의 다리를 꼭 껴안으며 매달렸다. 지붕을 때리는 비가 빗물받이에 고였다가 낙수홈통을 타고 잔디밭으로 떨어져 웅덩이를 만들었다.

나는 고개를 저었다. "아뇨. 잘 모르겠는데요. 메러디스한테서 연락 없었어요." 퍼붓는 빗소리 너머로 목소리를 높였다. "어디 있는지 모르시는 거예요?" 조시의 심각한 표정과 달리 가볍게 대꾸했다. 메러디스는 불규칙한 일을 하고 있다. 출산 도우미로 일하는 그녀는 한밤중에도 불쑥 사라져 분만 중인 산모에게 달려가는 일이 많았다. 조시가 아직 퇴근을 하지 않았는데 메러디스가 갑자기 출동해야 하는 급한 경우에는 비아나 내가—재택근무를 하는 비아일 때가 많지만—레오와 그의 누나를 돌보기도 했다. 메러디스가 갑자기 연락이 안 된다고 해서 그리 이상할 건 없었다.

조시는 메러디스가 안 보이고, 소식도 없다고 말했다.

"출산 중인 산모 옆에 있을 거예요." 내가 말했다.

조시는 어찌할 바를 모르겠다는 듯이 답했다. 혼란스러운 모양이었다. "어쩌면요. 그럴지도요. 하지만 아닌 것 같아요. 그랬다면 제게 전화를 했을 겁니다. 일이 있으면 늘 제게 전화를 하거든요. 그리고, 딜라일라도⋯⋯." 떨리는 목소리로 조시가 말했다.

그에게 물었다. "딜라일라는 어디 있어요?" 딜라일라는 조시와 메러디스의 여섯 살 난 딸이다. 그가 고개를 내젓자 빗방울이 튀었다. "모르겠습니다. 딜라일라도 어디 있는지 모르겠어요." 패닉에 빠진 목소리였다. 그는 거센 빗소리 너머로 소리쳤다.

집으로 들어오라고 다시 한번 권했지만 그는 꼼짝도 하지 않았다. 자신의 집과 나를 번갈아 오가는 그의 시선에서 메러디스가 집에 오길 기다린다는 것을 알 수 있었다.

조시가 설명을 시작했다. 퇴근 후부터 지금까지의 일을 상세하게 들려주었다. 그는 회사에 있었다고 말했다. 기차를 타고 퇴근해 늘 그렇듯 딜라일라와 레오를 데리러 베이비시터 집으로 향했다. 시카고에서 출발하는 5시 46분 기차를 타고 6시 26분에 도착했다. "시터 집에 도착했을 때가 6시 45분쯤 되었을 겁니다." 그가 설명했다. 시터는 여기서 약 2킬로미터 떨어진 곳에 살고 있다. 비아와 나는 아이가 없지만 시터가 어디에 사는지 안다. 어느 집인지도 알고 있다.

"도착하니⋯⋯" 그가 말했다. "시터가 레오만 있다고 하더군요. 딜라일라가 열이 나서 메러디스가 집에서 돌보겠다고 했다고요. 메러디스가 학교에 오늘 등교를 못 한다는 연락도 하고, 요가 수업도 취소했다고 했습니다."

메러디스는 시내에 있는 스튜디오에서 요가를 가르친다. 요가 강사로 일하며 출산 도우미로 버는 수입에서 부족한 부분을 채우고 있었다. 그렇다고 메러디스와 조시가 돈이 부족한 것은 아니다. 조시의 수입만으로도 두 사람이 충분히 살 수 있을 정도다. 조시는 고액 자산가들을 고객으로 둔 자산관리 회사에 다닌다. 스케줄이 불규칙한 메러디스는, 어떤 때는 바쁘고 또 그렇지 않을 때는 한가하게 지냈다. 몇 주 내내 출산이 많다가 이후 몇 주 동안은 단 한 건도 없는 식이다. 삶이 안정적이면 좋겠다고, 할 일이 없는 시기에 목표 의식 같은 것이 필요하다고 불평하곤 했다. 메러디스가 요가를 시작한 계기였다.

"전화는 해봤어요?"

"못해도 열 번은요."

"마지막으로 대화를 나눈 게 언제였나요?"

그는 나를 바라보며 짙은 머리칼을 뒤로 넘겼다. "어젯밤 잘 때요." 그가 답했다. 오늘 아침에 그녀를 봤다고 덧붙였다. 그의 옆에 누워 잠이 든 상태였다. 조시는 아내를 깨우고 싶지 않았다. 집을 나서기 전 메러디스의 이마에 입을 맞추었다. 아주 바쁜 하루를 보낸 탓에 정신없이 지나갔다. 메러디스에게 전화나 문자를 할 시간이 나지 않았지만, 조시의 입장에서 보자면 메러디스도 전화나 문자를 하지 않은 것은 마찬가지였다.

"이상할 건 없었어요." 그가 말했다. "메러디스와 제가 그런 편입니다. 하루 일과를 세세하게 서로 알려주다가도 서로 안부를 물을 여유가 없을 때도 있고요. 오늘은 딜라일라도 보지 못했습니다." 그는 안타까운 듯 말했다. "아이가 일어나기 전에 출근을 했어요. 어젯밤 딸아이 컨디션이 어땠는지 도무지 기억이 나지 않습니다. 어떻게든 떠올려 보려고 애를 썼지만요."

조시는 이제 감정이 격해지고 있었다. 눈물을 보이지는 않았다. 하지만 그의 두 눈과 이마에 패인 주름에서 얼마나 걱정하고 있는지 읽을 수 있었다. "이렇게 연락을 안 하는 사람이 아니에요. 이렇게 오랫동안이요."

그제야 무언가 잘못되었음을 직감적으로 느꼈다. 비단 메러디스와 딜라일라를 말하는 것이 아니다. 이 사건뿐이었다면 나도 그다지 걱정이 되지 않았을 것이다. 하지만 열흘 전 저녁, 조깅을 하러 갔다가 실종된 젊은 여성, 셸비 티보가 있었다.

"조시, 무슨 생각하는 거예요?" 그의 팔에 손을 올리며 물었다.

"시터가 딜라일라가 없다고 할 때만 해도 별걱정이 안 되었어요. 처음에는요." 그가 말했다. 잠시 후 그는 아이가 열이 있다고 메러디스가 자신에게 알리지 않은 것도 그랬지만 시터 집에서 딜라일라를 픽업할 필요가 없다는 말도 하지 않은 것이 이상하다는 생각이 들었다. 메러디스라면 미리 연락을 줬을 것이었다.

"하지만 딜라일라는……" 그가 말을 이었다. "자주 아픈 아이예요." 학교를 다니기 시작한 후부터 아이의 면역 기능이 심하게 안 좋아졌다. 부부는 딜라일라를 병균 끈끈이라고 불렀다.

조시는 메러디스도 아픈 딜라일라를 돌보느라 정신없이 바쁜 하루를 보낸 탓에 자신에게 전화를 할 시간이 없었을 거라고 합리화했다.

"시터 집에 나올 때만 해도 집에 메러디스와 딜라일라가 있을 거로 생각했습니다. 그래서 그리 중요하게 생각하지 않았어요. 솔직히 말하면요, 케이트." 그가 말했다. "두 사람이 집에 없을 거라는 생각 자체를 안 했어요. 시터 집에서 출발하기 전에 혹시 약국에서 필요한 게 있는지 물어보려고 메러디스에게 전화를 걸었어요. 약이나, 주스, 아이스캔디요." 딜라일라는 열이 날 때마다 레드 아이스캔디를 찾는다고 설명했다. 열이 나면 그것만 넘길 수 있었다.

"전화했더니요?"

"음성 사서함으로 넘어가더군요."

조시는 집으로 차를 몰았다. 골목으로 진입해 집 뒤에 자리한 차고 문을 연 그는 차고가 텅 비어 있는 것을 확인했다. 집이 캄캄한 것을 보고 어느 정도 예상한 일이었다. 아직 해가 저물지 않은 시간이었다. 하지만 폭풍 때문에 밖이 어둡기도 했고, 특히나 딜라일라가 어둠을 무서워하는 걸 생각해보면 집에 불이 켜져 있지 않은 게 이상했다.

이때부터 그의 안에 걱정이 자라나기 시작했고, 그렇게 벌써 두 시간이 흘렀다. 조시는 주차하고 안으로 뛰어 들어가 텅 빈 집을 마주했다. 개 한 마리만이 레오와 조시를 반겼고, 아침 이후로 아무것도 먹지 못한 듯 개 물그릇과 밥그릇이 비어 있었다.

"시터가 말한 것보다 열이 훨씬 심했을 수도 있겠다는 생각도 들어요." 그가 털어놓았다. "독감이 유행하는 때는 지난 것 같고요. 수막염일 수도 있지 않습니까? 아니면 맹장이 터졌거나? 패혈증일 수도 있고요."

"중이염일 수도 있어요." 조시가 말한 것보다 덜 무서운 병명을 댔다.

나는 레오의 눈높이에 맞춰 몸을 낮추고 부드러운 목소리로 물었다. "레오, 오늘 딜라일라 누나가 어땠는지 말해줄 수 있어? 누나가 안 좋아 보였어?" 아이에게 물었다. "어디 아프다고 했니?"

레오는 젖은 애착담요를 손에 쥔 채 아무 말 없이 빤히 바라보기만 했다. 수줍어하고 있었다. 네 살이긴 하지만 딜라일라가 아프다는 것을 알아채거나 기억하기에는 너무 어린 나이인지도 모른다. 아이의 열이 걱정이었다. 아직도 실종 상태인 셸비 티보가 스쳤다. 날씨도 문제였다. 천둥, 번개, 토네이도의 접근까지. 여기에 더해 현재 강 수위가 높아진 상태다. 돌발 홍수 경보가 너무나 오래 이어지고 있어 해제될 날이 오기는 할지 의문이었다. 물에 잠긴 차들이 도로에서 오도 가도 못 하고 있다는 보도가 계속되었다. 기자들은 침수된 도로는 상당히 위험할 수 있다는 말만 반복했다. 강우량이 300~400밀리미터만 되도 차가 맥을 못 추고 휩쓸려간다. 지난 며칠간 한 달 치 강우량에 달하는 비가 내렸다. 도시에서는 집으로 오수가 흘러 들어갔다. 끔찍했다.

갑자기 뒤쪽 복도에서 무언가 움직이는 소리가 들렸다. 고개를 돌리자 주방과 현관 사이 아치형 출입구를 지나 비아가 우리 쪽으로 다가오는 것이 보였다. 늘 그렇듯 맨발인 비아의 청바지 종아리 부분이 젖어 있었다. "누가 온 것 같다 싶었어." 키가 큰 비아가 나를 내려다보며 웃었다. 오늘 아침 출근할 때 이후로 처음 보는 거였다. 열두 시간 가까이 서서 일해야 할 정도로 지치는 하루였다. 수술도 많았고 안락사도 한 건 있었다. 막퇴근하려던 참에 개 한 마리가 직장 탈출증으로 병원에 찾아왔다. 견주를 야간 응급병원으로 보낼 수도 있었지만, 직원 두 명을 설득해 조직을 제자리로 밀어 넣고 봉합하는 수술로 견주의 돈 수백 달러를 절약해주었다. 야간 응급병원은 비용이 저렴한 편이 아니고, 견주는 비싼 진료비를 감당할 여력이 없었다. 이들이 과연 응급병원으로 갈지 의문이었으며 개가 밤새 아주 힘든 상태로 버텨야 할 것 같아 그렇게 했다.

퇴근하고 집에 왔을 때 비아는 스튜디오에 있었다. 비아를 방해하고 싶지 않았다. 보통 비아와 나는 스쳐 지나가는 사람들처럼 생활한다. 오늘 밤도 비아가 잠자리에 들고 나면 나는 수술 일지를 기록하느라 한참 뒤에야 잠이 들 것이었다. 아침에 하면 되잖아, 같이 자러 들어가길 바라는 비아가 항상 하는 말이다. 하지만 아침이 되면 기억이 잘 나지 않아 일지를 작성하기가 어렵다.

밖에서 차가운 바람이 들어왔다. 5월 말이었다. 훨씬 따뜻해져야 할 시기였지만 엘니뇨의 해였다. 여름에는 평년보다 시원하고 비가 많이 내릴 거라는 관측이다. 지금까지는 기상 캐스터의 예측이 정확하게 맞아 들어갔다.

비아의 셔츠 소매가 손목 위로 걷어 올라가 있었다. 그녀가 내 등허리에 손을 댔다. 차가운 공기와 달리 기분 좋은 따뜻함이 전해졌다. 비아는 내 정수리에 입을 맞췄다.

비아를 바라봤다. "메러디스와 딜라일라가 연락이 안 된대." 내가 말했다. "오늘 두 사람 소식 들은 거 있어?"

비아가 잠시 생각에 잠겼다. "메러디스는 오늘 아침에 여기 들렀었는데." 그녀가 말했다. 비아가 조시를 바라봤다. "집에 우유가 없다면서요." 그녀가 말하자 조시는 몇 시쯤이었는지 물었다. "이른 시각이었어요. 8시쯤이요. 아이들이 아침 식사로 시리얼을 먹고 싶어 한다고요. 시나몬 토스트 크런치 맞지, 레오?" 아이를 향해 웃는 표정을 지으며 물었다. 레오가 수줍게 마주 미소 지었다. "메러디스가 아이들은 집에 두고 나온 거라 우유 한 잔만 챙겨서 바로 떠났어요."

"혹시 딜라일라가 아프다거나 그런 이야기 들었어요?" 조시가 물었다.

비아는 고개를 저었다. "잠깐 들른 거라서요. 우유만 가져갔죠. 아이들만 집에 있었으니까요. 자리를 오래 비우고 싶어 하지 않았어요. 메러디스가 귀찮게 해서 미안하다고 사과를 했어요. 저는 메러디스나 조시가 우리한테 폐가 되는 일은 없으니 걱정말라고 말했고요. 그런데 딜라일라가 아파요?" 비아가 걱정스러운 얼굴로 물었다.

나는 비아에게 조시가 시터에게 들은 이야기를 해주었다. 딜라일라가 열이 난다는 이야기도. "너무 안 되었어요, 조시. 메러디스가 아무 말 없었는데. 별일 아닐 거예요. 혹시 메러디스 핸드폰이 방전된 건 아닐까요?" 비아가 물었다.

"예, 그렇더군요. 그래도 아직까지 집에 오지 않은 이유가 설명이 안 돼요."

"메러디스 핸드폰 찾았어요?" 내가 놀라 물었다. 집에 핸드폰을 두고 나가다니 메러디스답지 않았다.

"아뇨." 조시가 설명했다. "어플이 있어요. 상대방 핸드폰을 추적하는 어플이요. 먼저 어플부터 확인했습니다. 위치 추적이 불가하다고 나오는 걸 보고 방전이 되었거나 꺼둔 상태라고 생각했어요. 하지만 메러디스를 의지하는 산모들이 많아요. 아내가 일부러 핸드폰을 꺼둘 리가 없습니다."

조시가 손목시계를 내려다보며 시간을 확인했다. 딜라일라는 보통 7시 반, 늦어도 8시에는 잠자리에 든다고 말했다. 9시 반에 가까운 시간이었다. "지금쯤이면……" 조시가 말했다. "아이 둘 다 잠이 들고, 메러디스와 저는 TV를 보고 있을 시간입니다."

조시는 두 시간 전에 딜라일라가 진료를 봤는지 확인하려고 다니는 소아과에 전화를 걸었다. 소아과가 문을 닫은 시간이라 연결된 것은 전화 자동응답 서비스였다. 서비스에는 스케줄을 확인하는 옵션은 없었을뿐더러 가능했다고 해도 그에게 알려주지는 않았을 것이다. 조시는 병원 한 곳과 클리닉 몇 군데에 전화를 돌렸지만 시내에는 그런 의료시설이 수십 곳은 되었다.

자신이 한 곳도 빠짐없이 전부 전화를 한 것인지도 확실치 않았고, 그나마 통화가 된 병원들은 유선상으로 환자 정보를 알려주려고 하지 않았다.

나는 다시 메러디스가 출산 호출을 받았을 거라는 쪽으로 기울었다. 산통을 느끼는 고객이 있었고 달리 방법이 없어 딜라일라만 데려간 것이 아닐까? 출산이란 정신없이 순식간에 진행될 수 있다. 아이들이 잠든 저녁, 조시와 메러디스, 비아와 내가 현관 베란다에서 술을 한잔씩 할 때면 메러디스는 황당한 출산 에피소드로 우리를 즐겁게 해주었다. 힘을 주지 않겠다고 하는 산모들, 아들인 줄 믿었다가 딸이 태어나면 길길이 날뛰는 아빠들의 이야기였다. 산통 중인 산모의 자궁문이 2센티미터에서 순식간에 10센티미터까지 열리는 바람에 메러디스가 출산을 놓친, 아니 놓칠 뻔한 적도 있었다. 어쩌면 이번에도 이런 특이한 경우 중 하나일지도 모른다. 메러디스가 조시에게 전화를 하거나 딜라일라를 비아에게 맡길 시간이 없었을지도. 일단 바삐 병원에 가야 했던 상황일지도 모른다.

"그렇다고 해도……" 조시가 물었다. "출산이 급히 진행되었다면 지금쯤 집에 왔어야 하지 않습니까?"

비아는 현관 등 아래 서 있는 레오를 바라봤다. 레오가 무척이나 왜소해 보였다. 번개가 번쩍이거나 천둥이 쾅 하고 칠 때마다 아이는 몸을 움찔하며 조시의 다리에 더욱 바짝 매달렸다. 조시는 메러디스와 딜라일라의 걱정에 파묻힌 나머지 레오가 겁에 질려 있다는 것을 알아채지 못했다.

비아가 레오에게 말했다. "있잖아, 내가 쿠키를 만들었거든. 초콜릿칩 좋아하니?" 아이가 머뭇거리며 고개를 끄덕였다. "주방에 있어. 카운터 위에. 가서 마음껏 먹어도 돼. 주방에 찾아갈 수 있잖아."

레오는 허락을 구하듯 조시를 바라봤다. 조시가 억지로 웃어 보였다. "가도 돼." 그가 말했다. "신발은 벗어야 한다." 주뼛거리며 집 안에 들어간 레오는 신발을 벗고 젖은 양말만 신은 채 쿠키를 향해 달려갔고, 파란색 담요가 그 뒤를 따랐다.

레오가 사라지자 비아가 조시에게 물었다. "경찰에 신고는 했어요?"

조시는 고개를 내저었다. 어딘가 필사적인 몸짓이었다. 눈빛이 복잡해 보였다.

"조시." 비아가 물었다. "메러디스가 집을 떠날 만한 일이 있었나요?" 비아는 돌려 말하지 않았다. 완곡하게 말하는 것은 그녀의 스타일이 아니다. 단도직입적으로 물었다. "싸웠어요?"

그는 단호하게 답했다. "싸우지 않았어요." 그러고는 덧붙였다. "생각하는 그런 게 아니에요. 요즘 메러디스가 평소답지 않았습니다. 내내 스트레스가 심해 보였어요. 말수도 줄었고. 무슨 일인지 알고 싶었어요. 메러디스는 제게 말해주지 않았고요. 별일 아니라고, 괜찮다는 말만 했어요."

"그런 지 얼마나 되었는데요?" 내가 물었다.

"글쎄요," 그가 말했다. "2주 정도요." 내가 메러디스를 마지막으로 본 것이 2주 전쯤이었다. 비아의 서른 번째 생일이라 그날 밤을 기억한다. 메러디스가 딱히 스트레스가 심하다거나 조용하다는 인상은 받지 못했다. 하지만 그래야 할 상황에서는 누구나 멀쩡한 얼굴을 한다.

"메러디스는 조시에게 무언가를 감출 사람이 아니에요." 내가 말했다. 조시와 메러디스는 남들이 부러워할 만한 결혼 생활을 누렸다. 서로에게 언제나 정직하려 한다고 말한 적도 있다. 결혼 전에 두 사람은 화난 채로 잠들지 않기로 약속했다. 커플 사이에 이런 약속을 하더라도 끝까지 지키는 사람은 많지 않다. 하지만 조시와 메러디스는 달랐다.

그런데도 한번씩 서로 비난 어린 말들을 주고받는 것을 우연히 들을 수 있었다. 여름에 창문을 열어 놓으면 가끔 조시와 메러디스의 집에서 화난 음성으로 다투는 소리가 들려왔다. 결혼 생활이란 항상 행복할 수만은 없다. 비아와 나도 다툴 때가 있다.

"알다시피 메러디스는 결손가정에서 자랐어요." 조시가 말했다. "나도 그렇고요. 우리가 자란 가정과는 다른 모습으로 가정을 꾸리고 싶었습니다. 하지만 최근에 메러디스에게 무슨 일이 있었던 것만은 확실해요."

"예를 들면요?" 내가 물었다.

"글쎄요." 그가 답했다. "다른 남자가 생겼을 수도 있다는 생각을 했어요. 저에 대한 사랑이 식었을지도 모르죠."

그의 두 눈이 비아와 나 사이를 오갔다. 우리 둘 중 누구든 자신의 말에 동의하거나 반박해주길 바라고 있었다. 나는 아는 게 없으므로 어느 쪽도 할 수가 없었다. 비아 또한 마찬가지였다. 조시와 메러디스를 잘 안다고는 하지만 그녀의 외도를 알만큼은 아니었다. 그런 이야기를 하는 사이도 아니고, 우리는 메러디스만큼 조시와도 가까운 사람들이었다. 둘 중 누구와 더 각별하다고 말하기 어려웠다. 설사 메러디스가 바람을 피운다고 해도 우리에게 말할 만한 사안은 아니었다.

"그럴 리가요." 내가 말했다. 조시의 마음을 편히 해주기 위해 한 말이지만, 사실 메러디스가 조시를 깊이 사랑하지 않는다고 생각할 이유도 없었다.

"설사 그게 사실이라고 해도, 정말 최악의 시나리오로 메러디스가 조시를 떠난다면 레오는 두고 딜라일라만 데려갈 이유가 없잖아요?" 비아가 물었다. "메러디스는 그러지 않을 거예요, 조시. 두 아이를 얼마나 사랑하는데요. 둘 다요. 잘 알잖아요."

조시가 고개를 저었다. 아무것도 모르겠다는 눈치였다. 그가 물었다. "경찰에 신고해야 할 것 같습니까? 너무 성급한 처사일까요? 메러디스가 올 수도 있으니 하룻밤은 기다리는 게 좋을지도 몰라요. 일을 너무 크게 만들고 싶지 않습니다."

비아가 조시에게 말했다. "조시, 걱정된다면 경찰에 신고해서 나쁠 건 없다고 봐요."

나도 비아의 생각에 동의했다. 아이가 열이 나는 것도 그렇고, 날씨며, 메러디스가 전화를 받지 않는 것까지 걱정해야 할 이유는 많았다. 갑작스레 여성들이 실종되는 끔찍한 일도 있으니까. 셸비가 머리에서 떠나지 않았다.

우리는 조시에게 집 안으로 들어오라고 말했다. 마지막으로 자신의 집을 한번 본 그는 마지못해 안으로 들어왔다. 소파에 몸을 앉힌 조시는 비아가 주방으로 가 레오의 곁을 지키는 사이 경찰에게 전화를 걸어 아내와 딸아이가 사라졌다고 알렸다.

메러디스

11년 전

3월

문자에 모르는 번호가 찍혀 있었다. 지역번호가 630이다. 이 지역이다. 욕실에서 욕조 안에 있는 레오를 지켜보던 중이었다. 아이는 목욕 장난감들을 욕조 가장자리에 죽 늘어놓고는 이제는 미지근해진 물속으로 차례차례 다이빙을 시켰다. 처음에는 레오가 몸을 담그기 힘들 정도로 물이 뜨거웠다. 하지만 벌써 아이가 자기 문어, 자기 고래, 자기 물고기와 욕조 안에서 논 지 30분이 지났다. 아이는 신이 나 보였다.

한편 나는 시간 감각을 잊은 상태였다. 산모 한 명이 진통 초기 단계였다. 문자로 소통하던 중이었다. 산모의 남편은 병원에 가고 싶어 했다. 산모는 너무 이르다는 쪽이다. 진통 간격이 6분 30초 정도였다. 산모 생각이 맞다. 아직은 너무 이르다. 병원에 가봤자 집으로 돌려보낼 텐데, 그렇게 되면 당황스러운 것은 물론이고 산고 중인 산모에게 무척이나 번거로운 일이었다. 그것도 그렇지만, 편안한 내 집이 있는데 군이 병원에서 진통을 치를 이유가 있을까? 아이가 처음인 아빠들은 항상 호들갑을 떤다. 그래봤자 아내에게 전혀 도움이 되지 않는다. 내가 방문할 즈음이면 부부 중 좀 더 차분한 쪽은 진통 중인 산모일 때가 많다. 매번 긴장한 남편을 진정시키느라 정신이 없다. 사실 남편을 진정시키라고 돈을 쓰며 나를 고용한 것은 아닌데 말이다.

레오에게 1분만 더 놀고 머리를 감을 거라고 말한 뒤 산모가 기력과 영양분을 보충하기 위해 간식을 섭취하는 게 좋겠다고 재빨리 문자를 쳤다. 컨디션이 허락한다면 잠깐 눈을 붙이는 게 좋겠다고도 했다. 모두에게 긴 밤이 될 것이다. 출산은, 특히 초산인 산모에게는 단거리 전력 질주가 아니라 마라톤이다.

조시도 집에 있다. 딜라일라가 노는 동안 남편은 주방에서 저녁 식사 뒷정리를 하기로 했다. 뒤이어 딜라일라가 목욕할 차례였다. 내가 집을 나설 즈음이면 취침 준비가 마무리되거나 거의 끝날 즈음일 것이다. 다행이었다. 할 일을 잔뜩 쌓아놓은 채 조시를 집에 혼자 두고 나갈 때마다 마음이 무거웠다.

산모에게 문자를 친 뒤 전송을 눌렀다. 곧장 답장이 왔다. 밤이며 낮이며 시도 때도 없이 울리는, 너무도 친숙한 알림음이 울렸다.

감사합니다, 라는 지극히 일상적인 문자를 고객이 보냈을 거라 예상하며 손에 든 핸드폰으로 시선을 내렸다.

하지만 아니었다.

네가 무슨 짓을 했는지 다 알아. 네가 죽어버렸으면 좋겠어.

문자 옆에는 까맣게 파인 커다란 눈구멍과 치아가 있는 회색빛 해골 이모티콘이 있었다.

근육이 긴장했다. 심장이 빨라졌다. 당황스러웠다. 작은 욕실이 갑자기 견딜 수 없을 정도로 숨이 막혔다. 자욱한 김이 습하고 뜨거웠다. 뚜껑이 덮인 변기 위로 주저앉았다. 맥박이 귀에 들릴 정도로 크게 뛰었다. 잘못 본 건가 싶어 눈앞의 글자들을 다시 쳐다봤다. 잘못 읽은 게 분명하다. "엄마, 1분 지났어?" 레오가 물었다. 귓가에 이명이 울려 아이의 작은 목소리가 아득하게 들렸다. 끔찍한 문자에 놀란 나머지 말이 나오지 않았다.

다시금 핸드폰을 확인했다. 잘못 읽은 게 아니었다.

진통 중인 산모에게서 온 문자가 아니다. 내 핸드폰에 이름과 문자가 저장되어 있는 고객이 보낸 게 아니다. 즉, 이 문자는 내가 아는 사람에게서 온 것이 아니다.

잘못 왔을 거란 생각이었다. 누군가 실수로 이 문자를 내게 잘못 보낸 것이다. 그래야만 했다. 가장 먼저 든 생각은 이 문자를 지우고 싶다고, 없었던 일로 하고 싶다는 것이었다. 없애 버리고 싶었다. 다시 볼 일이 없다면 금방 잊힐 테니.

하지만 이내 이 문자를 보낸 사람이 같은 문자를 보내거나 더 끔찍한 문자를 보낼 수도 있다는 생각이 들었다. 이보다 더 끔찍한 무언가를 상상하기 어려웠지만.

답장을 보내기로 했다. 너무 비난하거나 원망하는 투를 자제하고 해야 할 말만 전달하도록 주의했다. 문자의 진짜 주인이 소아암 자선단체의 기금을 훔치는 등 정말로 나쁜 짓을 한 사람일 수도 있고, 다시 읽어보니 문자도 그다지 악의적인 것 같지 않았다.

문자를 보냈다.

잘못 보내신 것 같습니다.

곧 답장이 왔다.

지옥에서 썩어 문드러져버려, 메러디스

핸드폰이 손에서 미끄러졌다. 비명이 나왔다. 핸드폰이 네이비블루색의 욕조 매트 위에 떨어진 덕분에 소리가 나지 않았다.

이 문자를 보낸 사람은 내 이름을 알고 있다. 내게 보낸 문자가 분명하다.

잠시 후 조시가 욕실 문을 노크했다. 나는 변기 위에서 몸을 벌떡 일으켜 핸드폰 쪽으로 손을 뻗었다. 핸드폰 화면이 바닥을 향해 떨어져 있었다. 핸드폰을 뒤집었다. 화면에 그대로 떠 있는 메시지가 나를 응시하고 있었다.

조시는 들어와도 된다는 허락을 기다리지 않았다. 욕실 문을 열고 곧장 들어왔다. 조시가 보기 전에 핸드폰을 청바지 뒷주머니에 쑤셔 넣었다.

"이렇게 오래 씻으면 바닷물이 다 마르겠는걸?" 조시가 말했다.

레오가 춥다고 불평했다. "이제 욕조에서 나오자, 그럼." 조시가 몸을 숙여 아이가 물 밖으로 나오도록 도와주었다.

"아직 못 씻겼는데." 조시에게 고백했다. 내 앞에 선 레오가 턱을 덜덜 떨고 있었다. 미처 몰랐는데 레오 팔에 닭살이 돋아 있었다. 아이는 추위에 떨고 있었고, 그 모습을 보자 갑자기 죄책감이 밀려들었다. 다만, 그 죄책감마저도 혼란과 공포에 가려졌지만. 아이에게 전혀 신경을 쓰지 못했다. 욕조 물이 온 바닥에 튀었지만 아이의 머리카락은 물 한 방울 묻어 있지 않았다.

"아직 안 씻겼다고?" 조시가 어떤 생각을 하는지 알 것 같았다. 자신이 식탁을 치우고, 냄비와 프라이팬 설거지를 하고, 싱크대를 닦을 동안 나는 아무것도 하지 않았다. 내게 화를 내거나 비난하는 것은 아니다. 조시는 화를 내는 사람이 아니다.

"출산 중인 산모가 있어서." 조시에게 설명했다. "산모가 계속 문자를 보냈거든." 레오를 막 씻길 참이었다고 말했다. 욕조 옆에 무릎을 대고 바닥에 앉았다. 샴푸로 손을 뻗었다. 청바지 뒷주머니에서 또 한번 핸드폰 알림이 울렸다. 이번에는 무시했다. 무슨 일인지 파악하기 전에는 조시가 알게 하고 싶지 않았다.

조시가 물었다. "확인 안 해도 돼?" 나중에 봐도 된다고 답했다. 샴푸를 레오의 머리에 문지르며 집중하려 했지만 자꾸 초조해졌다. 손을 너무 부주의하게 움직인 나머지 거품이 아이의 눈에 들어갔다. 뻔히 보면서도 내가 떠올릴 수 있는 방법이란 것이 거품이 잔뜩 묻은 손으로 아이의 이마를 닦아내는 것이었다. 전혀 도움이 안 됐다. 오히려 독이 되었다.

레오가 투정을 부렸다. 레오는 불평불만을 하는 아이는 아니다. 순한 아이였다. 눈에 샴푸가 들어가 엄청 따가울 텐데도 젖은 손으로 눈가를 훔치며 "아야" 하는 게 다였다.

"아가, 많이 따갑니?" 미안한 마음이 들었다. 하지만 무엇보다 가슴이 쿵쾅거려 미칠 것 같았다. 내 머릿속에는 한 가지 생각밖에 없었다.

지옥에서 썩어 문드러져버려, 메러디스.

도대체 누가, 왜 내게 이런 문자를 보낸 걸까? 누구인지는 몰라도 나를 아는 사람이 분명했다. 내 이름을 알고 있다. 내가 한 일 때문에 화가 나 있다. 내가 죽기를 바랄만큼 말이다. 그럴 만한 사람이 없었다. 누군가에게서 죽었으면 좋겠다는 소리를 들을 정도로 잘못한 일이 떠오르지 않았다.

욕조 끝에 걸쳐져 있는 젖은 수건을 손에 쥐었다. 레오에게 수건을 건네 눈에 대고 있게 할 생각이었다. 수건을 건네는 손이 덜덜 떨렸다. 결국 욕조 안으로 수건을 떨어뜨리고 말았다. 미지근한 물이 튀어 올라 아이의 눈에 들어갔다. 이번엔 아이가 울음을 터뜨렸다.

"어머나, 엄마가 미안해. 수건을 놓쳤어."

수건을 건져 아이에게 전해주려 했지만 또 한번 빠뜨리고 말았다. 아이가 알아서 물에서 건져 직접 눈을 닦아내도록 더는 손대지 않았다. 그동안 조시는 두 발짝쯤 뒤에 서서 우리를 지켜보고 있었다.

또 한번 핸드폰 알림이 들렸다. "당신과 대화를 나누고 싶어 죽겠나 본데."

죽겠는. 이 말밖에 안 들렸다.

다행히도 조시에게 등을 보인 상태였다. 그의 말을 듣는 내 표정이 어땠는지 그는 볼 수 없었다.

"그게 누군데?" 내가 물었다.

"당신 고객 말이야." 고개를 돌려 조시를 바라봤다. 그가 뒷주머니에서 삐져나온 핸드폰으로 눈짓을 했다. "당신이 정말 필요한가 봐. 얼른 확인해봐, 메러디스." 따뜻하고도 배려 있는 말이었고, 그제야 나는 산통 중인 산모를 떠올리고 죄책감을 느꼈다. 정말 산모면 어떡하지? 진통 간격이 짧아져서 내가 정말 필요하게 된 거라면?

조시가 말했다. "당신 나갈 준비 할 동안 레오는 내가 마저 씻길게." 그의 말에 순순히 따랐다. 여기서 벗어나야 했으니까. 핸드폰에 도착한 문자가 내 고객인지 아니면 다른 사람인지 확인해야 했다.

바닥에서 몸을 일으켰다. 문가에 선 조시를 살짝 스치며 지나쳤다. 그가 내 팔을 잡았고, 나를 끌어당겨 안아주었다. "괜찮아?" 그의 물음에 나는 괜찮다고 답했지만 내가 듣기에도 과장되게 밝은 목소리였다. 하나도 괜찮지 않았다.

"산모 때문에." 내가 말했다. "이전에 사산한 적이 있어. 32주차에. 본인도 이번에 만삭까지 올 수 있을 거라고 생각 못 했거든. 짐작할 수 있겠어? 32주에 아기를 잃는 게 어떨지?"

조시는 상상할 수 없다고 했다. 그의 시선이 레오에게 향했고 이내 슬픈 표정이 되었다. 거짓말을 해서 미안했다. 32주에 아기를 잃은 산모는 다른 사람이다. 그 산모가 소식을 알렸을 때

마음이 찢어지는 것만 같았다. 의사가 배 속 아기의 심장 소리가 들리지 않는다고 이야기할 당시를 설명하는 그녀를 보며 이를 악물고 눈물을 참아냈다. 이후 유도분만을 진행했고, 친정어머니만 곁을 지키는 상황에서 사산한 태아를 출산했다. 당시 산모의 남편은 파견 상태였다. 후에 산모는 죄책감에 휩싸였다. 아이가 죽은 것이 그녀의 잘못이었을까? 그녀의 손을 잡고 그녀의 잘못이 아니라고 수천 번 말해주었다. 그녀가 내 말을 믿었을지는 모르겠다.

거짓말 덕분에 모든 것이 순조로웠다. 조시는 더는 묻지 않고 자신이 도와줄 일이 있으면 무엇이든 말해 달라고 했다. 나는 괜찮다고, 옷만 갈아입고 바로 나가겠다고 답했다.

욕실을 나섰다. 침실로 들어와 문을 닫았다. 서랍에서 수술복 바지와 긴팔 티셔츠를 꺼냈다. 꺼낸 옷을 침대 위에 올려놓고는 갈아입기 전에 주머니에서 핸드폰을 꺼냈다. 핸드폰을 쥔 채로 깊이 심호흡을 하며 마음을 다잡았다. 어떤 메시지가 나를 기다리고 있을까. 더 잔인한 협박? 심장이 쿵쾅거렸다. 무릎이 떨렸다.

핸드폰 화면을 확인했다. 메시지 두 통이 와 있었다.

첫 번째 메시지에는 양수가 터졌어요. 진통 5분 간격이라고 적혀 있었다.

그다음 메시지는 병원으로 이동 중. ─ M이었다.

참았던 숨을 토했다. 산모 핸드폰으로 남편이 보낸 것이었다. 안도감에 다리의 힘이 다 풀렸고, 침대 가장자리에 털썩 주저앉아 의식적으로 호흡하려 했다. 깊고 오래 숨을 들이마셨다. 폐가 견디기 어려울 때까지 숨을 참았다. 숨을 내쉬며 긴장감을 떨치려고 노력했다.

산모의 진행 속도가 빨라 마냥 앉아 있을 수는 없었다. 바로 나가야 했다.

레오
현재

솔직히 말해 경찰이 누나를 찾을 수 있을 거라 생각지 않았다. 이미 오래전에 포기한 일이었다. 더 솔직히 말하자면 누나를 찾지 못했으면 좋았을 걸 싶은 마음이다. 누나 없이도 아빠와 나는 잘 지내고 있었으니까. 아빠가 괜찮아지기까지 오랜 시간이 걸렸다. 누나가 나타나 아빠의 상처를 다시 건드린 바람에 아빠는 꼭 엄마가 막 돌아가신 그때처럼 슬퍼하고 있다.

사실 아빠는 누나를 그리워하느라 내게 아빠 역할을 해주지 못했다. 이제 누나가 돌아왔고, 아빠 눈에는 누나밖에 보이지 않는다.

그렇다고 해서 내가 누나를 그리워하지 않은 것은 아니다. 실종사건 후로 누나를 생각하는 날이 많았다. 물론 내가 기억하는 것이라고는 누나의 빈자리뿐이다. 원래 누나가 있다는 건 알고 있었어도 내 기억에 누나가 있던 적은 없다. 누나에 비해 나는 항상 후순위였다.

우리 집에 누나 방이 있다. 그 방에 누가 살았던 때가 기억나지 않는다. 분홍색 방이라는 거, 그것만 안다. 함부로 들어가서 어지럽히면 안 되었으니까. 출입금지 구역이었다. 아빠는 그 방을 성스럽고 신성한 곳으로 대했지만, 사실 그저 먼지가 쌓인 낡은 방에 지나지 않는다.

학교에서는 누나 때문에 나를 특수교육이 필요한 아이처럼 대한다. 엄마는 죽고 누나는 실종된 내게 다들 따뜻하게 대해줄 거라고 생각하겠지만, 내게 친절하게 구는 사람은 아무도 없다. 나를 괴짜 취급한다.

누나가 있었던 때가 기억나지 않는다. 그렇다고 슬퍼할 일은 아니다. 누나가 사라진 당시를 기억하려고 애썼다. 기억하고 싶었다. 하지만 아이의 기억력이란 이상하다. 어렸을 때 누나랑 같이 놀거나 엄마가 자장가를 불러주는 추억이 왜 떠오르지 않는지, 베이컨 냄새만 맡으면 왜 속이 울렁거리는지 그 이유를 파헤치려고 내현기억과 외현기억에 대해 얼마나 많이 조사했는지 모른다.

아빠는 내가 뒷마당에 있는 그네를 타면 누나가 밀어주었다는 이야기를 들려주었다. 그 그네는 아직도 거기 있다. 보통 그네와 달리 두꺼운 줄로 연결한 나무판자로 만들었다. 아마 누나도 기억하지 못하겠지만 내가 세 살 그리고 누나가 다섯 살 때 그네를 너무 세게 민 나머지 내가 떨어지며 얼굴을 땅에 박은 적이 있다. 기억은 나지 않는다. 하지만 아빠가 하도 자주 들려준 터라 꼭 내가 실제로 기억하는 일처럼 느껴진다. 그넷줄을 놓치고 앞으로 떨어지며 얼굴이 땅으로 떨어질 때의 느낌이 생생하다고 스스로 생각할 정도다. 그 일로 인해 눈에 흉터가 생겼는데도 떨어진 기억은 사라졌다. 누나가 내가 탄 그네를 밀어주었던 것도, 그러다 내가 떨어져 다친 것도 모두 실제로 벌어졌던 일이니 거짓 기억이 아니다. 다만, 내게는 거짓말처럼 느껴진다. 이 둘은 다르다.

왜 이런 소리를 늘어놓는지 모르겠다. 누나에게는 별 의미 없는 이야기일 텐데.

사라진 누나와 유대감을 느끼고 싶었던 나는 누나의 이름을 구글에 검색했다. 인터넷에는 누나 이야기가 가득했다. 대부분 누나가 사라지기 며칠 전의 상황을 정리한 것이다. 수색 진행 상황과 엄마에게 있었던 일, 전부 다 허위신고로 끝난 목격담까지. 한번은 잭슨빌에서 한 여성이 근무하던 중고차 중개소 바로 건너편에 있는 아이홉IHOP 레스토랑에서 누나를 봤다고 했다. 그날 밤 비행기를 예약한 아빠는 나를 집에 남겨둔 채 플로리다에 가서 며칠이나 누나를 찾았다. 하지만 누나를 어디서도 볼 수 없었다. 1년 후 어떤 남성이 캘리포니아주 레드우드시티에 있는 세이프웨이Safeway 마트에서 누나를 발견했다고 했을 때도, 이후 한 트럭 운전사가 휴게소에서 분명히 누나를 봤다고 맹세했을 때도 누나는 없었다. 아빠는 신고가 들어온 장소를 모두 찾아갔지만 늘 슬픈 얼굴로 돌아왔다.

누나에게 보상금이 걸려 있었다. 돈 때문이라면 사람들이 못

할 짓은 없다. 거짓말까지도.

온라인에 음모론이 떠돌기도 했다. 그중 내가 가장 좋아하는 사건은 2015년 메이시스 추수감사절 퍼레이드를 찍은 흑백사진 배경에 있는 소녀가 누나임이 확실하다는 신문기사로 떠들썩했던 일이다. 지금도 그 사진은 인터넷에 쫙 깔려 있다. 누군지는 몰라도 유명이든 오명이든 널리 알려진 그 소녀의 신원을 경찰은 끝내 밝히지 못했지만, 그 사진을 시작으로 **딜라일라를 찾습니다** 식의 이름을 내건 사이트가 여럿 생겨났다. 누나를 찾아 보상금을 받으려고 혈안이 된 사람들이 운영하는 사이트였다.

보상금은 1만 달러가 되었다. 누나를 발견한 여성은 잭팟을 터뜨렸다.

흔히들 인터넷이 모든 것을 알고 있을 거라 생각하지만, 인터넷에 나오지 않은 사실이 하나 있다. 집으로 돌아온 소녀는 실종된 소녀와 같은 사람이 아니라는 것이다.

케이트

11년 전

5월

마침내 경찰이 도착했을 때 비아는 자고 있었다. 날씨로 인해 위급한 사건이 많아져 경찰이 오는 데만도 한 시간이 넘게 걸렸다. 경찰과 구조대원들이 나서 침수된 도로와 집에서 사람들을 구조하느라 정신없이 바빴다.

경찰은 사이렌과 경광등을 켜지 않았다. 경찰차는 잠영하듯 깜깜한 거리에 조용히 진입해 길가에 차를 붙이고는 조시와 메러디스의 집 앞에 주차했다.

메러디스와 딜라일라의 실종신고를 하자 경찰이 출동하겠다는 답변을 받은 조시는 경찰이 오기 전에 레오를 재우려고 집으로 갔다.

엄마는 언제 와요? 우리 집을 나서던 레오가 손가락과 입술에 초콜릿을 묻히고는 졸음이 덕지덕지 붙은 얼굴로 물었다.

나는 맨발에 담요를 두른 채 현관문을 열고 베란다로 나갔다. 현관 등을 끄고 어둠 속에 몸을 숨겼지만 그래도 긴장 상태를 유지했다. 지금껏 벌어진 일을 보면 두려움을 느낄 수밖에 없었다. 이 동네에 여성을 스토킹하는 괴물이 있는 것인지, 셸비와 메러디스에게 일어난 일을 별개의 사건으로 생각하지 않을 수 없다.

내 뒤로 누구도 접근하지 못하도록 등을 벽에 기대었다. 나무로 된 베란다 바닥을 밟은 두 발이 축축해졌다. 비는 여전했지만 전보다 속도가 느려졌고, 밤은 한결 온순해졌다. 고요한 보슬비로 잦아들었다. 나는 어둠 속에 서서 시야를 막아선 나무들 사이로 거리를 응시했다. 경찰관 두 명이 조시와 메러디스 집으로 다가갔고, 경찰관들이 현관문을 두드리는 소리에 잠든 레오가 깰까 조시가 얼른 문을 열어주는 모습이 보였다.

경찰관들의 말소리가 들렸다. 남자 한 명, 여자 한 명이다. 경찰관들이 자신의 신원을 밝혔다. 인사를 한 조시도 자신의 이름을 말했다. 조시가 두 사람을 안으로 초대했다. 경찰관들이 집 안에 들어가고 조시가 현관문을 닫았다. 블라인드가 걷혀 있어 조시와 경찰관들의 모습은 보이지만 대화 소리는 들리지 않았다. 밤공기가 서늘했고, 얼마 지나지 않아 추위가 느껴졌다. 5분만 하던 것이 15분이 지날 때까지 바깥에 있던 내가 집으로 들어가 창문으로 세 사람의 모습을 지켜봤고, 그로부터 45분이 지나서야 경찰관들이 집을 나섰다.

조시가 전화나 문자로 새로운 소식을 전해주지 않을까 괜히 기다렸다. 내가 전화를 걸어볼 생각도 했지만 선을 넘고 싶지는 않았다. 수술 일지를 작성하는 데 집중하려고 해도 머릿속이 너무 시끄러워 집중이 어려웠고, 메러디스와 딜라일라에 관한 생각으로 가득했다. 11시가 다 되었는데도 그들은 아직 집에 오지 않았다. 벌써 몇 시간 째, 이 늦은 시간까지 연락이 되지 않는 걸 보면 더는 두 사람에게 아무 일도 일어나지 않았을 거라 생각할 수는 없었다. 메러디스의 차가 강물에 빠져 있는 장면, 메러디스와 딜라일라가 셸비와 함께 있는 장면들이 머리를 어지럽혔다. 끔찍한 상상으로 두려워진 나는 눈물을 참으며 아닐 거라고, 셸비에게 무슨 일이 벌어졌더라도 메러디스와 딜라일라는 괜찮을 거라 생각하려 애썼다.

비아와 내가 그 뉴스를 접한 것은 열흘 전이었다. 셸비를 몰랐지만 그녀의 이름이 페이스북에 도배되기 시작했고, 그날 늦게 신문과 뉴스에 여성 실종사건이라는 타이틀로 보도되었다.

비아와 나는 경찰차들이 동네를 돌며 순찰하고 경찰견들이 티보의 집 안팎을 오가며 셸비의 냄새를 맡는 모습을 지켜봤다. 셸비의 얼굴을 뉴스에서 처음 봤다. 전에는 그녀에 대한 이야기를 한번도 들은 적이 없었다. 우리가 사는 곳은 인구 10만 명이 넘는 규모가 큰 교외 지역이다. 이곳에 사는 주민들을 전부 알 수가 없다.

그녀의 남편 말에 따르면 셸비는 실종된 날 저녁에 조깅을 하러 나갔다고 한다. 밤 10시가 넘어 밖은 어두웠다. 비아와 나는 같은 생각을 했다. 여자 혼자서 바깥에서 뛰기에는 너무 늦은 시간이다. 그러나 그녀의 남편은 집에 갓난아기가 있다고 설명했다. 셸비는 집에서 아기를 돌봤다. 남편의 근무 시간이 길어 그날 밤에도 남편이 퇴근한 후 두 사람은 저녁을 함께 먹고 아내는 아기의 수유 시간까지 기다렸다. 그녀가 늦은 밤에 나가는 게 처음 있는 일은 아니었다. 셸비가 혼자만의 시간을 누릴 수 있는 때는 그 시간대밖에 없었다.

그리고 그날 저녁 이후 그녀는 집에 돌아오지 않았다.

셸비의 남편인 제이슨 티보는 가장 먼저 용의선상에 올랐다. 우리가 아는 한, 남편이 최초이자 유일한 용의자다. 그는 여전히 용의자 신분이다. 순식간에 기자들과 경찰의 손에 부부의 비밀이 드러났고, 곧 만천하에 공개되었다. 제이슨의 친구들은 셸비가 무슨 일이든 지나치게 극적으로 만드는 데 탁월한 소질이 있는 여자라고 밝혔다. 그녀가 거짓말쟁이에 사기꾼이라고 말했다. 소셜 미디어 사이트마다 온갖 가십이 난무했다. 경찰에서는 페이스북 계정에 셸비의 실종 경위를 정리해 올렸다. 무자비한 댓글이 달렸다. 위험하다고 해도 직접 당해서 온몸이 부서져야 알 여자, 라고 누군가 적었다.

셸비 측에서 반격해 왔다. 제이슨의 친구들을 명예훼손이라고 비난했다. 셸비를 아는 사람들은 그녀가 절대로 그런 사람이 아니었다고 말했다. 친절하고 사랑이 넘치는 사람이었다고. 그녀는 언제나 타인을 먼저 생각했다. 이들은 아기가 태어난 후 외도를 저지른 쪽은 오히려 남편이었고, 아마도 그 전부터 그랬을 거라고 주장했다. 보아하니 아빠로 사는 삶은 그의 취향이 아니었고 일부일처제 또한 그랬다.

남편이 셸비에게 어떤 짓을 했을 거라 예상할 수 있었다. 하지만 메러디스와 딜라일라의 실종까지 발생하니 두려운 생각이 싹텄다. 가정폭력 문제가 아니라면? 이곳에 연쇄 납치범이 돌아다니고 있는 게 아닐까?

메러디스

11년 전

3월

병원을 나서니 주차 건물이 텅 비어 있었다. 새벽 3시 30분이었다. 일곱 시간 가까이 산모가 예쁜 사내아이를 분만하는 과정을 도왔다. 산모와 남편은 아이에게 제플린이라는 이름을 붙였다. 끔찍한 이름이다. 태어난 지 고작 몇 시간밖에 안 되었지만 아이가 학교에서 이름으로 놀림당하는 모습이 벌써 그려졌다. 하지만 누구도 내 의견은 묻지 않았다. 산모의 남편인 맷은 아마추어 기타 연주자로 70년대 록 광팬이다. 부부는 이미 몇 주 전에 아이 이름을 정해놓은 상태였다.

밤새 핸드폰이 조용했다. 내게 문자를 보낸 사람은 조시뿐이었다. 그는 잠자리에 들기 전 잘 자, 라는 인사와 함께 사랑한다는 문자를 남겼다. 진행 상황이 어떻게 되고 있는지, 몇 시쯤 집에 들어올 수 있는지 한번도 묻지 않는다. 조시는 이런 걸 물을 정도로 어리석은 사람이 아니다. 내가 답할 수 없는 문제라는 것을 그도 알고 있다. 출산은 예측할 수 없는 일이다.

그래도 초산치고는 비교적 빨리 끝났다. 내 관심은 오직 산모와 아기뿐이었다. 반가운 도피였다. 이외에는 아무것도, 그러니까 그 끔찍한 문자 같은 것을 생각할 여유가 없었다.

하지만 주차장 건물 4층에 들어선 지금은 그 문자들이 다시금 되살아나기 시작했다. 저 멀리에 있는 차가 보였다. 뜀박질에는 못 미치지만 빠르게 걸으며 차 쪽으로 속도를 높였다. 주차된 차가 몇 대밖에 없었다. 병원 면회 시간이 지난 지 이미 오래였다. 남은 차들은 환자나 병원 관계자의 것이다. 주차 건물의 모든 환경이 너무도 전형적이었다. 어두침침하고, 더럽고, 폐소 공포증을 불러일으켰다. 주차 건물이 환기가 되지 않는 벽돌로 만들어져 악취도 났다. 문자를 봤기 때문이 아니라도 주차장 자체만으로 두려움이 생기기 충분했다. 영화 속 한 장면 같았다. 늘 그랬지만, 오늘은 특히나 무서웠다.

핸드백 안으로 손을 넣었다. 조시 때문에 후추 스프레이를 갖고 다닌다. 그는 늦은 밤 길거리나 외딴 주차장을 나 홀로 다니는 것을 싫어했다. 그에게 터무니없는 생각이라고 말했다. 내게 끔찍한 일이 벌어지지 않을 거라고 자신했다. 하지만 지금은 후추 스프레이가 있어서 다행이었다. 이 스프레이 한 통을 몇 년째 갖고 다녔다. 아마도 유통기한이 지난 탓에 성분이 다 분해되어 정말 필요한 순간에 별 도움이 되지 못할 수도 있다. 하지만 손안에 쥐고 있는 것만으로도 안심이 되었다. 아무것도 없는 것보다야 낫다.

고개를 들고 자신감 있게 걸었다. 걸음을 내디딜 때마다 주위를 살피며 경계를 늦추지 않았다. 아무도 없었다. 주차장은 텅 비었다. 하지만 빛이 닿지 않는 구석구석 어두운 공간이 있다. 코너마다 계단으로 연결되는 문이 있다. 그 문이 활짝 열려 새카만 어둠이 입을 벌리고 있었다. 누가 그곳에 있다면, 열린 문에서 세 발짝 뒤 새카만 어둠 속에 누군가 있다 해도 나로서는 결코 알 수가 없다. 누가 내 뒤를 따라오고 있는지도 알 수 없다. 발소리에 귀를 기울였다. 그러나 환기팬인지 배기팬인지가 돌아가는 소리만 주차장에 울렸다. 덕분에 다른 소리가 묻혔다. 팬 소리밖에 들리지 않았다. 뒤에 누가 있는지 두 번이나 돌아봤지만 아무도 없다. 재차 확인했음에도 공포가 좀처럼 사그라지지 않았다. 고개를 다시 앞으로 돌리면 누군가 뒤따르고 있다는 불안함이 바로 되살아났다.

다시 핸드백 안에 손을 밀어 넣었다. 핸드폰을 찾아 손안에 쥐었다. 조시에게 전화를 걸어 잠을 깨울 생각은 없다. 호들갑을 떨 테니까. 내가 겁을 먹었다는 것을 알면 조시는 분만 때마다 일개 중대를 붙여 내 안전을 지키려고 할 터였다.

케이트나 카산드라, 비아에게 전화를 걸어볼까 생각도 했다. 전화 너머로 누군가 함께 있어 준다면 든든할 것 같았다. 하지만 새벽 3시 30분이다. 전화로 잠을 깨울 수는 없다.

걸음 속도를 좀 더 높였다. 주차장을 반쯤 가로질렀을 때는 뛰기 시작했다. 땀이 나고 호흡이 가빠져 숨을 쉬기가 어려울 정도였다. 심장이 뛰는 소리가 귀에 울렸다.

차에 도착했다. 문을 급히 연 후 운전석에 뛰어들다시피 올랐다. 문을 세게 닫았다. 잠금 버튼을 누르고도 룸미러를 보면 누군가 있을 것만 같아 마음이 완전히 놓이지 않았다. 문자 메시지를 생각해보면 내가 느끼는 두려움이 터무니없는 것은 아니다. 네가 죽어버렸으면 좋겠어. 지옥에서 썩어 문드러져버려. 불안해할 이유가 충분했다. 그렇지만 이 문자는 그저 장난일 뿐이라고, 괴상한 유머 감각이 있는 누군가가 보낸 거라 생각하려 애썼다. 물론, 그럴 만한 사람을 떠올릴 수는 없지만.

차 키를 꽂았다. 시동을 걸었다. 후진 기어를 넣으려 할 때 누군가 창문을 두드렸다. 차창에 드리워진 검은 형체를 보고 비명을 질렀다. 누군가 차 옆에 서 있었다. 얼굴이 보이지 않는다. 후추 스프레이를 쥐었다. 이외에 내가 쓸 수 있는 것은 성에 제거기와 차 키뿐이다.

검은 형체가 몸을 숙이자 조산사인 재닛의 얼굴이 창문 너머로 보였다.

손으로 가슴을 꼭 눌렀다. "깜짝이야." 어색하게 웃는 얼굴로 창문을 내리며 긴장을 풀고자 이렇게 말했다. "너무 놀랐잖아요, 재닛."

심호흡을 했다. 주차장에 있는 사람은 재닛이었다. 재닛이 있는 한 나를 해치려 드는 사람은 없을 것이다.

"미안해요!" 출산의 흥분이 아직 가시지 않은 목소리로 그녀가 말했다. 조산사들이 출산 후 생기가 넘칠 때가 있다. 이번 출산의 경우, 스물네 시간의 산통 끝에 결국 제왕절개를 해야 하는 상황이 벌어지지 않아 더욱 그렇다. "저 본 줄 알았죠." 재닛이 말했다. "뒤에서 따라가고 있었는데. 제가 불렀잖아요."

"못 들었어요. 들었으면 멈췄죠."

재닛은 장난기 가득한 미소를 짓고는 제플린이라니, 라고 말했고, 그녀의 말에 둘 다 웃음을 터뜨렸다. "친구들이 얼마나 신나게 놀려댈까요."

"그 이름을 생각하면 아이가 안쓰러워요." 내가 말했다. "크면서 얼마나 부모를 원망할까."

"토머스나 제임스 같은 이름이 어디가 어때서요?" 재닛이 물었다. 재닛은 나보다 나이가 많다. 아무래도 좀 더 보수적인 편이다.

"재닛, 토머스와 제임스는 인기 없어진 거 몰랐어요? 요즘에는 다 제이콥, 노아, 메이슨 이런 이름이 많아요."

"그리고 제플린도요."

"비극이죠." 내가 말했다. 함께 큰 소리로 웃었다.

"벌써 시간이 이렇게 됐네요." 재닛이 말했다. 몇 시간 후면 해가 뜰 예정이다. "얼른 집에 가서 아이들 깨기 전에 잠 좀 자두는 게 좋겠네요."

재닛과 작별 인사를 나눴다. 더 깊숙한 곳에 주차된 차를 향해 가는 재닛을 지켜봤다. 재닛이 안전하게 차에 오르는 것을 확인하고 나서야 차를 돌려 주차장을 빠르게 빠져나갔다. 바깥에 나가니 안도감이 밀려들었다. 거리에는 다른 차들도 보였고,

빌딩 불빛과 가로등이 있었다. 동이 트려면 아직 몇 시간 더 있어야 하지만 보름달에 가깝게 달이 차오른 덕분에 거리가 밝았다. 24시간 맥도널드가 내게 손짓했고, 패스트푸드를 좋아하진 않아도 간단히 허기를 채울까 고민했다. 배가 너무나 고팠고, 당장 기름진 음식을 먹고 싶었다.

안도감은 그리 오래가지 못했다. 얼마 지나지 않아 익숙한 핸드폰 알림음이 들린 탓이다. 문자 수신음이었다. 상황이 궁금한 조시가 보낸 것일 수도 있다. 화요일에서 수요일로 넘어가는 새벽이라 애들을 어떻게 해야 할지 상의하려고 말이다. 조시는 아침 6시에 출근한다. 내가 그때까지 집에 들어오지 못할 경우를 대비해 계획을 세우려 하는 것이다. 물론 조시의 출근 시간 전에는 집에 도착하겠지만 그는 아직 모르는 상태다. 조시는 만약에 사태에 대비하려는 것이다.

조수석에 있는 핸드폰을 들어 남편의 메시지를 확인했다.

메시지는 조시에게서 온 것이 아니었다. 그 전과 같은 낯선 번호로 온 문자는 이렇게 적혀 있었다.

집에 조심히 들어가.

레오

현재

우리가 어렸을 때 아빠가 찍은 영상이 몇 개 있다. 다 합치면 장장 몇 시간이 되는 영상이다. 유독 감상에 빠지는 밤이면 아빠는 그 영상을 틀어 내게 보여준다. 영상 속 여자아이는 밝고 엉뚱하다. 자주 웃는다. 항상 키득거리며 웃고 있다. 반면 누나는 늘 심각한 얼굴이다. 항상 놀라고, 겁에 질린 표정을 하고 있다. 영상 속 여자아이와는 완전히 딴판이다. 다른 사람이 되었다.

아빠가 경찰의 연락을 받을 당시 나는 학교에 있었다. 아빠는 나를 데리러 학교에 왔다. 4교시 심화 대수학 시간이었다. 다들 싫어하는 과목이지만 나는 별로 어렵지 않아 좋아하는 과목이다. 나는 수학을 잘한다. 내가 뭘 잘하는지가 누나에게 중요한 건 아니지만. 교내 방송으로 나를 호출하자 아이들은 내가 잘못을 저질러 불려가는 줄 알고 동요했다. 솔직히 말해볼까? 다들 나를 싫어한다. 난 이상한 애, 괴짜, 루저 취급을 받는다. 누나

덕분이다. 그렇다고 문제를 일으키거나 하지는 않는다. 내가 참을 수 없을 때는 애들이 나에 대한 루머를 퍼뜨릴 때뿐이다.

아래층에 내려가니 교무실에서 아빠가 기다리고 있었다. 울고 있었던 것처럼 아빠의 눈이 빨갛게 젖어 있었다. 당황스러운 일이었다. 애들이 당신 아빠가 우는 모습을 봤다고 생각해봐라. 토드 펠딩이 지나가며 이 광경을 봤고, 그 순간 이 일이 평생 나를 따라다닐 거라고 직감했다.

아빠와 함께 학교를 나선 뒤 누나를 데리러 갔다. 경찰서 안 어떤 사무실에서 누나를 보호하고 있었고, 그곳에 가자 누나와 여자 경찰관이 있었다. 여자 경찰관도 물론 이름이 있다. 롤링스 형사였다. 나는 그렇게 부르는 것이 싫을 뿐이다. 아빠는 롤링스 형사님이라고도 불렀지만 보통은 카먼이라고 했다. 확실하진 않지만, 추측건대 아빠와 그 형사 사이에 뭔가 있는 듯싶다. 이 사건 처음부터 수사를 맡아, 아빠의 표현대로라면 사건에 모든 것을 바친 형사였다. 아빠는 저 여자가 아빠에게 몸이 달아 있다는 것을 전혀 모르는 눈치다. 그저 미제사건을 해결하는 데 열심인 거라고만 생각한다. 하지만 여자의 관심은 온통 아빠를 한번 어떻게 해보려는 데 있고, 단언컨대 여자는 이랬던 적이 몇 번이나 있을 것이다.

아빠는 모르지만 나는 여형사가 아빠에게 보낸 문자를 본 적 있다. 지나치게 끈적이고, 질척이고, 감상적이었다. 문자를 보고 나니 구토가 올라올 정도였다. 용감하고, 따뜻하고, 정직한 모습을 존경한다며 아빠를 추켜세웠다. 한번씩 이런 문자를 보내기도 했다.

조시 생각하고 있었어요. 당신과 레오는 언제나 제 마음속에 있어요.

우웩.

경찰이 음식을 준비했다. 누나가 음식을 먹기 시작했다. 다만 먹는 법을 잊은 사람 같다. 도구도 제대로 쓸 줄 몰랐다.

누나는 말랐다. 피부도 창백했다. 손을 떨었다. 아빠는 자신의 딸이라고 확신한 듯 한걸음에 달려가 누나를 안았다. 누나의 몸이 뻣뻣하게 굳었다. 내 눈에는 죽은 사람처럼 보였다. 누나가 몸을 떼어 내려 해도 아빠가 놓아주지 않았다. 아빠는 눈물을 흘렸다. 다시는 놓치지 않겠다는 듯이 누나를 끌어안았다. 형사가 아빠의 팔에 손을 올리며 잠시 시간을 주자고 했다. 아빠의 행동이 당황스러웠다. 내 얼굴이 다 뜨거워졌다.

아빠는 누나의 얼굴을 감쌌다. "네 엄마를 꼭 닮았구나." 내가 봤던 엄마 사진들을 떠올리면 실제로 많이 닮아 보였다. 엄마처럼 누나도 머리가 붉은색이다. 인구의 약 2퍼센트 정도만 머리칼이 붉다는 것을 생각하면 의미하는 바가 컸다.

나는 선뜻 다가가지 못하고 문가에 있었다. 내게는 낯선 사람이었다.

아빠와 형사가 오랫동안 대화를 나누었다. 두 사람이 너무 가깝게 서 있다. DNA 테스트 결과는 아직 안 나왔지만 자기 딸이라는 것을 아빠는 이미 확신하고 있었다. 형사는 병원에서 검사를 받는 것이 좋겠다고 제안했다. 성적 학대를 받은 정황이 있는지 확인하고 싶어 했다. 경찰관이 **성적 학대**라는 말을 입에 올리자 아빠는 금방이라도 쓰러질 것 같은 얼굴을 했다.

"성폭력 증거 채취 키트 같은 겁니까?" 아빠가 물었다.

나도 들어본 적이 있다. 형사는 그렇다고 답했다. 아빠의 손을 어루만지며 따뜻하게 말했다. "혹시 모를 상황을 대비해서 하는 거예요, 조시. 성적 학대를 받았는지는 아직 확실히 몰라요. 하지만 만약 그런 짓을 벌인 사람을 찾는다면 유죄를 받는 데 도움이 될 거예요." 누나에게 DNA 증거가 남아 있다면 수사에 도움이 될 거라고 설명했다. 저 사람이 아빠를 조시라고 부르는 것이 맘에 들지 않는다. 그리고 조시라고 부르며 아빠의 손을 만지는 것도.

아빠는 가슴이 찢어지는 듯 보였다. 경찰에게 협조하려 해도 누나에게 트라우마를 안길까 봐 걱정했다. 둘 중 하나는 포기해야 한다. 결국 아빠는 검사에 응했고, 병원에 도착한 우리는 로비에서 기다렸다. 누나는 간호사와 함께 검사실에 들어갔다. 아빠가 함께 들어가서 손을 잡아주겠다는 말도 안 되는 제안을 했다. 형사가 안 된다고 말했다. 물론 이보다는 부드럽게 말했다. "좋은 생각이 아닌 것 같아요, 조시." 누나는 이제 여섯 살짜리 아이가 아닌데도 아빠가 이 상황을 납득할 리 없다. 검사가 진행되는 내내 형사는 우리와 함께 앉아 기다렸다. "혼자 남겨둘 수는 없어요." 이렇게 말했지만, 아빠는 혼자가 아니다. 내가 있다. 저 여자가 빨리 가버렸으면 좋겠다고 생각했다.

검사가 너무 오래 걸려서 오늘 안에 끝나긴 할까 싶었다.

경찰 측에서 누나가 입던 옷을 가져갔다. 그러더니 누나에게 다른 옷을 입히고는 집으로 가도 좋다고 했다.

DNA 결과는 내일이나 되어야 나오는데도, 본인이 딜라일라라고 말하는 누나의 말에 의심을 하는 사람이 한 명도 없다. 아동보호국에서 누나를 보호해줄 수 있다. 사실 그렇게 하는 것이 맞다. 하지만 지금껏 힘들게 지내온 누나의 사정을 고려해 형사가 규칙을 어기고 우리와 함께 집에 갈 수 있도록 해주었다.

누나가 어떤 환경에 감금되어 있었는지 경찰에 알린 내용을 형사가 아빠에게 전했다. 아빠는 극도로 흥분했다. "말이 되질 않습니다." 엄마가 칼로 자해한 상처투성이의 몸으로 사망한 채 발견되었을 때 옆에 있었던 메모 내용을 봐도 이건 말이 되지 않았다.

당신은 딜라일라를 절대로 찾지 못할 거야. 그러니깐 애쓰지 마.

아래로는 누나는 안전하다고, 누나는 괜찮다는 내용이 이어졌다.

하지만 누나가 한 말이 맞는다면 결코 잘 지내지 못했다. 잘 지내는 것과는 거리가 멀었다. 누나가 지금 거짓말을 하는 것일 수도 있다. 하지만 이렇게 생각하는 사람은 나밖에 없었다.

우리는 누나를 정신과 의사에게 데려가고, 가족 주치의에게 추가 검사를 받겠다는 약속을 하고 병원을 나섰다. 의료진은 영양실조, 근육위축, 신체 학대를 언급했다. 눈을 조심해야 한다는 이야기도 했다. 11년간 햇빛을 보지 못했기 때문에 특수한 안경을 써야 했다. 집 안 블라인드도 모두 닫아야 한다고 했다.

발을 치료해야 한다는 이야기도 들었다. 발이 반창고투성이였다. 신발을 신고 있었는지는 모르지만, 신었더라도 조사 때문에 수거해 갔을 것이다.

의료진은 누나의 정신 상태도 염려했다. 누가 봐도 정신이 멀쩡하지 않아 보였다. 극도로 겁에 질려 있었고, 지치고, 쇠약했다. 열일곱 살이지만 누구도 지금의 누나를 보면 열일곱 살로 생각하지 못할 행색이다. 열 살로도 보인다. 가슴이 전혀 나오지 않았다. 키도 약 137센티미터 정도다. 몸무게도 36킬로그램 정도밖에 되어 보이지 않는다.

아빠는 차를 몰고 집으로 향했다. 누나는 뒷좌석에 앉았다. 아무 말도 하지 않았다.

집에 도착하니 눈앞에 미디어 서커스가 펼쳐져 있었다. 기자 무리를 헤치며 차를 움직이던 아빠가 한 말이었다. 미디어 서커스. 그 말을 들으니 기자들이 광대, 서커스 기인처럼 보였고, 일면 그렇기도 했다. 아빠 차에 치일까 기자들이 물러났다. 하지만 차창에 카메라를 대고 계속 셔터를 눌러댔다. 누나를 향해 큰 소리로 질문을 던지기도 했다. 누나 코빼기라도 보려고 뒤편에 있는 기자들이 목을 길게 뺐다. 수많은 기자가 우리 집 마당에서 자리싸움을 하고 있었다. 아빠는 무단침입이므로 마당에 들어와서는 안 된다고 말했다. 아빠가 경적을 울리자 기자들이 차에서 좀 더 물러났다. 경적 소리에 누나는 몸을 움찔하며 놀랐다. 그런 모습이 안타까웠다. 하지만 어떻게 달래주어야 할지 몰라서 나는 아무 말도 하지 않았다.

누나가 돌아온 것을 저들이 어떻게 아는지 아빠에게 물었다. 아빠는 경찰서나 병원에서 파렴치한 누군가가 미디어에 흘렸을 거라고 말했다. 그게 아니고서야 어떻게 알았겠는가? 기적과도 같은 누나의 귀환은 극비 사항이었다.

아빠는 화가 난 상태였다. 누나가 형사에게 한 말이 사실이라면 지금도 누나를 찾고 있는 누군가가 있다는 소리였으니까. 만약 그렇다면 기자들이 그 누군가를 우리 집으로 곧장 안내한 셈이었다.

메러디스

11년 전

3월

해가 금방 떠올랐다. 출산을 치른 다음 날 아침은 늘 힘들다. 조시가 집을 나서기 전에 몸을 숙여 내게 입을 맞추는 것이 느껴졌다.

"몇 시야?" 게슴츠레하게 눈을 뜨며 물었다. 커튼 사이로 새어 들어오는 아침 햇살에 손을 올려 눈을 가렸다.

"6시." 그가 말했다. "당신 옆 테이블에 커피 올려놨어. 몇 시에 들어온 거야?"

"4시쯤."

집에 돌아온 후 잠이 들기까지 시간이 좀 걸렸다. 내게 문자를 보낸 사람이 집까지 따라온 것은 아닌지 두려웠다. 조시를 깨워 오늘 있었던 일을 털어놓을까 생각했다. 하지만 쓸데없이 조시를 걱정시키고 싶지 않았다. 이미 걱정이 많은 사람이었다.

출산이 끝나고 한밤중에 내가 혼자 운전해 집에 오는 것이 싫고 걱정된다고 전에도 이야기했었다. 전부 그런 것은 아니지만 내가 출장 다니는 병원 대부분은 주차장 건물이 낙후된 편이다. 몇몇 병원은 치안이 안 좋은 동네에 있어 해가 지면 거리에 사람이 보이지 않는 곳도 있다. 주차된 곳까지 가려면 위험한 골목을 지나야 했다. 지금까지는 조시의 걱정을 무시했다. 후추 스프레이를 갖고 다니고 항상 내 위치를 추적하는 어플을 핸드폰에 다운로드 받는 것으로 간신히 합의했다. 어플이 조시의 마음을 한결 가볍게 해주었다. 어플을 다운받고 친구 요청을 수락하도록 나를 설득하며 그는 이렇게 말했다. 이거면, 당신이 실종되어도 내가 찾을 수 있어. 당시에는 그의 농담에 함께 웃었다. 하지만 지금은 웃을 수가 없다.

서로의 위치를 추적할 수 있는 어플이었다. 나도 조시의 위치를 감시할 수 있지만 한번도 해본 적은 없다.

조시는 출산 도우미 일을 접고 요가 강습을 전업으로 하는 게 어떠냐고 제안했었다. 요가 수업은 일반적인 업무 시간에 맞춰 할 수 있는 일이라 조시도 좋아한다. 근무 시간이 규칙적인 것도. 고객층이 주로 여성이라는 점도 마음에 들었을 거다. 그와 또 한번 같은 언쟁을 벌일까 봐 어젯밤에 있었던 일을 알리고 싶지 않다. 나도 요가 수행을 좋아한다. 하지만 요가를 가르치는 일은 반복적이고 너무 일상적이다. 평생을 그렇게 살 수는 없다. 내 일을, 탄생의 기적을 마주하는 일을 사랑했다.

"딸이야, 아들이야?" 조시의 물음에 아들이라고 답했다.

"이름이 제플린이야." 덧붙였다.

얼굴을 찌푸렸다. "비행선 이름말이야?" 그가 물었다.

나는 웃음을 터뜨렸다. "밴드야." 이렇게 설명했지만 비행선보다 밴드가 나은 건지는 확신할 수 없었다.

"애들 깨울까?" 조시가 물었지만 답할 필요가 없었다. 침실로 다가오는 아이들의 발소리가 복도에서부터 들렸다. 삐죽삐죽 까치집을 지은 머리를 한 두 아이가 문가에 모습을 드러냈다. 딜라일라는 인형을, 레오는 사랑해 마지않는 파란색 담요를 쥐고 있었다. 레오는 담요 없이는 아무 데도 안 간다. 레오가 딜라일라의 팔을 붙잡자, 딜라일라는 6시밖에 안 되었음에도 벌써 지쳤다는 듯 그만 좀 매달리라고 짜증을 부렸다. 레오는 딜라일라를 끔찍이 따랐다. 누나 곁에서 떨어지지 않았다. 어떻게든 누나와 함께 있으려 했다. 나중에 학교에 들어가면 학교에서고 집에서고 누나를 따라다닐 것 같았다. 반면 딜라일라는 레오가 여동생이었기를 바랐고, 동생보다는 언니를 원했다.

"그만 좀 싸워." 전신거울을 보며 새발 격자무늬 타이를 하프 윈저 노트로 매던 조시가 말했다. 조시는 언제나 타이를 매고 출근한다. 항상 단정한 차림을 유지한다. 깔끔한 차림이 자신감을 높이고 상대에게서 존중을 끌어낸다고 믿기에 그는 늘 정돈된 차림으로 고객을 대하려 한다. 충분히 이해한다. 거울에 비치는 그의 모습을 바라봤다. 말도 안 되게 멋진 남자가 내 남편이다. 나는 **어쩜 이렇게 운이 좋을까?** 한번씩 생각한다.

아이들이 침대로 뛰어들었다. 조시는 떠나기 전에 아이들에게 엄마 말씀 잘 듣고 있으라고 말했다. 딜라일라가 리모컨을 찾아 TV를 켰다. 우리 셋은 침대에 가만히 앉아 〈버블 구피Bubble Guppies〉를 시청했다. 딜라일라가 내 무릎을 베고, 레오는 내 옆에 꼭 붙어 앉았다. 레오의 몸에 팔을 두르고는 이렇게 온종일 있었으면 좋겠다고 생각했다. 딜라일라가 학교를 다니기 시작한 후부터는 시간이 어떻게 가는 줄 모르게 지나고 있다. 아이들이 좀 더 어렸을 적, 여유를 부리며 느긋하게 지내던 때가 그리웠다. 이제는 9시가 되기도 전에 딜라일라는 학교로, 레오는 시터 집으로, 나는 일터로 향해야 했다.

조시가 가져다 놓은 커피잔을 들어 한 모금 넘겼다. 한 시간의 수면은 턱없이 부족하다. 피로가 몰려들고 온몸이 아팠다.

핸드폰은 침대 옆 테이블 위에 있었다. 어쩔 수 없이 소리를 켜 놓았다. 밤에 핸드폰을 꺼두는 호사를 누릴 수 없는 처지이다. 산모에게 내가 필요할지도 모르니까.

어제 온 문자를 혹시 잘못 본 것은 아닐까 간절히 바라며 핸드폰에 손을 뻗었다. 어젯밤과 마찬가지로 곧장 공포가 밀려들었다.

지옥에서 썩어 문드러져버려, 메러디스

케이트

11년 전

5월

다음 날 아침에 눈을 뜨니 비아는 벌써 침대에 없었다. 내가 잠자리에 든 건 새벽 1시가 다 돼서였다. 겨우 다섯 시간 눈을 붙인 거였고, 그나마도 자다 깨기를 반복했다. 메러디스와 딜라일라를 생각하느라, 아침에는 좋은 소식이 들리길 기도하느라 잠을 제대로 자지 못했다. 아침이 되면 두 사람이 나타나길 바랐다.

주방으로 연결된 계단을 따라 내려가 뒷문이 열려 있는 것을 보고 비아가 스튜디오에서 작업 중인 것을 알았다. 우리 집에는 앞쪽에 나 있는 계단과 지금 이 계단, 이렇게 계단이 두 곳에 나 있다. 폭이 좁고 나선형으로 나 있는 이 계단은 2층에서 주방으로 연결되어 있는데, 과거 하인들이 사람들의 눈에 띄지 않게 다녀야 했던 시절에 만들어졌다. 이 오래된 집과 사랑에 빠진 이유 중 하나도 이것이었다. 집에 깃든 역사가 내 마음을 사로잡았다.

비아는 스튜디오에서 작업을 하며 먹으려고 아침 식사를 챙겨간 모양이었다. 내 몫의 식사가 남겨져 있었다. 열어놓은 뒷문을 통해 차갑고 축축한 아침 공기가 들어왔다.

비아가 우리 집에 들어오며 분리된 차고를 음악 스튜디오로 개조했다. 멋진 공간이지만 비아의 일터이기 때문에 나는 거의 들어가지 않는다. 내가 일하는 곳에 비아가 한번도 오지 않은 것과 같은 맥락이다. 관계에서는 바운더리가 중요하다.

비아는 차고에서 음악을 만든다. 직접 녹음도 한다. 그래선 안 되지만 가끔 노래를 들어보려고 귀를 기울인다. 비아의 섹시한 목소리를 듣고 싶으니까. 허스키하고 깊고 탁한 소리다. 그녀의 목소리를 들으면 하루에 담배를 한 갑쯤 피울 거라 예상하지만 흡연은 하지 않는다. 비아가 실수로 작업실 문을 열어놓지 않는 이상 그녀의 음악을 들을 기회는 없다.

6년 전, 비아가 노래를 부르던 시내의 바에서 만났다. 수의대 입학을 앞둔 여름이었다. 나는 등록금을 마련하기 위해 종업원으로 일하고 있었다. 우리는 사랑에 빠졌다. 두 달 후 나는 학교가 있는 지역으로 떠났다. 서로 연락을 계속하고 지냈고, 비아가 나를 보러 오기도 했다. 졸업 후 이곳으로 다시 돌아와 직장을 구하고 집을 샀다.

이 집에 들어와 동거를 시작하며 비아는 음악 활동으로 주변 이웃들의 심기를 거스르지 않으려 했다. 그래서 차고를 개조해

방음시설로 만들었다. 동성애자 두 명이 이 동네에 사는 것만으로도 이웃들이 벌써 언짢아하고 있을 거라는 것이 비아의 생각이었다. 비아는 도시가 아닌 교외에 자리한 집을 소름 끼쳐 했다. 교외 생활을 좋아하는 타입이 아니었다. 하지만 나를 위해 결단을 내렸다. 이 집은 내 일터와 가깝고 출퇴근이 편했다. 비아는 어디서든 일할 수 있었다.

우리 집은 역사 지구에 자리한 1904년식 이탈리아풍의 노란색 집이다. 코앞에 대학 캠퍼스가 있어 보수적이기보다는 자유분방한 분위기에 가까운 동네다. 벽돌이 깔린 보도와 100년 된 나무들이 자리해 로맨틱했다. 그렇다고 해서 한 번씩 혐오와 편견을 경험하지 않는다는 것은 아니다. 어디를 가든 혐오와 편견에서 벗어날 수 없다.

비아는 이제 바에서 공연을 하지 않는다. 요즘 내가 비아의 노래를 들을 수 있을 때는 그녀가 샤워할 때뿐이다. 많은 사람 앞에서 공연하는 것을 좋아하는 사람치고 비아는 사적인 공연에는 무척 인색한 편이다.

비아는 음악을 만들 때만큼은 세상과 단절한다. 다른 세계를 완벽히 차단한다. 비아가 한참을 안 보이면 음악에 온전히 몰입해 있다는 것을 알기에 행복한 마음으로 응원해준다. 비아는 타고난 뮤지션이다. 수년간 보컬과 기타를 가르쳤고, 바와 나이트클럽에서 공연도 했다. 하지만 그런 생활에 만족감을 느끼지 못했고, 남은 평생을 그렇게 살고 싶지 않아 했다. 그래서 요즘은 앨범을 만들고 있다.

그럼에도 비아는 내게 의지하지 않는다. 경제적인 면에서 자신의 몫을 다한다. 작업한 곡을 팔기도 했고, 제법 부유했던 것으로 보이는 할머니가 돌아가신 후 상당한 유산을 받았다. 나는 할머니를 뵌 적이 없다. 내가 비아를 만나기 전에 이미 돌아가셨다. 비아가 할머니에게서 받은 것은 돈만이 아니었다. 비아트리스라는 이름도 받았다. 어떤 사람들은 싫어할 수도 있는 예스러운 이름이지만 비아는 좋아했다. 할머니를 끔찍이 사랑했다. 두 사람의 사진이 침실용 탁자에 놓여 있다.

　내가 못 본 새 비아가 집으로 들어온 모양이다. 그녀는 문을 닫고 내게 다가와 등 뒤에서 팔을 둘러 나를 감싸 안았다. 나는 몸을 돌려 그녀에게 안겼다. 그녀는 여전히 잠자리에서 파자마로 입는 면 반바지에 커트 코베인 셔츠 차림이었다. 어두운색의 긴 생머리가 찰랑였다. 왜인지는 몰라도 비아는 자고 일어난 후에도 머리가 헝클어지는 일이 없다.

　"사람들 오기 전에 샤워하고 싶은데." 비아가 말하는 **사람들**이란 집을 수리하는 작업자들이다. 낡은 집이라 수리가 한창이었다. 천장의 메달리온 장식, 독창적인 디자인의 대형 창문, 붙박이 책장이 있는 서재와 하인용 계단 등 이 집은 고풍스러운 요소가 가득해 좋았다. 이야기가 담겨 있다. 하지만 욕실과 주방은 전 주인의 이상한 취향 덕분에 17세기풍이 되어버렸다. 이 두 공간은 집 안 곳곳에 깃든 매력이 사라진 곳이다. 기존의 욕실과 주방을 복구하는 한편 현대적 감각을 더해 이 집의 역사와 정체성을 되살리는 공사가 진행 중이다.

비밀번호로 잠긴 열쇠 박스가 현관에 걸려 있다. 작업자들이 원할 때 언제든지 우리 집에 드나들 수 있다. 이르면 아침 7시부터 작업이 시작된다. 아침에 서둘러 샤워를 하지 않으면 잠옷 차림으로 이들을 마주할 수도 있다. 비아와 내가 없을 때도 공사를 진행하기 때문에 작업자들은 이 집 구조를 잘 알고 있다. 지금껏 별로 상관하지 않았는데 지난 열두 시간 동안 벌어진 일 때문에 신경이 쓰이기 시작했다.

우리가 계약한 업자는 1890년대 앤 여왕 시대풍의 집을 보수한 조시가 추천한 사람이다. 이들은 역사가 깊은 집을 온전하게 복원하는 데 귀재였다. 결과물에 만족했음에도 메러디스는 사생활이 침해당하는 것을 무척 불편해했다. 공사가 하루빨리 끝나길 바랐던 메러디스는 현관에 걸린 열쇠 박스를 치워버리고 집을 다시 가족만의 공간으로 되찾아서 속이 다 시원하다고 우리에게 말했었다. 열쇠 박스를 치우는 데서 그칠 게 아니라 나중에 잠금장치도 교체해야겠다는 생각이 들었다. 작업자 중에 누군가 열쇠를 복사했을지도 모르니까. 비아와 나 외에 다른 누군가 우리 집 열쇠를 갖고 있다는 생각만으로도 가슴이 서늘해졌다.

"조시에게서 소식 없었지?" 비아에게 물었다. 이른 시간이었다. 별 기대 없이 물은 말이었지만, 뜻밖에도 비아가 답했다.

"좀 전에 봤어." 조시가 개를 풀어 놓느라 뒷마당에 있었다고 설명했다.

"조시가 뭐래?" 원두 가루 양을 가늠해 커피 필터에 넣으며 물었다. 좋은 소식이길 바랐지만 아니었다.

"메러디스가 아직 집에 안 왔대." 비아가 말했다.

"소식도 없었고?"

"응. 아무 소식도 없었대. 간밤에 경찰이 왔었다고."

"알아. 나도 봤어. 경찰이 별말 없었대? 메러디스랑 딜라일라 수색은 어떻게 하고 있는 거야?"

"조시 말로는 제대로 안 되고 있대. 직접 수색팀을 꾸리려 하고 있어." 비아가 말했다. "아까 보니 바깥에서 가족들이랑 친구들한테 도와달라고 전화를 돌리고 있더라고. 우리도 돕겠다고 했어."

나는 고개를 끄덕였다. "응, 물론이지. 뭐든 해야지. 필요한 건 뭐든."

오늘은 쉬는 날이다. 하지만 출근하는 날이라 해도 일을 쉬고 두 사람을 찾는 데 힘을 보탰을 것이다. 메러디스와 딜라일라는 지금 내가 필요한 상황이다. 두 사람을 찾는 것이 가장 중요한 일이다.

레오
현재

우리 집에서 머문 첫날 밤, 누나는 거의 아무 말도 하지 않았다. 아빠가 먼저 말을 붙이기 전에는 입을 꾹 다물고 있었다. 누나는 자꾸 고개를 숙였다. 우리를 쳐다보지 않았다.

누나는 아빠한테 선생님이라고 했다. 아빠가 그러지 말라고 해도 계속 그랬다. 도저히 멈추지 못했다. 누나가 그렇게 부를 때마다 아빠는 조금씩 무너져 내렸다.

누나는 겁에 잔뜩 질린 얼굴로 구석에 몸을 움츠린 채 서서 무엇을 해야 할지, 손과 눈을 어디에 두어야 할지 몰라 했다. 누나의 발 상태가 걱정스러운 아빠는 자리에 앉으라고 말했다. 경찰이 도착했을 때 누나의 발에 유리 조각과 가시, 돌이 잔뜩 박혀 있었다. 의사들이 집게로 전부 제거했다. 그때도 누나는 조금도 움찔하지 않았다. 아마도 이보다 더 심한 일을 겪었기 때문이라고 생각한다.

아빠가 앉으라고 하자 누나는 바닥에 주저앉았다. 뻔히 의자가 여섯 개나 있는 주방에서 말이다. 아빠는 괜히 지적해서 누나가 더욱 움츠러들까 싶어 모른 척 넘겼다. 그 탓에 아빠가 만든 칠면조 샌드위치를 셋 다 바닥에 앉아서 먹었는데 그마저도 누나는 많이 먹지 못했다. 하루에 샌드위치 두 개면 그간 섭취하던 양보다 500칼로리를 초과한 거라 위가 감당할 수 없었다. 그래도 노력은 했다. 어떻게든 삼키려고 했지만 토할 것 같은 얼굴이었다.

"먹기 싫으면 안 먹어도 돼." 내가 말했다. 억지로 다 먹어야만 한다는 눈빛을 하고 있는 게 보였다.

아빠가 접시를 치우려 하자 누나는 몸을 얼른 뒤로 물렸다. 아빠가 때릴 거로 생각했는지 작게 울음소리를 냈다. 아빠가 멈칫할 수밖에 없었다. 실종되었을 동안 학대를 당했다는 것은 이미 알고 있었다. 굳이 말할 필요도 없었다. 하지만 아는 것과 실제로 보는 것은 다른 일이다. 갑작스럽게 맞을 수도 있다고 생각하는 누나가 안쓰러웠다. 나도 예전에 학교에서 맞았던 적이 있다. 그래서 어떤 기분인지 잘 안다. 그래도 학교에는 그런 애들을 내게서 떼어놓는 선생님이 있다. 하지만 말려주는 선생님이 있다고 해서 꼭 좋은 것만은 아니다. 친구들과 싸웠다고 나까지 혼이 났고, 그러고 나면 계집애 같다고 아이들에게 놀림을 받았다. 원투 펀치로. 그래도 죽을 정도로 맞지는 않았다.

지금껏 누나를 위해 나서준 사람이 없었을 것 같다.

어쩔 도리가 없었다. 자꾸 누나를 빤히 쳐다보게 된다. 누나의 생김새가 기억나지 않아 영상과 사진으로 봤었다. 예전의 모습이 그대로 남아 있었지만 안쓰러울 정도이긴 하나 전보다 몸이 커졌고 작았던 유치는 크고 노랗고 깨져 있었다. 군데군데 머리카락이 빠졌다. 머리카락이 텅 비어 있는 부분을 안 보려고 노력해도 못 본 척할 수가 없는 정도다. 10대 나이에 머리가 빠지는 것은 자연스럽지 않은 일이다.

나중에 아빠에게 누나 머리카락이 왜 빠지는지 물었다. 암이 있는 것은 아닌지 말이다. 아빠는 내 말에 화를 냈다. 암에 걸린 게 아니라고 하면서도 왜 머리가 빠지는 건지는 말하지 않았다. 나는 인터넷에 검색했다. 어쩌면 탈모일지도 모른다. 하지만 그것보다는 강박적으로 머리카락을 뽑고 있거나 스트레스 때문에 빠지는 쪽인 것 같다. 인터넷을 보고 나니 암을 떠올린 나 자신이 한심하게 느껴졌다. 누나에게 괜한 콤플렉스를 주기 싫었기에 머리가 빠진 부분을 쳐다보지 말자고 다짐했다. 어쩌면 탈모가 있다는 것조차 누나는 모를지도 모른다.

누나는 교양 없는 남부 노동자처럼 말한다. 실제로는 중서부의 중상류층 출신이니 아주 이상한 일이다. 하지만 유치원 이후로 교육을 받지 못했다. 누나를 데려갔던 사람이 아마도 노동자 출신의 약쟁이였을 거고, 누나의 행동은 모두 그 사람에게서 배운 것일 거다.

말을 거의 하지 않음에도 네, 선생님, 아니요, 부인 같은 말은 했다.

그날 밤, 경찰관들이 우리 집을 지켰다. 누나를 조금이나마 찍어보려고 경쟁하는 취재진과 함께 경찰들은 주차된 경찰차 안에서 우리를 지켜봤다.

메러디스

11년 전

3월

바깥으로 나왔다. 오늘은 기온이 15도까지 오르며 이상하리만치 따뜻한 날이 될 거라고 했다. 아침 날씨는 쌀쌀했다. 이제 막 3월이 되었다. 어딘가에서 겨울을 나고 돌아온 개똥지빠귀들이 나무 위에 앉아 있었다.

늦었다. 아이들과 서둘러 움직이며 핸드폰 시계를 확인하니 8시 반이었다. 아이들을 데려다주고, 반대 방향에 있는 요가 스튜디오로 9시까지 가야 한다. 도저히 안 될 것 같았다.

카산드라, 파이퍼, 아를로의 모습이 보였다. 학교에 가는 모양이었다. 학교는 고작 몇 블록 떨어진 곳이라 스쿨버스가 다니지 않는다. 학교까지 걸어서 가야 한다. 딜라일라를 차로 데려다줄 수도 있다. 하지만 학교 앞 하차 장소 줄이 너무 길고 복잡해 차를 가져가는 게 싫었다. 가끔은 근처에 세우고 딜라일라가 학교까지 혼자 걸어가게 하는 날도 있었다. 그럴 때는 마음이 놓이지 않았다. 아이가 여섯 살밖에 되지 않았으니까. 그래도 다른 애들과 학부모들도 있고, 건널목에 안전 요원도 있다. 사람들이 이렇게 많으니 무슨 일이 생기진 않을 것이다. 딜라일라는 세상 물정에 밝은 아이였다. 어떻게 처신해야 하는지 잘 안다. 낯선 사람과 대화를 하거나 사탕이나 새끼 고양이에 혹하는 아이는 아니다.

하지만 오늘은 아이를 차에 태울 필요가 없었다. 길 건너편에서 카산드라와 파이퍼, 아를로가 집을 나서고 있었다. 잡지 속 한 장면 같았다. 세 사람 모두 깔끔한 차림으로 손에 손을 잡은 채 디딤돌이 깔린 길을 지나 인도로 속도를 내어 걷고 있었다. 아를로는 이제 걸음마를 뗀 어린아이였지만 칭얼대지 않고 학교까지 걸어간다. 아이 둘 다 손을 잡기 싫다고 투정을 부리지 않았다.

내 아이들을 내려다봤다. 오늘 딜라일라는 원피스를 입었다. 아이의 머리를 빗기고, 정전기로 흐트러진 머리카락을 분무기로 깔끔하게 정리했다. 나도 샤워를 마쳤고, 혼자 옷을 입은 레오는 평소와 달리 바지도 제대로 입었다. 서두른 것 치고는 우리도 부족해 보이지 않았다. 겉으로만 보면 깔끔해 보인다.

하지만 속에서는 짜증이 솟구쳤고, 미소로 조급함과 불안을 보기 좋게 가린 상태였다. 한 시간만 자고 일어난 것 치고는 그럭저럭 버티는 중이었다.

"카산드라." 건너편에서 손을 흔들었다. 우리는 빠른 걸음으로 카산드라가 있는 쪽으로 다가갔다. "안녕, 파이퍼. 안녕, 아를로." 열심히도 인사를 건넸다. 딜라일라가 친구를 향해 웃었다. 허리춤까지만 손을 올려 수줍게 손을 흔들었다. 카산드라와 내가 있어 부끄럼을 타는 것이다. 어른이 없었다면 딜라일라는 적극적으로 다가갔을 것이다. 가족 중 가장 외향적인 성향의 아이였다. 누구를 닮아서인지 알 수가 없다. 내가 아니라 조시를 닮은 게 분명하다.

"이렇게 만나다니 다행이에요." 내가 말했다. "타이밍이 정말. 학교 가는 길에 딜라일라도 데려가 주면 안 될까요? 제가 좀 급해서요." 카산드라가 딜라일라를 학교에 데려다주는 것을 딱히 문제 삼지 않으리라는 것을 알고 있다.

"엄마, 제발." 파이퍼가 애원했다.

카산드라는 내 예상처럼 "그럼요, 물론이죠. 되고말고요"라고 말했다. 카산드라가 싫다고 할 리가 없다. 가는 방향이 같았고, 아이 한 명쯤이야 대단히 짐스러운 일도 아니니까.

딜라일라는 인사도 안 하고 뛰어나갔다. "이리 와봐, 이 아가씨야." 장난스럽게 말했다.

아이가 킥킥거렸다. 딜라일라가 내게 달려와 두 팔로 내 다리를 안았고, 나도 아이를 안아주며 시럽과 샴푸가 뒤섞인 아이의 냄새를 깊이 들이마셨다. 예의 바르게 행동하고, 카산드라 아줌마의 말을 잘 들어야 한다고 말했다. "알겠어, 엄마." 아이가 답했다.

조금씩 멀어지는 모습을 지켜보며 아이가 시야에 있음에도 벌써 그리운 마음이 들었다. 딜라일라가 처음 어린이집에 등원하던 날의 기분이, 내가 잘 알지 못하는 낯선 사람에게 내 아이를 맡기며 명치끝에서부터 올라오던 그 불안함이 떠올랐다. 지난 몇 년간 많이 나아졌지만 그래도 완전히 사라지지는 않았다. 나 자신을 위해 해야 하는 일이었음에도 아이들이 태어나고 다시 일터로 돌아가기가 괴로웠다.

딜라일라의 합류로 대형이 흐트러졌다. 이제 딜라일라와 파이퍼는 웃으며 깡충깡충 앞서 나갔고, 카산드라와 아를로는 손을 잡은 채 그 뒤를 따르고 있다.

카산드라에게 딜라일라를 떠넘긴 데 죄책감이 들었다. 아이를 학교에 데려다주는 일은 내가 마찬가지로 보답하기가 어려운 부탁이었다. 하지만 카산드라는 자립적인 사람이다. 독립적이었다. 본인 스스로도 남에게 도움을 요청하는 것을 좋아하지 않는다고 밝히기도 했다. 내가 호의를 갚을 기회는 없을 것이다.

레오를 샬럿 집에 데려다주었다. 나는 일터로 향했다. 한참 가던 중에 핸드폰이 울렸고 이내 식은땀이 흘렀다. 원치 않았지만 어쩔 수 없이 핸드폰을 흘끗 바라봤다. 산모가 진통을 시작했을 수도 있다.

하지만 아니었다. 어젯밤에 받은 내용과 뒷문장만 다른 문자였다. 헉하고 숨을 들이 마시며 핸드폰을 놓쳤지만 이미 문자를 읽은 후였다.

네가 무슨 짓을 했는지 다 알아. 절대로 무사히 빠져나갈 수 없을 거야, 나쁜 년.

케이트

11년 전

5월

8시가 조금 못 되는 시각, 우리는 조시의 집 마당에서 그를 만났다. 이른 아침이었지만 그는 벌써 실종된 가족을 함께 찾아줄 열댓 명을 모았다. 아직 도착하지 못한 사람들도 있었다. 그렇다 해도 지역 주민들이 돕는 정도의 규모다. 우리는 동그랗게 모여 메러디스와 딜라일라가 있을 만한 장소에 대해 이야기를 나누었다. 몇몇 사람들이 어제 어떤 일이 있었는지 묻자 조시는 이마를 문지르며 상황을 설명했다. 조시는 예민하고 신경이 곤두서 보였을 뿐 아니라 상당히 지쳐 보였다. 두 눈에 핏발이 서 있었다. 초조해했다. 잠을 거의 못 잔 것 같았다. 주변을 둘러봤다. 레오가 보이지 않았다. 조시가 시터인 샬럿에게 맡겼으리라 예상했다. 이 동네에 샬럿이 돌보는 아이가 꽤 많다. 아이가 없는 비아와 나조차도 그녀를 알고 있을 정도니 말이다. 샬럿은 동네에서 중요한 사람이다. 날씨가 좋은 날이면 그녀가 아이들과 함께 근처를 거니는 모습을 볼 수 있었다. 50대 어쩌면 60대일지도 모른다. 그녀는 남편과 단둘이 살고 있다.

지금 상황을 레오가 알고 있을지, 조시가 이야기해주었을지 궁금했다. 메러디스와 딜라일라가 실종되었다는 것을 레오도 알고 있을까? 네 살 아이가 이해하기에는 어려운 이야기인지라 아마도 모를 것 같았다. 크레파스는 없어질 수 있다. 퍼즐 조각도 없어질 수 있다. 하지만 엄마와 누나가 없어진다는 것은 전혀 다른 이야기다. 조시가 레오에게 두 사람이 어디에 갔다고 설명했을지 궁금했다. 아침에 일어나 딜라일라가 없는 것을 알고 혼란스러워했을 것이다.

수색팀 중 한 명은 메러디스가 일하는 요가 스튜디오의 사장이다. 조시가 그녀에게 다가가 어제 메러디스가 출근하지 못한 상황을 사과했다. 그는 이렇게 말했다. "너무 큰 폐를 끼친 건 아닌지 모르겠습니다."

그녀는 폐가 된 것은 전혀 없었고, 자신과 다른 강사가 메러디스 수업을 나눠서 맡았다고 설명했다. 메러디스가 아파서 결근했던 지난주와 그 전 주처럼 말이다.

조시와 마찬가지로 비아와 나도 깜짝 놀랐다. 우리는 눈빛을 교환했다. "무슨 말씀인지?" 조시가 물었다. 우리가 아는 한 메러디스는 어제 처음으로 병가를 냈다. 나는 조시의 반응을 지켜봤다. 큰 키에 흑갈색 머리를 한 조시의 눈은 서늘한 파란색이다. 차오르는 눈물 때문에 더욱 파란빛을 띠었다. 레오의 눈 색깔도 조시와 같다.

요가 스튜디오 사장은 당황한 듯 보였다. 얼굴이 붉어졌다. 말실수를 했다고 생각하는 것 같았다. 그녀가 황급히 말을 이었다. "어제까지 해서 메러디스가 지난 2주간 병가를 낸 것이 세 번이었어요. 모르셨어요?" 조시에게 물었고, 조시는 고개를 저었다. "저희도 걱정이 되던 참이었어요. 2~3주 전만 해도 메러디스는 성실한 강사였죠. 갑자기 병가를 내는 게 메러디스답지 않았어요. 저희는 암이라든가 어떤 심각한 병에 걸렸다고 생각했어요." 메러디스가 암에 걸린 줄 알았다는 이야기를 너무 가볍게 하는 게 아닌가 하면서도 한편으로는 어쩌면 지금 상황에서는 차라리 그편이 나은 건지도 모르겠다는 생각이 들었다. 암이라면 차라리 가망이 있었다. 지금으로서는 그 어떤 희망을 가져도 될지 확신이 없었다.

또 다른 여성이 입을 열었다. 재닛이라고 본인을 소개한 여성은 메러디스와 한 번씩 같이 일을 하는 조산사였다. "제가 한 말씀드려도 된다면……" 이렇게 말한 여자는 메러디스가 가족들과의 시간을 늘리기 위해 얼마 전부터 일을 좀 줄이기로 했다고 설명했다. 일주일 전쯤 재닛에게 관리하는 산모 수를 줄일 거라고 말했고, 산모에게 소개할 만한 괜찮은 출산 도우미를 알아봐 달라고 부탁했다는 것이다.

조시의 반응을 보니 이 사실을 몰랐던 것 같았다. 생각에 깊이 잠긴 듯했지만 한편으로는 슬퍼 보였다. 조시가 코와 턱에 난 수염을 어루만졌다. 미간에 깊이 팬 주름과 그보다 얕은 주름 하나가 잡혔다. 조시는 메러디스와 마찬가지로 비아와 나보다 약간 나이가 많은 30대 중반 정도일 것이다. 부부가 마흔이 되면 이국적인 곳으로 여행을 떠날까 한다는 이야기를 한 적 있다. 마흔이라는 나이가 당장 목전에 와 있다기보다는 부부가 좀 더 고민해보고 결정할 시간적 여유가 있다는 듯이 말했고, 몇 년 후의 일이긴 하지만 그리 멀지 않은 투로 이야기했었다.

비아가 나서서 계획을 제안했다. 분위기를 주도하고 계획을 세우는 것이 무척이나 비아다웠다. 그녀는 그룹으로 나뉘어 마을을 수색하는 방법을 제안했다. 사람들에게 차로 돌며 메러디스의 차를 찾아보고, 음식점과 상점을 들러 메러디스와 딜라일라를 최근에 본 적 있는지 조사하자고 말했다. 조시는 메러디스가 타는 자동차 브랜드와 모델명, 차량 번호를 알려주었다. 사람들은 주요도로를 기준으로 각자 구역을 나누었다. 비아와 나는 여기에 남아 동네를 살피기로 했다. 우리가 거주하는 곳이라 이웃들도 잘 알고, 이 마을에 대해서도 잘 안다.

흩어지기 전에 비아가 사람들의 핸드폰 번호를 수집했다. 소식을 주고받을 수 있도록 단체 채팅방을 열었다. 조시는 수색 때 사람들에게 보여줄 메러디스의 사진을 채팅방에 전송했다. 핸드폰에서 사진첩을 열어 스크롤을 내리던 조시는 감정이 북받쳐 오르는 듯했다. 얼마 전 메러디스가 딜라일라, 레오와 함께 찍은 사진이었다. 메러디스는 아름다운 여인이다. 사진 속 메러디스는 정수리에 느슨하게 머리를 올린 모습이었다. 주근깨로 덮인 새하얀 피부에 두 눈은 너무도 아름다운 어두운 초록

빛이다. 아일랜드계 혈통이 분명한 메러디스는 머리칼만큼이나 붉은색의 자수 시프트 드레스를 입고 있었다.

가녀린 양팔로 각각 레오와 딜라일라를 감싸 안고 찍은 메러디스의 사진을 보니 슬픔이 북받쳤다. 딜라일라는 메러디스의 옆에 앉아 애정 어린 눈길로 엄마를 바라보며 거의 다 빠진 이를 드러내고는 마음이 아플 정도로 환하게 웃고 있었다. 메러디스와 딜라일라에게 제발 아무 일도 없길 기도했다.

난 평생 아이가 없을지도 모른다. 비아와 나는 정자를 기증받아 둘 중 한 명이 임신하는 방법을 생각해본 적이 있다. 심지어 우리 둘 중 임신하기에는 키가 더 크고 나보다 모성애가 있는 비아가 더 적합할 것 같다는 결론도 내고, 정자 기증을 지인에게서 받고 싶은지 아니면 익명으로 하는 게 나을지까지 이야기를 나눴었다. 나는 익명이 낫다는 쪽이었지만 비아는 너무 비인간적인 것 같다고 생각했다. 너무 냉정한 것 같다고 말이다. 그녀는 우리가 아는 사람의 정자가 좋겠다고 했지만 나는 너무 이상할 것 같았다. 우리가 아는 누군가가 비아와 아이를 갖는다니. 그렇게 대화가 중단되었다.

내 시선이 비아를 향했다. 그녀는 내 어깨 너머로 사진을 보고 있었다. 나처럼 비아의 눈이 젖어 들었다.

"두 사람은 나타날 거예요." 내 팔을 잡은 그녀는 무척이나 확신하는 듯 말했지만 사실 나와 같은 생각을 하고 있었다. 만약 저 둘이 영원히 돌아오지 않는다면? 지난 몇 년간 조시, 메러디스와 가까운 사이가 되었다. 아이들과도 마찬가지였다. "괜찮을 거예요. 괜찮아야만 해요." 눈물을 참으며 떨리는 목소리로 비아가 말했고, 나는 이것이 단지 희망 사항에 불과한 것은 아닐까 생각했다.

두 사람은 정말 괜찮은 걸까? 내 직감은 아니라고 말하고 있었다.

하나둘씩 사람들이 차에 올랐다. 차들이 각자 다른 방향으로 흩어졌다. 비아와 나는 몸을 돌려 천천히 인도 쪽으로 움직였다. 지금 이 상황을 받아들이려고 애쓰느라 둘 다 말이 없었다. 메러디스와 딜라일라에게 나쁜 일이 벌어졌다는 상상조차 할 수 없었다. 불길한 생각이 아무리 든다 해도 절대로 그 생각에 빠져들어선 안 된다. 조시를 위해서, 비아를 위해서 그리고 나를 위해서도 긍정적으로 생각해야 했다. 걸음을 옮기던 비아가 가만히 손을 잡았다. 의지할 누군가가 있다는 것이 힘이 되었다.

우리는 첫 번째 집으로 향했다. 문을 두드리자 로저 테임스가 대답했고, 우리는 그에게 혹시 메러디스를 본 적이 있는지 물었다. 그는 다리를 절었다. 자동차를 수리하다가 허리를 삐끗했다고 설명했다. 그는 지난주에 허리를 다친 뒤부터는 소파에서 일어난 적이 거의 없다고 말했다. 그는 메러디스를 보지 못했다.

"무슨 일 있어요?" 그가 불쑥 물어왔다.

"혹시 메러디스 보시면 조시나 저희에게 알려주실 수 있나요?" 비아는 이렇게만 말했다. 나는 로저를 그리 좋아하지 않는다.

우리는 몸을 돌려 왔던 길을 되돌아 다음 집으로 향했다.

"출산 때문에 출장을 간 거 아니고?" 메러디스와 조시 집 건너편에 사는 그웬 할머니가 물었다. 그웬 할머니는 3년 전 남편과 사별했다. 루게릭 병이었다. 할아버지와 잘 알고 지낸 사이는 아니었지만, 너무 갑작스럽게 돌아가셨다는 것은 기억하고 있다. 투병 소식을 듣자마자 신문에 부고 기사가 난 것처럼 느껴질 정도였다.

나는 할머니에게 아니라고 답하며 딜라일라도 사라진 것으로 보아 메러디스가 출산을 하러 간 것 같지 않다고 설명했다. "딜라일라도?" 할머니는 놀란 듯 숨을 들이마시며 손으로 입을 막았다.

"그런 것 같아요." 비아가 말했다. 딜라일라는 밝고 명랑한 아이이다. 생명력이 가득한 아이이다. 모든 이에게 사랑을 받았다.

"딜라일라가 날 위해 집 앞 보도에 분필로 그림을 그려 색칠도 해주었는데. 우리 집 현관 베란다에 그 아이가 민들레 꽃다발을 두고 간 적도 있고. 작년에 대퇴골이 골절되었을 때는 매일 문 앞까지 우편물을 가져다주었지. 너무 사랑스러운 아이인데." 그웬 할머니의 목소리가 갈라졌다. "딜라일라나 애기 엄마를 못 본 지 며칠 되었어. 날씨 때문에 내내 집에만 있었거든."

"안타깝게도 날씨 때문에 다들 집에만 있었을 거예요." 내가 말했다. 쉬지 않고 내리는 비 때문에 며칠이나 사람들은 꼼짝않고 집에만 머물렀고, 거리에서 어떤 일이 벌어지는지 관심을 기울일 수가 없었다.

비아가 자초지종을 설명했다. 이야기를 듣는 그웬 할머니의 두 눈에 눈물이 차올랐다.

"새로운 소식이 있으면 내게도 알려주겠나?" 할 수만 있다면 그웬 할머니도 수색팀에 참여하고 싶었지만 여든에 가까운 나이에 예전처럼 거동이 자유롭지 않았다.

"소식이 오는대로 곧장 전해드릴게요." 내가 답했다.

가까이에 사는 이웃 대부분이 메러디스와 알고 지냈다. 어제 메러디스를 본 사람은 없지만, 다들 하나같이 어찌된 일인지 알고 싶어 했다. 현관 앞까지 나와 자세한 이야기를 물었다.

"메러디스에게 무슨 일 있나요?" 모두가 이렇게 물으며 걱정했다. 딜라일라와 마찬가지로 메러디스는 주변 이웃들에게 사랑받았다. 그웬 할머니 남편의 병세가 위중해지자 메러디스는 가능할 때면 할아버지를 차에 태우고 병원까지 모시고 갔다. 티몬스네 개가 집을 나갔을 때는 딜라일라와 레오를 태운 쌍둥이 유모차를 밀고 근방을 몇 킬로미터나 돌며 결국 개를 찾은 일도 있었다.

우리가 알고 있는 얼마 안 되는 정보를 이웃들에게 들려주었지만 그 보답으로 전해들은 정보는 그리 대단할 게 없었다. 젠 플레이셔는 메러디스의 차가 뒤쪽에 주차되어 있었다고 말했고, 팀 스미스는 그녀의 차가 골목을 내려가는 것을 봤다고 했다.

"차에 애들도 타고 있었나요?" 팀 스미스에게 물었다. 그는 잘 모르겠다고 답했다. 빛 때문에 차 안이 잘 안 보였다고. 그저 메러디스의 차라는 것만 알아봤다.

"몇 시쯤이었어요?"

그는 어깨를 으쓱했다. "8시, 9시경이요." 그가 생각에 잠겼다. "그날 11시에 일정이 있어서 10시 30분쯤에 집에서 나갔어요. 그 전이니까, 10시 30분이 이전인 건 분명해요." 시간대를 너무 모호하게 말해서 미안하다고 사과를 했다. 자신이 어쩌면 메러디스가 실종되기 전에 그녀를 마지막으로 목격한 사람 중에 하나일 수도 있다는 생각에 안타까워했다.

비아와 나는 걸음을 옮겼다. 오늘 아침에는 비가 내리지 않았다. 하지만 하늘에 짙은 구름은 여전했다. 습한 공기가 느껴졌다. 간밤의 폭풍우로 젖은 나무에서 빗방울이 떨어지는 바람에 군데군데 젖었다. 머리가 망가질 정도로 습한 날씨였지만 우산을 아직 쓸 필요는 없어 그냥 들고 다녔다.

비와 바람에 시달려 나무에서 가차 없이 뜯겨 내동댕이쳐진 잔가지들로 거리가 어지러웠다. 인도에는 물웅덩이가 가득했다. 비아와 나는 웅덩이를 피하느라 떨어져 걸었다. 날씨가 쌀쌀했다. 기온은 15도 정도였지만 흐린 하늘과 비가 올 것 같은 분위기, 계속 부는 바람 때문에 10도 정도밖에 되지 않는 것 같았다. 코트를 입지 않아도 될 거라 생각했는데, 후회가 되었다.

우리는 길을 건너 조시와 메러디스의 집 바로 맞은편에 있는 집으로 향했다. 아이 둘을 키우는 젊은 부부가 사는 회색 집이다. 카산드라 해너카와는 잘 모르는 사이다. 보통 아이가 있는 집들끼리 가깝게 지내기 마련이라 아이가 없는 우리와는 어울릴 기회가 없었다. 하지만 한 번 만난 적은 있다.

해너카 가족은 디키네와 친하다. 딜라일라와 레오가 인도에서 해너카의 딸과 자전거를 함께 타는 것을 본 적이 있다. 메러디스가 카산드라와 거리에서 웃으며 대화를 나누는 것도 봤다. 메러디스가 카산드라를 좋아한다는 게 느껴졌다. 밤에 현관 베란다에서 메러디스와 조시, 비아와 내가 함께 술자리를 가질 때면 메러디스가 종종 카산드라 이야기를 꺼냈었다. 지나치다는 느낌은 없었지만 어느 샌가 카산드라란 이름이 자연스럽게 대화에 등장할 때가 많았다. 카산드라가 그러는데요, 잭슨 가에 새로 생긴 베이커리에서 만든 시나몬 스콘이 정말 맛있대요. 카산드라와 마티는 내년 여름에 알래스카 크루즈 여행을 떠날 계획이에요. 애들 데리고요. 배수관에 베이킹소다 조금이랑 식초를 부으면 성가신 초파리를 없앨 수 있다고 카산드라가 알려줬어요.

조시가 그런 메러디스를 보며 카산드라에게 걸 크러쉬를 느꼈다고 농담을 하고는 마치 우리에게 실수를 했다는 듯이 민망한 얼굴로 비아와 내게 사과를 했었다.

나는 카산드라와 남편 마티에 대해 아는 것이 별로 없다. 전부 다 메러디스에게 전해 들은 이야기뿐이다. 부부가 도시에 살다 이사를 왔다는 것은 안다. 또한 비아처럼 이 부부도 교외에서의 삶을 그리 좋아하지 않았다는 것도. 하지만 딸이 초등학교에 입학할 나이가 되자 부부는 터무니없이 비싼 사립학교 교육과 조악한 공교육 시스템, 교외로의 이사, 이 셋 중에 하나를 선택해야 했다. 그리고 부부는 이곳을 선택했다.

비아와 나는 현관에 다가가 문을 두드렸다. 카산드라가 문을 열자 그녀의 뒤로 고요한 집 안 광경이 눈에 들어왔다.

"저희가 방해를 한 건 아닌지 모르겠어요." 비아가 말했다.

"아뇨." 카산드라가 말했다. "전혀요. 둘째가 좀 전에 잠들었어요." 고양이 한 마리가 그녀의 발목 주변을 어슬렁거렸다. 카산드라가 고양이를 안고 우리를 안으로 초대했다. "추워 보이시는데. 커피 좀 내올게요." 그녀의 말에 우리는 신발을 벗고 그녀의 뒤를 따라 복도를 지나 주방으로 갔다. 집은 우아하게 꾸며져 있었다. 무채색 톤에 인테리어 곳곳이 어찌 보면 어린아이들을 키우는 집 치고는 너무 세련되었다는 인상이다. 티끌 하나 없이 깔끔하다. 카산드라가 그런 타입인 것 같다. 그녀도 완벽해 보였다.

카산드라는 고양이를 바닥에 내려놓았다. "메러디스 때문에 오신 거죠?" 커피메이커에서 유리 수조를 꺼내 싱크대에서 물을 채웠다. 카산드라는 비아처럼 키가 컸다. 가운데 가르마를 낸 어깨 길이의 금발 머리는 얼굴형에 어울리게 층이 나 있다. 내 키 정도의 사람들은 소화하기 어려운 맥시 드레스 차림이었다. 그런 옷이 잘 어울려 부러웠다.

카산드라는 메러디스 일을 알고 있었다. 당연한 일이다. 메러디스가 사라졌다는 것을 안 조시가 가장 먼저 찾아간 사람들 중 하나가 우리와 카산드라였을 테니.

"너무 끔찍해요." 카산드라가 커피메이커 뒤편에 서서 원두 가루를 푹 떠 필터에 넣으며 말했다. "메러디스와 딜라일라가 그냥 갑자기 그렇게……" 의미심장하게 말을 잠시 중단했다.

"사라지다니 믿을 수가 없어요." 찬장을 열어 머그잔 세 개를 꺼냈다. 머그잔을 카운터 위에 올려놨다. 커피가 끓기 시작하자 카산드라는 식탁에 앉아 이야기를 나누자고 제안했다.

"메러디스를 언제 봤는지 물어보러 오신 거라면, 못 본 지 며칠 되었어요. 날씨 때문에요." 맞은편 나무 의자에 우아하게 몸을 앉히며 안타까운 듯 말했다. "말도 안 되는 날씨였잖아요. 바깥에 나갈 엄두가 안 났죠. 파이퍼가 딜라일라랑 놀고 싶다고 얼마나 사정을 하던지. 딜라일라를 정말 좋아하거든요. 오늘 아침에도 학교 끝나고 딜라일라가 우리 집에 와서 놀면 안 되는지 물었어요. 파이퍼에게는 오늘 오후에 디키네 가족이 일정이 있어서 딜라일라랑 같이 못 놀 것 같다고 둘러댔죠. 애들에게 거짓말 한 적이 없었는데. 달리 뭐라고 말해야 할지 모르겠어서요. 파이퍼가 호기심이 많은 아이라 질문을 많이 해요. 디키네가 어디 가기에 딜라일라가 같이 못 노는 건지 궁금해하더라고요. 치과에 간다고 했어요. 딜라일라한테 충치가 생긴 거냐고 묻더라고요. 나도 모르겠다고 대답은 했는데. 아이에게 거짓말을 하는 게 힘들어요. 딜라일라가 빨리 돌아오지 않는다면 친구에게 끔찍한 일이 생겼다고 파이퍼에게 어떻게 말해야 할지 모르겠어요." 카산드라가 말했다.

어린아이가 이해하기 어려운 일일 것이다. 나조차도 그랬다. 우리가 사는 지역은 범죄율이 낮다. 국내 통계와 비교해도, 아니 근처 다른 지역의 통계에 비해서도 범죄가 거의 일어나지 않는 곳이라 봐도 무방했다.

"정말 걱정스럽네요." 카산드라는 메러디스와 딜라일라를 걱정하고 있었다. "조시는 지금 제정신이 아닐 거예요."

"조시가 수색팀을 꾸렸어요." 내가 말하자 그녀는 이미 알고 있다고 답하며 아를로가 낮잠에서 깨면 곧장 합류할 생각이라고 답했다.

비아는 조시가 메러디스의 고객, 가족, 지인들의 연락처를 수집하는 중이라고 알렸다. "연락처 리스트가 나오면 전화를 여러 곳에 돌려야 할 거예요. 아드님이 자는 동안 그걸 좀 도와주시면 어떨까 하는데요."

"물론이죠. 뭐든지요. 두 사람 다 무사할 거예요, 그렇죠?" 카산드라가 물었다. 우리 둘 중 누구도 답하지 못했다. 비아와 나는 조용히 좀 전의 질문을 곱씹었다. 두 사람은 무사할까? 누구도 알 수 없는 일이다. 누구도 확실하게 답할 수 없는 질문이다. 하지만 카산드라는 메러디스와 딜라일라가 무사하겠냐고 물으며 간절한 눈빛으로 우리를 바라보고 있었다. 눈물 한 방울이 카산드라의 뺨을 타고 흘러내렸다. 갑작스러운 눈물에 나도 마음이 울컥했다.

카산드라가 식탁에서 몸을 일으켜 커피메이커 쪽으로 다가갔다. 머그잔에 커피를 따르며 커피를 어떻게 마시는지 물었다. 그녀는 설탕과 우유를 챙겼다.

우리에게 등을 보인 채로 그녀가 말했다. "제가 뭘 좀 봤어요."

나지막하지만 무겁고 의미심장하게 말했다. 갑자기 등줄기로 소름이 끼쳤다. 뒷말이 이어지길 애타게 기다렸다.

메러디스와 딜라일라의 실종과 관련된 무언가를 봤다는 말일까?

그녀는 여전히 등을 보인 채로 말을 이었다. "완전히 잊고 있었는데. 메러디스와 딜라일라가 사라졌다는 조시의 전화를 받고서야 갑자기 생각났어요."

"뭘 보셨는데요?" 비아가 물었다. 그제야 카산드라가 몸을 돌려 우리를 마주했다.

"메러디스 집 바깥에 누군가 있었어요. 한밤중에요." 그러고는 커피를 한 잔씩 식탁으로 가져왔다.

"언제쯤이었어요?" 내가 물었다.

"2, 3주 전이요."

"조시에게도 알렸나요?"

"아뇨." 그녀가 답했다. "아직 말 안 했어요. 잊고 있었거든요. 어젯밤 늦게 갑자기 생각났는데 너무 늦은 시간이라 전화를 걸어서 잠을 깨우기가 그랬어요." 오늘 아침에는 파이퍼가 있어 조시에게 전화를 할 수가 없었다. 아이가 듣고 겁먹을까 걱정되었다. 파이퍼가 학교에 간 후에는 수색이 한창 진행 중이었고, 두 사람을 찾는 데 집중하고 있는 조시의 심기를 어지럽혀서는 안 될 것 같았다.

"아를로는……" 카산드라가 설명을 이었다. "잠을 깊이 못 자는 편이에요. 수면 훈련을 하고는 있는데 말처럼 쉽지 않아요. 하여튼, 그날 저녁에, 제가 누군가를 본 날이요. 아이가 깨서 울고 있었어요. 아이 방에 가서 다시 재우려고 어르던 중이었죠.

아이 방이 거리 쪽으로 나 있거든요." 카산드라가 설명하지 않아
도 아를로의 침실이 조시와 메러디스의 집을 내려다볼 수 있는
위치라는 것을 짐작할 수 있었다. "저희는 창문 가리개를 내리지
않아요. 시카고에서도 그랬고요. 습관이라는 게 그렇잖아요."

"잘 안 고쳐지죠." 내가 말했다. 설명을 하는 카산드라의 목소
리가 조금 떨리는 것 같았다. 아를로의 침실 창문을 통해 목격
한 것이 무엇인지는 몰라도 갑자기 소름이 끼치는 모양이었다.

"정확히 뭘 보셨어요?" 비아가 대화의 속도를 높였다. 카산드
라의 대답을 기다리자니 심장이 빨리 뛰기 시작했다. 커피는 마
시지 않은 채 두 손으로 잔을 감쌌다. 카산드라의 한마디 한마
디에 집중했다.

"어두웠어요." 카산드라가 말했다. "달이 가려져 캄캄한 밤이
었죠. 길거리에 있는 가로등도 고장 난 지 한두 달 정도 되었고
요. 제 남편 마티가 이미 신고했지만 아직도 수리가 안 되었어
요. 세금을 다 어디에 쓰는지." 그녀가 볼멘소리했다. "빛이라고
는 어느 집에서 밤새 켜놓은 현관 베란다 등이 전부였어요."

"어두웠지만 조시와 메러디스 집 마당에서 무언가 움직이는
게 보이긴 했어요. 처음에는 제가 착각한 줄 알았어요. 무언가
보이는 것 같다는 착각이요. 늦은 밤인데다 피곤했거든요. 그런
데도 계속 무언가 보이는 것 같아서 마당에 있는 나무나 사슴일
거라고 생각했어요. 어쩌면 코요테일 수도 있고요. 계속 지켜보
자니 조시와 메러디스의 마당에 누군가, 그러니까 사람들이 있
었어요. 저 사람들이 뭘 하고 있는 걸까, 경찰을 불러야 할까 고

민하며 한동안 보고 있었죠."

"경찰 부르셨어요?" 이미 답을 예상하면서도 비아가 물었다.

"그랬다면 좋았을걸요." 카산드라가 안타까워했다.

"몇 명이나 보셨어요?" 내가 물었다.

"두 명이요. 집 안에 침입하려는 것 같지는 않았어요. 제가 봤던 사람들은 메러디스 집을 기웃거리거나 하진 않았거든요. 현관 멀리에 서 있었어요. 제가 보고 있는 것이 **사람**이라는 것을 알고 난 후에는 대학생들이 바에서 술을 마시고 집으로 돌아가는 중인가 보다고 생각했어요. 새벽 1시가 넘었었거든요. 충분히 그럴 수 있는 시간대였으니까요."

시내에 있는 바는 주중에는 1시에 문을 닫는다. 우리 집에서 몇 블록 떨어진 곳에 학교에서 운영하는 기숙사와 학생들이 많이 사는 거주 단지가 있다. 그날 밤 카산드라가 본 사람들이 바에서 집으로 돌아가는 만취한 대학생일 수도 있다. 그렇다면 한심한 짓거리를 했을지언정 남에게 피해를 주진 않았을 테니 굳이 경찰을 부를 필요가 없었다. 나였대도 경찰을 부르지 않았을 것이다.

"혹시 얼굴을 봤나요? 어떻게 생겼는지 보셨어요?"

그녀가 고개를 저었다. "너무 어두웠어요."

"그들이 뭘 하고 있었어요?" 내가 물었다. "뭘 하는지 보였나요?"

"아니요. 뭘 하고 있었는지는 몰라도 그리 오래 머물지 않았어요."

"얼마나 있었는데요?"

"확실히는 모르겠어요. 아를로 때문에 정신이 없었어요. 아이가 유난히 떼가 심해서 진정이 되지 않았어요. 파이퍼마저 깨울까 봐 걱정이었죠. 자칫하다간 한밤중에 우는 애 둘을 돌봐야 할 테니까요. 창문을 살짝 열어 뭐라도 들어보려고 했지만 아를로가 우는 바람에요." 카산드라가 설명을 이었다. "역효과가 날 수도 있다고 생각했어요. 아이 울음소리에 놀라 달아날 수도 있으니까요. 경찰을 부를 걸 그랬어요. 아니면 최소한 다음 날에 조시와 메러디스에게 알렸어야 했는데."

"그럴 만한 일이 아니었어요." 비아가 카산드라의 마음을 풀어주려 했다. "술 취한 대학생들이 무슨 뉴스거리라고요. 풀밭에서 소변을 보던 중이었을 거예요."

"하지만 만취한 대학생들이 아니었다면요?" 카산드라가 물었다.

비아가 달래듯 카산드라의 팔에 손을 얹었다. "너무 자책하지 말아요. 오늘 경찰이 디키 집에 방문할 거예요. 제가 경찰에게 말할게요. 이 거리에 있는 집 중에 보안 장치가 설치된 집이 있을 거예요. 보안용 카메라요."

"좋은 생각이야." 비아에게 말했다.

이 거리에 보안용 카메라를 설치한 집이 있는지는 모른다. 설사 카메라가 있다 하더라도 저장 기간이 어느 정도 될지 알 수 없었다. 영상을 몇 주 동안 저장할 수 있어도 하루 이틀 뒤에 삭제되는 방식일 수도 있다. 하지만 조사해볼 만은 했다. 바에서 저녁 내내 술을 마시고 집으로 돌아가는 학생들인지 아니면 다른 누군가인지 확인해볼 수 있으니까.

비아와 나는 잔을 빨리 비웠다. 얼른 거리로 나가 수색을 계속하고 싶었다. 우리는 작별 인사를 건넸다. 카산드라가 현관으로 우리를 안내한 뒤 밖으로 나와 배웅했다. 그녀는 우리가 떠나는 모습을 지켜봤다.

카산드라를 홀로 현관에 남겨둔 채 우리는 흠뻑 젖은 잔디밭 위에 깔린 디딤돌을 따라 그곳을 벗어났다. 같은 거리에 자리한 집들도 모두 들렀다. 마지막 집을 나온 후에는 모퉁이를 돌아 탐문을 계속했다. 다음 블록에 있는 집 대부분은 대학에 속해 있다. 대학 행정관 건물과 교수들이 사는 집이 있고, 현관 베란다에 소파가 있고 아무 데나 맥주병이 보이는 지저분한 집들은 학생들이 사는 곳이다. 몇 주 전에 졸업식이 있었고, 여름 학기는 아직 시작 전이다. 때문에 우리가 문을 두드린 집 대부분은 비어 있었다. 우리는 계속 걸음을 옮겼다.

우리 집에서 몇 블록 떨어진 셸비 티보의 집에 도착했을 때는 오후 3~4시경이었다. 뉴스에 자주 나온 곳이라 그녀의 집을 알아봤다. 역사 지구에 속해 있지 않은 이 블록은 재개발이 진행 중이었고, 셸비의 집은 몇 곳 남지 않은 오래된 주택 중 하나다. 미드센추리풍의 이 집은 100만 달러부터 시작하는 신축 주택들로 둘러싸여 있다. 거리에 늘어선 나무 이곳저곳마다 노란색 리본이 달려 있었다. 가로등에는 셸비의 사진에 검은색 큼지막한 글씨로 **실종**이라고 적고 비에 젖지 않도록 투명 파일을 씌운 전단지가 붙어 있었다. 마을 곳곳의 상점 유리창과 음식점 문에 같은 전단지가 붙어 있다. 그녀의 집 앞 인도에는 꽃다발이 여럿 놓여 있었다. 따뜻한 마음의 표현인 동시에 어떤 일이 벌어졌는지를 상기하게 만드는 불쾌한 흔적이었다.

비아에게 티보의 집은 방문하지 않는 것이 좋겠다고 말했다. 실종된 여성의 집에 찾아가 다른 여성의 실종에 대해 묻는다는 것이 무례하게 느껴졌다. 하지만 비아의 생각은 달랐다. "그래서 피해야 하는 게 아니라 그러니깐 들러야지." 그 말을 듣고 보니 옳은 말 같았다.

제이슨 티보는 다혈질이라는 소문을 들은 적 있다. TV에 나온 기자회견에서도 그런 성격이 보였다. 하지만 비아는 무서워하지 않았다. 이번에도 역시 앞장서는 그녀의 적극적인 모습이 부러웠다. 비아는 타고난 리더다. 주저하면서 그녀의 뒤를 따라 좁게 난 보도를 지나 한 단짜리 현관 계단을 거쳐 문 앞에 섰다. 그녀가 유리 덧문에 노크를 했다. 유리를 두드리는 텅 빈 소리가 낮게 울렸다. 누구도 알아채지 못할 정도로 미약한 소리였다. 비아가 초인종을 누르자마자 문 건너편에서 전해지는 발걸음 소리에 놀라고 말았다. 내심 집에 아무도 없길 바랐다.

문이 벌컥 열렸다. 제이슨 티보가 우리 앞에 모습을 드러냈다. 젖병을 물린 어린아이를 커다란 팔로 안고 있었다. 목이 굵고 단단해 보였다. 키는 크지 않은데 체격이 좋고 건장했다. 현관을 가로막고 선 그와 우리 사이에는 여전히 유리 덧문이 있었다.

우리의 방문이 짜증스럽다는 것이 단번에 보였다. 화가 난 듯 거칠게 숨을 몰아쉬며 낮게 욕지거리를 내뱉었다. "또 뭐냐고." 반감이 가득한 말투에 본능적으로 나는 한 걸음 물러났다. 비아는 꿈쩍도 하지 않았다. 주눅 들지 않았다. 이 세상에서 비아를 겁에 질리게 만드는 것은 없을 것 같다. 그가 쏘아보며 물었다. "뭐요? 글 읽을 줄 몰라요?" 현관에 붙은 잡상인 출입 금지 팻말을 가리켰다. 솔직히 말해, 보지 못했다. 하지만 설사 팻말을 봤다 하더라도 비아는 개의치 않았을 것 같다. 그는 맨투맨 티셔츠에 청바지, 스니커즈 차림의 우리를 위아래로 훑어봤다.

"귀찮게 해드려서 죄송해요." 비아가 말했다. "티보 씨 맞으시죠?" 묻고는 우리를 소개했다. 나는 그가 아이를 안고 있는 모습을 바라봤다. 어색하고 경직되었다. 아이를 어떻게 안아야 하는지 모르는 사람이다.

"저희 친구가요……" 비아가 본론을 꺼냈다. "거의 스물네 시간째 실종 상태예요. 어제 아침부터요. 집마다 돌아다니면서 제 친구를 보신 분이 있는지 확인하고 있어요."

이 말에 제이슨 티보의 얼굴에 핏기가 가셨다. 마른침을 삼키는지 목울대가 크게 움직였다. 나는 그를 바라봤다. 보디빌더 같은 몸이었다. 팔이 내 허벅지만 했다.

"지금 나한테 빌어먹을 농담 하는 겁니까?" 제이슨이 거칠게 문을 열고 나오는 바람에 유리 중문이 큰 소리를 내며 닫혔고, 그 소리에 아기가 울기 시작했다. 아기의 입에서 젖병이 빠져나와 우유가 얼굴로 뚝뚝 흘렀다. 아기가 입고 있는 우주복이 하

147

안색이라 아들인지 딸인지 가늠이 안 되었다. 여기저기 우유를 게워낸 자국으로 옷이 더러웠다.

이 동네 사람들은 제이슨이 아내에게 나쁜 짓을 했을 거라고 생각했다. 그가 조사를 받으러 경찰서에 불려간 것이 내가 아는 것만 두 번이었다. 한번씩 경찰이 와서 그의 집 앞에 차를 세워두고 그를 감시하곤 했다. 제이슨은 우리가 자신을 농락한다고, 괜한 소리로 떠본다고 생각하고 있었다.

내가 목소리를 높였다. "오해를 하신 것 같아요. 티보 씨, 지금 당신의 아내에 대한 이야기를 하는 게 아니에요. 우리 옆집에 사는 친구가 간밤에 집에 오질 않았어요. 어린 딸도요. 남편이 애타게 걱정하고 있어요. 어린 딸아이, 딜라일라는 이제 겨우 여섯 살이라고요. 다른 누구보다 그쪽이 남편의 심정을 잘 알잖아요. 저희는 그저 이 두 사람을 찾는 것을 돕고 있을 뿐이에요. 세 블록에 있는 집을 모두 돌아다니며 두 사람을 봤는지 물어보고 있어요. 메러디스 디키요." 사진을 보여주기 위해 청바지 뒷주머니에 있는 핸드폰으로 손을 뻗었다. 셸비의 집은 우리 집과는 몇 블록 떨어진 곳에 있다. 제이슨 티보는 메러디스를 모를 터였다.

하지만 그는 메러디스 알고 있었다. 표정에서 곧장 드러났다. 한 발짝 물러난 그가 천천히 고개를 들어 나를 바라봤다. "메러디스라고 했어요?"

나는 숨을 내쉬었다. "메러디스를 아세요?"

그가 잠시 침묵했다. 그동안 화가 가라앉은 듯했다. 날이 선 말투가 부드러워지며 평범한 사람처럼 말했다. "메러디스 알죠."

"어떻게요?" 내가 물었다.

"셸비의 출산 도우미였어요." 그가 답했다.

몸이 굳는 것 같았다. 위가 조여들었다.

"메러디스가요?" 입술이 메말랐다. 메러디스와 셸비가 아는 사이였다니 갑자기 입술이 타들어 갔다. 침을 삼켜보려 했지만 좀처럼 침이 넘어가지 않았다. 메러디스와 셸비가 아는 사이였다. 지금은 둘 다 실종되었다. 우연일까? 아니면 뭔가 다른 게 있는 걸까?

"셸비와 메러디스가 알고 지낸 지 얼마나 되었어요?" 비아가 물었다.

제이슨이 어깨를 으쓱했다. "그리 오래되지는 않았습니다. 몇 달 정도요."

"친구 사이였던 건가요?"

"그런 건 아니에요. 셸비가 메러디스를 좋아하긴 했어도 일로 만난 사이에 가까웠습니다. 셸비가 출산 때문에 걱정이 많았어요. 첫아이기도 했고, 아픈 걸 잘 못 참는 성격이라서요."

"그래서 출산 도우미를 고용하신 거군요?" 내 질문에 그가 고개를 끄덕였다. "그런데 왜 하필 메러디스였어요?"

그가 어깨를 또 한 번 으쓱했다. 셸비가 어떻게 메러디스를 알게 되었는지는 그도 잘 몰랐다.

"아기가 태어난 지는 얼마나 되었나요?" 내가 물었다.

"그레이스는 태어난 지 6주 됐어요. 셸비의 미들 네임이 그레

이스였거든요. 셸비 그레이스." 그는 아내의 이름을 과거형으로
말했다. "이 아이는 그레이스 엘로이즈예요."

"예쁜 이름이네요." 내가 말했다.

그레이스가 태어난 후에도 두 사람이 연락을 하고 지냈는지
비아가 물었다. "아마도요." 제이슨이 잘 모르겠다는 듯 어깨를
으쓱했다. 출산 후에도 메러디스와 가깝게 지내는 고객이 많다
는 것은 우리도 알고 있다. 모유 수유나 기저귀 발진 같은 문제
로 메러디스에게 전화를 걸었다. 계약상 아기가 태어난 후까지
도움을 줄 필요는 없었음에도 사람들에게 베풀기를 좋아하는
메러디스는 고객들의 이야기를 잘 들어주었다.

"아기가 태어날 때 같이 계셨던 거죠?" 비아가 물었다.

"네." 제이슨이 답했다. "아주 끔찍했어요."

"끔찍하다니요?" 내가 물었다.

"그러니까……" 그가 말을 아꼈다. "말을 할 수가 없네요." 그
가 품 안의 아기를 내려다봤고, 그제야 우유가 젖병에서 새어
나왔고, 아이가 칭얼거리는 것을 확인했다. 젖병을 다시 입에
물려주자 아이가 잠잠해졌다. 팔다리를 버둥거리던 움직임이
잦아들었다. 고개를 들어 우리를 바라보는 제이슨의 눈이 젖어
있었다.

그는 메러디스와 딜라일라에 대해 물었다. "실종된 지 얼마
나 되었습니까?"

"남편이 어제 아침에 봤대요. 그게 마지막이었고요." 비아가
대답했다.

"안됐군요." 그 말에서 제이슨의 진심이 느껴졌다. 자꾸 그를 쳐다보게 되었다. 자신의 아내를 해칠 수 있는 사람일까. 만약 그렇다면 메러디스와 딜라일라에게도 그럴 수 있는 사람일까? 하지만 왜?

아이를 해치는 사람은 어떤 사람일까?

셸비가 사라지던 날 밤에 대해 설명하는 그의 말에 석연치 않은 점이 있었다. 친구들과 주변 이웃들 말로는 제이슨과 셸비가 자주 다투었고, 셸비의 팔다리가 멍들어 있었다고 했다. 제이슨은 셸비가 복용하는 약 때문에 쉽게 멍이 들었다는 핑계를 댔다. 어떤 일이든 그는 그럴듯한 핑계거리를 댔다. 셸비는 왜 그렇게 늦은 시간에 러닝을 나갔을까? 그녀는 이제부터 운동을 해도 된다는 이야기를 듣고 체중을 감량하던 중이었다. 제이슨 말에 따르면 셸비는 자신이 뚱뚱하다고 생각하고 있었다. 아기가 잠든 후에만 달리기를 하러 나갈 여유가 생겼다. 그가 말하는 걸 보면 여성혐오적인 느낌이 있었다. 가지 말라고 했어요. 당시 이렇게 말했다. 와이프가 실종된 게 제 탓은 아니잖아요. 그의 말은 결국 셸비의 잘못으로 벌어진 일이라는 뜻이었다. 기자회견장에서 기자의 질문을 받은 그는 만회해보려 했었다. 그런 의미로 한 말이 아니었다고, 아내의 잘못으로 실종된 것이라는 말을 했던 게 아니라고 말이다. 하지만 이미 신문에 난 후였다. 이미 뱉은 말을 취소할 방법은 없었다. 그에 대한 여론이 이미 형성된 후였다.

"셸비에 대해 좀 더 알아낸 것은 없나요?" 비아가 물었다.

"경찰 수색견이 몇 블록 떨어진 곳에서 셸비의 냄새를 탐지했어요. 그러다 자취가 사라졌습니다. 아마 그곳에서 납치를 당한 것으로 보고 있어요. 인근 거리에서 루미놀 반응으로 혈흔도 발견했고요. 누군가 핏자국을 지웠습니다. 비에 씻겨 나갔을 수도 있고요."

"용의자는 없고요?" 그녀가 물었다.

"아직요. 하지만 제가 짐작하는 사람은 있어요."

그 말에 깜짝 놀랐다. "그래요?"

"셸비는 적이 별로 없었지만, 한 명 있긴 했어요."

"누구요?" 초조해져 물었다. 나는 셸비를 모른다. 어떤 사람인지, 아니 어떤 사람이었는지, 적을 많이 만들고 다니는 성격인지 아무것도 모른다.

그가 잠시 생각에 잠겼다. 곧장 말하지 않았다. 누군가 지켜보고 있다는 듯 주변을 살피기도 했다. 낮게 깔린 목소리로 마침내 입을 열었다. "닥터 파인골드요."

"그게 누구예요?" 내가 물었다.

그가 잠시 시간을 끌었다. 이미 말을 너무 많이 했다고 생각하는 모양이었다. 하지만 이내 그가 입을 열었다. "산부인과 의사요."

"그 사람이 왜 셸비의 적이라는 거죠? 내가 물었다.

"말할 수 없어요." 그 말을 끝으로 대화가 뚝 끊겼다. 제이슨은 비가 오니 아이를 집 안으로 들여야 한다고 했다. 막 빗방울이 떨어지기 시작한 차였다. 가랑비로 시작한 비가 어느새 억수

같이 쏟아졌다. 제이슨 티보는 품에 아기를 어색하게 안은 채로 몸을 돌려 문을 밀고 들어갔다. 문이 쾅 닫히도록 둔 탓에 아기도, 우리도 깜짝 놀랐다. 문 건너편에서 아이가 목이 쉬도록 울기 시작했다.

집 앞에 난 좁은 길을 걸어 나왔다. "저 사람이 한 말 무슨 뜻일까?" 인도에 다다른 후에 작은 소리로 비아에게 물었다.

비아는 고개를 가로저었다. 그녀도 잘 모르겠다는 눈치였다.

우리는 탐문을 계속했다. 계속해서 집을 방문하고 현관문을 두드렸다. 메러디스나 딜라일라를 본 사람은 없었다. 정보도 응답도 없는 상황이 계속되자 힘이 빠졌다. 아무런 진전이 없다.

하지만 그 순간, 정오가 다 되어가던 그때 단체 채팅방에 문자가 전송되었다.

시체 한 구가 발견되었다.

메러디스
11년 전

3월

9시 요가 수업에 간신히 맞출 수 있었다. 마음을 차분하게 가라앉히는 동작으로 수업을 시작했다. 수강생들에게 편한 자세를 취하라고 했다. 그렇게 우리는 호흡에 집중했다. 현재의 마음과 육체를 깊이 인식하도록 했다. 나도 새로 받은 문자를 본 후 느꼈던 공포를 떨치는 시간으로 삼았다. 이렇게 혼란스럽고 제정신을 차릴 수 없는 기분은 처음이었다. 문자 때문에 마음이 도통 차분해지질 않았다. 수강생들에게 코로 숨을 크게 들이마시라고 말했다. 복부 그다음으로 흉부에 공기가 가득 들어차도록. 호흡을 뱉을 때는 소리가 들려야 한다. 나도 수강생들과 함께 호흡하며 심신을 안정시키려 했다. 나를 해치려는 사람은 없다. 내가 죽기를 바랄 정도로 원한이 있는 사람은 없다. 나는 무척이나 양심적인 사람이다. 나는 나쁜 짓을 한 적이 없다.

수강생들을 짧은 가이드 명상으로 이끌었다. 우리는 몸을 풀고 메인 동작을 수련했다. 나는 스튜디오를 돌아다니면서 수강생들이 신체 부위마다 올바른 정렬을 찾도록 교정해주며 복잡한 머리를 비우려 노렸했다.

실내등의 밝기를 낮추었다. 자동 온도 조절기를 32도로 맞춘 실내가 뜨거워졌다. 가습기 여러 대가 돌아갔다. 나를 포함해 모두가 땀을 흘렸다.

"나마스테." 인사를 마친 후 수강생들이 스튜디오를 떠났다.

수업 후 새로운 고객이 될지도 모를 부부와 약속이 잡혀 있다. 11시 약속이다. 고객이 내가 출산을 돕는 걸 원하는지, 나도 고객이 마음에 드는지 확인하는 일반적인 절차다. 어떤 사람들일지 혹시 몰라 커피숍에서 만나기로 했다. 광고에 혹해 낯선 집에 갔다가 살해를 당했다는 크레이그리스트(미국의 지역 생활 정보 사이트-옮긴이) 괴담도 그렇고 외부에서 만나는 것이 현명하다. 공공장소가 좀 더 안심되었다.

처음 가보는 커피숍이었다. 잔뜩 긁힌 나무 바닥에 천장은 주석으로 꾸며져 있고, 테이블은 하나같이 크기가 작았다. 커피숍에 도착해서 고객이 될지도 모를 여성을 단번에 알아봤다. 농구공을 넣은 것처럼 불룩하게 부른 배에 초조하고 불편해 보이는 표정이었다. 테이블에 홀로 앉아 있었다. 여자에게 다가가 악수를 청했다.

"메러디스 디키예요." 웃으며 말했다.

"셸비 티보예요." 내 손을 마주 잡았다. "커피 드시겠어요?"

물어왔다. 커피를 마시고 싶었다. 피로가 몰려와 카페인의 도움 없이 얼마나 버틸 수 있을지 장담하기 어려웠다.

우리는 카운터로 가서 커피 두 잔을 시켰다. 티보 부인이 내 몫까지 결제하겠다고 했다. 나는 굳이 말리지 않았다. 먹을 것도 같이 시킬지 물어왔다. 피곤한 것 외에도 배가 너무 고팠던 나는 시나몬 스콘을 주문했다. 마지막으로 음식을 먹었던 것이 언제였는지, 오늘 아침은 먹었는지 기억이 나지 않았다. 아이들의 아침을 챙겨주고 설거지를 한 건 기억이 났다. 내 식사는 따로 하지 않았다.

티보 부인은 다른 음식은 시키지 않았다. "아무것도 안 드세요?" 갑자기 미안해졌다. 바리스타가 스콘을 건네주었다.

그녀가 고개를 저었다. 헛기침을 했다. "제 몸 좀 보세요." 티보 부인이 임신한 몸을 내밀었다. "뚱뚱해서요. 페이스트리는 절대 먹으면 안 돼요."

"살이 찐 게 아니죠." 꾸짖듯 말했다. "임신한 거예요."

우리는 커피를 받아서 테이블에 앉았다. 작고 조용한 곳이었다. 대여섯 명의 손님 대부분이 노트북으로 작업을 하고 있었다. 이런 미팅 자리는 보통 상대가 내게 어필하기보다는 내가 고객이 될지도 모를 사람에게 좋은 인상을 남겨야 하는 상황이다. 미팅이 끝날 즈음 서로 호감이 있으면 계약서에 서명을 한다.

"남편은 제가 살을 다 못 뺄 거라고 해요. 임신 전보다 14킬로그램이 늘었거든요." 말도 안 되는 일인 듯 이야기했지만 그 정도면 평균이다. 나도 아이를 임신했을 때마다 그 정도로 체중이

늘었다.

"남편분은 오고 계신 건가요?" 내가 물었다. 다음 요가 수업을 미룰 시간이 안 되었다. 요가복 차림에 스웨터만 걸치고 나온 거였다. 잠을 너무 못 잔 여파로 눈꺼풀이 무거웠다.

셸비가 손가락에 낀 반지를 만지작거렸다. "남편은 안 와요." 멋쩍어했다.

"안타깝네요. 시간을 못 내셨나 봐요?"

남편들은 항상 그렇다. 업무 중이거나 출장을 가거나 무관심하다. 딱히 문제가 될 건 없다. 무관심하거나 도움이 안 되는 남편을 둔 아내들이야말로 나를 가장 필요로 하는 사람들이니까.

셸비는 무안해했다. 반지를 만지던 손놀림을 멈추었다. 그녀는 자세를 바로잡고 앉아 커피를 한 모금 넘겼다. 주문할 때 들은 바로는 디카페인이 아니었다. 비난할 생각은 없다. 나는 임신했을 때 커피를 마시지 않았다. 하지만 임산부마다 다르다. 약간의 카페인이 하루를 버티는 힘이 될 수도 있다. 지난 몇 년간 수많은 여성을 만났다. 싱글 맘, 성폭행으로 생긴 아이를 지키고 싶어 했던 산모들, 유전자 검사 후 낙태를 결정한 여성들. 편견을 갖지 않는 것이 중요하다. 모든 여성이 나와 같을 수는 없다.

셸비는 고개를 저었다. 그녀의 손도 같이 떨렸다. 커피가 함께 흔들리며 라테 아트가 망가졌다. "오늘 우리가 만난다는 걸 말하지 않았어요." 그녀는 긴장하고 있었다. 긴장한 이유야 셀 수 없이 많을 것이다. 소심한 성격 때문일 수도 있고, 어쩌면 내게 동정심을 유발하려는 것일지도 모른다. 남편에게 언짢은 일이 있거나 눈앞에 닥친 출산에 겁을 먹었을 수도 있다.

"아, 그랬군요." 그녀가 민망해하질 않길 바라는 마음이었다. 나는 테이블 위로 손을 뻗어 그녀의 손을 토닥거렸다. 연구를 통해 신체적 접촉이 개인의 감정과 건강, 상대를 향한 호감에 중요한 역할을 한다는 것이 밝혀졌다. 촉각 자극은 가장 중요한 요소 중 하나다.

"괜찮아요. 다들 그러는 걸요, 셸비."

"정말요?" 그제야 그녀가 내게 시선을 맞췄다.

"그럼요. 남편을 동참시키는 게 쉽지 않아요. 사실 남자들이야 출산을 하는 당사자는 아니니까요." 나는 이해한다는 표정으로 미소 지었다. 맞은편에 앉은 셸비가 한결 안도하는 것이 눈에 보일 정도였다. "저랑 대화 나누고 나서……" 말을 이었다. "남편과 상의해 보고 어떻게 할 건지 정하면 돼요. 지금 몇 주차죠?"

"36주요."

고객들은 대부분 임신 초기에 나를 찾는다. 36주에 찾아온 고객은 거의 없었다. 이 부부가 최근에 이곳으로 이사를 온 탓이었다. 그녀가 무척이나 맘에 들어 했던 산부인과 의사는 이제 3,000킬로미터 넘게 멀어져 버렸다. 이사로 인해 가족들에게 도움을 청하는 것마저도 어려워졌다. 이제 그녀는 남편 외에는 혼자였다.

그녀에게 내가 출산 도우미가 된 이유를 설명해주었다. 레오를 출산할 당시 이야기를 들려주었다. 그날 저녁 의료진이 나를 제대로 돌보지 않았다. 조시가 날 좀 봐달라고 간호사에게 사정 사정했다. 외로웠다. 내가 짐짝처럼 느껴졌다. 출산 후 조시 외에도 나를 대변해줄 누군가가, 내가 느끼는 애타고 불안한 심정을 공감해주는 누군가가 있으면 얼마나 좋을까 바랐다.

분만실에서도 섬뜩한 일들을 여럿 목격했다. 내가 출산할 때 경험했던 일은 아무것도 아닐 정도였다. 출산할 때 태아의 욕구가 산모보다 우선해야 한다는 것이 일반적인 분위기였다. 그래서 여성들에게 선택권이 있다는 것을 모를 때가 많다. 어쩌면 산모에게 아무런 선택권이 주어지지 않는 것일 수도 있고, 있다 해도 스스로 결정을 내릴 시간이나 정보가 충분히 제공되지 않는다. 출산 과정에서 산모에게 동의를 받는 과정 없이 의료진의 결정이 내려진다. 또 출산 과정에서 괜히 번거로운 일을 만들고 싶지 않아 침묵하는 여성들이 너무도 많다. 산모를 향한 부당한 대우가 의료적 처치라는 미명하에 만연하게 행해진다.

내 기준으로 볼 때 성폭행에 가까운 행위를 의사들은 서슴지 않고 산모에게 행한다. 사전에 고지도 하지 않고 산모의 질 안으로 손을 집어넣는다. 여성의 고통은 안중에도 없다. 의사들은 강압적이고 무례한 방식을 택한다. 분만실에서는 싫다는 말은 곧이곧대로 받아들여지지 않는다.

보통 분만은 해피엔딩을 맺는다. 여성들은 출산 중 느꼈던 부정적인 감정을 외면한다. 건강한 아기라는, 자신이 원하는 결과를 결국 얻었기 때문이다. 그렇다고 해서 괜찮지 않은 일이 괜찮아지는 것은 아니다. 내가 이 일을 하는 이유 중 하나는 바로 출산 중인 여성들을 돕고 싶어서다.

"지속적인 케어가 중요해요. 진통을 하는 동안 산모만을 위해줄 누군가가 있어야 하죠." 이 정도로 말을 아꼈다.

출산 계획은 무엇인지, 출산을 통해 가장 바라는 것은 무엇인지 대화를 나누었다. "아이가 건강하게만 태어나면 돼요." 그녀는 손을 배로 갖다 대었다. 나는 이런저런 질문을 했다. 셸비는 집에서 출산하고 싶어 하지 않았다. 병원에서 출산하길 원했다. "자연주의 어쩌고 같은 건 싫어요. 무통 주사를 맞고 싶거든요. 제왕절개도 피하고 싶고요. 꼭 해야 할 상황이라면 하겠지만요. 하지만 태반을 먹거나 하지는 않을 거예요."

그 말에 웃음이 터졌다. 며칠 만에 웃어본 것 같았다.

내가 찾아본 바로는 태반 섭취가 회복에 좋다는 그 어떤 확실한 연구 결과는 없다. 하지만 고객이 태반을 먹겠다고 한다면 굳이 나서서 말라지는 않을 터였다.

우리는 한참 대화를 나눴다. 그럴수록 셸비 티보란 사람이 좋아졌다. 정말 마음에 들었다. 그녀는 가식적이지 않고, 현실적이었다. 솔직한 사람이었다. 어린 나이였고, 젊음이 곳곳에서 드러났다. 나도 젊었을 때가 있었다. 셸비는 앞으로의 인생을 어떻게 살아갈지 꿈이 있었다. 사람들을 돕고 싶어 했다. 남편과 함께 새로운 곳으로 거주지를 옮기며 현재는 일을 놓은 상태였다. 하지만 가능해지면 다시 복직하고 싶어 했다. 남편은 그녀가 전업주부로 지내는 편을 선호했다.

"남편에 대해서도 이야기해봐요." 내가 말했다. 남편에 관한 이야기를 꺼낼 좋은 타이밍이었다.

"어떤 점이요?"

"음, 글쎄요. 아무거나요."

남편은 보험 설계사라고 했다. 대학 때는 미식축구에서 라인 배커를 맡았다. 프로선수가 되고 싶었지만 무릎 수술로 운동을 그만두어야 했다. 그 일을 여전히 분하게 생각하고 있다. 남편이 세 살 연상이었다. 그들은 셸비가 고등학교 1학년이고 남편이 3학년이었을 때부터 만났다. 셸비가 만 18세가 된 후 결혼했다. 셸비는 대학에 가지 않았다. 남편이 아이들을 무척이나 사랑하고 언젠가 멋진 아빠가 될 거라고 내게 말했다. 멋진 아빠가 될 언젠가가 두 사람의 아이가 태어날 4주 후를 말하는 것이 맞는지 의아해졌다.

이내 셸비는 본론을 꺼냈다. 출산 때 남편이 자신의 곁에 있어줄 수 있을지, 그러니까 물리적으로든 정서적으로든 함께할 수 있을지 모르겠다고 털어놨다. 그녀의 표현대로라면 남편은 하드코어였다. 정확히 어떤 의미인지는 모르겠지만, 어쨌거나 내가 필요한 이유가 그 때문일 것이다.

다시 그녀를 만난 것은 이틀 후였다. 우리는 같은 장소에서 만났다. 이번에는 내가 커피를 대접하겠다고 했지만 그녀가 거절했다. 금방 가봐야 한다고 했다. 초조해 보였다. 자신의 서명을 마친 계약서를 가져왔다. 계약서를 내 손에 쥐여주었는데 부부가 다 사인을 마친 서류였다.

"남편도 함께하기로 했군요." 웃으며 말했다.

"남편은 좀 꺼렸어요." 셸비는 웃지 않았다.

"어떤 것 때문에요?"

그녀는 잠시 망설였다. "남편은 메러디스가 사기꾼이라고 생각해요. 우리에게서 바가지를 씌운다고요. 출산 도우미들을 좀 알아봤나 봐요. 메러디스가 왜 이렇게 비용을 많이 부르는지 묻더라고요. 처음에는 저보고 베이비시터한테 이렇게 큰돈을 쓸 생각을 했냐면서 제정신이 아니라고 했어요."

그녀의 남편이 어떤 사람인지 그려졌다. 냉소적이고 직설적이고 남을 믿지 못하는 성격이었다.

이런 질문을 받은 적이 있다. 나는 에이전시나 병원에 소속된 사람이 아니다. 단독으로 일하고 있어 비용이 다른 사람들보다 높은 것일 수도 있다. 나는 다른 사람들이 제공하지 않는 서비스를 제공한다. 진통이 시작되면 그에 맞춰 올 수 있는 아무 도우미나 불러 출산을 진행할 수는 없다. 무슨 뜻인지 이해할 것이다.

"남편이 인터넷으로 300달러만 내면 되는 사람을 찾았어요. 하지만 전 그 사람은 싫어요. 저는 메러디스가 필요해요." 그녀가 말했다.

"왜 그렇게 생각해요?" 내가 물었다. 셸비는 나란 사람을 전혀 모른다. 왜 다른 도우미가 아니라 꼭 나여야만 할까?

그녀는 어깨를 으쓱해 보이곤 미소 지었다. "메러디스가 좋으니까요. 하지만 제이슨은 1,000달러로 낮출 수 있다면 더 좋겠다고 했어요."

"1,000달러로 낮춘다고요?"

"어쩌면 800달러요. 그러니깐, 남편 말도 일리가 있어요. 하루치 일당으로는 큰돈이긴 하잖아요."

마음이 불편해졌다. 이 대화가 어떤 방향으로 흘러갈지 보였고, 마음에 들지 않았다. 하루치 일이 아니다. 산전 방문과 오늘과 같은 미팅들, 진통과 출산, 산후 방문, 끝없는 통화와 문자를 포함한 금액이다. 또한 내 생계이자 그녀의 삶과 가족을 위해 내 삶과 가족을 잠시 미뤄둔다는 약속이다.

이런 이야기는 하지 않았다.

"셸비, 미안하지만 저는 비용은 조율하지 않는 편이에요."

셸비가 또 한 번 어깨를 으쓱했다. 그러면서 아까보다 훨씬 뻔뻔한 미소를 지었다. 내가 처음 생각했던 것과는 다른 면이 그녀에게 있는 것 같다는 생각이 들었다. 첫날 긴장했던 모습과 달리 오늘은 전혀 그래 보이지 않았다. 오늘은 적극적이고 자신만만해 보였다. 어떤 모습이 그녀의 진짜 모습일까?

"네, 뭐 알겠어요." 그녀가 말했다. "괜찮아요. 어쨌거나 남편 동의를 얻은 건 맞으니까요."

이제야 셸비가 선글라스를 쓰고 있다는 걸 알았다. 실내였고, 오늘은 잔뜩 흐린 날씨였음에도 말이다.

케이트
11년 전

5월

이 지역에는 강이 흐른다. 강 둘레를 따라 리버워크라는 이름 의 길이 아름답게 조성되어 있다. 리버워크는 주말이면 수백 명 이나 몰려드는 명소다. 사람들은 벽돌이 깔린 길을 걷고, 분수에 동전도 던지고, 지붕이 올라간 다리 곳곳에서 사진을 찍는다.

가로등이 늘어선 시내 중심 거리에는 가득 핀 꽃들과 자연 그대로의 조경이 아름답게 보존되어 있고, 근처에 고급 부티크 숍이 자리해 있다. 시내에 있는 바와 음식점은 50곳 정도 된다. 주말에는 주차 자리를 찾느라 짜증이 날 정도다.

하지만 강을 따라 중심가에서 멀리 떨어진 곳까지 내려가면 숲이 시작된다. 말끔하게 손질된 넓은 거리는 온데간데없고 오 랜 시간 행인들의 발자국으로 다져진 길이 시작된다. 나무 사이 사이로 풀과 잡초를 가로지르는 좁은 길이다.

이맘때쯤이면 풀숲에는 모기가 들끓는다. 폭우와 홍수 때문이다. 모기는 습한 환경에서 번식한다. 웅덩이처럼 물이 고여있는 곳에 산란한다. 나무가 울창한 탓에 물웅덩이가 바짝 마를틈이 없어 땅은 늘 축축하고, 이끼가 끼고, 나무에서 떨어진 곰팡이 잔해들로 가득하다.

바로 그곳에서 시체가 발견되었다.

수색팀은 조시와 메러디스의 집에 다시 집결했다. 사람들은서로 들은 이야기를 정신없이 떠들어 댔다. 광란의 현장이었다.쉼 없이 웅성거리는 말소리가 공간을 가득 채웠다.

나는 주변을 돌아봤다. 조시가 보이지 않았다. 경찰관들은 있었다. 경찰차 여러 대가 주차되어 있었고, 경찰관 한 명이 집 문앞을 지키고 있었다. 다른 경찰들은 집 안을 수색했다.

"조시 본 사람 없어요?" 내가 물었다.

"강으로 갔어요." 누군가 답했다. "시체를 확인하려고요." 시체, 라는 말이 들리자 일순간 모두가 침묵했다. 숨통이 조여드는 듯한 공포를 느끼며 제발 메러디스나 딜라일라가 아니길 간절히 빌었다.

우리는 조시와 메러디스의 마당에 동그랗게 모여 섰다. 모두가 초조함과 비통함, 패배감에 빠져 있었다. 어느새 빗줄기가잦아들어 보슬비가 내렸다. 몇몇이 우산을 받쳐 비를 막아주었다. 우산 안에 들어오지 못한 사람들은 그냥 비를 맞았다.

"시체가 발견되었다는 건 어디서 나온 소리예요?" 비아가 물었다.

"제 아내랑 제가 직접 들었습니다." 한 남자가 앞으로 나왔다.

"어떻게요?" 비아가 다시 질문했다.

"리버워크에서 메러디스랑 딜라일라 사진을 사람들한테 보여주며 본 적 있는지 묻고 다녔어요. 러닝하는 사람들이 있어서, 그 사람들한테 사진을 보여줬습니다. 다들 모른다고 답하더군요. 본 적이 없다고요. 그런데 강 하류 쪽에 시체가 발견되어서 경찰들이 출동했다는 이야기를 들었다는 겁니다. 찾으시는 분이 아니길 바랍니다, 우리한테 이렇게 말했어요."

"좀 더 자세한 이야기를 알아보려고 사람들한테 물었어요." 그의 아내가 말을 이었다. "무슨 일인지 아냐고요."

아내는 눈물을 참으며 개를 산책시키던 한 남자가 오늘 아침 이른 시간에 시체를 발견했다고 설명했다. 땅에 반쯤 묻힌 시체였다. 머리와 몸통은 땅속에 묻혔지만 팔 다리는 이상하게도 바깥으로 빠져나와 있었다. 간밤에 내린 비로 흙과 나뭇잎이 씻겨나간 바람에 그렇게 된 거라고 추측하는 사람도 있었다. 고약한 냄새를 맡은 수색견이 시체를 먼저 발견했다. 강이 넘칠 정도로 수위가 높아져 하루 이틀 새에 자칫하면 시체가 유실될 뻔했다.

"타살 흔적은요?" 한 여성이 물었다.

부부는 눈빛을 교환했다. 나체로 발견되었다는 이야기를 들었다는 부부의 말에 모두가 헉하고 숨을 들이마셨다. 다들 같은 생각을 하고 있었다.

"세상에." 옆에 선 비아가 내 손을 꽉 움켜쥐며 탄식했다. 저렇게 버려지기 전에 어떤 일을 당했을지, 설마 딜라일라인 건 아닐지, 섬뜩한 기분에 휩싸여 비아와 나는 시선을 마주쳤다. 제발 딜라일라가 아니길 바라면서도 한편으로는 발견된 시체가 메러디스라면 도대체 딜라일라는 어디에 있는 것일까, 걱정되었다. 어쩌면 낯선 사람에게 납치를 당하는 것보다 죽는 편이 나을지도 모른다.

우리 집이 조시네와 가까이 있기에 비아와 나는 서른 명쯤 되는 수색팀원에게 나눠줄 간식을 집에서 가져오기로 했다. 작업자들은 인테리어 공사를 하고 있었다. 집 전체가 흔들릴 정도로 베이스가 둥둥 울리는 테크노 음악이 시끄럽게 흘러나왔다. 열심히 작업하던 사람들이 우리의 등장에 움직임을 멈추었다. 동작을 멈추고 우리를 빤히 바라봤다.

"실례해요." 내 집에 들어가면서도 양해를 구했다. 냉장고에서 딸기를 꺼내 씻고 자르는 동안 한 남자의 시선이 느껴졌다. 민망했다. 비아는 감자칩 두 봉지와 품 안 가득 물병을 챙겼다. 집에서 드디어 벗어난다는 안도감을 안고 바깥으로 향했다.

사람들은 정중하게 간식을 거절했다. 다들 뭔가를 먹을 생각이 들지 않았다. 하나같이 슬픔과 불안에 휩싸여 속이 불편했다. 지금 강 하류에서 어떤 일이 벌어지고 있는 걸까, 다들 같은 생각을 하고 있었다. 경찰, 증거 수집 전문가, 기자들, 노란색 폴리스 라인 그리고 덤불 속에서 발굴되는 시체.

잠시 후 비아가 조산사를 한쪽으로 부르는 모습이 보였다. 두 사람은 비를 피해 조시의 집 현관으로 향했다.

나는 오늘 아침 시체를 발견했다는 소식을 들은 여성과 대화를 나누던 중이었다. 그녀는 시체가 메러디스나 딜라일라인지 직접 확인하기 위해 현장으로 향했다. 하지만 관계자들이 현장 가까이 사람들이 접근하지 못하게 막고 있었다. 시체를 보고 싶다는 병적인 호기심에 사로잡힌 사람이 많았다.

나는 잠시 실례하겠다는 말을 건네고 그 자리에서 벗어났다. 비아에게 다가간 나는 조산사를 향해 손을 내밀며 케이트라고 소개했다. 50대 중반으로 보이는 여성은 눈매와 미소가 따뜻했다. 하얗게 새어가고 있는 긴 머리를 땋아 뒤로 넘겼다.

"케이트는 제 파트너예요." 비아가 설명했다.

"네, 그럼요. 메러디스가 케이트 이야기를 자주 했어요. 좋은 말만요. 전 재닛이에요." 조산사가 손을 맞잡았다. "메러디스와 가끔 같이 일했어요."

출산 도우미였던 메러디스는 다양한 환경에서 일했다. 가정 분만을 할 때는 보통 조산사의 도움을 받았다. 병원에서 일할 때도 있었다. 욕조든, 병원 침대든 고객이 있는 곳이 그녀의 일터였다.

비아는 재닛에게 제이슨 티보 이야기를 하던 중이었다. "메러디스가 출산 도우미였다고 했어요. 출산 때 무슨 일이 있었던 것 같은데 그 남편은 말을 아끼더라고요. 산부인과 의사한테 적대감이 있는 것처럼 보였어요."

"닥터 파인골드요." 그녀는 이해한다는 듯이 고개를 끄덕였다. "그 사람을 좋게 생각하는 사람들이 별로 없어요."

"왜요?" 내가 물었다.

"환자를 대하는 태도가 좀 그렇거든요. 좀 단호한 구석이 있 달까요. 옆에서 자꾸 질문을 하고 본인의 결정에 토를 다는 메러디스가 싫었을 거예요. 메러디스는 산모를 가장 중요하게 생각했어요. 산모를 위해서라면 누구 심기를 거스르는 것을 두려워하지 않았죠." 그녀는 출산 도우미의 역할에 대해 설명했다. 산모가 정서적으로, 육체적으로 안정할 수 있게 돕고, 산모에게 용기를 주며, 진통과 출산 과정이 최상의 환경에서 진행되도록 힘쓰는 사람이다. "메러디스는 훌륭한 도우미예요. 고객을 위해서라면 무엇이든 하는 사람이고요." 그녀가 설명을 이었다. "메러디스와는 산모에 대한 이야기를 많이 나눴어요. 같이 보는 산모가 아니라 해도요. 진통과 분만은 굉장히 힘든 일이거든요. 언제 끝날지 모르는 지난한 시간을 거쳐야 하고, 육체적으로도 정서적으로도 무척 힘들어요. 출산을 도우며 보람과 행복을 느낄 때도 있지만 굉장히 고생스러운 일이기도 하죠. 서로 의지를 많이 했어요. 메러디스는 정말 좋은 친구죠."

"메러디스는 제게도……" 그녀가 내게 힘이 되어주었던 수많은 순간을 떠올렸다. 그러던 중 한 가지 생각이 스쳤다. "잠시만요. 셸비는 왜 그런 비호감인 의사에게 진료를 본 걸까요?" 내가 물었다.

재닛은 이렇게 설명했다. "셸비는 막달에 가까워져서부터 그의사에게 진료를 봤어요. 환자에 대한 정보가 많지 않기 때문에 출산이 임박한 환자를 맡으려는 산부인과 의사가 거의 없거든요. 하지만 닥터 파인골드는 그런 산모도 받았어요. 사실 닥터 파인골드는 의료 행위를 독립적으로 수행할 자격을 갖추지 못한 의사였어요. 이것만으로도 피해야 할 의사였죠."

"셸비 출산에 대해 혹시 아시는 게 있을까요?" 비아가 물었다.

"네." 재닛은 숨을 깊이 들이마시곤 뱉지 않았다. 처음에는 말하기를 꺼려하는 눈치였지만 이내 마음을 바꾼 듯했다. 숨을 천천히 내쉬며 말했다. "아기에게 이상이 생겼어요."

비아와 나는 시선을 교환했다. 이미 아기를 봤었다. 우리 눈에는 전혀 이상해 보이지 않았다. "어디가요?" 비아가 다시 물었다.

"분만하면서 아기가 심각한 두뇌 손상을 입었어요. 티보 부부는 의료 과실로 닥터 파인골드를 고소했어요. 메러디스의 제안대로 닥터 파인골드가 제왕절개를 해야 했는데…… 산모는 지쳐 있었고 파인골드는 메러디스의 말을 듣지 않았어요. 의사로서는 누가 이래라저래라 하는 상황이 낯설었겠죠. 닥터 파인골드가 회음부를 절개한 뒤 겸자로 아이를 꺼내는 과정에서 연약한 두개골에 너무 큰 압력이 가해졌어요."

"그래도 아이는 괜찮은 거죠?" 어린아기인 그레이스가 걱정됐다. 셸비가 의료 과실로 의사를 고소한 것도 우려스러웠다. 고소를 당하는 의사들은 많다. 나 역시 의사인 입장에서 환자 측의 고소는 가장 두려운 일 중 하나다. 의료 소송 다수는 법원에 가기도 전에 합의가 되거나 기각을 당한다. 그럼에도 의사에게는 재정적으로 또 평판 면에서도 그 여파가 꽤 오래 지속된다. 닥터 파인골드가 재닛이 설명한 대로 그런 사람이라면 고소

170

를 당한 뒤 어떤 반응을 보였을지 궁금해졌다.

재닛이 어깨를 으쓱했다. "지금 당장은 알 수가 없어요. 어떤 아이들은 뇌성마비 진단을 받기도 해요. 발작 장애가 생기는 아이도 있고요. 또는 발달 지체가 오기도 해요. 메러디스는 닥터 파인골드에게 불리한 증언을 할 생각이었어요. 이번 주에 법정에서 진술을 하기로 되어 있었어요." 그녀의 말을 듣고 잠깐 숨을 쉴 수가 없었다. 의사가 메러디스의 입을 막기 위해서, 자신에게 불리한 진술을 하지 못하게 하려고 무슨 짓을 벌였다는 생각이 들었다. 타이밍이 너무도 완벽했다. 처음에는 셸비가 사라졌고, 그 뒤 메러디스가 실종되었다. 의료 과실의 증인인 두 여성이 말이다.

모두 나름의 생각에 잠겨 한동안 말이 없었다. 얼마 후 재닛이 자리를 비키더니 멀리 있는 나무 아래에 서서 구름을 올려다봤다. 나는 잠시 그녀를 지켜봤다.

"예감이 안 좋아." 비아의 목소리에 재닛에게서 시선을 거두었다.

빗줄기가 강해지더니 다시금 잦아들었다. 비 때문인지 평소보다 해가 빨리 지는 것 같았다. 늦은 오후가 되자 무거운 먹구름이 드리워지며 세상이 어두워졌다. 뉴스에서는 오늘 밤에 번개와 천둥을 동반한 비가 때때로 강하게 내릴 것으로 예측했다.

초저녁이 되자 조시의 차가 들어오는 것이 보였다. 그는 집 앞에 주차를 했다. 모두의 기대감 어린 시선을 받으면서도 그는 한동안 차에서 내리지 않았다. 우리는 아직 모르지만 조시가 알고 있는 것이 무엇일까, 모두 숨 죽였다. 메러디스가 죽은 걸까?

차 앞 유리를 통해 그의 모습이 보였다. 한동안 가만히 앉아 있던 조시는 운전대에 몸을 기대었다. 울고 있는 걸까? 아니면 단순히 호흡을 가다듬고 있는 걸까? 차로 다가가 창문을 두드려볼까 생각도 했다. 하지만 조시는 잠깐의 평화가 필요하다. 몇 시간이나 나갔다 들어온 길이었다. 벌써 5시가 다 되어가고 있었다. 그동안 우리는 조용히 기도하는 마음으로 조시의 집 마당에 서 있었다. 모두가 자리를 지켰다. 이런 날씨에도 한 사람도 자리를 벗어나지 않았다. 강 근처에서 무슨 일이 벌어지고 있는지 알기 전에는 누구도 자리를 뜰 생각이 없었다.

차 밖으로 나온 조시의 몸이 축 처져 있었다. 술에 취한 것처럼 연석에 발이 걸려 비틀댔다. 하지만 술에 취한 게 아니었다. 어깨가 앞으로 축 늘어지고 머리를 깊이 숙인 탓에 턱이 가슴께에 닿을 지경이었다. 그는 지금껏 울었던 게 분명했다. 눈물은 말랐지만, 벌겋게 달아오른 얼굴과 충혈된 눈이 말해주고 있었다. 오늘 아침보다 10년쯤은 더 늙어버린 얼굴로 기력이 하나도 없는 모습이었다. 손과 바지 무릎에는 흙이 묻어 있다.

그가 우리 쪽으로 다가왔다. 이내 마당을 가로지르던 걸음을 멈췄다. 더는 움직일 수 없다는 듯 나무에 몸을 기댄 채 두 손에 얼굴을 묻었다. 그 자리에 멈춰 온 몸을 떨며 흐느끼는 그를 보며 비아는 내가 쓰러지지 않도록 두 팔을 둘러 기대게 했다.

끔찍한 일이 벌어졌다. 메러디스가 죽었다.

누구도 감히 그에게 다가가지 못했다. 우리는 가만히 서서 그가 마음껏 눈물을 쏟길 기다렸다. 사람들도 따라 울음을 터뜨렸다. 그동안 쌓여온 감정들이 쏟아져 나올까 봐 나는 손으로 입을 막았다. 하지만 울음을 터뜨리지 않고 감정을 억누른 채 우리가 해야 할 일에 집중했다. 딜라일라를 가능한 한 빨리 찾아야 한다. 여기 가만히 서서 메러디스의 죽음을 애도할 수만은 없다.

내 등 뒤에서 비아가 숨죽여 눈물을 쏟았다. 우리 둘의 역할이 바뀌어 있었다. 보통은 내가 감정적으로 대응하고 비아는 계획을 세워 이성적으로 대처했다. 하지만 비아는 메러디스와 가까운 사이였다. 딜라일라와도 말이다.

장례식을 치러야 했다. 준비해야 할 일들도 있었다. 비아와 내가 장례식 준비를 도우면 된다. 조시 혼자 감당해서는 안 되는 일이다. 메러디스가 죽은 지금 조시는 정신을 완전히 놓았을 것이다.

메러디스는 죽었다. 이 말이 머릿속에서 도무지 사라지지 않았다. 이해가 되질 않았다. 두 사람이 더는 함께할 수 없다니.

하지만 마음을 추스른 조시가 마침내 한 말은 내 예상과 달랐다.

"아니에요." 간신히 내뱉었다.

"아니라니 무슨 말이에요?" 누군가 물었다.

"시체요. 메러디스가 아니에요. 티보라는 그 여자였어요." 그가 울부짖었다. 세상에, 말로 다 할 수 없는 안도감이 찾아왔다. 무릎이 휘청였고, 그제야 눈물이 나왔다. 메러디스가 아니라 셸비라는 안도의 눈물이었다.

그는 티보 씨가 경찰서로 와 시체의 신원을 확인했다고 설명했다. "셸비에게 무슨 일이 있었던 겁니까?" 누군가 물었다. "사인이 뭔가요?"

모두가 궁금해하는 질문이었다. 하지만 우리 중 한 명만 입밖에 꺼낼 용기를 냈다.

"부검이 끝나야 알 수 있대요." 조시가 답했다. 그는 셸비의 죽음을 살인사건으로 수사하고 있다고 덧붙였다. 살인사건이었다. 모두가 놀라 헉하며 숨을 들이마시고는 침묵에 휩싸였다.

그때 한 사복 경찰이 조시와 메러디스의 집 밖으로 나왔다. 갈색머리의 여자 경찰관은 강한 인상이었다. 각이 진 턱에 코는 곧게 뻗고 광대가 도드라진 얼굴이었다. 입술이 얇고 눈은 가늘고 길었으며 뺨이 날카로웠다. 미소를 지으면 예뻐 보일 얼굴이었다. 바지 정장 차림에 재킷 안쪽으로 권총이 든 권총집이 있었다. 바람이 불며 재킷의 옆트임이 벌어져 권총이 보였다. 마당을 가로질러 조시에게 다가가는 여자 형사 뒤로 부하로 보이는 남자 형사 둘이 따랐다. 어리석게도 나는 그녀가 조시를 다독여줄 거라고, 실종사건 통계자료에 대해 말하며 수사가 잘 진행되고 있다는 등의 이야기를 할 거라고 기대했다.

하지만 그녀의 목소리는 단조롭고 사무적이었다. "디키 씨." 그녀가 입을 열었다. "롤링스 형사입니다." 배지를 보였다. "괜찮으시다면 잠시 저희랑 집으로 함께 가주시겠습니까?" 조시 뒤편에 자리한 집을 가리켰다. 형사의 손짓에 따라 나도 시선을 옮겼다. 100년이 넘은 앤 여왕 시대풍의 집이 새삼 아름답게 보였다. 원형 탑과 원뿔형 지붕 덕분에 작은 성처럼 보이는 웅장하고 화려한 집이다. 우리가 이 동네에 왔을 때 조시와 메러디스는 이미 이 집에 살고 있었다.

조시가 몸을 바로 하고 섰다. 눈가에 눈물을 닦아냈다. 모두 꼿꼿하게 선 상태로 대화에 귀를 기울였다.

조시가 주변을 둘러봤다. 새로운 소식을 기다리는 수많은 사람을 바라봤다. 여기 있는 남자, 여자, 아이들 모두 메러디스와 딜라일라를 위해 기꺼이 하루를 내준 이들이었다.

"제 아내에 대한 이야기라면……" 애써 평정심을 유지하려 애쓰며 조시가 말했다. "여기서 말씀해도 됩니다. 다들 같은 이유로 이 자리에 모인 거예요. 제 가족을 찾기 위해서요."

"새로 들어온 소식은 없습니다, 선생님." 롤링스 형사가 고개를 저으며 단호하게 말했다. "몇 가지 질문을 드리고자 한 거예요."

"어떤 질문을?" 조시가 물었다.

"괜찮으시다면 안에서 말씀을 나누고 싶어요."

밴 한 대가 거리로 진입했다. 조시의 차 뒤에 멈췄다. 전신 보호복 차림의 남자 한 명과 여자 한 명이 밴에서 내려 조시의 집으로 향했다. 마른침을 삼켰다. 무언가가 발견된 것이리라.

"아들을 데려와야 합니다." 조시가 말했다. 그는 시계를 내려다봤다. "베이비시터 집에 아들을 데리러 가야 해요. 5시에 가겠다고 말을 해 둔 상태예요. 벌써 늦었어요. 좀 기다려줄 수 있나요?" 그가 물었다.

"시간을 조정하거나 할 수는 없을까요?" 그리 오래 걸리지 않을 거라고 롤링스 형사가 말했다. 매정한 여자였다. 아이가 없을 것 같았다.

비아가 나섰다. "우리가 데리러 갈게요." 조시에게 말했다. "케이트랑 둘이서 데려온 후 일 마칠 때까지 데리고 있을게요." 비아가 조시의 팔에 손을 올렸다.

"그렇게 해준다면 정말 고맙겠어요." 조시가 뒤를 돌아보며 답했다. "고마워요, 비아."

수십 명이 지켜보는 가운데 고개를 떨군 조시가 형사를 따라 집에 들어갔고, 이윽고 현관문이 닫혔다.

레오
현재

아빠는 누나에게 예전에 쓰던 방에서 자면 된다고 알려주었다. 그 방 말고 달리 어디서 자겠는가? 그렇지만 그 방에 누군가 있다는 게 이상하긴 했다. 아주 오랫동안 비어 있던 방이었으니까.

누나는 자신의 방이 어딘지 몰랐기에 아빠가 직접 데려가서 보여줘야 했다.

누나는 내 이름도 몰랐다. 누나가 내 이름을 모르는 것 같다는 반나절 정도의 의심은 곧 확신으로 바뀌었다. 아빠는 누나에게 내가 레오라고 설명했다. "레오 기억하지?" 아빠의 물음에 고개를 젓는 누나의 모습을 보고 그리 놀라지 않았다. 내가 그리 기억에 남을 만한 사람은 아니니까.

"마지막으로 봤을 때는 훨씬 어린 아이였어." 아빠가 말했다.

지금 입고 있는 병원 옷장에서 나온 옷들 말고는 다른 옷이 없었다. 병원에 기부된 옷을 입고 있었다. 누가 봐도 새 옷이 아니었다. 누나는 다른 누군가의 낡은 옷을 입고 있다. 누나의 옷장에 있는 옷은 전부 6세 아동 사이즈이다. 누나가 납치당했을때 그 사이즈였으니까. 그 옷들이 맞을 리 없다. 아빠는 키가 크기 때문에 대신 내게 부탁했다. "레오. 옷 중에 네 누나가 입을만한 옷 좀 찾아봐라."

아빠가 네 누나라고 할 때마다 인지부조화가 오는 기분이 들었다. 누나와 내가 같은 공간에 있다니. 누나가 집으로 돌아왔다니. 진짜 누나인지는 몰라도 적어도 누나 비슷한 사람이 집에온 것은 맞으니까.

내 방으로 향했다. 더는 입지 않는 셔츠를 찾았다. 트레이닝 바지도. 옷을 누나에게 가져다주었다. "여기." 이렇게 말하며 옷을 건넸다.

누나가 옷을 받았다. 그러고는 이렇게 답했다. "감사합니다, 선생님." 동생에게 선생님이라고 불러야 한다고 생각하다니 너무 말이 안 돼서 웃음도 나오질 않았다. 도대체 얼마나 망가진걸까.

"그냥 레오라고 불러. 나이 든 사람한테나 선생님이라고 하는거야."

내가 준 셔츠와 바지를 들고 방 문 앞에 서 있다. 궁금한 것들이 있다. 묻고 싶은 이야기가 있지만 할 수가 없다. 엄마에 대해 물어보고 싶다. 경찰들이 뭐라고 했는지는 잘 안다. 다만 그게 사실인지 확인하고 싶다.

옷을 갈아입는 누나를 향해 아빠는 재워줄까, 하고 물었다. 그 말을 하는 아빠의 눈가가 촉촉했다. 간절할 정도로 희망에 가득 찬 눈빛이었다. 아빠의 목소리에서도 느껴졌다. 아빠는 제발 본인이 재워줄 수 있도록 허락해달라고 사정하고 있었다. 11년 만이었으니.

누나는 빤히 바라보기만 했다. 아무 말도 하지 않았다.

대답이 없는 누나를 보고는 아빠가 한발 뒤로 물러났다. "필요한 게 있으면 말하렴." 아빠가 말했다. 누나에게 아빠는 낯선 남자나 다름없을 것이다. 아빠가 누나를 재워주는 것도 사실 상당히 이상한 광경이다. 또한 누나도 포근한 이불에 파묻혀 응석을 부리기엔 너무 커버렸다. 누나가 실종된 후부터 아빠는 내잠자리를 봐주지 않았다. 울다 지쳐 자기 바빠서 나를 돌볼 새가 없었다.

잠을 자러 방으로 들어가며 문을 잠갔다. 누나가 어떤 사람인지 모르니까.

형사는 누나가 흉기를 만들어 탈출했다고 했다. 물론 흉기라고 말한 것은 아니다. 급조한 무기라고 했다. 그걸로 사람을 찔렀다고. 경찰이 누나를 찾았을 때 옷에 피가 묻어 있었다. 찔린 남성의 피였다.

누나가 나도 찌르지 않으리란 보장이 있을까?

잠을 자보려고 했다. 하지만 마음을 놓을 수 없었다. 잠을 못잘 것 같았다. 그러던 중 어느샌가 아빠가 누나의 이름을 외치는 소리가 들렸다. 시계를 확인했다. 새벽 2시였다. 나도 모르는 새 잠이 들긴 들었던 것 같다.

침대에서 벌떡 몸을 일으켰다. 잠겨 있던 문을 열고 비틀대며 방을 나섰다. 아빠는 복도에 서 있었다. 정신이 없어 보였다. 숨을 거칠게 몰아쉬고 있었다. 아빠는 어두운 복도에서 몸을 돌리며 손을 휘저었다. 마치 두 발짝 뒤에서 이리저리 몸을 숨기는 누나를 잡으려는 듯이 움직였다.

전등 스위치에 다가가 불을 켰다. 밝은 빛에 눈이 시렸다. 손을 올려 눈을 가렸다. 아빠는 땀을 흘리고 있었다. 가슴에 통증을 느끼듯이 손을 가져다 가슴을 눌렀다. 심장마비일까 봐 걱정했다.

"사라졌어." 내게 다가온 아빠가 말했다. 아빠는 잠옷 차림이었다. 평소에는 잠옷을 입지 않는 분이다. 트렁크 팬티 차림으로 주무신다. 하지만 오늘은 누나를 생각해서 무언가를 걸치는 노력을 기울였다. 다만, 파자마가 긴팔, 긴 바지라는 게 문제였다. 땀을 흘리고 있었다.

"사라졌다니, 무슨 말이에요?"

아빠가 내 어깨를 움켜쥐었다. 내 몸을 흔들며 말했다. "갑자기 사라졌어, 레오. 이 집에 없다고. 가버렸어. 딜라일라가 가버렸어."

누나가 사라지는 악몽을 꾼 모양이었다. 충분히 이해할 만했다. 누나의 방으로 직접 가서 확인했지만 아빠의 말이 맞았다. 누나가 없었다. 새 침대마냥 이불과 시트가 정돈되어 있다. 내 옷은 바닥에 놓여 있었다. 누나는 내 옷으로도 갈아입지 않았다.

나는 창문부터 확인했다. 굳게 잠겨 있다. 어디로 사라진 건지는 몰라도 창문을 통해 나간 건 아니다. 도망친 건가 생각했지만 어쩌면 납치범이 누나를 데려간 것일지도 모른다는 생각이 들었다. "망할 놈의 기자 새끼들." 아빠가 중얼거렸다. 뉴스를 본 사람이라면 우리가 사는 동네와 집이 어딘지, 누나가 어디에 있는지 누구나 알 수 있다. 인터넷과 자전거만 있으면 열 살짜리도 누나를 찾을 수 있었다.

나는 누나 방에서 나왔다. 화장실을 확인하고, 아빠와 아래층으로 급히 내려가 누나가 있을 만한 장소를 둘러봤다. 아무런 소득이 없었다. 1층에서는 누나의 흔적을 찾을 수 없었다. 현관과 뒷문도 잠겨 있었다.

아빠는 핸드폰에 저장된 형사 번호를 눌러 전화를 걸었다. 한밤중이었지만 개의치 않았다. 집 밖에 진을 친 경찰들도 있었지만 아빠는 저들을 부르거나 119에 전화하지 않았다.

형사가 바로 전화를 받았다. "카먼, 접니다. 조시요." 거칠게 숨을 몰아쉬며 말했다. 저런 식의 격의 없는 말투가 역겨웠다.

나는 자리를 벗어났다. 창문이란 창문은 모조리 살피며 누나가 빠져 나갔을 만한 곳을 찾아보려 했다. 누나는 신발이 없다. 그러니 어디로 나갔든 분명 맨발일 것이다. 하지만 누나에게 별 대수로운 일은 아닐 것이다.

창문을 모두 둘러봤다. 전부 닫혀 있었다. 잠겨 있었다. 누나가 창문으로 나간 건 아니다. 주방 쪽으로 향했다. 주방으로 가는 길에 지하실로 연결되는 문이 있다. 더는 찾아볼 곳이 없었던 나는 지하실로 걸음을 옮겼다. 문을 열었다. 아래쪽 계단이 캄캄했다. 지하실은 정리가 덜 되었다. 엄마는 언젠가 날을 잡고 지하실을 말끔히 정리할 생각이었지만 그러기 전에 손목을 그어 자살을 시도했다. 여기서는 **시도**란 단어가 중요하다. 엄마는 결국 실패했으니까. 얕게 그은 탓에 출혈이 많지 않았다. 수도 없이 그었지만 정맥에만 손상을 입었고 사망에 이르게 하는 주요 대동맥 두 개 중 하나를 끊을 정도로 깊이 긋지는 못했다. 통계에 따르면 손목을 그어 자살 시도를 하는 사람 대부분이 실패한다. 고통이 대단하기 때문이다.

그래서 엄마는 칼의 방향을 틀어 자신의 복부를 찔렀다. 쉽고 빠르게. 검시 보고서에 의하면 간을 찔러 출혈이 발생했다. 쓰러지며 어딘가에 크게 부딪힌 탓에 뒤통수에도 흉측한 혹이 생겼다.

불을 켰다. 지하실이 온통 노란빛으로 가득 찼다. 계단을 내려가니 콘크리트 바닥 위에 널브러져 있는 누나의 모습이 보였다.

처음에는 누나가 죽은 줄 알았다.

하지만 이내 가슴이 위아래로 움직이는 것이 보였다. 숨을 쉬고 있었다. 죽은 게 아니라 잠이 든 거였다.

누나는 부드럽고 따뜻한 침대에서 내려와 어둡고 차갑고 딱딱한 지하실 바닥에서 잠을 청했다. 지난 11년간 그래왔으니까. 도무지 이해할 수 없는 이유로 누나는 어둡고 음울한 지하실에서 위안을 얻었다.

사람이 이보다 더 망가질 수는 없다.

메러디스

11년 전

3월

한밤중에 핸드폰 문자 알림이 울렸다. 협박 문자를 받은 지 나흘이 지났다. 어쩐지 문자를 더는 생각하지 않았다. 별다른 일이 벌어지지 않았으므로 10대의 한심한 장난쯤으로 넘길 수 있었다. 어쩌다 내 이름과 핸드폰 번호를 손에 넣은 몇몇 아이가 나를 신나게 놀리며 재미를 보는 거라고.

문자 알림을 듣고 처음에는 협박 문자라고 생각하지 않았다. 진통을 시작한 산모인 줄 알았다. 예정일이 얼마 남지 않은 고객이 두 명 있었다. 갑자기 출산에 불려가는 일 없이 편안히 푹 잘 거라는 기대를 품고 잠자리에 든 적이 없다. 이 일의 단점이다.

옆에 누운 조시가 알림 소리에 몸을 뒤척였다. 그냥 반사 반응 같은 것이다. 그는 이미 익숙해져 있다. 조시는 몸을 돌려 누웠다. 이불을 머리끝까지 끌어 올렸다.

핸드폰으로 손을 뻗었다. 핸드폰을 내려다보자니 스크린 빛에 눈이 시렸다.

무서워요.

셸비 티보가 보낸 문자였다. 나는 한숨을 내쉬었다. 팔꿈치를 지지대 삼아 몸을 받치고는 답장을 썼다. 셸비는 출산이 두려운 것이다. 많은 여성이 그렇다. 나도 딜라일라와 레오를 낳을 때 무서웠다. 경험을 했어도 사라지지 않는 두려움이다. 딜라일라의 경우 모든 것이 순조로웠다. 레오는 모든 것이 어긋났다. 셋째를 낳는데도 여전히 무서울 것 같았다.

그렇다고 해도 이런 대화를 주고받기에 적합한 시간대는 아니다. 정해진 약속을 어기는 고객이 있다. 내가 제공하는 서비스에 돈을 내니까 밤낮없이 연락해도 된다고 생각한다. 하지만 그래서는 안 된다. 내가 정한 규칙은 계약서에 모두 명시되어 있다. 출산이 시작된다면 바로 달려간다. 하지만 걱정이나 긴장감을 토로하고 싶다면 일반적인 업무 시간 내에서만 해야 한다. 이런 대화는 내일 나누면 좋을 이야기다.

답장을 보냈다.

초산인 엄마들은 다들 그래요. 정상이니까 잠을 좀 청해봐요. 쉬고 내일 다시 이야기해요.

공감을 표현하는 한편 길고 긴 대화를 사전에 차단하는 답장이다. 내일 전화를 걸어 커피를 마시며 대화를 나누고 싶은지 물어볼 것이다. 그녀가 무엇을 두려워하는지 하나하나 짚어 가며 해결하면 된다.

셸비는 바로 답장하지 않았다. 새벽 3시였다. 내 말뜻을 알아채고 잠자리에 든 것 같았다.

하지만 핸드폰을 탁자 위에 다시 올려두려는 순간 알림이 울렸다.

이번엔 이렇게 쓰여 있었다.

남편이 무서워요.

문자를 뚫어지게 바라봤다. 두 번 읽었다. 셸비의 남편을 만난 적은 없다. 그가 어떤 사람인지 모른다. 내가 아는 것이라고는 이름이 제이슨이라는 것과 셸비에게서 단편적으로 들은 이야기뿐이었다.

조시를 깨우지는 않았다. 그럼 아마 이 고객과 정리하라고 할 터였다. 남의 집 문제에 엮일 필요가 없다고 말이다.

그렇지만 이미 관여한 것이나 다름없지 않은가? 셸비는 계약금을 지불했고 그녀와 나는 계약서에 서명을 마쳤다. 어제 그녀 몫의 계약서 사본을 우편으로 보낸 상태였다.

그렇긴 해도 수표는 아직 주방 카운터 위에 있다. 입금해야 하는 상태다. 다시 돌려주면 될 것 같기도 했다. 일이 너무 많아서 산모를 더 받을 수 없다고 설명하면 된다. 셸비와 마찬가지로 다음 달에 예정일인 산모가 여덟 명 더 있었다. 이 중 두 명이 동시에 출산하게 될 가능성이 컸다. 셸비에게 사과를 하고 다른 도우미를 소개하면 된다. 옐프(지역 기반 비즈니스 및 서비스 리뷰 사이트 - 옮긴이)에 나쁜 리뷰를 남길지 모르지만 그걸로 끝일 것이다. 그녀가 내게 입힐 수 있는 최악의 피해는 그것뿐이다. 나를 고소할 것 같지는 않다.

하지만 다른 사람에게 부담을 지우는 것만은 싫었다. 뿐만 아니라 셸비 같은 여성이야말로 나를 가장 필요로 하는 사람이다. 셸비처럼 아무런 도움을 주지 못하거나 비협조적인 파트너를 둔 여성들이야말로 내가 이 일을 시작한 이유기도 하다.

심호흡을 했다. 조시가 아직도 머리끝까지 이불을 뒤집어쓰고 있는지 슬쩍 확인했다.

폭행당했나요?

마지막으로 그녀를 봤을 때 선글라스를 쓰고 있던 모습이 떠올랐다. 우느라 빨갛게 퉁퉁 부어오른 눈이든, 멍이 앉은 눈이든 그녀는 무언가를 숨기고 있었다.

그녀가 답장으로 보낼만한 내용을 상상했다. 그렇다고, 다쳤다고 할 수도 있다. 폭행을 당했다고. 남편이 다혈질이라고. 소리를 지르며 물건을 던졌다고.

하지만 학대가 늘 물리적인 것만은 아니다. 정서적일 수도 있다. 욕설을 내뱉거나, 모욕적인 언행을 하거나, 행동을 통제하거나, 항상 위치를 감시하거나, 경제권을 장악할 수도 있다. 예전에는 셸비도 일을 했지만 지금은 그렇지 않은 상황이다. 이제는 자신만의 수입원이 없다. 누구나 학대를 당한 피해자는 당연히 배우자와 헤어져야 한다고 생각한다. 가학적인 관계를 정리하지 않고 유지하기로 선택한 것은 피해자의 선택이라고 비판한다. 하지만 직장도 없고 곧 아이가 태어나는 상황에서 셸비 같은 여성이 무엇을 할 수 있을까? 그녀는 제이슨에게 의지하고 있었다.

정서적 학대보다 신체적 학대가 더 걱정스러웠다. 하지만 무엇보다 셸비가 답장하지 않는 게 가장 불안했다.

최악의 상황이 머릿속에 그려졌다. 셸비가 문자를 보내는 것을 보고 남편이 화가 난 상황이었다.

셸비, 괜찮아요?

또 한 번 답장이 없자 집에 가서 셸비의 안위를 확인해야 하는 것은 아닌지 생각했다. 티보 부부의 주소는 계약서에 기재되어 있다. 그리 멀지 않은 곳에 살고 있다. 사실 무척 가까운 곳에, 한동네에 있었다. 그래서 셸비가 나를 알게 된 건지도 모른다.

그러고 보니 셸비가 나를 어떻게 찾았는지 듣지 못했다. 가끔 산부인과 의사들이 나를 추천하는 경우도 있다. 하지만 셸비의 주치의는 출산 도우미를 탐탁지 않아 하는 쪽이었다. 그 의사와 일해본 적은 없지만 평판은 익히 들었다. 그라면 나는 물론 그 어떤 도우미도 추천하지 않았을 것이다.

웹사이트가 있기는 하다. 출산 도우미들의 데이터베이스가 있는 웹사이트를 보고 찾았을 수도 있다. 마침 내가 그녀의 집 도보 거리에 사는 도우미라는 사실은 그저 우연일지도 모른다.

이런 늦은 시간에, 나 혼자, 티보의 집에 가는 것은 너무 성급한 결정일 수 있다. 거기 가서 뭘 어떻게 할 텐가? 현관을 두드리고는 그다음엔? 셸비가 내게 문자로 무슨 소리를 한지 모른다 해도 내가 불쑥 찾아온 걸 보면 그녀의 남편이 화를 낼 게 분명했다.

게다가 내 노크 소리에 그가 엽총을 들고 나오지 않으리란 법도 없다. 엽총을 소지한 사람이 꽤 많다. 나는 엄마다. 두 아이가 있다. 셸비의 안전을 위해 나 자신을 위험에 몰아넣어선 안 되었다.

그렇다면 경찰에 신고해 안부를 확인해 달라고 요청하는 방법이 있다. 하지만 그랬다가 상황이 더 나빠지면 어쩌지? 경찰이 찾아온 걸 보고 남편이 화를 낼 것이다. 갑자기 왜 온 건지 캐묻겠지. 후폭풍이 있을 것이다.

뿐만 아니라 얼마 전에 한 여성이 밤새 이웃집 현관이 열려 있다며 경찰에 신고를 한 일이 있었다. 출동한 경찰이 너무 긴장한 나머지 실수로 그 이웃집 여성에게 총을 쏘고 말았다. 여성은 사망했다. 나 때문에 그런 일이 벌어지는 것은 원치 않는다.

결국 나는 아무것도 하지 않았다. 망설이다 아무런 조치도 취하지 못했다. 혹시라도 셸비가 내 도움이 필요할 때를 대비해 가슴께에 핸드폰을 켠 채로 잠이 들었다.

레오
현재

이제는 형사가 필요하지 않다. 지하실에서 잠든 누나를 발견한 것으로 위기 상황이 종결되었다. 그런데도 아빠는 형사가 오는 것을 막지 않았다. 한밤중임에도, 이 시간에 형사가 도착하면 바깥에서 대기 중인 구경꾼들의 관심만 불러일으킬 것임에도 형사를 집으로 오게 했다. 형사 때문에 집 밖은 불빛과 카메라로 요란해졌다.

"조시." 아빠가 형사를 집안으로 재빨리 들이고 문을 닫았다.

"카먼."

형사가 아빠를 안았다. 두 사람이 너무 오래 안고 있었다. 보고 있기가 민망할 지경이었다. "전화 받자마자 최대한 빨리 왔어요. 정말 놀랐겠어요."

아빠는 몸을 뒤로 떼어냈다. 형사는 평소 근무 복장은 아니었지만 막 침대에서 나온 사람치고는 아주 정돈된 차림이었다.

좀 떨어져 있는 나도 향수 냄새를 맡을 수 있었다. "아이를 찾았습니다." 아빠가 말했다. "레오가요." 그제야 내가 같이 있었다는 것을 알아채기라도 한 것처럼 두 사람이 일제히 나를 바라봤다.

"아, 정말 너무 다행이네요. 어디에 있던가요?"

아빠는 그간의 상황을 설명했다.

형사의 손이 가슴으로 향했다. "세상에나."

누나가 지하실 바닥에서 잔다는 것을 견딜 수 없었던 아빠는 누나를 깨워 위층으로 올려보냈다. 잠에서 깬 누나는 정신이 없어 보였지만 아빠의 말을 따랐다. 자신이 살던 곳이 아닌 다른 지하실이라는 게 혼란스러운 모양이었다. 겁에 질려 어쩔 줄 몰라 했다. "괜찮아. 괜찮아." 그런 누나를 보며 아빠와 달리 함부로 누나 몸에 손을 대지 않으려고 조심하며 내가 말했다. "아빠랑 나뿐이야. 레오 말이야. 집에 왔잖아. 이제 안전하다고. 기억 안 나?"

누나는 안전하다는 말을 이해하지 못한 채 계단을 올라 방으로 들어갔다. 방문도 닫았다. 그 방에서 얼마나 버틸 수 있을지 궁금했다.

"큰일 했구나, 레오." 형사가 이제야 내게 말을 걸었다.

나는 어깨를 올렸다 내렸다. "어디 아무도 모르는 데 숨었던 것도 아닌데요."

아빠가 말했다. "먼저 전화해서 오실 필요 없다고 말씀드렸어야 하는데. 아이를 좀 전에 찾았거든요. 경황이 없었습니다." 속으로 욕을 했다. 아빠가 누나를 위층으로 올려보낸 것이 못돼도 15분은 지났다. 형사에게 연락할 시간은 충분했다.

"아니에요. 괜찮아요. 제가 필요하다면 언제든지요, 조시."

형사가 아빠를 뚫어져라 바라봤다. 두 사람의 손이 여전히 맞닿아 있는 상태였다. 속으로 구역질을 했다. 자러 간다고 알리지 않았다. 그냥 자리를 빠져나왔다. 물론 잠이 올 것 같지는 않았지만.

나는 내 방으로 가지 않았다. 계단 제일 위 칸에 앉았다. 두 사람의 대화를 엿들었다. 한 가지 깨달은 것은 형사에게는 목소리가 두 개라는 것이다. 형사 목소리를 낼 때는 자신이 꽤나 거친 사람인 척했다. 내가 경찰서에서 듣는 목소리였다. 그리고 형사 목소리와는 완전히 반대되는 여성스러운 목소리가 있다. 상대를 기쁘게 해주기 위해 안달이 난 목소리다.

"이제 말해봐요. 딜라일라가 집에 오니 어땠어요?"

거리가 있어 두 사람의 목소리가 작게 들렸다. 좀 전 위층에서 당장이라도 심장마비가 올 것 같던 아빠는 진정은 되었지만 여전히 신경이 곤두서 있다는 게 느껴졌다. 누나를 방으로 올려보낸 뒤 아빠는 차가운 맥주 한 캔을 급히 따서 2분 만에 들이켰다. "모든 게 완벽하다고 말하면 거짓말일 테지요. 완벽과는 거리가 멀어요. 아이 상태가 안 좋아요, 카먼."

"그럼요. 안 좋을 거예요."

"아이가 너무 많은 고통을 받았어요."

"그랬죠. 당신도 그렇고요."

아무도 내가 겪은 고통에 대해서는 말하지 않았다.

"아이가 실종된 지 10년이 넘었잖아요. 이제는 내 어린 딸이 아니에요. 오해는 말아요. 딸이 집으로 돌아와서 너무 좋습니다. 정말 다행이고 기뻐요. 진짜 내 딸이 집으로 돌아왔다고, 진짜라고 계속 되뇝니다. 아침에 일어나면 사라질 꿈이 아니라고, 아이가 실종된 후 수백 번이나 꾸었던 꿈이 아니라고 말이죠. 아이는 이제 제 곁으로 돌아왔고, 다시는 그 누구도 아이를 제게서 빼앗아 가도록 두지 않을 겁니다. 점점 괜찮아질 거예요. 정상적인 일상으로 돌아갈 겁니다." 아빠가 말했다.

"새로운 일상이죠. 과거와는 여러모로 달라질지도 몰라요."

"당신이 한 일이에요."

"어떤 걸 말하는지?"

"이 모든 거요. 당신이 내 사랑스러운 딸을 집으로 데려와 줬어요. 내 딸을, 우리 가족을 포기하지 않았어요. 아이를 찾을 때까지 계속 수사하겠다고 말했고, 정말 그렇게 해줬어요. 정말 이 은혜를 어떻게 갚아야 할지, 카먼."

"제 일을 했을 뿐인데요."

"단순히 해야 하는 일 그 이상을 해줬어요. 지금도 그렇고요." 아빠의 말을 끝으로 꽤 오랫동안 조용했다. 너무 오랫동안 말이다. 더러운 내 머릿속에서는 두 사람이 서로의 입술에 입맞춤을 퍼붓는 장면이 떠올랐다. 물론 끈적이는 문자를 나누고 한번씩 포옹을 하는 것 이상은 실제로 본 적이 없다. 하지만 마음이 끌리는 대로 마음껏 할 수 있는 상황에 놓였을 때 두 사람이 뭘 할지 어떻게 알겠는가? 두 사람 다 외로운 성인인데, 생각만해도 속이 울렁거렸지만, 아빠에게도 욕구는 있다.

누나 방에서 소리가 들렸다. 뭘 하고 있는지는 몰라도 누나가 깨어 있다는 것만은 알 수 있다. 나는 바닥에서 몸을 일으켰다. 누나 방 앞으로 향했다. 노크를 했다. 노크 소리에 소스라치게 놀랄지도 모른다는 생각이 들어 문에 대고 누군지 알렸다. "나야. 레오."

문 안쪽이 조용해졌다. 아마도 누나는 문 앞에 서서 나를 방 안으로 들여도 괜찮을지 고민하고 있을 것이다. 나를 믿어도 될지 어떻게 확신할 수 있을까? 내가 나쁜 짓을 하지 않으리라고 어떻게 알 수 있을까?

두려워하는 누나를 비난할 수 없다.

다시 방문을 노크했다. 문이 열리기까지 시간이 좀 걸렸다.

문을 열고 누나는 아무 말도 하지 않았다. 그저 긴장된 표정으로 가만히 서 있었다. "왜 안 자고 있어?" 누나는 답하지 않았다. 여전히 병원에서 준 옷을 입고 있다. 어떤 이유인지는 모르겠지만 내 옷을 입기 싫은 모양이었다.

"방에서 뭐 하는데?" 내가 물었다. 뭘 하고 있었는지 보려고 방을 둘러봤다. 방이 어두웠다. 잘 보이지 않았다.

누나는 고개를 살짝 저었다. 머리카락이 흘러내려 눈을 가렸다. 머리가 지저분했다. 이상한 냄새도 났다. 샤워를 해야 했지만 아빠는 누나가 오늘 하루 너무 많은 일을 겪었다며 샤워는 내일 하는 게 낫겠다고 판단했다. "아무것도요, 선생님." 누나는 이렇게 답했다.

"레오야." 슬슬 짜증이 났다. "레오라고. 레-오." 어쩌면 어떻게 발음해야 하는지를 모를 수도 있을 것 같아 설명해주었다. 내 이름을 기억하도록 이름표를 붙이고 다닐 수도 있지만 누나가 당연히 글을 읽을 줄 알 거라고 생각하는 재수 없는 놈처럼 굴고 싶지는 않았다. "따라 해봐. 레-오."

누나가 내 이름을 말했다. 내 이름을 부르는 누나를 보며 어쩌면 데자뷔 같은 장면이 떠오르지 않을까 바랐는데 아무것도 떠오르지 않았다. 기대했던 추억의 파편이 되살아나는 그런 일은 없었다.

"봐. 별로 안 어려웠지?"

이렇다 저렇다 말이 없다.

"왜 안 자고 있어?"

그 이유도 말해주지 않는다.

"그냥, 잠이 안 와?"

여전히 말이 없다.

낯선 곳에서 모르는 사람들에게 둘러싸여 잠을 청하기가 쉽지 않을 것이다. 지하실에서는 깊히 잠들어 있었다. 아빠가 깨우기 전까지만 해도 말이다.

"잠깐 기다려. 금방 올게."

내 방으로 향했다. 옷장 제일 아래 예전에 갖고 다니던 애착 담요가 있다. 파란색 담요다. 실크로 된 담요 끝자락이 헤져 있다. 왜 이걸 아직도 보관하고 있는지는 나도 모른다. 예전에는 어딜 가든 담요와 함께였다. 담요가 없으면 울었다. 담요를 세탁하고 싶었던 엄마는 내게서 담요를 떼어내려고 그럴듯한 이야기까지 지어냈다고 아빠가 말했었다. 언젠가 내가 마트 카트 안에 담요를 놓고 온 날에는 세상이 끝날 것처럼 난리를 부렸다.

나보단 누나에게 이 담요가 더 필요한지도 모르겠다.

누나 방문이 잠겨 있을 거라고 생각했다. 하지만 아니었다. 나는 담요를 내밀었다. "이거 써."

"이게 뭐야?" 담요의 감촉과 무게를 느끼며 누나가 물었다. 셀 수 없이 빨았던 거라 무척이나 부드럽고 얇은 담요였다. 보온용으로는 적합하지 않았다. 담요처럼 보이지도 않았다.

"예전에 쓰던 애착 담요야. 내가 쓰던 거. 다른 애들도 썼을 수도 있고. 어쩌면 누나도 써봤을 수도 있고. 잘 모르지만. 어렸을 때 이 담요 없이는 못 잤어."

누나는 아무 말이 없다. 상대의 눈을 1초 이상 마주 보지 못하는 누나는 두 손에 담요를 든 채 담요를 한 번, 나를 한 번, 다시 담요를 한 번 번갈아 바라봤다. "잠드는 데 도움이 될까 해서. 내가 아프거나 슬플 때 이 담요만 있으면 기분이 나아졌거든." 나는 몸을 돌려 걸음을 옮겼다.

세 발짝 쯤 떼었을까, 누나의 목소리가 들렸다. "넌 필요 없어?" 그러곤 덧붙였다. "레오." 내 이름을 불러도 될지 모르겠다는 듯 자신 없는 목소리였다. 누나에게는 보이지 않지만 슬쩍 미소가 번졌다. 나는 멈추지 않고 걸음을 옮겼다.

"나보다는 누나한테 더 필요할 거 같아."

케이트

11년 전

5월

조시에게 약속했듯, 비아와 나는 레오를 데리러 베이비시터 집으로 향했다. 거리에 주차를 한 뒤 우산 하나를 같이 쓰고 집까지 걸었다. 현관 앞에 도착하자 문 안쪽에서 시끌벅적한 소음이 전해졌다. 손등으로 문을 두드렸다. 노크 소리가 누구의 귀에도 닿지 못한 것 같아 주먹으로 다시 문을 두드렸다. 베이비시터인 샬럿이 나왔다. 천천히 열리는 문 틈새로 난장판이 벌어진 집 안이 얼핏 눈에 들어왔다. 아무도 보지 않는 TV가 크게 틀어져 있었다. 아이들 몇 명은 시몬 가라사대 게임을 하는 한편, 다른 아이들은 술래잡기 놀이를 하고 있다. 아이들은 서로의 뒤를 쫓으며 그것에게 잡히지 않기 위해 거실에서 온 가구 위를 뛰어다녔다.

집 안에서 술래잡기를 하는 것은 말도 안 되지만 비가 내리고 있었다. 설사 비가 오지 않는다고 해도 지난 며칠간 내린 비로 땅이 흠뻑 젖었다. 너무 젖어서 아이들이 놀 수가 없었다.

아이들의 머릿수를 세어보려고 했다. 하지만 아이들이 계속 움직이는 바람에 도저히 파악할 수가 없었다. 안아달라고 조르며 샬럿의 다리에 매달려 있는 아이를 포함해 열댓 명 정도 될 듯싶었다. 다리에 매달린 아이가 심하게 칭얼거렸다.

레오를 찾으려 안을 둘러봤다. 레오는 거실 구석에 놓인 작은 테이블 앞에 앉아 있었다. 혼자서 퍼즐을 맞추고 있었다. 아이들이 레오를 가운데 두고 빙빙 돌며 뛰어다녔다. 그러다 한 아이가 테이블을 툭 밀쳤다. 정말 실수긴 했지만 부주의하고 경솔한 행동이었다. 레오보다 머리 하나는 더 큰 여자아이였다. 자신이 무슨 짓을 벌였는지 아는지 모르는지, 아이는 사과하지 않았다. 퍼즐이 바닥에 다 떨어진 와중에도 여자아이는 웃으며 계속 뛰어다니기만 했다. 퍼즐 조각들이 모두 흩어졌다. 레오 말고는 아무도 몰랐다. 레오는 울상을 지었지만 울지는 않았다. 의자에서 일어나 무릎을 꿇고 앉아 퍼즐 조각을 모으는 레오의 체구는 다른 아이들에 비해 무척이나 왜소해 보였다.

"어떻게 오셨어요?" 샬럿이 차단문 사이로 물었다. 나는 안타까운 심정으로 레오를 바라보던 시선을 거두었다. 샬럿의 머리가 하얗게 새어가고 있었다. 두 눈은 회색빛이었다. 눈과 입가에 깊이 새겨진 주름이 미소를 짓자 더욱 깊어졌다. 미소가 다정한 여인이었다.

"레오를 데리러 왔어요." 혹시나 저 많은 아이 중에 다른 레오가 있을까 싶어 급히 덧붙였다. "레오 디키요."

"네, 어서 오세요." 그녀가 말했다. "조시가 전화 쳤어요. 날씨 때문에 이래요." 아이들 소리가 시끄러운 나머지 샬럿은 우리 쪽으로 몸을 기울이며 넋두리를 했다. "보통은 아이들이 아래 층에서 노는데, 어제 배수펌프가 망가지는 바람에 지하실이 물에 잠겼지 뭐예요."

"저런, 끔찍하네요. 엉망이 됐겠어요." 내가 말했다.

"새 펌프는 설치했는데, 지하실이 덜 말랐어요. 선풍기를 여러 대 돌리고 있지만 다 마른다 해도 수리를 한 뒤에야 아이들이 내려가서 놀 수 있거든요. 이렇게 실내에 갇혀 있으면……" 샬럿은 뒤를 한번 돌아봤다. "아이들이 무척 갑갑해해요. 넘치는 에너지를 해소하지 못하니까요. 바깥으로 나가서 놀아야 하는데……"

샬럿이 레오의 이름을 불렀다. 아이는 여전히 무릎을 꿇고 앉아 떨어진 퍼즐 조각을 줍고 있었다. 샬럿의 목소리에 고개를 든 아이가 차단문 너머로 비아와 나를 확인했다. 얼굴에 천천히 미소가 번지는 레오를 향해 비아가 손을 흔들었다. 착하게도 레오는 퍼즐을 모두 모아 정리하고 나서야 자리에서 일어났다.

집을 나서기 전에 레오를 꼭 안아준 샬럿은 비아와 내게 고백했다. "제가 가장 좋아하는 아이죠. 다른 아이들도 레오처럼만 얌전하면 좋겠어요." 다른 부모들에게도 이렇게 말하는 게 아닐까 생각했다.

샬럿이 문을 열자 레오가 밖으로 나왔다. 우리는 차로 향했다. 레오는 늘 그렇듯 조용했다. 아빠나 엄마, 딜라일라에 대해서 묻지 않았다. 그럼에도 비아는 우리가 왜 레오의 집으로 가지 않는지 그럴 듯하게 설명했다.

"딜라일라 누나가 아파." 레오가 문뜩 말했다.

비아가 대꾸했다. "응, 레오. 맞아. 딜라일라가 아파." 레오에게 거짓말을 하는 것이 불편했다.

집에 도착한 후 비아가 레오와 나를 위해 저녁 식사를 준비했다. 레오가 거들도록 했다. 두 사람이 함께 파스타를 만들었다. 비아는 파스타와 함께 레오에게는 우유 한 잔을, 내 몫으로는 와인 한 잔을 건넸다. 조시가 먹지는 않을 것 같지만 혹시 몰라 조시 몫의 파스타도 만들었다.

셋이 함께 식탁에 앉아 저녁을 먹었다. 오늘 하루가 어땠는지 레오의 이야기를 들으려고 비아가 이런저런 질문을 했다. 레오는 잘 대답하지 않았다. 샬럿의 집에 가는 건 좋은지 비아가 묻자 레오의 눈에 눈물이 차올랐다. 따로 말은 하지 않았다. 굳이 말로 할 필요가 없었다.

와인 한 잔을 다 마시자 비아가 새로 와인을 따라서 건네주었다. 그녀가 좀 더 가벼운 이야기로 화제를 돌렸다. 두 사람은 누구 초능력이 가장 센지 슈퍼 히어로를 주제로 정신없이 대화를 나누었다. 나는 동참하지 않았다. 나는 세 가지 생각에 빠져 있었다. 조시와 메러디스의 집에 지금 무슨 일이 벌어지고 있을까? 카산드라가 그날 밤 메러디스 집 마당에서 본 사람은 누구였을까? 어떻게 해야 닥터 파인골드를 직접 만나볼 수 있을까?

우리가 한참 '몸으로 말해요' 게임을 하고 있을 때 조시가 레오를 데리러 왔다. 셋이 거실에서 놀고 있었다. TV가 켜져 있었지만 음소거 상태였다. 약 한 시간 전부터 심각한 뇌우 주의보가 발령되었다는 뉴스 자막이 나왔다. 조시를 맞이하기 위해 문을 열자 바깥세상이 음울하게 변해 있었다. 어느새 밤이 되어 캄캄해졌다. 조시는 경찰들에게 몇 시간이나 붙잡혀 있었다.

조시를 집 안으로 들인 후 매섭게 몰아치는 바람에 맞서 문을 힘겹게 닫았다. 조시는 레오에게 다가가 아이를 안아 올렸다. 레오에게 오늘 하루 뭘 하고 보냈는지 물으며 이야기를 나눴다. 레오가 엄마는 어디에 있는지 물었다. 망설이는 조시를 보며 아이의 질문에 대답해야 하는 그가 안타까웠다. 비아가 그랬듯 거짓말을 할 수밖에 없었다. 지금으로서는 레오가 현실을 감당하기 어려웠다. 더욱이 레오가 의지하는 어른 중 누구도 정말 무슨 일이 벌어지고 있는지 정확한 답을 해줄 수 없는 상황이었다. 대체 메러디스는 어디에 있는 걸까?

"엄마는 일하고 있어." 조시가 답했다.

"언제 오는데?" 레오가 물었다. 비아와 내가 듣지 않았으면 좋겠다는 듯 아이는 목소리를 낮췄다.

"잘 알잖아 레오." 조시가 설명을 이었다. "엄마가 언제 퇴근할지 알 수 없을 때도 있잖아. 그래도 엄마는 가능한 한 빨리 집에 오려고 노력할 거야. 그건 아빠가 약속할 수 있어."

레오가 보고 싶어 하는 만화를 틀어주었다. 아이가 만화에 빠져들자 비아와 조시, 나는 조용히 대화를 나눌 수 있는 주방으로 자리를 옮겼다.

"어떻게 됐어요?" 조시에게 물었다. 냉장고에서 맥주를 꺼내 조시에게 건넸다. 비아가 조시 몫의 식사를 데워 식탁으로 가져왔지만 예상했듯 그는 손도 대지 않았다. 몰골이 엉망이었고, 지치고 피곤한 기색이 역력했다. 이틀 동안 면도도 하지 못했다. 어쩌면 잠도 자지 못하고 씻지도 못했던 것 같다.

그가 주저하며 입을 뗐다. "경찰들이 메러디스 약을 발견했어요." 조시의 말이 무슨 의미인지 알아챘다. 그게 무슨 뜻인지 말이다. 경찰은 피해자의 잘못으로 돌리고 있다.

조시와 메러디스를 대신해 화가 났다. "수색영장은 가져왔던가요?"

그는 고개를 저으며 후회 어린 목소리로 말했다. "영장은 필요가 없었어요, 케이트. 제가 수색해도 좋다고 허락했거든요. 거리낄 게 없을 거라고 생각했어요. 경찰에게 숨겨야 할 게 없으니까요."

이해한다. 조시의 입장에서는 경찰이 메러디스와 딜라일라의 소재를 파악하는 데 도움이 될 단서만 찾을 수 있다면 사생활 침해는 문제가 되지 않았다. 다만 조시는 욕실 수납장에서 발견된 메러디스의 약을 두고 경찰들이 어떤 결론을 내릴 거라고는 미처 생각하지 못했다. 메러디스는 레오가 태어난 후 산후 우울증으로 고생했다. 그녀는 그 사실을 부끄러워하지 않았다. 남들에게 비밀로 하려고 하지도 않았다. 도리어 그녀는 더욱 당당하고 솔직하게 드러냈고, 산후 우울증을 경험한 덕분에 출산 도우미 일을 더욱 잘할 수 있게 되었다고 믿었다. 메러디스는 한동안 심리치료를 받았고, 우울증 치료제도 복용했다. 우울증 약이 효과가 있었고, 메러디스는 하루 빨리 약을 끊으려고 애쓰지 않았다. 효과가 좋다면 굳이 그럴 필요가 없었으니까.

"그래서 어떻게 되었어요?" 메러디스의 항우울제가 도대체 무슨 상관인지 모르겠다.

"이런저런 질문을 하더군요. 정신 건강에 대해서요. 메러디스가 자해를 하거나 아이들을 해치려 한 적이 있었는지요."

"세상에나." 비아가 손으로 가슴을 꼭 눌렀다. 매체에서는 산후 우울증을 지나치게 선정적으로 그린다. 이 병을 앓는 여성은 무조건 아이를 살해하는 것처럼 소개한다. 하지만 이는 사실이 아니다. 이러한 증상은 산후 정신병으로 훨씬 심각한 질환이다. 산후 우울증과는 다르고 그 비율도 현저히 낮을뿐더러, 산후 정신병에 걸렸다고 해도 폭력적인 행동을 보이는 사람은 극소수다. 메러디스가 내게 해준 이야기다. 그녀는 블로그에 여성으로서 겪는 일들에 대해 글을 올릴까 한다는 이야기를 했었고, 그때 고려하던 주제 중 하나가 산후 정신병이었다. 산후 정신병은 그녀에게 흥미로운 동시에 가슴 아픈 주제였다.

"경찰한테 뭐라고 했어요?" 내가 물었다.

"아니라고요, 절대 아니라고 했죠. 메러디스는 누구보다 건강한 마인드를 지닌 사람이라고요. 아무에게나 물어도 그렇게 답할 거라고 말했어요." 조시의 말이 맞았다. 메러디스는 물이 반만 차 있는 컵을 보며 반이나 찼다고 말할 긍정적인 사람이다. 요가를 가르치고 명상을 하는 사람이다. 그녀가 다른 사람을 대상으로 험담을 한 적은 거의 없다. 정말 좋은 사람이다. 어떤 상황에서도 아이를 해할 수 없는 사람이다.

"경찰들이 만약 메러디스가 딜라일라한테 무슨 짓을 했다고 생각하는 거라면 잘못 짚어도 한참 잘못짚은 거예요." 내가 말했다. 흥분 상태였다. 화가 나기 시작했다. 와인을 마신 탓에 하고 싶은 말을 참기가 어려웠다. 메러디스가 무슨 짓을 벌인 거라고 생각한다면 경찰은 시간만 낭비하고 있는 것이다.

조시는 한참을 맥주만 들이켜더니 조심스럽게 말했다. "그게 다가 아닙니다." 그러곤 잠시 침묵했다. 의자에 몸을 깊이 기대고는 또 한 번 오랫동안 맥주를 들이켜고는 병을 천천히 내려놨다. 비아와 내 시선을 피해 원목 식탁의 나무결을 응시한 채 손등으로 입을 훔쳤다.

"혈액이 나왔어요." 이 말을 하고 나서야 파란색 눈동자로 우리를 바라봤다.

갑자기 속이 콱 막히는 기분이었다. 더는 마실 수가 없어 와인 잔을 멀리 밀어두었다. 조시의 말에 취기가 확 가셨다. 혈액이라니. "어디서요?" 내가 물었다. 비아는 몸을 앞으로 기울인 채 이야기에 집중하고 있었다.

"차고에서요."

"조시는 몰랐던 거예요?" 내가 물었다.

그가 고개를 저었다. "차고가 어두워요. 전구 하나가 나갔거든요. 계속 고쳐야지, 하면서 잊었어요. 생각하는 그 정도가 아니에요." 그가 설명했다. "피 흘린 흔적이 많지는 않았어요, 케이트. 경찰이 손으로 가리키는 데도 잘 보이지 않을 정도였어요."

"하지만 피가 있긴 있었던 거죠." 목소리가 떨렸다.

"경찰들은 뭐라고 해요?" 식탁의 상석에서 의자 등받이를 양손으로 잡고 서 있던 비아가 물었다. 나는 조시 옆에 앉아 있었다. 조시에게 손을 뻗었다. 잠시 그가 내 손을 잡고 가만히 있었다. 우리 둘 다 아무런 말도 하지 않았다. 그가 어떤 심정일지 감히 상상하기 어려웠다. 내 손안에 있는 그의 손이 떨렸다. 온종일 아무것도 먹지 않았을 텐데 빈속에 맥주가 좋을 리 없다. 그의 손을 놓고 파스타가 담긴 그릇을 당겨 식사를 권했다.

내 성의를 생각해서 조시는 파스타를 두어 입 먹고는 포크를 내려놨다. "딜라일라나 메러디스의 것인지 검사하고 있습니다." 혈액을 말하는 것이었다. "금방 결과가 나올 거예요."

결과가 나온다고 해서 뭐가 달라질까. 메러디스는 물론 조시에게도 좋을 것이 없었다. 피해자가 더욱 비난받는 상황만 생길 것 같았다.

조시가 내 마음을 읽은 듯했다. 그가 속내를 털어놨다. "경찰이 그날 내가 어디에 있었는지 묻더군요. 회사에서 증인이 되어줄 사람이 있는지 말입니다."

"알리바이를 말하는 건가요?" 비아가 묻자 그가 고개를 끄덕였다. "조시가 메러디스에게 무슨 짓을 했다고 생각한다고요?"

"경찰이 무슨 생각인지는 저도 모릅니다." 그는 이렇게 말했다. "그저 맡은 일을 하는 거겠죠." 조시의 처세에 감탄이 나왔다. 그가 언짢아해도 전혀 이상하지 않을 상황이었다. 나라면 불쾌할 것 같았다. 엄청 화가 날 것 같았다. 하지만 조시는 동요하지 않았다. "혹시 몰라 말하자면 알리바이는 있어요." 하지만 그 알리바이가 무엇인지는 말하지 않았다. 그런 그의 모습을 보며 그날 아마도 해선 안 되는 일을 했었던 것 같다는 생각이 들었다.

마음이 아팠다. 혹시 조시에게 다른 여자가 있는 걸까? 메러디스를 두고 외도를 하고 있었던 걸까?

"그날 조시는 뭘 하고 있었어요?" 나와 같은 상상을 하고 있던 비아가 조심스럽게 물었다.

"다시 생각하자니 기가 막히네요." 조시의 말에 비아가 이번에는 좀 더 집요하게 물었다.

"조시, 어제 어디에 있었나요?

그는 깊이 숨을 들이마신 후 천천히 내뱉었다. "테니스 쳤어요." 테니스를 쳤던 굉장히 호화로운 고급 클럽 이야기를 했다. 메러디스와 딜라일라에게 끔찍한 일이 벌어졌을지도 모를 시간에 자신은 잠재 고객과 테니스 복식경기를 했다는 사실을 부끄러워했다. 바람을 피운 건 아니었다.

"이제 와서 중요한 건 아니지만, 제가 이겼죠." 감정을 억누르는 듯 목울대가 크게 움직였다. 레오가 근처에 있으니 눈물을 보이지는 않을 터였다. 레오를 위해서 그는 강해져야 했다.

"그렇게 자책하지 말아요." 앞서 상상했듯 조시가 다른 여자와 있었던 게 아니라는 사실에 나와 마찬가지로 크게 안도한 비아가 말했다. "몰랐잖아요."

"상상도 할 수 없는 일이었는걸요." 내가 동조했다.

비아가 화제를 전환했다. 강가에서 발견된 셸비의 시체 이야기를 했다. 조시는 앞으로도 그 모습을 머릿속에서 결코 지울 수 없을 것 같다고 했다. 부검을 해봐야 정확히 나오겠지만 경찰은 사망한 지 최소 2~3일은 지난 것으로 보고 있다. 나는 죽은 지 2~3일이 지난 동물의 사체를 본 적이 있다. 내부에서 발생한 가스로 전신이 팽창된 셸비의 모습이 조시에게는 끔찍하게 느껴졌을 것이다. 그런 모습으로 조시를 마주한 것이 메러디스가 아니어서 너무도 다행이었다.

"경찰은 남편이 셸비를 죽였다고 생각하나요?" 내가 물었다.

"그런 말은 못 들었습니다."

"알몸으로 발견되었다고 하던데요."

"대체로요." 그가 설명했다. "하지만 몸에 담요가 덮여 있었어요."

"담요?" 비아가 물었다. 나와 마찬가지로 그녀도 놀란 눈치였다. 예상치 못한 일이었다. 무자비한 살인자가 하기에는 너무도 따뜻하고 친밀한 행위처럼 느껴졌다. 물론 살인자가 피해자를 잘 알고, 애정을 느꼈다면 모르지만. 이런 경우라면 시체의 몸을 담요로 덮어줄 수도 있다.

나는 비아를, 제이슨 티보와의 대화를, 조산사와 나눈 대화를, 닥터 파인골드를 생각했다.

"메러디스가 고객들 이야기를 많이 하는 편이었나요?" 내가 물었다.

"무슨 뜻이죠?"

"셸비가 메러디스의 고객이었다는 사실을 알고 있었어요?"

조시의 얼굴에 떠오른 표정이 말하고 있었다. 그는 전혀 몰랐다. "메러디스는 고객들 이야기를 할 때 이름은 말하지 않았어요. 고객들의 신상 정보를 지키는 것을 중요하게 생각했거든요. 어떤 고객의 남편이 정말 별로다, 이상이 있는 아이가 태어났다, 이런 이야기는 해줬지만 이름은 절대 입에 올리지 않았습니다."

"그러면 티보 부부가 의료 과실로 산부인과 의사에게 소송을 걸었다는 것도 모르겠네요. 메러디스가 의사에게 불리한 증언을 할 예정이었어요." 내가 말했다.

조시의 얼굴이 창백해졌다. "어떻게 알게 된 이야기입니까?"

그간의 상황을 설명했다. 그는 믿지 못하겠다는 눈빛으로 비아와 나를 번갈아 바라봤다. "제이슨 티보를 만났다고요? 좀 더 신중하게 생각했어야죠. 그 사람이 만약 셸비를 죽였다면요? 그가 두 사람을 죽이지 않으리라고 어떻게 확신할 수 있어요?"

비아와 나는 아무 말도 하지 않았다. 조시는 머리를 쓸어 넘겼다. 메러디스가 아주 위험한 일에 휘말렸을지도 모른다는 생각에 그는 불안해했다. 그의 두 눈에 설마 하는 두려움이 스치는 것이 보였다. 걱정이 읽혔다. 예전에는 메러디스가 조시에게 모든 것을 털어놨다. 고객의 비밀은 지켜주더라도 고객이 고소 중인 산부인과 의사에게 불리한 증언을 할 거라는 정도는 조시에게 알렸어야 했다.

"그럼 지금 그 의사가 두 여성과 딜라일라에게 무슨 짓을 했을 거라고 생각하는 겁니까?" 그가 물었다.

"글쎄요." 내가 답했다. "저희가 아는 내용을 말해주는 거예요, 조시." 그가 두려움에 휩싸였다는 것을 알았기에 부드럽게 말했다. 그는 지금 제정신이 아니었다. 그는 지금 내게 따지려 드는 것도, 방어적으로 맞서는 것도 아니었다. 나도 지금 이 상황이 두려웠다.

그는 숨을 깊이 마신 뒤 천천히 내쉬었다. "어쩌면······" 조시는 혼잣말을 했다. "두 사람이 그렇게 생각하도록 티보 씨가 의도한 건지도 몰라요. 거짓말일지도요."

물론 가능한 이야기다. 나는 제이슨 티보를 잘 모른다. 그의 말이 모두 진실이라고 믿을 이유가 전혀 없다. 내 판단으로는 의사와 제이슨 티보, 두 남자 모두에게 혐의가 있다. 하지만 조산사 재닛과의 대화는 제이슨의 말이 대부분 사실임을 뒷받침해주었다. 그녀가 거짓을 말할 이유가 있을까?

"우리도 지금 이 상황을 어떻게 생각해야 할지 모르겠어요, 조시." 비아가 말했다. "메러디스와 딜라일라는 괜찮을 거예요. 정말 아무 이상 없이 잘 있을 거예요."

"그래도······" 괜히 불안감을 조성하고 싶지는 않았지만 짚고 넘어가야 할 사안이었다. "셸비와 메러디스 사이에 연관성이 있어요. 두 사람이 서로 알고 지낸 사이라는 거. 좀 찜찜하지 않아요?" 내가 물었다.

두 사람이 나를 빤히 바라봤다. 단순한 찜찜함 정도를 넘어섰다는 사실을 인정하고 싶지 않은 것이다. 셸비가 시체로 발견된 이상 메러디스와 딜라일라도 현재 아주 위험한 상태일 수 있다는 의미였다. 이미 너무 늦은 게 아니라면, 한시라도 빨리 두 사람을 찾아야 한다.

메러디스
11년 전

3월

"좋은 아침이야." 슬림핏의 진회색 정장을 입은 조시가 주방으로 들어오며 인사를 건넸다. 똑똑하고 자신감 넘치는 얼굴로 나를 향해 미소 지었다. 이미 샤워를 마치고 외출복으로 갈아입은 나는 조시와 애들이 먹을 팬케이크와 베이컨을 굽느라 가스레인지 앞에 서 있었다. 조시가 내게 다가왔다. 뒤에서 나를 안는 그에게서 셰이빙 크림과 향수 냄새가 났다. "잘 잤어?" 그가 물어왔다.

"그럭저럭." 사실 잘 자지 못했다. 간밤에 문자를 보낸 후 셸비에게 무슨 일이 있었던 것은 아닌지 불안한 마음에 눈이 일찍 떠졌다. 계속 핸드폰을 확인했지만 아무런 소식이 없었다. 새벽 3시가 넘어 보내온 문자를 마지막으로 핸드폰은 내내 고요했다. "당신은?" 나는 몸을 돌려 조시를 마주했다. "잘 잤어?"

"아기처럼 깊게 잤어." 이렇게 말하고는 내게 입을 맞췄다. 급히 입술을 떼어내지 않았다. 평소에는 아이들 때문에 가벼운 입맞춤으로 끝냈어도 이번에는 훨씬 길게 이어졌다. 부드럽고 느긋한 입맞춤을 나누며 남편과의 키스라는 지극히 평범한 일상을 얼마나 그리워했는지 새삼 생각했다. 모든 것이 엉망진창이었다. 더없이 행복한 이 1분 동안 만큼은 지난 며칠간 나를 괴롭히던 불안이 누그러졌다.

그때 위층에서 화장실 물이 내려가는 소리가 들렸다. 누군가 깼다는 신호였다. 딜라일라든, 레오든 둘 중 한 명이 곧 내려올 터였다. 조시는 얼굴에 미소를 띤 채로 천천히 몸을 떼어냈다.

"오늘 일정은 어떻게 돼?" 내 질문에 조시가 답했다.

"잘되면 고객과 계약을 마무리 지을 수 있을 것 같아." 그의 팀원들 모두 꽤 오래 매달려온 프레젠테이션이었다. 이 고객과 계약을 성사시키느냐가 조시와 조시의 커리어에 아주 중요한 문제였다.

"미팅은 몇 신데?"

"11시."

"행운을 빌어. 물론 당신에게 운이 필요한 건 아니지만." 조시는 아주 유능한 사람이다. 대부분의 사람들보다 승진이 훨씬 빨랐다.

"고마워." 답하고는 그가 물었다. "출산 중인 고객이 있어?"

"아니, 왜?"

"당신 핸드폰 말이야. 새벽에 문자 소리 났던 것 같아서."

"아, 그거." 들었던 모양이다. 핸드폰 불빛이 불편했던 그가 몸을 돌려 이불을 머리끝까지 뒤집어썼던 것이 생각났다. "가 진통이었어." 산모는 진통이 시작된 줄 알고 연락을 했는데 진통이 아니었다고 거짓말을 했다. 초산인 산모들이 충분히 헷갈릴 수 있는 일이다. 가진통은 진짜 진통처럼 강도가 심하지 않다. 불규칙하게 자궁이 수축하다가 더 이상의 진행 없이 사라지는 진통이다. 산모들에게 진짜 진통이 시작된 게 아니라고 설명을 해야 할 때가 많다.

어찌 되었건 조시에게 거짓말을 한 셈이다. 현재 내가 관리하는 산모 중 가진통을 경험하는 사람은 없다.

조시에게 거짓말을 하는 게 싫다. 지금껏 조시를 속인 적이 한번도 없었지만, 6개월 전, 내 일을 두고 조시의 걱정이 점점 늘어가던 때부터는 조금씩 거짓말을 하기 시작했다. 무차별적 차량 도난사건이 벌어진 후 조시의 걱정이 커졌다. 당시 자정에 가까운 시간에 운전 중이던 한 젊은 여성이 정지신호를 따라 차를 멈췄다. 낮에는 통행량이 많은 교차로였다. 식료품점과 헬스클럽, 유명 약국 체인점이 자리한 거리다. 하지만 밤이 되자 도로가 텅 비었다. 주변 상점이 모두 문을 닫은 시각이었다.

그때 복면을 쓴 남성 두 명이 총을 들이대며 여성의 차로 접근했다. 여성을 차에서 내리게 한 후 폭력을 행사하고 차를 훔쳐 달아났다. 핸드폰과 가방, 신분증도 모두 챙겨 떠났다. 여성은 도움을 요청할 방법이 없었다. 어두운 밤거리를 4킬로미터

나 걸어야 했으며 범인도 찾지 못했다. 이 사건이 있고 난 뒤부터 조시가 내 안전을 걱정하기 시작했다. 지나치게 나를 과보호하려 들었다. 카산드라처럼 나도 전업주부로 있길 바랐다. 당신이 나가서 돈을 벌지 않아도 돼. 이렇게 말했었다. 이런 대화를 자주 나눴다. 나를 사랑하기 때문에 그런 것이다. 내게 나쁜 일이 생기는 것을 원치 않기 때문에. 이해는 한다. 그런 모습에 남편을 더욱 사랑하게 된 것도 사실이다. 하지만 나는 내 일도 사랑한다.

"괜찮아졌어?" 조시가 가진통이 있었던 고객에 대해 물었다.

"괜찮아. 불안하기야 하겠지만. 경험해보지 못한 일이니까. 어제로 40주에 접어드는 산모야. 출산일이 얼마 남지 않았어."

"그 산모 때문에 늦게 잔 거야?" 그는 내 눈가에 어린 피로를 읽는 듯했다. 눈이 피곤했다. 벌써 커피를 석 잔째 마시는 중이었다.

"아니야. 그렇게 늦게 자지 않았어."

"당신은 정말 좋은 사람이야." 조시는 이렇게 말하고 집을 나섰다. 항상 누군가는 집에 있고 누군가는 급히 집을 나서야 하는 상황이 싫었다.

조시에게 거짓말을 했다는 죄책감이 들었다. 하지만 모르는 게 나았다. 조시를 보호하기 위해 거짓말을 한 것이다. 또한 셸비를 위해서. 내 커리어를 지키기 위해서.

창밖으로 카산드라와 파이퍼, 아를로가 등교하는 모습이 딜라일라의 눈에 들어왔다. 아이가 조급해했다. 딜라일라도 지금 나가고 싶어 했다. 파이퍼와 학교에 같이 가고 싶은 거였다. 하지만 레오의 신발 한 짝을 찾아야 해서 나갈 수가 없었다.

"신발 찾는 것 좀 도와줘." 딜라일라가 함께 찾기 시작했다. 아이가 주방 커튼 뒤에서 신발 한 짝을 발견했다. 신발을 마저 신기려는 데 레오가 얌전히 앉아 있질 않았다. 간신히 바깥으로 나갔을 때는 카산드라 가족의 모습이 보이지 않았다. 뛰어가도 만나지 못할 정도로 한참을 앞서간 것 같았다.

"걱정 마. 곧 학교에서 만날 텐데, 뭘." 뿌루퉁해진 딜라일라에게 말했다.

레오와 나, 딜라일라는 학교까지 몇 블록을 걸었다. 학교 맞은편 모퉁이에 이르자 학부모들이 모여서 아이들이 등교하는 모습을 지켜보고 있었다. 아이들은 안전요원의 지시에 따라 건널목을 건넌 뒤 붉은 벽돌로 지어진 학교로 입장했다.

딜라일라는 파이퍼가 건널목을 건너기 전에 만나려고 내내 걸음을 재촉했다. 파이퍼와 함께 학교로 들어가고 싶어 했다. 하지만 우리가 도착했을 때는 파이퍼가 이미 건널목을 건넌 후였다. 게다가 릴리 모리스라는 아이의 손을 잡고 걸어가고 있었다. 릴리 모리스와 파이퍼, 딜라일라 모두 같은 반이다.

딜라일라는 길을 건너려면 안전요원의 안내가 있을 때까지 기다려야 한다는 데 짜증을 부렸다. 지금은 차가 통행하는 중이라 딜라일라는 기다려야 했다. 다른 두 친구가 나란히 학교에 가는 모습을 지켜보며 소외감을 느낄 딜라일라가 안타까웠다.

친구 관계는 어렵다. 나는 허리를 숙여 아이의 귓가에 속삭였다. "교실에 가서 인사 나누면 돼. 괜찮아, 아가. 정말이야."

카산드라와 아를로는 학부모들이 모여 있는 모퉁이에 서 있었다. 가서 인사를 하려 했지만 카산드라는 릴리 모리스의 엄마인 앰버와 대화 중이었다. 딜라일라가 릴리를 싫어하는 만큼 나도 앰버가 마음에 들지 않았다. 딜라일라의 말에 따르면 릴리는 그리 착한 아이는 아니다. 심성이 고약했다. 딜라일라와도 어울리려 하지 않았다. 다른 아이들을 놀리기도 했다. 친구들에게 바보, 멍청이라고 하는 아이다.

파이퍼와 릴리가 학교 건물 안으로 사라지는 모습을 바라봤다. 두 엄마는 이내 몸을 돌려 나를 스쳐 지나갔다. 그때 플레이데이트라는 말이 귓가에 스쳤고, 몸이 뻣뻣해졌다. 딜라일라를 빼고 파이퍼와 릴리가 함께 만나 놀기로 한 것이다. 같은 반 엄마들을 상대로 괜히 일을 크게 만들고 싶은 마음은 없었다. 하지만 내 딸이 걸려 있다. 소외당한다면 아이가 많이 슬퍼할 것 같았다. 내게는 딜라일라의 행복이 가장 중요했다.

"안녕하세요, 카산드라." 옆을 스쳐 지나가는 카산드라의 팔을 살짝 건드렸다. 반사적인 행동이었다.

카산드라가 고개를 돌렸다. "어머, 메러디스. 있는 줄 몰랐어요." 믿기 어려웠다. 모여 있는 엄마들이 고작해야 열두 명 정도였다. 이제는 나를 봤음에도 카산드라는 걸음을 멈추지 않았다. 릴리 엄마와 쌩하니 가버렸다. 질투심과 분함이 치밀었다. 카산드라와 내가 커피를 마시며 대화를 나눌 때 가장 많이 입에 올리는 사람이 바로 앰버였다. 학부모회에서 지나치게 설치고, 학교에서 진행하는 바자회를 마치 세상에서 가장 중요한 일인 것마냥 호들갑을 떨고, 거만함이 하늘을 찌르는 태도를 두고 말이다.

이제 상황이 달라졌다. 장담컨대 두 사람은 나에 대해 이야기를 하고 있었을 것이다. 가능한 생각지 않으려 했다. 친구들이야 많다. 카산드라와 꼭 친구로 지내야 하는 건 아니다. 물론 카산드라를 많이 좋아하긴 하지만. 사실 그녀를 정말 많이 좋아한다. 카산드라 같은 친구를 잃는다면 슬플 것 같았다.

카산드라가 내게 감정이 상할 만한 이유를 생각해보면 커피 약속을 너무 많이 취소한 것밖에 없다. 내 직업의 단점이다. 출산은 계획할 수가 없는 일이다. 카산드라도 알고 있다. 그녀는 항상 너그럽게 양해해주었다. 지금까지는 말이다. 그녀의 남편인 마티와 내 관계에 대해서는 알 수가 없다. 마티가 말을 했다면 모를까. 하지만 그가 그랬을 것 같지는 않다. 카산드라와 조시를 위해 비밀로 하기로 약속했다.

레오와 나는 딜라일라가 길을 무사히 건너는 것을 확인하고 집으로 돌아왔다. 그런 뒤, 차에 올라 레오의 베이비시터 집으로 향했다. 지금 당장은 카산드라에 대해 생각하지 않기로 했다.

길가에 차를 댔다. 담요와 한시도 떨어지기 싫어하는 레오가 차에 담요를 두고 가기로 했다. 레오가 없는 동안 엄마가 담요를 잘 돌봐주겠다는 약속을 하고서야 마지못해 그렇게 했다. 레오와 걸어서 시터 집 문 앞에 도착했다. 샬럿이 나오자 레오가 떼를 썼다. 최근 들어 한번씩 있는 일이다. 어떤 날은 기분 좋게 들어가더라도 어떤 날은 시터 집에 가기 싫어했다. 나와 함께 있고 싶어 했다.

"엄마 출근해야지." 아이를 어르듯 말했다. 내 다리를 안고 있는 아이의 손을 떼어내어 양팔을 벌리고 있는 샬럿의 품으로 슬쩍 밀었다. 우는 아이를 떼어놓자니 마음이 아팠다. 샬럿의 품에 안기자 아이가 더욱 심하게 울어댔다. 가슴이 아려왔다. 아이가 발버둥을 치며 내게 다시 돌아오려 했다. 목이 메어 왔다. 눈물을 참으며 아이에게 말했다. "재밌는 거 많을 텐데. 친구들이랑 신나게 놀고. 그러다 보면 아빠가 금방 데리러 올 거야. 그때가 되면 너무 재밌어서 집에 오기 싫다고 할걸."

최근 들어 레오는 전에 없던 낯가림이 생겼다. 물론 샬럿은 낯선 사람이 아니지만. 벌써 레오와 함께한 지 몇 달이나 되었으니까. 낯선 사람과는 거리가 멀다. 하지만 요즘 레오는 조시나 나하고만 있고 싶어 했다. 소아과 의사에게 이 문제를 상의했었다. 의사는 조금만 기다려보자고, 아이들이 경험하는 문제가 으레 그렇듯 일시적인 현상이라고 말했다.

"잘 지낼 거예요." 샬럿이 말했다. "어머님 가고 나면 금방 괜찮아져요."

소아과 의사가 한 말과 같은 맥락이었다. 헤어짐이 가장 어려운 순간이다. 현관 앞에 서서 샬럿이 우는 레오를 안고 문을 닫는 모습을 지켜보며 금방 괜찮아질 거란 말을 위안 삼았다. 문 건너편에서 아이가 대성통곡하는 소리가 들렸다.

올해 딜라일라가 학교에 입학하며 두 아이를 샬럿의 집에 맡기기 시작했다. 그전에는 다른 어린이집을 다녔다. 나는 그곳이 별로 마음에 들지 않았다. 여기처럼 집 같은 느낌이 아니라 좀 더 건조한 분위기였다. 딜라일라가 학교를 다닌 후로 동선이 좀 복잡해진 것도 어린이집을 바꾼 이유 중 하나다. 딜라일라의 하교 시간에 맞춰 데리고 와서 조시가 퇴근 할 때까지 돌봐줄 사람이 필요했다. 학교에서는 버스를 운영하지 않았다. 샬럿이 그런 일을 해주는 시터였다. 시간에 맞춰 아이들을 하교시킨 뒤 줄줄이 웨건에 태워 집으로 데려왔다. 일시적 현상, 소아과 의사의 말을 떠올렸다. 이 또한 지나가리라.

샬럿의 집에서 나왔다. 다음 목적지는 셸비네 집이다. 간밤에 보낸 문자 이후로 그녀가 괜찮은 건지 내 눈으로 직접 확인해야 했다.

셸비의 집으로 차를 몰았다. 길가에 주차된 빨간 세단 뒤에 차를 세웠다. 현관으로 다가가 조용히 노크했다.

셸비가 천천히 문을 열었다. 문에 가려져 잘 보이지는 않았어도 잠옷 차림인 것 같았다. 멍이 든 곳은 없는지 그녀의 얼굴을 살폈다. 멀쩡했다. 하지만 기운이 없어 보였다. 메이크업을 하나도 하지 않은 상태였다. 커피숍에서 만났을 때는 화장을 했었다. 지금은 이제 막 침대에서 일어난 듯한 얼굴이었다. 그녀가 살아 있어서, 무사해 보여서 정말 다행이었다. 나는 안도의 한숨을 내쉬었다. 무슨 일이 있었더라면 나 자신을 용서하지 못했을 것 같았다.

"어쩐 일이에요?" 셸비가 물었다. 놀라움을 감추지 못했다. 내가 올 줄은 꿈에도 몰랐다는 얼굴이었다. 그녀는 작은 목소리로 말했다. 속삭이는 것보다 약간 나은 정도였다.

폭행의 흔적이 보이지 않아 다행이었다. 하지만 가정폭력을 행사하는 사람은 자신이 한 짓을 교묘하게 가리는 데 능숙하다는 이야기를 들은 적이 있다. 사람들이 보지 못하는 곳에 멍이 있을 수도 있고, 물리적인 학대보다 정서적인 학대를 당하는 것일 수도 있다.

비단 셸비의 안전만을 걱정하는 것이 아니다. 배 속에 있는 아이도 걱정이었다. 산모의 배에 발길질이나 주먹질이 가해진다면 아이가 죽을 수도 있다. 인터넷으로 티보 씨의 사진을 찾아봤었다. 덩치가 큰 남성이었다. 성질이 나빠 보였다.

"어제 답장을 주지 않았잖아요, 셸비. 걱정돼서요."

셸비는 말간 시선만 보내왔다. 어떻게 말해야 할지 모르겠다는 것일 수도 있고, 내가 무슨 말을 하는지 이해가 안 된다는 것일 수도 있다. 올려 묶은 머리가 잔뜩 헝클어졌다. 염색한 머리카락이 자라 뿌리 쪽이 어두웠다.

내 말에는 아무런 대꾸를 하지 않았다.

대신 이렇게 말했다. "집은 어떻게 알았어요?" 공격적인 말투였다. 내가 선을 넘었다는 것처럼 말이다. 내가 마치 스토킹이라도 했다는 듯이.

"계약서 보고요." 인내심이 점차 사라지고 있었다. 내 말투에서도 느껴졌다. "계약서에 직접 적었잖아요."

"제가요?"

"네. 그쪽이요."

"아, 알겠어요. 제가 적었군요. 이렇게 찾아오실 줄은 몰랐어요."

"고객의 집에 이렇게 찾아가는 일은 거의 없어요. 사실 처음이에요. 걱정돼서요." 다시 한번 언급했다. "어젯밤에 셸비가 보낸 문자 때문에 괜찮은지 확인하러 온 거예요."

집 안에서 남자 목소리가 들렸다. 그 소리에 깜짝 놀랐다. 온몸이 얼어붙는 것 같았다. 계단 꼭대기에서 그림자가 어른거렸다. 목울대가 크게 움직일 정도로 마른침을 삼켰다. 셸비의 남편, 제이슨인 것 같았다. 그가 집에 있을 거라 생각하진 못 했는데.

그가 셸비를 부르더니 올라오는 길에 마실 것 좀 갖다달라고 부탁했다. 열려 있던 문틈 사이가 좁아졌다. 의도한 것인지는 몰라도 셸비가 문을 살짝 닫았다.

무뚝뚝한 말투였어도 딱히 폭력적이라거나 그런 느낌은 없었다. 셸비, 마실 것 좀 갖다줄 수 있어?

"금방 갈게." 그녀가 계단 쪽을 향해 소리쳤다. 나를 돌아보고는 마음이 급한 듯 말했다. "이제 들어가야 해요." 이번에는 다분히 의도적으로 내 면전에서 문을 닫아버리려고 했다. 문이 닫히기 전에 발이 먼저 나갔다. 나도 모르게 반사적으로 나간 행동이었다. 내 발이 문 사이에 낀 탓에 문이 닫히지 않았다.

"지금 뭐 하시는 거예요?" 놀란 셸비가 물었다. 문을 닫지 못하게 막는 내 발을 한 번 쳐다봤다. 속삭이는 말투였다. 내가 왔다는 것을 남편에게 들키고 싶지 않은 거였다.

단도직입적으로 말했다. "괜찮은 건지 아직 답하지 않았어요."

"제가 괜찮지 않을 이유가 뭐죠?" 셸비가 반항적으로 대꾸했다. 20대 초반의 나이였다. 나도 그 나이 때는 내가 다 큰 줄 알았다. 10년도 지나 돌아보니 스물셋, 스물넷의 나는 아무것도 모르는 애송이였다. 아직도 더 성장해야 할 나이였고, 세상에 대해 배워야 할 것이 너무도 많은 나이였다.

"어젯밤 문제 때문에 그래요, 셸비. 남편이 무섭다고 했잖아요."

"아, 그거요. 그런 문자를 보내지 말았어야 했는데." 손으로 머리카락을 빗어 넘기며 늘어져 있던 머리끈을 풀었다. 머리카락이 어깨로 흘러내렸다. 고개를 두어 번 흔들어 머리카락을 정리했다. "잠깐 싸웠어요. 그게 다예요. 순간 욱하는 마음에 쓸데 없는 문자를 보낸 거예요. 진심은 아니었어요."

"그럼 왜 그렇게 썼어요?" 그녀의 말이 맞는지 의심이 들었다.

"화가 났으니까요."

"무섭다고 했잖아요."

"남편이 제게 소리를 쳤거든요."

"무슨 일 때문이죠?" 말해주지 않겠지만 그래도 물었다.

"별일 아니에요." 나는 아무런 대꾸도 하지 않았다. 그녀의 설명이 이어지길 기다리며 잠자코 있었고, 결국 셸비가 입을 열었다. "돈을 너무 많이 썼다고요. 임산부용 셔츠를 몇 벌이나 사고 산전 마사지도 받았다고 저더러 생각 없는 여자라고 그러더라고요. 파산 직전인데 그런 식으로 돈을 낭비하고 다니면 되겠냐고요. 남편은 온종일 아이를 배 속에 품고 다니는 게 얼마나 힘든 일인지 몰라서 그러죠. 더는 옷이 맞지 않는 줄도 몰라요."

"폭행당했나요?" 내가 물었다.

"남편이 화가 많이 났었어요."

다시 한번 물었다. "폭행당했어요?"

"제가 어디 맞은 사람처럼 보여요?"

그렇게 보이지 않았다. 어떻게 판단해야 할지 혼란스러웠다. 남편에게 폭행을 당한 것 같기도 하고 아닌 것 같기도 했다.

"셸비, 뭐 하고 있어?" 아까보다 퉁명스럽고 짜증이 묻어나는 말투였다. "얼마나 더 기다려야 하는데."

"제가 괜찮은지 보러 오신 거 정말 고마워요, 메러디스." 폭포에서 물이 떨어지듯 정신없이 말을 쏟아냈다. "제게 이런 친절을 베푼 사람은 없었어요."

나는 몸을 기울이며 낮은 목소리로 급히 물었다. "남편이 당신을 때렸나요? 그렇다면 털어놔요. 내가 도와줄게요." 경찰서에 신고하는 것 외에는 달리 어떻게 도울 수 있을지는 나도 모른다. 하지만 그거라도 해야 한다. 셸비는 아무 말도 하지 않았다. "제게 털어놔도 돼요." 문틈 사이로 나지막하게 말하고는 문 사이에 넣었던 발을 빼고 그녀의 손을 잡았다. 손이 차가웠다. "내가 도와줄게요."

셸비는 아주 순종적이고도 수동적인 아내들이 지을 법한 미소를 지었다. "정말 좋은 분이에요, 메러디스. 진심으로요. 당신을 만나게 돼서 기뻐요." 이렇게 말하고는 내 손을 내려놨다. 다시 문을 닫으려고 했다. 자신이 괜찮은지는 끝내 답을 하지 않았다.

문을 잡아보려 했지만 내가 뭘 해보기도 전에 문이 닫히고 말았다.

레오
현재

아빠는 누나를 정신과 의사에게 데려가기로 했다. 트라우마를 입은 피해자들을 경험했던 형사가 제안한 일이다.

누나를 차에 태우려면 도움이 필요했기에 나도 따라나섰다. 굶주린 기자들이 밖에 있었고, 차가 있는 차고까지의 거리도 제법 되었다.

우리는 뒷문으로 나갔다. 차고까지 곧장 뛰어갈 생각이었지만 기자들이 벌써 진을 치고 있었다. 기자들은 하이에나 같다. 뒷문을 나서자마자 우리에게 달려들었다. 소리 높여 온갖 질문을 퍼부었다. 아빠가 기자들에게 말했다. "수정헌법 제1조가 보장하는 언론의 자유가 있다 해도 우리 집 잔디를 짓밟고 훼손할 권리는 없습니다."

아빠는 짜증은 났어도 버럭 소리를 지르며 화를 내지 않으려고 노력했다. 기자들에게 그런 모습이 찍히면 곧장 TV에 나올 것을 알기 때문이다.

아빠는 그런 기자들을 향해 무단침입죄를 언급했다. 시간이 좀 지나고 나서야 살찐 경찰 두 명이 차에서 나와 기자들의 질문 세례를 잠재우고 이들을 마당에서 몰아냈다.

나와 아빠 사이에 선 누나는 몸을 떨었다. 이런 정신없는 상황이, 햇빛이, 소음이 익숙하지 않을 것이다. 아빠가 모자 달린 자신의 파카를 누나에게 덮어주자, 후드 안에 얼굴을 가린 채 늑대에게 잡아먹힐까 잔뜩 겁에 질린 《빨간 모자》 동화 속 소녀처럼 보였다. 내 담요를 안고 있는 누나를 보니 한번도 느껴보지 못한 온갖 이상한 감정이 들었다. 하지만 누나가 민망해할까봐 굳이 담요를 아는 척하지 않았다. 원래도 나는 감정을 잘 표현하는 사람이 아니다. 담요를 못 본 척 넘겼다.

정신과에 도착한 후 대기실로 안내받은 아빠는 애가 탔다. 상담실에도 누나와 함께 들어갈 생각이었다. 하지만 의사는 따로 계시는 게 나을 것 같다며 거절했다. 따라서 누나가 의사에게 무슨 이야기를 할지 또 무슨 이야기는 하지 않을지 알 길이 없었다. 대기실에는 백색 소음기가 설치되어 있었기에 상담실 안쪽에서 오가는 이야기가 들리지 않았다. 아빠가 백색 소음기를 빤히 바라봤다. 무슨 생각인지 알 것 같았다. 플러그를 빼버릴까 생각했겠지만 실제로 그러진 않았다.

누나가 경찰에게 한 말은 이랬다. 한 남자와 여자가 자신을 지하실에 가뒀다고. 경찰이 현재 찾고 있는 사람들이다. 그곳에 어떻게 갇히게 된 건지는 모른다고 했다. 갇히기 이전의 삶도 기억이 거의 나지 않는다고 했다. 기억 대부분이 사라졌지만 흐릿하게 우리가 살던 집과 아빠의 얼굴, 엄마가 죽었다는 건 기억하고 있었다. 아빠는 정신과 의사가 사라진 기억을 되살릴 수 있길 바라고 있다. 특히나 누나와 엄마의 마지막 순간을. 아빠는 그 당시 무슨 일이 있었던 건지 다시 한번 확인하고 싶었다. 기억을 되살릴 수만 있다면 아빠는 약물이든, 최면이든 무엇이든 할 생각이었다.

정신과 의사와의 면담을 마친 후 경찰서로 향했다. 그곳에 도착하니 형사가 기다리고 있었다. "잠깐 대화 좀 나눌까요, 조시?" 형사의 부탁에 두 사람이 자리를 떠났다. 우리 둘만 남았다. 다른 사람이라면 누나와 사소한 대화라도 나눠보려고 시도했을지 모른다. 하지만 난 무슨 말을 해야 할지 모르는 얼간이처럼 가만히 서 있었다. 누나의 마음을 편하게 해줄 말을 해야 하는데 도무지 아무것도 떠오르지 않았다. 무슨 말이든 한심한 소리만 늘어놓을 것 같았다. 그래서 차라리 침묵하기로 했다. 두 사람은 저쪽 구석에서 대화를 나누고 있다. 형사는 서류철을 들고 있지만 열지는 않았다. 주로 형사가 말을 하는 쪽이었다. 아빠는 고개만 끄덕였다.

"무슨 일이에요?" 대화를 마치고 돌아온 아빠에게 물었다.

"DNA 결과 말이다."

"어떻게 나왔어요?"

"맞아. 네 누나가 맞아."

새삼스러운 이야기인가 싶었다.

형사와 대화를 하던 누나는 그 남자와 여자의 이름이 에디와 마사라는 사실을 떠올렸다. 누나를 가둬둔 사람들이었다. 형사가 인상착의를 설명할 수 있겠냐고 묻자 누나는 할 수 있다고 말하면서도 갈색 머리, 살집이 있는 얼굴처럼 두루뭉술한 이야기밖에 하지 못했다. 형사가 아빠와 대화를 나눴다. 엄마가 아는 사람 중에 에디나 마사라는 이름이 있었냐고 물었다. 아빠가 아는 한 없었다. 형사는 이 사건이 엄마와 연관이 되어 있다고 생각했다. 엄마가 누군가에게 돈을 빌렸고, 상대는 그 대가로 누나를 데려간 것이라고. 엄마가 누군가에게 빚을 졌거나 경제적으로 감당하기 어려운 상황에 빠진 적이 있었는지 물었다. 도박이나 약물 중독 이력이 있었나요? 혹은 판매했거나? 교외에 사는 엄마들이 살림살이에 보탬이 되고자 처방받은 마약성 진통제나 자녀의 처방전으로 나온 암페타민을 파는 일도 있다고 뉴스에 나온 적이 있다.

아빠도 여러 의심은 있었다. 그렇지만 이런저런 일에도 아빠는 여전히 엄마를 완벽한 사람처럼 숭배했다. 엄마가 누나를 데려갔고, 스스로 목숨도 끊었지만 말이다. 엄마의 이런 선택을 나는 원망했다. 하지만 아빠의 마음속에 엄마는 언제나 여신처럼 완벽한 사람이다.

"메러디스는 그런 짓을 할 사람이 아닙니다."

"그렇게 생각하고 싶지 않다는 건 알아요, 조시. 하지만 여러 가지 가능성을 생각해봐야 해요."

그 일이 있기 전까지만 해도 엄마는 이상한 사람이 아니었다.

엄마가 자살을 택해야만 했던 계기가 있을 것이다. 다만 그게 무엇인지는 아무도 모른다.

아빠는 중간에 누군가 있었을 거라고 말했다. 엄마가 누나를 믿을 만한 사람에게 맡겼시만 그 사람이 누나를 내준 것은 아닐까? 누나가 에디와 마사라는 사람들에게 가게 된 경로를 아빠는 그렇게밖에 생각할 수 없었다.

순식간에 아빠는 누군가가 있을 거란 생각에 집착하기 시작했다.

엄마에게 벌어진 일에 대해 누구도 제대로 조사한 적이 없다. 엄마가 실종된 후 아빠를 포함해 몇몇 용의자가 있었다. 하지만 엄마가 스스로 목숨을 끊었다는 것이 밝혀진 직후, 용의자들은 모두 혐의를 벗었다. 조사가 진행되는 동안 경찰 측에서 몇몇 일들을 숨긴 정황이 드러났음에도 결국에는 모든 일이 엄마의 잘못된 선택으로 마무리되었다. 검시관이 자살이라고 결론을 낸 후부터 수사의 방향은 누나를 찾는 데 집중되었다. 다만, 당신은 딜라일라를 절대로 찾지 못할 거야. 그러니까 애쓰지 마, 라고 적힌 엄마의 유서로 인해 경찰들은 엄마가 아는 사람에게 누나를 맡겼다고 생각했다. 엄마가 신뢰하는 누군가에게 말이다.

경찰은 엄마가 조금이라도 알고 지냈던 사람들을 모두 만났다. 아무런 단서도 얻지 못했다.

예전에는 누나가 납치되었을 거라고는 조금도 생각하지 않았다. 아빠는 누나가 얼른 돌아오길 바라면서도 납치가 아닐 거라며 그 사실에 위안을 얻었다. 아빠는 나는 물론 이야기를 들어주고자 하는 사람이라면 누구든 붙잡고 엄마가 딸의 안전만큼은 반드시 지켜주고자 했을 테니 딜라일라는 분명 안전한 곳에 있을 거라고 말했다. 이렇게 생각해야 아빠는 그나마 잘 수 있었다.

하지만 지금 나는 어쩌면 그게 사실이 아닐지도 모른다는 생각이 들었다.

메러디스
11년 전

3월

저녁 식사가 오븐 안에서 요리 중이었다. 오후에 요가 클래스가 몇 개 있어서 저녁이 늦어졌다. 조시는 퇴근길에 샬럿 집에 들러 딜라일라와 레오를 데리고 집에 왔다.

"애들은 어땠어?" 조시에게 물었다. 사실 내가 궁금한 것은 레오였다. 딜라일라는 우리랑 떨어져도 잘 지내는 아이니까 별 문제는 없었을 것이다. 장난기도 많고 거침없는 아이라 어디서든 친구를 잘 사귀는 편이다. 조시가 아이들을 데리러 갔을 때 레오가 어때 보였는지 궁금했다. 내가 맡기고 나온 뒤 아이가 울음을 그쳤을까? 물론 그랬을 테지. 그렇지 않았다면 샬럿이 내게 전화를 주지 않았을까? 그랬다면 수업을 취소하고 레오를 데리러 갔을 것이다. 아이가 샬럿 집에서 내내 운다면 마음이 아플 테니까.

"별문제 없었어." 남편은 무심하게 반응했다. 레오를 데려다주는 내가 아무래도 불리한 입장이었다. 아이가 우는 걸 지켜봐야 하니까. 아이를 다른 여자의 품 안으로 떠밀어야 하니까. 조시는 샬럿 집에서 아이를 찾아 집으로 데려오는 역할을 맡았다.

"당신이 도착했을 때 애들은 뭐 하고 있었어?"

"야외에서 놀고 있던데." 이번 주는 따뜻하고 화창한 봄 날씨 같았다. 완전하진 않지만 겨울이 끝나가고 있었다.

"저녁은 언제쯤 준비될까?" 그가 물었다.

"30분쯤 후." 오늘 프레젠테이션은 잘되었는지 물었다. 그는 활짝 웃는 얼굴로 잘되었다고 답했다. 고객과 계약을 성사시킨 것이다.

"전화하려고 했는데, 오후에 너무 정신이 없었어. 다들 자축하느라고." 계약을 마무리한 후 샴페인을 터뜨렸을 것이다. 무척이나 신이 나 보이는 조시의 모습에 나도 기뻤다.

"전화는 무슨, 괜찮아." 조시에게 말했다. 아침에 조시가 계약 성사가 거의 확정적이라고까지 말했는데도 저녁 식사를 좀 더 특별하게 준비할 생각을 못 한 것이 미안해졌다. 남편이 가장 좋아하는 메뉴를 준비할걸. 시터에게 전화해 아이들을 좀 더 봐 달라고 한 후 시내에 있는 스테이크 집에 예약을 해둘걸. 그런 생각도 못 하고 오히려 평범하기 그지없는 닭구이 요리를 하다니, 조시가 전해준 멋진 소식에 비해 갑자기 저녁 메뉴가 너무도 초라하게 느껴졌다. "당신에게 좋은 일이 생겨서 정말 행복해." 내가 말했다.

"우리에게 좋은 일이지." 여전히 웃는 얼굴로 조시가 말했다.

"저녁 먹으면서 샴페인도 한잔하자."

"좋은 생각이야."

그는 옷을 갈아입으러 위층으로 올라갔다.

닭이 익을 동안 욕조에 물을 받았다. 딜라일라가 먼저였다. 아이의 기분이 안 좋았다. "바보 같은 릴리 모리스." 삐죽댔다. "걔 너무 싫어." 아이가 따뜻한 물속으로 뛰어들었다. 몸짓이 어찌나 거친지 욕조 밖으로 물이 넘쳤다.

"걔가 어쨌는데?"

"내 친구들을 뺏으려고 하잖아. 엄마, 걔는 도둑이야. 친구 도둑."

"그랬구나." 마음이 아팠다. 5년 후, 10년 후에 생각해보면 아무것도 아닌 일이라고 말해줄 수 있으면 얼마나 좋을까. 열여섯 살이 되면 오늘 경험한 이 작은 실망감은 기억조차 하지 못할 거라고 말이다. 하지만 아이의 아픔을 하찮게 여기고 싶지 않았다. 이런 말들은 슬픔에 빠진 여섯 살 아이에게는 아무런 위안도 되지 못한다. "그 친구가 네 기분을 상하게 했다니 엄마도 마음이 안 좋네. 친구 관계는 어려울 때도 있어." 아이에게 물었다. "그 아이와도 친구로 지내면 어떨까?"

"릴리 모리스는 날 싫어해." 아이가 투덜거렸다.

"그냥 널 잘 모르는 것뿐이야. 네가 어떤 아이인지 알고 나면 널 엄청 좋아할걸. 널 어떻게 안 좋아할 수가 있겠어?" 아이를 향해 웃으며 말했다. "파이퍼랑 릴리랑 다 같이 초대하는 것도 좋을 것 같아." 쿠키도 굽고, 만들기도 하자고 말했다. 시간이 날지는 모르겠지만. 어쨌든 딜라일라는 좋아했다. 덕분에 아이의 마음이 한결 편해졌다. 무언가 고대할 만한 일이 생긴 것이다. 시간은 내면 된다. 어떻게든 만들면 된다.

이제 레오 차례였다. 알몸으로 욕조 안에 들어간 레오의 엉덩이에서 멍이 보였다. 농구공만 한 크기였다.

"이게 뭐야?" 나는 숨을 멈췄다. 손가락으로 쓸어내리자 아이가 움찔했다. 손만 대도 아픈 모양이었다. 멍 색깔이 빨갰다. 생긴 지 얼마 안 된 자국이다. 멍 주변이 부어올랐다. 아직 보라색으로 변하지 않았다. 오늘 생긴 게 분명하다.

"어디 부딪쳤어?" 레오에게 물었다. 아이는 대답대신 말간 시선만 보냈다. 아무 말도 하지 않았다. 본인도 모르거나, 말하고 싶지 않거나. "여기 어쩌다 다쳤는지 기억나, 레오?" 다시 물었다. 이번에는 아이가 고개를 가로저었다.

레오가 목욕 장난감을 찾았다. 아이에게 가져다주었다. 늘 그렇듯 고래와 물고기를 욕조 가장자리에 늘어놓았지만 오늘은 평소와 달리 두 장난감을 우아하게 물속으로 다이빙시키지 않았다. 대신 하나가 다른 하나를 거칠게 물속으로 밀어 떨어뜨렸다. 폭력적이었다. 잔인했다. 물고기보다 덩치가 훨씬 큰 고래의 거대한 파랑 지느러미가 가만히 있는 빨간색 작은 물고기를 매섭게 후려쳤다. 떨어진 물고기가 물속으로 깊이 잠겼다. 하지만 아주 잠깐이었다. 곧 수면 위로 올라왔다.

레오가 물고기를 건졌다. 다시 욕조 가장자리에 세워뒀다. 그리고 같은 행동을 반복했다.

"레오." 내 목소리가 좀 전보다 더욱 단호해졌다. "누가 이렇게 한 거니?" 멍을 가리키며 세 번째로 물었다.

레오는 대답이 없다. 다만 손가락을 들어 입술에 가져다 댄 채 이렇게 말했다. "쉬잇."

갑자기 목이 콱 막히는 기분이었다. 누군가 레오에게 이런 짓을 하고 아무한테도 말하면 안 된다고 가르친 걸까?

레오를 욕조에서 나오게 한 후 샬럿에게 전화를 걸었다. 무슨 일이 있었다면 아이들을 데리러 간 조시에게 샬럿이 이야기를 했을 것이다. 조시에게 물었다. 샬럿이 아무 말도 하지 않았다고 했다. 조시는 레오의 멍을 직접 확인하러 아이에게 간 상태였다.

발신음이 세 번 울리자 샬럿이 전화를 받았다.

"안녕하세요, 메러디스." 사무적인 말투였다. 샬럿은 나보다 나이가 많다. 예전에는 학생들을 가르쳤다. 시내에 있는 대안 학교였다. '퇴학 대체' 프로그램을 운영하는 곳이다. 학교에서 퇴학 될 위기에 놓인 학생들이 전학을 오는 학교다. 교사들은 극심한 번아웃에 시달렸다. 샬럿은 그곳에서 오래 견디지 못하고 가정 어린이집을 시작했다.

샬럿에게 전화를 건 이유를 설명했다. 아이를 목욕시키다가 멍을 발견했다고 말했다. "레오가 혹시 넘어졌나요? 다친 일이 있었나요? 혹시 아세요?"

"잠시만요, 생각 좀 해볼게요." 샬럿이 돌보는 아이가 제법 된다. 18개월부터 열두 살까지 연령대도 다양하다. 딜라일라처럼 좀 큰 아이들은 대부분의 시간 유치원이나 학교에 가 있다. 하지만 3시가 되면 샬럿과 아이 부모들이 학교에서 애들을 데려온다. 그러면 그녀가 돌봐야 할 아이가 배로 늘어난다. 갈 때마다 느끼지만 나름의 질서가 있는 시장통 같은 곳이다.

"아니요." 아주 잠깐의 공백 후에 샬럿이 답했다. "레오가 넘어지거나 다쳤던 일은 딱히 기억에 없어요. 전 아무것도 못 봤는데요. 레오가 제게 다쳤다는 말도 안 했어요." 잠시 정적이 흘렀다. 그녀가 물었다. "레오가 그렇게 말했어요, 메러디스? 우리 집에서 넘어졌다고요?"

"아니요. 그런 말은 안 했어요. 레오가 계속 그곳에 있기도 했고, 아침에는 없었던 멍이 보여서, 혹시나 하고 여쭤본 거예요." 샬럿의 책임을 추궁하는 것처럼 들리지 않길 바랐다.

"다쳤다면 제게 이야기를 했을 거예요." 샬럿이 말했다. "알려줬다면 얼음찜질이라도 했을 텐데."

샬럿의 화법이 신경에 거슬렸다. 그녀는 지금 레오의 탓으로 돌리고 있었다. 레오가 잘못해서 멍이 들었다는 소리는 아니겠지만, 자신에게 와서 도움을 요청하지 않은 것은 레오 탓이라고 말이다.

하지만 별것 아닌 일을 크게 만들고 싶지는 않았다. 레오는 아직 어린아이다. 아이들은 항상 어딘가에 부딪쳐 다친다. 또한 레오는 워낙 수줍음이 많은 편이다. 위로를 받으려 샬럿에게 달려가는 아이가 아니다. 샬럿이 레오가 다친 걸 알 때는 아마도 딜라일라가 보고 샬럿에게 알려줄 때밖에 없을 것이다.

동네에 아이를 키우는 부모라면 거의 다 샬럿을 추천했다. 인내심이 깊고, 다정한 할머니 같은 느낌이었다. 다만, 실제로는 자녀가 없으니 할머니는 아니었다. 주변 사람들은 그녀를 두고 하늘이 준 선물, 천사라고 표현했다. 최고라고. 이보다 나은 칭찬은 없었다.

"물론 그러셨을 거예요, 샬럿. 레오에게 잘 말할게요. 앞으로 샬럿 집에 있을 때 어디를 다치거나 하면 꼭 가서 샬럿에게 알려주라고요."

레오에게도 이렇게 타일렀지만 그래도 마음이 찜찜했다. 내가 곁에서 보호해줄 수 없을 때 아이들이 다칠 수도 있다는 사실이 두려웠다.

케이트

11년 전

5월

다음 날 아침, 전화 통화를 하는 데 비아가 방으로 들어왔다. 침실에서 통화하는 중이었다. 비아가 스튜디오에서 작업 중일 거라 생각해 목소리를 낮추거나 하지도 않았다. 내 계획을 안다면 말릴 것이 분명했기에 알리고 싶지 않았다.

"내가 제대로 들은 거야?" 비아가 등 뒤에서 물었다. 몸을 돌려 그녀를 마주 봤다. 들어오는 소리를 못 들었다. 내게 실망한 눈치였다. 비아는 벌써 샤워를 마치고 옷을 갈아입었지만 나는 아직 머리도 말리지 못했다. 작업자들이 집에 들이닥치기 전 옷부터 입으려고 몸에 수건을 두른 채 서둘러 움직이고 있었다.

비아가 믿지 못하겠다는 듯이 물었다. "닥터 파인골드에게 예약을 잡았어?"

나는 옷장으로 향했다. 비아를 세워둔 채 옷을 넘기며 입을 만한 것을 찾았다. 거짓말까지 할 일은 아니지만 도무지 어떻게 대답해야 할지 판단이 서지 않았다. 우리는 상대방에게 거짓말을 하는 커플이 아니다. 이번만큼은 거짓말을 하고 싶어도 비아가 이미 다 들어버렸다. 내가 무슨 짓을 벌였는지 알게 되었다.

속옷과 청바지를 입었다. "몰랐어?" 최대한 가볍게 말했다. "서프라이즈! 나 임신했어."

"케이트" 그녀가 실망했다는 듯 고개를 가로저었다. 내가 임신하지 않았다는 것은 나보다 더 잘 알고 있다. 비아는 이렇게 물었다. "그 사람이 검사했는데 음성으로 나오면 그땐 뭐라고 할 생각인데?"

이미 생각해 둔 말이 있어 즉각 답했다. "위양성이라고. 임신 테스트기는 정확한 편이지만 그래도 100퍼센트 정확도는 아니야. 위양성이 나오기도 한다고."

어젯밤 도무지 잠을 잘 수가 없었다. 이런 상황에서 어떻게 잠을 잘 수 있을까? 메러디스와 딜라일라에 대한 생각에 사로잡혔다. 두 사람은 어디에 있을까. 자려고 침대에 누우면 두 사람은 어디서 자고 있을지, 잠을 자고는 있을지 걱정이었다. 영면에 든 셸비 생각도 났다. 죽기 전에 어떤 일을 겪었을지 상상했다. 범인이 그녀를 어떻게 죽였을까. 셸비는 칼에 찔린 걸까, 총을 맞은 걸까, 목이 졸린 걸까? 이에 대해선 알려진 바가 없다. 이런저런 생각에 끝에 조시와 메러디스의 차고에서 경찰이 발견한 혈액이 떠올랐다. 메러디스의 피였을까? 아니면 딜라일라? 어쩌다 거기에 피가 떨어진 걸까? 닥터 파인골드도 생각했다. 의료 과실 소송과 몇 주 전 카산드라가 메러디스의 집 앞에서 본 어둠 속의 두 사람. 카산드라가 본 사람이 닥터 파인골드였을까? 그 사람이 메러디스와 딜라일라에게 무슨 짓을 한 걸까? 그러다 보니 어느새 이 의사를 만나봐야 한다는 생각에 이르렀다. 살인을 저지를 만한 사람인지 내가 직접 확인해야 했다.

"그럼 나랑 같이 가." 비아가 결심하듯 말했다.

"넌 가면 안 돼."

"도대체 왜 안 되는데?" 나를 걱정하는 만큼 비아는 화가 나 있었다.

"여성 커플이 아이를 가질 순 없으니까. 의심할 거야. 우리 같은 커플이 임신을 했다면 당연히 불임 전문가를 찾아갔어야 하는데 왜 자신에게 왔는지 캐물을 거라고."

"우리가 동성애자라고 밝힐 필요 없잖아." 비아가 말했다. "나는 친구라고 하면 돼. 어떤 남자랑 원나잇을 한 후 생긴 애라고 하면 되고. 너 혼자 가게 두지 않을 거야. 위험한 사람일 수도 있다고, 케이트. 아직 모르잖아. 나랑 같이 가는 게 아니라면 너도 못 가." 내게 최후통첩을 보냈다. 우리 관계에서 의사 결정자 역할을 하는 비아다웠다.

비아를 설득하긴 어려울 것이다. 그녀가 이미 마음을 굳힌 이상 따를 수밖에 없었다. 준비를 마치고 비아를 따라 아래층으로 내려갔다. 주방 카운터에 앉아 노트북으로 임신 초기 증상을 검색했다. 구역질만큼은 꾸며낼 필요가 없다. 메러디스와 딜라일라가 사라진 이후부터 속이 뒤집히는 증상은 내내 있었으니까. 요즘은 무엇을 먹든 게워내지 않기가 어려웠다.

메러디스

11년 전

4월

주말 동안 산모 한 명이 출산 예정이었다. 오늘은 토요일이었고, 보통 토요일에는 조시가 집에 있다. 하지만 오늘은 조시가 고객들과 시카고 컵스 경기를 보러 가야 했다. 1루 쪽 특별석에서 경기를 볼 예정이었다. 바람이 심하고 기온이 떨어져 날씨가 최악이었다. 하지만 특별석은 실내에 있다. 또한 음료와 음식이 무제한 제공된다. 가도 괜찮냐고 조시가 물어왔다. 크리스마스이브 날 어린아이처럼 잔뜩 들뜬 모습이었다. 그런 사람에게 어떻게 가지 말라고 할 수 있을까?

조시가 집을 비우고 나 혼자 아이들을 돌봐야 하는 오늘만큼은 분만을 하지 않길 바랐지만 뜻대로 되지 않았다. 아이들을 돌봐줄 사람을 찾아야 했다. 먼저 카산드라의 집으로 찾아갔다. 궂은 날씨 속에 두 아이를 데리고 나갔다. 당장 비가 내리지는 않았지만 곧 쏟아질 듯 하늘이 캄캄했다. 바람에 머리카락이 정신없이 휘날렸다. 벽을 밀며 걷는 기분이었다. 걷기가 너무 힘들었다. 두 아이의 손을 꽉 잡은 채 아이들을 끌고 가듯 앞서 걸으며 길을 건넜다. 바람 때문에 뒷걸음질이 쳐졌다.

카산드라에게 전화로 확인해도 된다. 하지만 전화보다는 직접 얼굴을 보고 말할 때 상대를 거절하기가 더 힘들어진다.

마티가 문을 열었다. 깜짝 놀란 표정이 여실히 드러났다. 내가 올 줄은 전혀 예상하지 못했다는 얼굴이었다. "메러디스." 추위에 떠는 두 아이를 내려다본 뒤 다시 시선을 내게 맞췄다. "어쩐 일이야?"

조시와 카산드라는 마티와 내가 인디애나에서 같은 대학을 다녔다는 건 알고 있다. 다만 우리가 친구로 지냈었고, 1학년 때 남녀 공용 기숙사에서 같이 지냈다는 건 모른다.

또한 우리가 사귀었었다는 것도, 한때는 뜨겁고 열정적인 연인 사이였다는 것도 모른다. 대학 졸업 후 마티와 연락이 끊어졌다. 마티는 인디애나 출신이다. 대학 졸업 후 나는 학교를 떠났지만 그는 대학원에 입학했다. 졸업 후 연락 한번 한 적이 없었다. 다시 마주칠 일이 없을 거라 생각했고 실제로도 마티를 거의 잊고 살았다. 물론, 문득 이런저런 생각에 빠질 때면 한번씩 그를 떠올리기는 했다. 그와 나눈 내 첫 경험 같은 것. 딜라일라의 미래를 생각하다 보면 마티가 떠올랐다. 언젠가 내 딸도 자라서 대학을 가고, 그곳에서 멋지고 매력적이며 달콤한 말을 귓가에 속삭일 줄 아는 마티 해너카처럼 절대로 거부할 수 없는 남자를 만나게 되겠지, 하는 식으로.

그건 원치 않았다. 딜라일라는 조시처럼 건실하고, 정직하고, 믿을 수 있는 사람을 만나길 바랐다.

열 달 전 카산드라와 마티가 우리 집 맞은편으로 이사 오는 모습을 보고 내 눈을 의심했다. 마티는 SNS를 하는 사람이 아니다. 우리는 페이스북 친구조차 아니었다. 페이스북에서 친구 추천으로 뜨지도 않았다. 그가 죽었다고 해도 내가 알 방법이 없었다.

건너편 집으로 이사 온 그는 석사를 마친 뒤 시카고에서 시장 연구 분석가로 일하고 있었다. 더이상 스물두 살 대학생이 아니다. 아이 둘을 키우는 서른여섯 살의 유부남이었다.

"방해해서 미안해." 내가 말했다.

"네가 방해될 일은 절대 없어." 그가 말하며 미소 지었다. 마티는 나를 편안하게 해주는 사람이다. 늘 그랬듯, 여전히 멋지고 매력적인 남자다. 대화를 나누다 보면 내가 그를 마지막으로 봤던 14년 전으로 돌아간 것만 같았다. "무슨 일이야?"

"카산드라 집에 있어?" 그의 뒤를 살피며 물었다. 집 안쪽에서 누군가 있는 소리가 들렸다.

"쇼핑하러 갔어. 그런데 좀 전에 뒷문으로 들어온 거 같거든. 잠깐만 보고 올게." 그럴 필요가 없었다.

"어머, 메러디스." 카산드라가 주방 쪽에서 갑자기 나타났다. 코트를 입었음에도 추위에 두 뺨이 빨갛게 물들었다. 이맘때면 오늘같이 춥고 바람이 매서운 날씨보다는 영상 4도에 흐린 날

이어야 했다. 사람들의 기대를 저버리는 날씨가 이어졌다. 조금 나아진다 싶으면 전보다 더 추워졌다. 모두 도무지 끝날 것 같지 않은 겨울에 싫은 소리를 해댔다.

두 아이를 본 카산드라는 내가 온 이유를 알아챘다. "올 줄 몰랐어요. 몇 가지 일 좀 처리하느라 나가 있었거든요. 반품할 물건을 깜빡 두고 나와서 잠시 들른 거예요." 외투를 보관하는 옷장에서 쇼핑 백을 하나 꺼내며 말했다.

마티는 무슨 소리냐는 표정을 하고 있었다. "또 나간다고?" 그가 손목시계를 확인했다. "지금쯤이면 집에 들어올 줄 알았지. 나 운동 가야 한다고 말했잖아." 두 사람의 말다툼을 본의 아니게 지켜보고 있자니 당황스러웠다. 나와 아이들은 여전히 찬 바람이 쌩쌩 부는 현관 앞 계단에 서 있었다. 누구도 집 안으로 들어오라는 말을 하지 않았다.

"응." 카산드라가 마티에게 말했다. "몇 군데 더 들러야 해. 평일에는 애들이랑 온종일 있어서 시간을 내기가 어렵잖아. 당신도 늘 집을 비우고."

이걸로 그녀는 내가 할 부탁까지 완벽히 차단한 셈이 되었다. 할 일을 다른 날로 미루면 안 되냐고 부탁할 수는 없었다. 카산드라는 내가 그렇게까지 뻔뻔한 사람이 아니라는 것을 알고 있다.

뿐만 아니라 내가 마티에게 아이들을 맡기지 않으리란 것도. 마티는 내 아이들을 잘 모르고, 아이들도 마티가 낯설기는 마찬가지다. 카산드라는 내가 마티와 잘 모르는 사이라고 알고 있다. 그저 드물게 바비큐 파티를 할 때나, 동네에서 집마다 돌아가며 저녁 모임을 가질 때 마주치는 사이 정도로 안다. 한참을 잘못 알고 있는 것이다.

내가 일부러 마음먹고 과거에 있었던 일을 조시와 카산드라에게 숨긴 것은 아니었다. 어쩌다 보니 그렇게 되었을 뿐이다. 십 몇 년 만에 처음으로 마티를 만났을 당시 조시와 카산드라도 그 자리에 있었다. 작년 여름의 일이었다. 동네 주민 누군가 바비큐 파티를 열었다. 조시가 먼저 두 사람과 인사한 뒤 내 쪽으로 데려와 소개했다. 마티가 손을 내밀었다. 처음 만난 사람처럼 본인을 소개했다. 나도 그렇게 할 수밖에 없었다. 우리가 왜 그랬는지는 모른다. 하지만 이제는 돌이킬 수가 없게 되었다.

"조시는 오늘 뭐 해요?" 카산드라가 물었다.

"컵스 게임 보러 갔어요."

"좋겠어요. 메러디스랑 애들은 같이 안 가고요?"

"일 때문에 간 거라서요." 그녀에게 말했다.

"그렇게 즐거운 나들이에는 아내와 애들도 데려가야죠."

"즐거운 자리인지는 모르겠어요." 거짓말이었다. 쓸데없는 이야기만 잔뜩 늘어놓는 고객들과의 자리였지만 조시는 그런 모임을 좋아한다. 아이들에게는 세상 재미없는 자리겠지만. "보통 그런 곳에 갈 때는 업무 차 가는 거예요." 카산드라에게 상기시켰다. "잠재 고객들과 친분을 쌓으려고요." 잠재 고객들에게서 수백만 달러의 재산을 그에게 맡겨도 좋다는 신뢰를 얻기 위해서 말이다.

"그렇겠죠. 그런데 무슨 용건으로 왔는지 아직 못 들었네요."
카산드라가 문득 떠올랐다는 듯 말을 꺼냈다.

"아, 그거요." 조금 난처해졌다. 부부 사이의 언쟁까지 본 이상 내가 카산드라나 마티에게 애들을 봐달라고 부탁할 수는 없는 노릇이었다. 둘 다 본인 애들과도 집에 있고 싶어 하지 않는 눈치였다. 밖에 나가고 싶어 했다. 내 아이로 부담을 줄 수는 없었다. 특히나 카산드라와의 관계에 묘한 긴장감까지 흐르는 판에.

"파이퍼 때문에요."

"네?" 카산드라가 놀란 듯 되물었다. 내 옆에 선 딜라일라도 친구 이름을 듣고 나를 바라봤다.

"파이퍼요. 딜라일라가 이번 주에 파이퍼 집에서 같이 놀 수 있을지 궁금해서요. 릴리 모리스도 같이요."

"아. 그럼요. 같이 놀면 좋겠네요." 카산드라가 말했다.

"잘됐네요. 앰버에게 전화해서 날짜 잡을게요, 그럼."

그렇게 카산드라의 집에서 나왔다. 비아와 케이트의 집으로 향했다. 카산드라의 속내가 어떤지 신경 쓰지 않으려고 했다. 유독 날이 서 보였다. 어쩌면 나 때문이 아닐지도 모른다. 결혼 생활 등 개인적인 문제 때문일지도 모른다. 더 친한 사이라면 직접 물어보기라도 했을 텐데. 간식거리를 들고 그녀의 집에 가서 요즘 어떤지 물어보고 싶었다. 상황이 정리되고 시간 여유도 생기면 그렇게 하기로 다짐했다.

비아와 케이트 집 초인종을 눌렀다. 비아가 문을 열었다. 정말 아름다운 여자다. 조시만큼 키가 컸다. 처음 봤을 때는 함부로 다가가기 어려운 인상이었다. 하지만 전혀 그런 스타일이 아니다. 비아는 몸에 셀 수도 없을 만큼 타투가 많다. 다 의미가 있는 것들이다. 새장 속 새 한 마리, 고대 영어 서체로 새긴 여성의 이름. 술 한잔할 때면 타투에 지닌 의미를 설명해주었다. 내 예상과 달리 여성의 이름은 장애를 지닌 자매의 이름이었다.

딜라일라와 레오를 본 비아의 눈이 반짝였다. "내가 세상에서 제일 좋아하는 꼬맹이들, 오늘은 기분이 어떠신가?" 그녀가 물었다. 비아는 자연스럽고도 멋진 그런지 스타일 차림새였다. 내게는 절대로 어울리지 않을 옷이다. 내가 그렇게 입었다면 무척 우스꽝스럽게 보일 것 같았다. 하지만 그녀는 찢어진 청바지에 닥터 마틴, 뉴스보이캡을 멋지게 소화했다.

비아의 발치에서 딜라일라가 웃음을 터뜨렸다. 딜라일라는 오늘 기분이 좋다며 좀 전 비아의 질문에 대답했다. 이 말을 하면서도 까르륵거리는 웃음을 참지 못했다. 수줍음이 많은 레오는 아무 말이 없었다. 하지만 웃고 있었다. 눈까지 웃는 그런 미소였다. 비아를 만나 반가운 모양이었다.

비아가 나를 바라봤다. "무슨 일 있어요?"

나는 미안함에 낮게 탄식했다. "귀찮게 해서 정말 미안한데요."

비아가 뒷말을 더 듣지 않고 물었다. "산모 때문에요?"

"네. 양수가 좀 전에 터졌대요. 병원에 가는 중이에요. 세 번째 아이인데……."

그녀가 내 말을 막았다. 리더 기질이 있는 비아답게 상황을 정리했다. 안도감이 찾아왔다. 무슨 일이든 별거 아닌 듯 긍정적으로 받아들이는 비아의 태도를 존경한다. 해결사 기질이 있는 사람이다. 비아가 아이들에게 말했다. "한 시간 전부터 피자가 먹고 싶었는데, 케이트 이모도 일하러 나가고 나 혼자는 피자를 다 못 먹거든." 그녀가 사정하듯 딜라일라와 레오를 바라봤다. "이모 도와줄 수 있겠어?"

두 아이가 세상에서 제일 좋아하는 음식이 피자였다. 딜라일라가 소리 질렀다. "네!" 레오는 고개를 끄덕였다.

"비아, 정말이지." 그녀의 팔에 손을 올렸다. "정말 내 은인이에요. 어떻게 감사 인사를 해야 할지."

비아가 말했다. "메러디스도 똑같이 해줬을 텐데요 뭘."

넷이서 우리 집으로 향했다. 딜라일라와 레오가 챙길 물건이 있었다. 같이 집까지 가겠다는 내게 비아는 괜찮다고 말했다. "제가 데려갈게요. 지금 바로 가야 하잖아요." 사실 그랬다. 몇 분에 한 번씩 핸드폰이 울려댔다. 고객의 연락이었다. 남편이 운전하는 차의 조수석에 앉아 문자로 시시각각 상황을 보고하고 있었다. 고속도로예요. 차가 막혀요.

"자 엄마 안아주고." 아이들에게 말했다. "오늘 비아 이모랑 잘 있을 수 있지?" 말을 잘 듣는 아이들이니 걱정은 없다. 비아가 양손에 한 명씩 손을 잡고 집으로 향했다. 레오는 비아의 집으로 가는 데 망설임이 없었다. 내 쪽을 돌아보지도 않고 선뜻 따라나섰다. 이것으로 분명해졌다. 샬럿의 집에는 레오를 주눅

들게 하는 무언가가 있다는 것이. 비아와 함께 있는 레오를 보자 마음이 따뜻해졌다. 손에 쥔 파란색 담요를 잔디에 끌며 흔쾌히 걸어가는 모습을 보니 안심이 되었다.

출산이 빠르게 진행되고 있었다. 내가 도착하기 전에 아이를 낳을 뻔했다. 이런 일이 생기기도 한다.

병원을 나서는 데 조시에게서 전화가 왔다. 야구 관람을 마치고 집으로 오는 중이었다. "전화 받을 줄 몰랐어. 음성 메시지 남기려고 했지."

"왜?" 내가 왜 전화를 받을 줄 몰랐다고 말하는지 의아해져 물었다.

"출산 있잖아." 그가 말했다. 병원 주차장에서 내 차를 찾았다. 차를 탄 뒤 문을 잠갔다. 룸미러에 시선을 고정했다. 내 뒤에 누군가 있는 건 아닌지 확인하고 싶었다.

"지금 막 집에 가려는 참이야." 차에 시동을 걸고 후진 기어를 넣었다. 집에 가게 되어 기뻤다. "어떻게 알았어?" 비아와 통화를 했나 싶었지만, 내가 출산 때문에 나간 걸 몰랐으니 비아와 통화를 할 일도 없었을 거라는 생각이 들었다. 혹시 무슨 문제가 생겨 비아가 조시에게 전화를 건 게 아니라면. 아이들이 별일 없길 바랐다.

"앱 깔았잖아. 병원 주차장으로 나오던데."

"아, 맞다." 왠지 감시당하는 기분이었다. 누군가가 나를 지켜보는 기분. 사실 남편이 나를 지켜보고 있는 건 맞았으니까. 조시가 핸드폰으로 앱을 들여다보는 장면이 그려졌다. 내 얼굴이 작은 썸네일로 지도상에 떠 있는 모습도. 주차장을 나와 집에 도착하기까지 실시간으로 내 얼굴이 움직이는 지도를 내내 지켜보는 조시의 모습이 상상되었다.

경기가 재밌었는지 묻고는 몇 시쯤 집에 도착할지 확인했다. 나보다는 먼저 도착할 것 같았다. 조시가 비아의 집에서 아이들을 데려오기로 했다. 통화를 마무리하는데 조시가 말했다. "운전 조심해." 나는 전화를 끊었다.

교차로에 진입하는 데 문자 알림이 들렸다. 운전할 때는 그러면 안 되는 걸 알면서도 핸드폰을 확인했다. 내게 협박 문자를 보내던 630 번호였다. 그 숫자를 보는 것만으로도 간담이 서늘해졌다. 한 골프장 주차장에 차를 세웠다. 손이 너무 떨려 운전을 할 수가 없었다. 또한 아무런 방해 없이 문자를 확인하고 싶었다. 잠시 조시를 떠올렸다. 앱을 들여다보던 조시가 도로를 벗어나 주차장에 차가 정차한 것을 확인하며 의아한 생각을 하는 모습을. 앱에 이렇게나 세세하게 나올까?

숨을 깊이 들이마셨다. 긴장을 늦추지 않은 채 문자를 읽어 내려갔다.

나를 잊지 않았길 바라. 나도 널 잊지 않고 있으니까.

이번에는 공포심에 비명을 지르는 표정의 이모티콘이 함께였다.

케이트

11년 전

5월

닥터 파인골드의 산부인과는 병원 인근의 메디컬 빌딩 3층에 위치했다. 통유리 창에 채광이 좋은 현대식 건물이다. 로비에 들어서자 엘리베이터를 기다리는 줄이 보여 비아와 나는 계단으로 가기로 했다. 가파른 계단을 오르느라 숨이 찬 나머지 둘 다 말이 별로 없었다. 사실 비아는 내가 지금이라도 그만두길 바라는 마음에 아무 말도 하지 않는다는 것을 알고 있다.

나는 마음을 굳힌 상태였다. 반드시 해야만 하는 일이었다.

3층에 도착한 후 나란히 복도를 걸었다. 닥터 파인골드의 진료실이 가까워지자 결국 비아가 입을 열었다. "도대체 뭘 알고 싶은 거야?" 적대심과 불만이 느껴졌다. 자신을 보라는 듯 내 팔을 잡아 걸음을 멈추었고, 나는 그녀를 바라봤다.

뭘 알고 싶은 건지를 말하자면 너무 한심하게 들릴 것 같아

차라리 입을 다물었다. 말이 없자 비아가 물었다. "그 의사가 메러디스한테 무슨 짓을 했다고 솔직하게 털어놓을 것 같아?"

"아니." 고개를 저었다. "당연히 아니지."

"그럼 뭔데? 물어보려고?"

"당연히 아니지." 다시 한번 말했다. 내가 바라는 것은 자백이 아니라 그가 정말 내 친구에게 무슨 짓을 할 만한 사람인지 살펴보는 거라고, 어떤 느낌의 사람인지 직접 만나보고 싶은 거라고 설명했다.

병원에 들어가자 작지만 잘 꾸며진 대기실이 보였다. 접수처 직원이 내 이름을 물었다. 내게 접수증을 건네주며 잠시 앉아서 기다려 달라고 했다. 곧 간호사가 나를 부를 거라고 말이다. 기다리는 동안 접수증을 작성했다. 이름과 주소를 적었다.

비아는 내가 공란을 채우는 모습을 지켜봤다. 그러다 내 옆구리를 세게 찔렀다. "뭐 하는 거야?" 내가 진짜 이름과 주소를 적은 걸 보고 낮게 읊조렸다. 비아가 내게 화를 내는 일은 거의 없었다. 그녀는 지금 화가 난 게 아니다. 시선이 마주쳤고, 그녀의 눈에서 읽힌 것은 두려움이었다. 내가 감당할 수 없는 일에 휘말릴까 걱정하는 것이다. 메러디스처럼. 사라져버린 그녀처럼 말이다. 나는 굳이 이름과 주소를 가짜로 적어야 할 필요를 못 느꼈다. 닥터 파인골드 같은 의사가 이런 서류를 직접 처리할 거라고는 생각지 않았다. 하지만 비아는 그렇게 생각하는 모양이었다.

"가서 새로 받아와. 다시 쓰자." 하지만 너무 늦었다. 곧장 진료실 문이 열리더니 간호사가 나와 대기실을 향해 내 이름을 불렀다.

"네." 내가 자리에서 일어서자 간호사는 의자에 앉은 비아는 대기실에서 기다릴 거라 생각했는지 비아를 향해 미소를 지었다.

하지만 비아도 자리에서 일어났다. "아." 간호사가 말했다. "원하시면 친구분도 같이 들어오세요."

"그렇게 할게요. 아기 아빠는 같이 올 수가 없어서요." 내가 말했다.

마음을 다잡으려고 노력했다. 호흡에 집중했다. 비임신이라는 것은 분명하지만 그렇다고 해서 닥터 파인골드와 병원 직원들이 내가 다른 이유로 산부인과에 왔을 거라고 추측할 근거는 전혀 없다. 저들 눈에 나는 행복한 예비 엄마다. 때문에 철없는 미소를 짓고 간호사의 뒤를 따라 진료실로 들어가며 임신과 곧 태어날 아기에 대해, 엄마가 될 생각에 얼마나 행복한지에 대해 수다스럽게 떠들었다. 간호사에게 이런저런 질문도 했다. 쌍둥이가 집안 내력이라고도 말했다. 쌍둥이일 수도 있겠죠? 언제쯤 알 수 있을까요?

간호사는 내 말에 맞장구를 쳐주었다. "쌍둥이일 수도 있죠." 가족 중 누가 쌍둥이인지, 남편과 내가 쌍둥이라는 소식을 들으면 기뻐할 것 같은지 물어왔다.

"그럼요. 누군들 기쁘지 않겠어요?" 아이들이 북적이는 가정을 이루는 게 꿈이었다고 말했다.

"그렇지 않은 분들도 있거든요." 남편이라는 단어를 말하며 간호사는 내 손을 내려다봤다. 결혼반지가 없었다. 비아와 나는 결혼하지 않았다. 아직은 말이다. 언젠가는 우리가 사는 주에서도 동성결혼이 합법화되기를 기다리고 있다. 매사추세츠라든지 다른 주에 가서 결혼하는 것도 이야기했었다. 하지만 그곳에서 결혼하더라도 집으로 돌아오면 그 결혼이 인정받지도, 수용되지도 못한다는 점이 걸렸다. 대신 커플링을 끼고 있다. 소박한 실반지다. 눈썰미가 좋은 사람이라면 나와 똑같이 가는 매듭으로 장식된 은반지를 비아가 끼고 있다는 것을 눈치챌 수 있다. 때가 되면 결혼을 하자는 약속을 담아 함께 반지를 골랐다.

"아직은 초음파로 쌍둥이 여부를 확인하기 어려울지도 몰라요. 하지만 파인골드 선생님은 전문가니 보시면 아실 거예요."

간호사가 기초적인 검사를 진행했다. 몇 가지 질문도 했다. 이미 조사를 한 터라 간호사가 마지막 생리일을 물어볼 줄 알았다. 임신 5, 6주쯤의 초기로 보이도록 계산한 가짜 날짜를 댔다. 간호사의 요청에 따라 화장실에 소변 샘플을 두었다.

화장실에서 돌아오자 간호사가 안 보였다. 종이로 된 일회용 검진복이 진찰대에 있었다. 검진복으로 갈아입고는 비아와 함께 의사를 기다렸다.

"아직 안 늦었어." 끔찍한 기분으로 진찰대에 누워 발걸이에 다리를 올리는 나를 향해 비아가 말했다. 앞으로 어떤 일이 펼쳐질지 알 수가 없었다. 무슨 일이 벌어질 것인지, 어떤 여파가 있을지 감이 잡히지 않았다. 조금 있으면 내가 화장실에 둔 소변 샘플을 간호사가 검사할 것이다. 내가 임신하지 않았다는 것을 금방 알게 될 것이다. 내게 허락된 시간이 길지 않다. 머지않아 간호사가 안타까운 소식을 전할 것이고, 그럼 나는 슬픔에 잠긴 척하며 병원을 나서야 했다. 하지만 그건 나중 일이고, 일단은 닥터 파인골드를 직접 만날 기회는 생긴 셈이다.

"지금이라도 가면 돼." 비아가 말했다. "이럴 것까진 없다고."

"이제 와서 뭐라고 하고 가?" 갑자기 나간다면 이상하게 생각할 것 같았다.

"집에 급한 일이 생겼다고 하면 돼."

이렇게 가버릴 수는 없었다. 그를 직접 보고 대화를 나눠보기 전에는. 이제 거의 다 왔는데.

나는 눈을 감았다. 깊이 심호흡을 했다. "조금만 있으면 다 끝날 거야. 아무 문제도 없을 거야. 그 사람 눈에 난 그저 임산부일 뿐이라고. 그냥 평소처럼 행동하면 돼." 비아에게 말했다. 테이블 위에 잡지가 몇 권 보였다. 비아에게 잡지 하나를 골라 읽는 척하라고 했다.

진찰실 문을 두드리는 노크에서 배려가 느껴지지 않았다. 두 번 대충 문을 두드리고는 곧장 의사가 들어왔다. 내가 다니는 산부인과에서는 의사가 문을 살짝 열고는 옷을 입었는지 묻는다. 옷을 다 입었다는 내 대답을 듣고 나서야 의사가 진찰실로 들어온다. 하지만 닥터 파인골드는 기다리는 법이 없었다. 그는 근엄한 표정으로 문가에 서서 미소 지었다. 다만 눈까지 접히는 미소는 아니었다. 가식적인 미소였다. 키가 컸다. 회색 바지에 목에 칼라가 달린 상의를 입고 그 위에 하얀색 의사 가운을 걸

쳤다. 재닛의 이야기를 들으며 머릿속으로 상상했던 연령대였다. 재닛은 의사가 타협할 줄 모른다고 말했었다. 덕분에 내 머릿속에서는 경험이 많아 자신만의 방식이 확고한 나이 든 의사의 모습이 그려졌다. 65세 정도에 은퇴한 후, 따뜻한 지역을 돌며 겨울을 나는 생활을 꿈꾸는 그는 티보의 의료 과실 사건으로 의사 커리어를 마무리 짓고 싶지 않을 것이다.

하얗게 새어가는 닥터 파인골드의 머리 곳곳이 비어 보였다. 또한 마른 체구였다.

"닥터 파인골드입니다. 환자분 성함이 어떻게 되죠?" 내게 물었다. 그가 내 이름조차 모르고 있다는 데, 진료실에 들어오기 전에 차트 한번 들여다볼 생각도 하지 않았다는 데 언짢아졌다. 그는 사무적이고 건조했다. 내가 진료를 보는 산부인과 의사는 마음이 따뜻한 사람이다. 1년에 한 번씩 병원에 가는 나를 의사가 정말 기억한다고는 말할 수 없지만, 그렇다고 해서 매번 나를 처음 보는 사람처럼 대하지도 않았다. 그녀는 검사를 진행하기 전에 잠시나마 나와 대화를 나누려 했다. 내 가족에 대해서도 묻고 나에 대해서도 물었다. 오랜만에 만나는 친구 같은 사이였다. 수의사인 나도 검사를 하기 전에 개들에게 내 냄새를 맡게 한다. 내가 개의 몸에 손을 대기 전에 인사를 나누는 방식이다.

그에게 말했다. "전 케이트예요. 이쪽은 제 친구 비아고요." 비아는 의자에 앉아 있었다. 비아의 마뜩잖은 표정이 눈에 보일 정도였지만 의사는 눈치채지 못한 것 같다. 비아 쪽으로는 시선도 돌리지 않았으니까. 그녀는 무릎에 올려둔 양손이 새하얗게 질릴 정도로 맞잡고 있었다. 그녀는 자신이 통제할 수 없는 상황을 극도로 싫어한다.

"임신하신 것 같다고요." 그는 매일 임산부들을 만나는 입장이었다. 그에게는 임신이 그리 놀라운 일이 아닐 것이다. 의사에게는 그럴지 몰라도 임신이 처음인 엄마에게는 기적과도 같은 일이다. 내가 느끼는 감정은 두려움이 아니라 주체못할 기쁨이라고 되뇌었다.

"네." 기쁜 듯이 말했다. "집에서 임신테스트기를 세 개 해봤어요." 행복한 얼굴을 지었다. 테스트기 세 개에 소변을 본 뒤 총 여섯 개의 분홍색 선을 확인한 덕분에 임신이 확실하다고 믿는 여자의 얼굴을 해야 했다.

"했는데요?" 임신테스트기 결과를 묻는 것이었다.

"전부 양성으로 나왔어요." 한 손을 배 위에 올리며 웃는 얼굴로 말했다.

그는 의심스러운 눈빛으로 나를 바라봤다. "전부 다요?" 눈을 가늘게 뜨며 물었다.

"네, 선생님." 들떠있던 목소리를 가라앉혔다. 미소를 서서히 거두며 물었다. "뭐가 이상한가요?" 문제가 있다는 듯한 말투였다. 나도 놀란 척을 했다.

"저희가 검사한 결과로는 임신이 아닙니다."

진료실이 정적에 휩싸였다. 그는 죄송하다고 말하지 않았다. 슬픈 소식을 전하며 어떤 식으로도 위로나 미안함을 표하지 않았다. 좀 더 가볍게 소식을 전달하려는 노력도 하지 않았다. 선 채로 나를 바라보며 내가 무슨 해명이라도 하길 기다리고 있었다.

"이해가 안 되는데요." 잠시 후 나는 영문을 모르겠다는 얼굴로 충격을 받은 듯 말했다. 두려움에 목소리가 떨렸다. 덕분에 연기가 자연스러워졌다. "하지만 제가 집에서 한 테스트에서는……." 떨리는 목소리로 더는 말을 잇지 못하는 척했다.

그는 냉정했다. 의학적 설명을 늘어놨다. "화학적 임신이라는 게 있습니다. 착상된 후 얼마 못 가 유산이 되는데, 극초기라 여성들은 그날인 줄 알 때가 많아요." 구식이면서도 남성 우월주의적인 표현이었다. 내 성적 지향에 대해 깨닫기 전인 고등학생 때 남자를 사귄 적이 있었다. 내가 조금이라도 기분이 안 좋은 날이면 남자친구는 그날이라고 생각했다. 내게 계속 확인하려 했다. 언젠가 싸우고 난 뒤 남자친구는 선물이라며 탐폰 한 박스를 내밀었다. 장난이잖아, 케이트. 그 일로 헤어지자고 했을 때 이렇게 말했었다. 농담도 이해 못 해?

"화학적 임신이 된 여성들은 자신이 임신인 줄도 모릅니다." 파인골드가 설명을 이었다. "아마도 그래서 테스트기에 양성이 나왔을 겁니다." 테스트 이후 출혈이나 점액이 보였는지 물었다. 나는 세게 고개를 저었다. 그런 적은 없다고 했다. "좀 더 확실히 하기 위해 혈액 검사를 해보죠." 피검사를 하면 체내 hCG 농도를 정확히 알 수 있다고 말했다. 임신이 되었을 때만 hCG 호르몬이 나온다고. "hCG가 안 나오면 아기도 없는 거죠." 성

의 없이 말하며 그는 어깨를 으쓱했다. 임신이 아니면 다 쓸데
없는 소리라는 듯이. 물론 나는 임신한 척을 하는 중이라 실제
로는 아기가 배 속에 없지만 그래도 이런 식으로 말해선 안 된
다. 이런 상황에 처한 여성에게는 얼마나 긴장되고 떨리는 순간
일 텐데.

"아직 너무 걱정할 일은 아닙니다." 격려하는 말이었고, 나
를 안심시키려는 말이겠지만 그런 마음이 전혀 느껴지지 않았
다. 아무런 위로가 되지 않았다. 따뜻한 미소 아니 거짓 미소조
차 짓지 않았다. 닥터 파인골드는 내가 혹시라도 여기서 눈물을
보일까 봐, 울더라도 집으로 돌아가 혼자 울기를 바라며 선을
긋는 것 같았다. 환자가 눈물을 보이기 시작하면 귀찮아지니까.
그런 건 질색일 테니까.

"혈액 검사는 연구소로 보냅니다. 결과는 2~3일 후에 나올
거고요. 진찰이 끝나면 간호사가 바로 혈액을 채취할 겁니다.
자 그럼 한번 볼까요." 진찰대에 누우라는 제스처를 취했다.

숨을 골랐다. 겨드랑이에서 땀이 나기 시작했다. 처음 산전
검사를 받을 때 자궁경부 검사와 골반 내진을 해야 한다는 건
알고 있었다. 이곳에 찾아오기 전 검색을 통해 알았다. 하지만
오늘 하게 될 거라고는 예상하지 못했다. 임신이 아니라는 것이
거의 확정적인 이상 닥터 파인골드가 이 검사를 할 필요가 없었
다. 피검사 결과도 안 나왔는데, 내가 임신이라는 것도 확실하
지 않은데 말이다. 이 남자가 내 몸을 만진다는 걸, 그의 손가락
이 내 안을 휘젓는다는 걸 생각만 해도 속이 메슥거렸다. 살해

당한 뒤 알몸으로 질질 끌려가 강기슭에서 버려진 셸비를 떠올렸다.

그런 짓을 한 게 이 남자일까?

"피검사 결과가 나오고 나서 이런 검사를 하는 거 아닌가요?" 내가 물었다.

그는 그제야 진짜 미소를 지었다. 거만한 포식자의 미소였다. "저를 주치의로 삼을 생각이라면 저를 믿어야 합니다. 알겠죠, 케이티?" 나는 할 말을 잃은 채 기계적으로 고개를 끄덕였다. 그의 실수를 바로 잡지도 못했다. 난 케이티도 캐서린도 아니다. 지금껏 평생 케이트였다. 다른 이름을 줄여 케이트라고 부르는 게 아니라 부모님이 지어주신 이름이 케이트였다. "임신하면 자궁에 변화가 생깁니다. 골반 내진에서 자궁 변화가 보일 수도 있어요." 그가 기계적으로 설명했다. 의사가 자궁의 변화를 직접 느끼지 못할 거라는 것을 알아도 엄마가 되길 바라는 여성이라면 임신 여부를 확인하기 위해 이 의사가 말하는 건 무엇이든 따를 것 같았다. 지금 내가 맡은 역할처럼 아이를 바라는 여성이라면 임신을 확인하기 위해선 무엇이든 할 것이다.

내게 달리 무슨 선택권이 있을까? 나는 다시 진찰대에 누우려다 움직임을 멈췄다. 팔꿈치로 상반신을 지탱한 채 어중간하게 몸을 일으켰다. 확인해야 할 것들이 있었고, 질문을 해야 한다면 지금이 적기였다. 닥터 파인골드가 진찰을 마치고 임신이 아니라는 소식을 전할 때에는 내 질문은 아무 의미가 없어진다. 임신하지 않았다면 산부인과 의사를 더 볼 일이 없으니까.

"제 친구가요." 용기를 낸 김에 후다닥 말했다. "아 저 친구 말고 다른 친구요." 비아를 가리켰다. "최근에 애를 낳는데, 끔찍했대요. 진통이 엄청나게 길었어요. 제 친구가 진통하는 동안 간호사 교대 시간이 세 번이나 지났다나. 의사도 세 명이나 만났고요. 병원이 너무 사무적인 느낌이었어요. 제 친구가 첫 아이 출산을 그리며 생각했던 것과는 완전히 달랐죠. 다 끝나고 나서는 출산 도우미를 고용할 걸 후회하더라고요. 제 친구를 최우선으로 여기는 누군가요. 그때로 돌아간다면 꼭 도우미를 고용할 거래요. 선생님은요?" 결국 물었다. "출산 도우미에 대해서 어떻게 생각하세요?"

닥터 파인골드가 벽 쪽으로 한 걸음 물러났다. 손을 뻗어 라텍스 장갑을 꺼냈다. 제자리로 돌아온 그가 내 앞에 서서 장갑을 한쪽씩 꼈다.

의사가 장갑을 끼는 모습처럼 보이지 않았다. 살인자가 지문을 감추기 위해 장갑을 끼는 것처럼 보였다.

심장이 뛰었다. 닥터 파인골드가 말했다. "친구분의 경험과 다르게 이 병원에는 의사가 저뿐입니다. 만약 임신이라면 아이를 받는 것도 제가 될 겁니다. 그러니 안심하세요. 제 경험상 제대로 된 의사만 있다면 출산 도우미는 별로 필요가 없습니다."

"아……" 떨리는 목소리를 감추려고 노력했다. 거기서 멈춰도 되었다. 그쯤으로 해도 되었다.

하지만 아직도 할 말이 남았다.

"생각지 못한 말이네요. 출산 도우미에 대해 좀 알아봤는데,

그러니까. 제가 임신했을 수도 있으니까. 블로그 글도 읽고, 후기도 보고 했거든요. 도우미가 이런저런 일에 엄청 도움을 준다고 극찬을 하더라고요."

그가 말했다. "비용이 아주 많이 드는 경우도 있습니다."

"네, 그것도 알아봤어요. 제가 감당할 수 있을 것 같더라고요." 닥터 파인골드는 미소를 지었지만 아무 말도 하지 않았다. 비아에게 내 가방을 좀 달라고 부탁하자 그녀가 마지못해 건네주었다. 비아는 내가 그간 어떤 일을 꾸몄는지 모른다.

나는 가방 안에 손을 넣었다. 이름이 적힌 종이 한 장을 꺼냈다. 닥터 파인골드에게 리스트를 건넸다. 그가 종이를 읽어 내려갔다.

"검색하다가 자주 등장하는 도우미 이름을 몇 개 적어 놨어요." 세 명의 이름이 적혀 있었다. 클로이 노드, 크리스틴 프랭크, 메러디스 디키. 셋 다 이 지역에서 활동하는 출산 도우미다. 페이스북에 지역 엄마들이 모인 여러 그룹에서 평이 좋았고, 내가 임신을 해서 도우미를 찾고 있다면 고려할 법한 사람들이었다.

비아는 엄청 화가 났을 것이 뻔해 그쪽은 쳐다보지 않았다. 메러디스의 이름을 꺼내다니 너무 위험한 짓을 했다고, 지나쳤다고 할 것이었다. 선을 넘었다고 말이다.

하지만 이제 거의 다 온 것이나 다름없다. 이대로 포기할 수는 없었다. 닥터 파인골드에게 물었다. "제가 만약 출산 도우미를 고용한다면 이 중에 누굴 추천하시겠어요?"

닥터 파인골드가 리스트를 한참 들여다봤다. 고민하고 있었고, 그런 모습이 고맙기도 했지만 솔직한 의견을 기대하기는 어렵다. 각별히 주의를 기울여 말하려고 고민하는 것이다. 실언을 하고 싶지 않은 것이리라. "굳이 도우미가 필요할 것 같다면요." 굳이, 라는 데 힘주어 말했다. "첫 번째랑 두 번째 중에 한 사람이 좋겠군요. 하지만 디키는……" 손으로 종이를 두드리는 모습을 보며 메러디스에 대한 험담을 할 거라 생각했다. "메러디스 디키는 제가 잘 모르는 사람이라서요." 종이를 내게 다시 건네주고는 검사를 준비했다.

거짓말을 하고 있다. 새빨간 거짓말. 그는 메러디스를 안다.

닥터 파인골드는 내게 다시 한번 진찰대에 누우라고 했다. 이번에는 좀 더 강압적인 말투였다. 나도 모르게 옆이 트인 검진복을 꼭 움켜쥐었다. 입안이 씁쓸했다. 진찰대에 누워 방어적으로 무릎을 붙였다.

의자에 앉은 비아가 무의식적으로 몸을 앞으로 기울였다. 비아의 움직임을 감지한 의사가 말했다. "친구가 바깥에서 기다리시는 게 환자분이 더 편하지 않을까요?"

무리한 요구는 아니었다. 비아가 내 친구라면, 일반적인 친구였다면 나도 그녀에게 알몸을 보이고 싶지 않았을 테니까. 비아가 골반 검사를 코앞에서 지켜본다니 민망스러운 일이다. 그렇지만 파인골드와 단둘이서만, 그것도 발가벗은 채로 그의 손이 내 안을 헤집을 걸 생각하니 소름이 끼쳤다. 비아가 나가선 안 된다.

"제가 기억력이 안 좋아서요." 두려움에 마른침을 삼키며 떨리는 목소리로 말했다. 긴장감을 더는 감출 수가 없었다. "제가 선생님께 물어봐야 하는 것들을 혹시나 빼먹으면 짚어 달라고 친구에게 부탁했거든요. 저 친구는 애가 셋이예요. 임신에 대해서는 잘 아는 친구죠. 저는 임신이 처음이거든요." 유산을 했을지도 모를 역할답게 목소리 톤을 낮췄다.

비아가 몸을 돌려 다른 곳을 바라봤다.

닥터 파인골드는 내게 진찰대 아래로 바짝 내려와서 두 발을 발걸이에 올리라고 손짓했다. 그의 앞에서 다리를 벌린 채 누웠다. 닥터 파인골드가 두 손을 내 무릎에 올렸다. 다리를 좀 더 벌리게 하고는 보이지 않는 곳으로 손을 가져갔다. 등을 댄 채로 누운 상태였다. 그가 뭘 하는지 볼 수가 없었다. 나는 눈을 감고 다른 곳에 있다는 상상을 했다. 내 산부인과 의사는 검진 내내 설명해준다. 매번 처음 검사받는 환자에게 하듯 말이다. 약간 불편하실 거예요. 미리 주의를 준다. 힘을 빼고 몸을 편안히 해주세요, 케이트. 달칵하는 소리가 들릴 겁니다.

닥터 파인골드는 아무 말도 하지 않았다. 마음의 준비를 하기도 전에 차가운 질경이 들어와 달칵거리며 벌어졌고, 미처 예상치 못한 불편함에 통증을 느낀 나는 숨을 참았다. 닥터 파인골드는 시야를 확보하기 위해 차가운 금속 기구의 위치를 조정했다. 눈을 크게 뜬 채로 피가 날 때까지 아랫입술을 꼭 깨물었다.

순식간에 기구가 제거되었고, 안도할 새도 없이 불쑥 그의 손가락이 들어오더니 이리저리 더듬고, 다른 한 손으로는 복부를 눌렀다. 그에게는 일상적이고도 기계적으로 행하는 일이겠지만 내게는 참을 수 없을 정도로 끔찍한 일이었다. 어쩌면 살인을 저지른 손일지도 모른다고 생각하자 순식간에 얼굴이 뜨거워졌다. 강기슭에서 사망한 지 며칠이나 지나 발견된 셸비를 다시 한번 떠올렸다. 어쩌면 이 남자가 한 생명을 앗아갔을지도 모른다. 이 남자가 아무것도 모르는 아이에게서 엄마를 빼앗았을지도 모른다.

갑자기 귀에서 이명이 들리고 시야 주변이 점차 어두워져 이대로 의식을 잃는 게 아닌가 생각이 들었다. 나도 모르게 다리를 오므리자 닥터 파인골드는 다리를 벌리라고 날카롭게 말하며 치과 진료를 받는 네 살짜리 아이에게 말하듯 얌전히 있어야 빨리 끝난다고 덧붙였다.

"케이트, 괜찮아?" 간신히 눈물을 참고 있는 나를 향해 비아가 물었다. 괜찮다고 겨우 대답했다. 내 위치에서는 비아가 보이지 않았지만 그녀의 목소리에서 내가 느끼는 것과 같은 종류의 공포와 혐오감을 감지할 수 있었다.

진찰을 마친 그는 불쑥 손을 빼고는 내게 바로 앉으라고 말했다. "피검사 결과가 나와야 좀 더 정확히 알 수 있습니다." 심드렁하게 말했다.

"무슨 말씀이세요?" 앞섶을 여미고 다리를 가운으로 가리느라 허둥대며 자리에 앉았다. 닥터 파인골드는 떨리는 내 손에 시선을 멈췄다.

"자궁에 변화가 나타나기에는 아직 이른 것 같군요." 그가 말했다.

"그럼 자궁에 변화가 없다는 말씀이죠? 제가 임신이 아니라는 거죠? 유산되었거나 임신테스트기 이상일 수 있다고 생각하시는 거잖아요." 두려움, 충격, 혐오감은 짜낼 필요가 없었다. 이미 실제로 느끼고 있었으니까.

"곧 간호사가 와서 혈액을 채취할 겁니다. 지금으로서는 뭐라고 예단하고 싶지 않군요. 확실히 알게 되면 그때 말씀드리죠. 혈액 검사 결과를 보고 앞으로 어떻게 진행해야 할지 결정합시다. 좀 더 정확해질 때까지는 출산 도우미와 미팅하는 걸 미루시는 게 좋겠습니다." 그는 이렇게 말하고는 진료실에서 나갔다.

메러디스

11년 전

4월

셸비 티보의 출산이 예정보다 2주 일찍 시작되었다. 한밤중에 전화가 왔다. 셸비의 핸드폰으로 남편 제이슨이 전화를 건 것이었다. 진통 간격이 짧아졌다. 제이슨에게 병원으로 출발하라고 했다. 거기서 만나자고.

제이슨을 처음 만나는 자리였다. 내가 예상했던 거의 그대로, 목소리만 빼고. 셸비의 문밖에서 들었던 목소리가 아니다. 집에 있었던 남자는 제이슨이 아니라 다른 사람이었다. 셸비에 대해 내가 알고 있던 모든 것이 의심으로 변했다.

입원을 해야 할지, 집으로 가서 진통 간격을 더 지켜봐야 할지 정하기 위해 먼저 간호사가 검사를 했다. 입원 전에 검사를 하는 것은 당연한 절차지만 집으로 돌아갈지도 모른다는 말에 제이슨이 흥분했다. 제이슨이 간호사에게 화를 냈다.

"진정하세요." 간호사가 말했다. 제이슨은 셸비를 검사하는 간호사에게 너무 바짝 붙어 서 있었다. 간호사가 뒤로 물러나라고 말했다. 검사해보니 셸비의 자궁문이 5센티미터가량 열려 있었다. 진통 간격은 4분이 안 되었다. 셸비는 입원 수속을 진행하고 환자복으로 갈아입은 후, 병실을 배정받았다.

조금 지나자 닥터 파인골드가 병실로 들어왔다. 닥터 파인골드와 일할 기회가 한번도 없었다. 하지만 그의 평판만은 익히 들었다. 거만하고 타협할 줄 모르는 사람이라고. 그가 나를 병실 구석으로 몰아내려 했다. 나는 꿈쩍도 하지 않았다. 셸비는 그의 환자일 뿐만 아니라 내 고객이기도 하다.

의사는 진행 상황을 확인하려 했다. 자궁경부에 손가락을 집어넣었다. 초진을 봤던 간호사보다도 훨씬 거친 손길이었다. 침대 위에서 셸비가 몸을 움찔했다. 무릎에 힘이 들어갔다. 그의 손에서 벗어나려고 했다.

"가만히 있어야 합니다." 환자에게 상당히 무관심한 태도였다.

"아파요." 셸비가 훌쩍였다.

셸비의 통증을 별것 아닌 듯 말했다. "아픈 검사가 아닙니다." 이렇게 말하고는 하던 일을 계속했다. 의사야 알 수 없다. 그는 내진을 받아본 적이 없을 테니까. 셸비가 몸을 움직였다. 그는 가만히 있어야 한다고 말했다. 얌전히 있어야 빨리 끝난다고 말이다. 환자를 어린애 취급했다. "끝났습니다." 닥터 파인골드가 라텍스 장갑을 잡아당기며 말했다. "별로 안 힘들었죠?"

셸비는 그가 있는 쪽을 쳐다보지도 않았다.

닥터 파인골드는 태아의 심장박동을 지속적으로 모니터하는 기계를 사용하지 않았다. 도플러 장비를 사용했다. 도플러를 쓰는 산부인과 의사들이 많다. 모니터링 기계는 고위험 산모가 아니라면 꼭 필요한 것은 아니다. 하지만 도플러와 같은 간헐적 청진법은 말 그대로 간헐적으로만 심박을 확인할 수 있고, 닥터 파인골드와 분만 간호사의 각별한 성실함이 요구된다. 오늘은 병원이 무척 바빠 닥터 파인골드의 다른 환자 한 명을 포함해 분만 중인 산모가 많았다. 간호사는 "오늘 보름달이 떴나 봐요"라고 말했다. 전혀 근거 없이 전해져 오는 미신일 뿐이다. 보름달이 아니라 기압의 변화로 진통이 시작될 수는 있다. 보름달이 떴다는 것보다는 차라리 폭풍이 다가오고 있다고 생각하는 편이 이치에 맞다.

닥터 파인골드가 병실 문 쪽으로 향했다. 병실을 나서기 전에 나를 불러 복도에 잠시 나와 달라고 했다. 우리가 마치 한 팀이라도 된 듯 은밀하게 말했다. "당신 뜻대로는 되지 않을 겁니다." 그는 이죽거리며 내게 물었다. "관심병 환자라는 게 이런 건가요?"

너무 충격을 받아 처음에는 아무 말도 하지 못했다. 눈을 크게 뜨고 입을 벌린 채로 바라만 보고 있었다.

간신히 숨을 고르고 입을 열었다. "제게 항상 산부인과 의사를 추천해 달라는 고객이 많은데요. 당신만큼은 누구에게도 추천하고 싶지 않군요, 닥터." 닥터 파인골드와 일해본 적이 있었다면 진즉 셸비에게 다른 사람을 알아보라고 했을 것이다. 내가 함께 일하지 않는 의사, 가지 않는 병원의 리스트를 기록 중이었다. 닥터 파인골드 또한 막 이 리스트에 오른 셈이다. 의학 학위가 있으니 본인이 우위에 있다고 생각하는 모양이다. 절대 그렇지 않다.

그가 사라진 후 나는 셸비의 곁으로 돌아갔다. 셸비가 말했다. "저 의사 정말 싫어요."

"신경 쓰지 말아요. 예쁜 아기와 앞으로 아이와 함께할 시간만 생각해요. 거의 다 끝나가요, 셸비."

한 시간이 지나지 않아 간호사가 셸비의 진행 상황을 점검하러 왔다. "벌써요?" 내진을 하려는 간호사에게 물었다. 내진을 또 하기에는 너무 이른 것 같았다.

"주치의 선생님이 확인하라고 하셔서요." 간호사는 셸비에게 다가갔다. "잠시 볼게요." 무릎을 세워 다리를 벌리라는 몸짓을 했다. 셸비는 간호사가 시키는 대로 자리를 잡았다. 거부해도 된다는 것을 셸비는 모르고 있다. 내가 알고 있는 사실을 셸비는 몰랐다. 분만 중 내진에 관해 입증된 연구 결과가 없다. 또한 이 검사가 100퍼센트 정확한 것도 아니다. 사람마다 측정하는 바가 다르기도 하고, 한 시간마다 진행해서도 안 된다.

"괜찮아요, 셸비?" 내 고객의 동의 없이 간호사가 산모의 몸을 만질 수 없도록 손으로 가로막았다. "간호사가 자궁경부를 검사해도 될까요? 자궁문이 얼마나 열렸나를 확인하는 과정이에요. 좀 전에 닥터 파인골드가 검사한 것처럼요." 정확한 정보를 알고 있는 상태에서 검사에 동의하는 것이 중요했다. 자신이 무엇에 동의하는지 분명히 알아야 한다.

셸비가 몸을 움츠렸다. 우는소리를 했다. "아까처럼 아플까요?"

"그럴 수도 있어요. 그렇지 않을 수도 있고요. 셸비가 결정할 수 있어요. 원치 않으면 간호사가 검사하지 않을 거예요." 내 말에 간호사가 언짢은 얼굴을 했다. 셸비는 고민했다. 이내 마음을 결정한 듯 보였다. 나를 바라보며 작게 고개를 저었다. "지금은 말고요. 원치 않을 땐 안 했으면 좋겠어요."

"아직 한 시간도 안 되었잖아요." 간호사에게 말했다. "내진 간격이 너무 짧아요."

간호사가 병실을 나섰다. 내게 불만이 있어 보였다.

셸비가 물었다. "다시 안 오면 어떡하죠?"

진통 중인 산모는 누구의 심기도 거스르고 싶어 하지 않는다. 누구보다 의료진이 필요한 입장이니까. 이런 연유로 편의성이나 효율성을 위해 출산 중 산모에게 불필요한 행위가 가해지는 게 문제다. 출산 도우미 일을 하며 보디가드 역할을 해야 할 때가 많다.

셸비를 안심시켰다. "올 거예요."

셸비는 진통을 잘 견디지 못했다. 고통에 대한 한계치가 낮았다. 나는 셸비의 옆에 앉았다. 호흡하며 진통을 이겨낼 수 있도록 도왔다. 통증에 사무친 나머지 호흡을 제대로 하지 못했다. 무통 주사를 놔달라고 했다. 마취과 의사를 불렀지만 당장 올 수가 없었다. 지금 당장 통증을 완화해줄 무언가가 필요했지만 셸비는 기다려야만 했다.

"도대체 뭣 때문에 이렇게 오래 걸리는 거야?" 제이슨이 물었다. 그는 병실 안을 서성거렸다. 제이슨에게 침착하라고 말했다. 화를 내는 것은 아무런 도움이 되지 않는다고 작게 말해주었다. 셸비를 위해 침착한 모습을 보여야 한다.

주사제가 도착했다. 주사를 놓을 동안 제이슨은 병실 밖에서 잠시 기다려 달라는 안내를 받았다. 제이슨은 화를 냈다. 제이슨을 데리고 복도로 나갔다. 복도에서 그에게 카테터를 셸비의 경막외 공간으로 삽입해야 하기에 무균 환경에서 진행되어야 한다고 설명했다. 남편이 골칫거리가 될 때가 많다. 주삿바늘을 보고 호들갑을 떠는 아빠들이 많으니까. 셸비가 움직이는 바람에 예상보다 시술이 길어졌다. 시간이 길어지자 제이슨이 흥분하기 시작했다. 분만 대기실로 들어가려는 그를 몸으로 막아야 했다.

무통 주사로 분만 진행 속도가 느려졌다. 셸비는 허리 아래로는 거의 마비 상태였다. 나는 침대 끝에 걸터앉았다. 셸비의 눈가에 흐트러진 머리카락을 넘겨주었다. 얼음이나 마사지가 필요한지 물었다. 둘 다 거절한 셸비는 잠을 자고 싶다고 했다. 좋은 생각이다. 휴식을 취해야 한다.

셸비가 잠들자 제이슨 티보가 내게 말을 걸었다. 냉소적이고 적대적인 사람이었다. 욕설을 자주 내뱉었다. 하지만 그는 내가 예상했던 괴물은 아니었다. 따뜻한 면이 있었다. 셸비에게는 다정했다. 보기 좋은 모습이었다. 욱하는 성격이지만 그가 셸비를 몹시 사랑하는 것만은 확실했다.

제이슨이 침대 끝으로 다가갔다. 잠이 든 셸비의 얼굴을 지켜봤다. 머리를 쓰다듬어 주고, 셸비의 손을 잡았다. "아버지가 안 계셨어요. 다섯 살 때 집을 떠나서 재혼하고 아이도 낳았어요. 몇 년간은 집으로 크리스마스랑 생일 선물이 왔는데. 그 이후로는 소식이 없죠." 슬퍼 보였다. "저는 더 좋은 아빠가 되려고요." 그가 다짐하듯 말했다.

"그럴 거예요." 내가 말했다. 그가 손을 뻗어 셸비의 배를 어루만졌다.

"할 수만 있다면 제 아이들에게 무엇이든 해주고 싶어요."

그에게 말했다. "제이슨 씨도 마찬가지일 거예요."

"뭐 하나 말씀드려도 됩니까?" 그가 물었다.

"그럼요."

"셸비가 저를 떠날 것 같아요. 떠날 때 제 아이도 데리고 가겠죠."

"왜 그런 말을 하는 거예요?" 내가 물었다. 묻지 말았어야 했다. 말을 하자마자 후회했다. 내가 관여할 일이 아닌데. 두 사람의 결혼 생활에 끼어들어선 안 되었다.

"셸비가 바람을 피우고 있어요. 외도 중인 걸 알고 있죠." 나도 안다. 아니 아는 것 같다. 내가 방문했던 날 집에 다른 남자가 있었다. 계단 위에서 셸비를 찾던 남자. 셸비는 내가 당장이라도 가길 바라는 사람처럼 굴었다. 제이슨이 내가 온 걸 보고 화를 낼까 봐 그런 게 아니었다. 외도 중인 남자의 품에 돌아가기 위해서였다. 셸비가 다르게 보였다. 두 사람의 결혼 생활은 완벽과는 거리가 멀었다. 제이슨에게 모든 책임이 있는 것은 아니라고 생각한다. 두 사람 다 잘못이 있다. 남편에 대해 그녀가 어떤 뉘앙스로 내게 말했고, 그로 인해 내가 어떤 결론을 내렸는지 새삼 생각했다. 그가 셸비를 때린다고 생각했다. 그녀의 말이 어느 정도 진실일 수도 있을까? 아니면 이혼을 위한 사전 작업일까? 판사가 제이슨이 셸비에게 가학적으로 대했다고 판단하면 양육권과 위자료 판단이 크게 달라질 수 있다. 가정폭력 혐의가 있다면 셸비에게 유리한 쪽으로 판이 기울 것이다.

하지만 이건 다 내 생각일 뿐이다. 사실이 어떤지는 아무도 모른다. 참지 못하고 물었다. "어떻게 알게 된 건데요? 셸비가 말했나요?"

"그럴 필요도 없어요." 그는 그냥 안다고 말했다.

"셸비와 이야기해봤어요?"

그는 고개를 저었다. 나를 바라봤다. 두 눈에 분노와 슬픔이 뒤섞여 있었다. 침울해진 얼굴로 말했다. "보통 어떻게 진행되는지 대충은 압니다. 이혼하면 엄마가 아이를 키우잖아요. 셸비가 절대로 내 아이를 데려가지 못하게 할 겁니다."

"부친도 권리가 있어요." 말은 그렇게 했어도 양육권은 보통 엄마에게 간다.

"2주에 한 번씩 보는 걸로는 부족합니다." 그가 말했다.

"좀 더 시간을 갖고 생각해봐요, 제이슨. 셸비와 대화를 해야 해요. 어쩌면 잘못 알고 있는 걸 수도 있고요. 임신은 힘든 일이에요. 크게 오해를 하고 있는 건지도 몰라요. 다른 남자가 생겨서가 아니라 호르몬 때문에 낯설게 느껴질 수도 있어요."

"내가 무슨 머저리인 줄 알아요?" 그가 말했다.

마른침을 삼켰다. 순식간에 돌변하는 모습에 긴장이 됐다. 나는 목소리를 낮추고 몸을 뒤로 물렸다. 물론 그가 실제로 폭력적인 모습을 보인 적은 없지만. 말만 거칠게 하는 쪽이었다. "그런 뜻이 아니에요."

"제 아내는 외도를 하고 있어요. 만약 아내가 저를 떠나기로 결심한다면 절대로 아이는 내어주지 않을 겁니다."

조금 후에 셸비가 잠에서 깼다. 간호사가 와서 셸비의 상태를 확인했다. 자궁문이 열린 정도나 경부 길이에 그리 변화가 없었다. 좀 더 기다려야 했다.

진행이 더디자 의사가 촉진제를 처방했다. 곧, 셸비가 진통을 느꼈다. 제이슨이 의아해했다. "망할 놈의 무통 주사가 듣지 않잖아요. 아무것도 못 느껴야 하는 거 아닙니까?" 그가 물었다.

"무통 주사를 맞아도 분만이 진행될수록 수축은 점차 심해져요."

"의사를 불러요. 어떻게 좀 해보라고 해요." 그가 말했다.

"지금은 자궁 수축을 느껴야 해요. 그래야 셸비가 아이를 밀어낼 수 있어요." 이 말을 끝으로 그를 등졌다. 지금은 남편을 달래는 게 아니라 셸비가 힘을 낼 수 있도록 돕는 데 에너지를 쏟아야 했다. 다시 한번 호흡에 집중시키려 해도 셸비가 극도로 지쳐 있었다.

자궁문이 10센티미터 열리자 자궁 수축으로 자연스럽게 아이가 좀 더 내려오길 바라는 간호사는 셸비에게 잠깐 힘을 주지 말고 참아보라고 말했다. 하지만 자궁 수축은 참아내기 어렵다. 낭상이라도 아기를 빌어내고 싶은 강렬한 욕구에 휩싸인다.

힘을 줘야 할 때가 되자 셸비에게 호흡법에 대해 설명하며 효과적으로 아이를 밀어내는 법을 알려줬다. 도저히 못 하겠다고 비명을 지르는 셸비에게 이미 잘하고 있다고 말해주었다. "셸비, 지금 잘하고 있어요. 지금처럼 하면 돼요." 격려의 미소를 지어주었다.

제이슨이 당장이라도 쓰러질 것 같은 얼굴을 하고 있어 복도로 나가 있는 게 좋겠다고 했다. 제이슨은 내 말을 따랐으나 몇 분이 지나자 다시 병실로 들어왔다.

힘을 쓰는 셸비의 입에 얼음 조각을 넣어주었다. 분만 시간이 길어졌다. 무통 주사를 맞은 초산의 경우 으레 세 시간에서 그 이상이 소요된다. 엄마나 아기가 지나치게 스트레스를 받는 상황이 아니거나, 엄마가 너무 지쳐 힘을 주기 어려운 상황이 아니라면 이 정도의 진통 시간은 괜찮다.

닥터 파인골드가 병실로 돌아왔을 즈음에는 셸비가 완전히 기진맥진한 상태였다.

환자들은 닥터 파인골드가 단독으로 환자를 보는 의사라는 점을 만족스럽게 여긴다. 여러 의사가 돌아가며 환자를 보는 시스템이 아니다. 환자로서는 안심이 된다. 출산할 때 변수를 걱정할 필요가 없으니까. 다른 곳은 열 명이 넘는 산부인과 의사가 한 팀으로 운영된다. 출산 때 환자가 원하는 의사가 배정될 수도 있고 그렇지 않을 수도 있다. 어쩌면 완전 처음 보는 의사의 손에서 출산을 진행하기도 한다. 많은 산모가 걱정하는 지점이다. 때문에 환자들은 터무니없는 일이 발생하지 않을 닥터 파인골드 같은 의사를 선택하는 것이다. 닥터 파인골드라면 변수가 별로 없을 테니까. 경력만 해도 수십 년이 넘는 의사였다.

닥터 파인골드가 셸비에게 가장 먼저 한 말은 "힘을 더 많이 줄수록 금방 끝날 겁니다"였다. 꼭 그런 건만은 아니다. 셸비가 아무리 아기를 밀어내려 해도 아이가 내려오지 않는 것은 그녀의 잘못이 아니다.

"못 하겠어요." 셸비가 비명을 질렀다. 이마에서 떨어진 땀이 뺨을 따고 흘러내렸다. "애 좀 꺼내주세요." 그녀가 소리쳤다.

내 옆에 선 제이슨도 화가 난 상태였다.

나는 닥터 파인골드를 불러 셸비가 더는 못 할 것 같다고, 이미 너무 지쳐있다고 말했다. 셸비는 제왕절개에 거부감이 없다. 우선순위로 고려하진 않았다. 하지만 필요하다면 수술을 하겠다는 입장이었다. 산모가 너무 지쳐 있고, 분만 시간도 너무 길어지고 진행이 더뎠기에 내가 보기엔 수술이 필요할 것 같았다.

파인 골드는 내 걱정을 무시했다. "의사는 접니다." 병실에 있는 사람들이 전부 들을 정도로 큰 소리로 자신의 위치를 상기시켰다. 나를 노려보며 이렇게 말했다. "의사 생활을 30년 넘게 했습니다. 그쪽이 내가 모를 의학 학위라도 있는 게 아니라면 내게 맡기는 게 어떨까요."

그러고는 내 곁을 떠나 셸비에게 다가갔다. "게다가." 누구에게 하는 말인지 모호하게 말했다. "제왕절개를 하면 이상한 흉터가 남아요. 그걸 좋아할 사람은 없을 겁니다."

건강한 아이. 출산 계획을 세우며 그녀가 내게 부탁했던 건 단 하나였다.

제왕절개 대신 닥터 파인골드는 겸자로 아이를 꺼내는 쪽을 택했다. 닥터 파인골드처럼 나이 든 의사가 아니고서야 겸자를 쓰는 의사들은 거의 없다. 겸자를 사용하는 데 따르는 위험이 있어서다. 닥터 파인골드는 이 위험성에 대해 셸비나 제이슨에게 알리지 않았다. 그저 셸비가 듣고 싶어 하는 소리만 늘어놨다. 아이를 지금 바로 꺼낼 수 있다고 말이다.

하지만 이게 다가 아니었다. 그는 셸비에게 정확한 설명과 함께 시술에 동의할 기회조차 주지 않고 무작정 가위로 회음부를 절개했다. 출산 과정에서 회음부가 자연스럽게 찢어지도록 두는 게 아니라 직접 절개했다. 요즘 회음부 절개는 당연한 절차가 아니라 예외적인 처치로 인식되고 있다. 설사 절개를 한다 해도 성관계 시 통증부터 대변 실금까지 일어날 수 있는 부작용을 산모에게 정확히 알려야 한다. 의사의 행동에 소스라치게 놀랄 수밖에 없었다.

"닥터." 무례하게 들릴 수 있을 호칭으로 그를 불러 세웠지만 이미 절개를 마친 상황이었다.

그가 셸비의 곁을 지키던 나를 무섭게 노려봤다. "복도에서 기다리시겠습니까?" 그가 물었지만, 나는 꼼짝도 하지 않았다.

의사는 셸비를 쳐다보지도 않고 말을 이었다. "이제 아이를 꺼내겠습니다. 괜찮죠?" 다음 진통이 시작되자 셸비가 비명을 질렀다. 거기에 대고 닥터 파인골드는 농담을 했다. "괜찮다는 대답으로 듣겠습니다." 거만하게 말했다. 그의 말에 화가 나 참을 수가 없었다. 싫다는 말을 하지 않았다고 해서 **좋다**는 뜻은 아니다. 나는 고객들이 자신의 의사를 밝힐 수 있는 문화를 만들기 위해 지금껏 최선을 다해 싸워왔다. 특히나 지금처럼 셸비가 약자이고 닥터 파인골드가 강자인 상황에서는 더더욱 말이다. 출산은 어떻게 행해지든 위험이 따른다. 나야 그 사실을 알고 있다. 하지만 보통의 경우 산모에게 이런 위험을 알려주어야 한다. 산모에게 주어진 선택지들을 따져볼 기회가 주어져야 한다.

닥터 파인골드가 겸자를 준비하는 모습이 보였다. 가만히 입 다물고 있지는 않을 생각이었다. "겸자를 써서 출산을 하면 여러 부작용이 있을 수 있어요, 셸비." 다급하게 말했다. 침대 옆에 서서 그녀 쪽으로 몸을 기울였다. 셸비의 눈을 바라봤다. 완전히 지쳐 있었다. 셸비가 얼마나 탈진했는지 느껴졌다. 아이를 낳을 수만 있다면 무엇이든 할 것 같았다. "최악의 상황으로는 뇌 손상, 두개골절, 사망까지도요. 진행하기 전에 셸비가 알아야……."

닥터 파인골드가 내 말을 잘랐다. "셸비가 고용한 출산 도우미는." 잘난 척을 하며 비하하듯 말했다. "의료인으로서 훈련을 받은 적이 없죠. 도우미 말을 듣겠습니까, 제 말을 듣겠습니까?"

또 한 번의 진통이 찾아오자 셸비가 몸부림쳤다. "얼른 아기를 꺼내요!" 소리를 질러댔다.

닥터 파인골드는 셸비의 말이 시술에 대한 동의라고 여겼다. 겸자로 아이의 머리를 감쌌다. 다음 진통 때 아이를 꺼낼 테니 그에 맞춰 힘을 주라고 했다. 의사가 아이를 잡아당기자 셸비는 무통 주사에도 불구하고 몸이 반으로 갈라지는 것만 같은 극심한 고통에 비명을 질렀다.

이제 막 세상에 나온 아이의 울음소리가 들리지 않았다. 가장 먼저 든 생각은 아이가 오래 버티지 못할 거라는 거였다.

케이트

11년 전

5월

　"메러디스에 대해서 물어볼 거라고 미리 이야기를 했어야
지." 주차장을 가로지르며 걷던 중 비아가 내게 소리를 질렀다.
비가 무섭게 내리고 있는 탓에 주차장 곳곳에 물웅덩이가 생겨
걸음을 옮길 때마다 사방에 튀는 빗물로 발과 다리가 흠뻑 젖었
다. 조금이라도 비를 덜 맞아 보려고 갖은 방법을 썼다. 비아는
재킷을 벗어 머리 위를 가렸다. 나는 가방으로 가려보려 했지만
천 가방이라 별 도움이 되지 않았다. 비가 가방에 스며들어 아
무리 가려봐도 몸이 다 젖었다.

　메디컬 빌딩 뒤편으로 고속도로가 있다. 교통량이 많고 시끄
러운 곳이다. 비가 많이 내려 교통체증이 더욱 심해졌다. 빗소
리는 오가는 차량 소음만큼 시끄러웠다. 길이 미끄러웠다. 비가
내리면 운전자들은 참을성이 없어진다. 몇 초에 한 번씩 빵·빵거

리는 경적이 울렸다.

비아는 화가 났지만 그 때문에 소리를 지른 것은 아니었다. 소음 때문에 목소리가 커진 것이다.

"왜 그러는 거야?" 차에 도착하며 내가 물었다. 나는 비가 들이치기 전에 재빨리 운전석에 올라탔다.

검진 때문에 온몸이 쑤셨다. 기분이 더럽고 역겨웠다. 얼른 집에 가서 샤워를 하고 옷을 갈아입고 닥터 파인골드의 손길을 몸에서 지워내고 싶었다.

비아는 반대편 조수석에 올라 문을 쾅 닫았다. 나를 보며 말했다. "알았다면 말렸을 테니까. 그냥 한번 보고싶다고 했잖아, 케이트. 메러디스에 대해 물으러 간다고는 말 안 했다고."

비아가 숨을 몰아쉬었다. "그 의사, 별로야." 나도 느꼈다. 설사 그가 셸비를 죽이지 않았다 해도, 메러디스에게 어떤 짓을 벌이지 않았다 해도 좋은 사람처럼 보이진 않았다. 오만하고, 무신경하며 까칠했다.

시동을 걸고 차를 움직였다. 비가 퍼붓고 있었다. 앞 유리창 와이퍼가 좌우로 바삐 움직였다. 와이퍼가 폭우를 감당하지 못했다. 주차장에서 거리로 나가는 동안 앞이 거의 보이지 않았다. 뒤차 앞으로 너무 갑자기 끼어들고 말았다. 운전자가 경적을 길게 울리자 병원에서의 일 때문에 안 그래도 기분이 언짢았던 나는 신경이 더욱 곤두섰다. 보통 때라면 속도를 높여 달리겠지만 도로가 너무 젖어 있는 상태라 그럴 수 없었다. 속도를 올리기까지 도로에 적응할 시간이 필요했다.

"조심해, 케이트." 답답했는지 뒤차가 차선을 변경하더니 우리를 앞질렀다. 이런 날씨에 조금도 개의치 않는 모양이었다.

차창에 김이 서렸다. 소매로 뿌옇게 가려진 앞 유리를 닦아냈다. 앞뒤 유리에 성에 제거 장치를 가동시켰다.

"네가 뭐라고 할지 아니까 말 안 한 거야."

"그게 뭔데?" 비아가 젖은 재킷을 뒷좌석에 던지며 물었다.

"하지 말라고."

"잘 아네. 의료 과실 소송 중인 사람이라고. 메러디스가 증인이고. 메러디스가 그 의사를 폭로하려고 했어. 셸비나 메러디스에게 벌어진 사건과 관계없이 네가 메러디스 이름을 꺼내면 그 사람이 뭔가 눈치챌 거라는 생각은 안 해봤어? 우리 집 주소도 알게 되었잖아, 케이트. 네가 알려줘서. 서류에다 적어서 말이야. 우리가 메러디스 옆집에 산다는 걸 알면 메러디스와 같이 뭘 꾸민다고 생각할 거라고."

"근데 그 사람 반응 봤지?" 희뿌연 유리창 사이로 앞을 내다보려 애쓰고 있었다. 차창에 서린 김이 더딘 속도로 걷혔다. 겨우 10센티미터 정도 생긴 틈으로 내다보느라 몸을 앞으로 기울였다. 잠깐 어디에 차를 대고 비가 그치길 기다릴까도 생각했다. 하지만 지금 당장은 집에 들어가 현관문을 걸어 잠그고 싶었다. 샤워를 하고 싶었다. 깨끗한 옷으로 갈아입고 싶었다. 차 안이 추웠고 뼛속까지 비에 젖은 기분이었다. "내가 메러디스에 대해 물어봤을 때 그 사람이 뭐라고 하는지 봤지? 거짓말을 했어, 비아. 메러디스를 알면서도 들어본 적 없는 이름이라고.

메러디스한테 무슨 짓을 한 게 아니라면 왜 그런 거짓말을 하겠어?"

"글쎄. 어찌 되었건 말야." 한결 부드러워진 탓에 비아의 목소리가 퍼붓는 빗소리에 묻혀 잘 들리지 않았다. 단순한 비가 아니라 우박이 떨어지고 있었다. 칼처럼 차 천장을 매섭게 찔러댔다. "이제 아마추어 탐정 놀이는 그만하고 경찰에 맡기자. 일이 너무 커지고 있어." 비아는 겁에 질린 듯했다. 비아는 강하고 두려움을 모르는 우리 집 리더다. 그녀가 두려워하는 모습을 본 적이 없었다.

"알아." 이런 짓을 벌여서, 비아를 걱정시켜서 미안한 마음이 들었다. "그러지 말았어야 했는데. 메러디스 이야기를 꺼내면 안 됐는데. 내가 멍청한 짓을 벌였어." 말은 이렇게 했지만 내심 잘했다는 생각이었다. 내가 바라던 답을 얻었으니까. 내가 목표했던 결과를 얻고 병원에서 나왔으니까. 이 남자는 다른 사람을 충분히 해칠 수 있는 인간이라는 본능적인 느낌말이다.

뒤창에 서린 김이 조금씩 가시고 있었다. 그러자 내 뒤를 따라오는 헤드라이트가 보일 정도로 시야가 확보되었다.

처음에는 별생각이 없었다. 그저 운전자가 속도를 좀 늦췄으면 하는 생각이었다. 도로가 젖었다. 미끄러웠다. 제한 속도 내로 달리는 데도 핸들을 꽉 잡은 손으로 미끄럽고도 종잡을 수 없는 도로의 표면이 고스란히 전해졌다. 비가 어찌나 무섭게 내리는지 와이퍼가 그 속도를 따라가지 못했다. 때문에 아예 보이지 않는 것은 아니라도 시야가 제한적이었다. 앞차의 미등을 쫓으며 차선 중앙으로 달리려고 집중했다. 차선이 보이질 않아 내가 흰 선을 양옆에 두고 잘 가고 있는 것인지, 아니면 차선을 넘어 마주 보는 방향에서 오는 차 쪽으로 향하고 있는 것인지 분간이 잘되지 않았다. 조금도 가늠이 되질 않아 반대편 차선에서 차가 달려올 때마다 숨도 못 쉬고 제발 부딪히지 않기를 간절히 바랐다. 앞차와 안전거리를 유지했다. 운전자가 급브레이크를 밟을 수도 있고, 앞차의 타이어에서 튀는 물보라에 시야가 가려져 거리를 두는 편이 안전했다.

뒤차도 안전거리를 유지해주길 바랐다. 하지만 뒤차 운전자는 나를 받을 것처럼 쫓아오고 있었다. 비가 오면 운전자의 본성이 드러난다.

속도를 높여 차간 거리를 벌리려고 했지만 뒤차도 속도를 높이며 바싹 따라왔다. 어떤 차인지 잘 보이지는 않았다. 비가 너무 세차게 내렸다. 자동차 불빛이나 신호등 외에는 아무것도 보이지 않았다.

"왜 그래?" 내가 동요하는 것을 눈치챈 비아가 물었다.

"머저리 같은 운전자가 뒤에 너무 바싹 붙어 와서."

비아가 사이드미러를 흘끗 쳐다봤다. "신경 쓰지 마. 원하면 알아서 추월해 갈 거야."

비아는 내내 이야기를 했다. 아마도 닥터 파인골드와의 일을 말하는 것 같은데 정확히 무슨 이야기인지 귀에 잘 들어오지 않았다. 의도치 않게 그녀를 차단하고 있었다. 뒤에 있는 차에 온 신경이 쏠렸다. 패닉에 빠지지 않으려고 마음을 가다듬으며 비아의 말처럼 저 차가 왼쪽 차선으로 변경해 우리를 앞지르길 바랐다. 신경이 과민해지다 못해 팽팽하게 곤두섰지만 속도를 높일 엄두는 나지 않았다. 물론 내가 속도를 올리는 만큼 뒤차도 그럴 테니 달라질 것은 없었지만.

한 교차로에 가까워지고 있었다. 비 때문에 방향감각이 엉망이었다. 여기가 어디쯤인지도 헷갈리던 차에 순간 집으로 가려면 이번 교차로에서 꺾어야 한다는 사실이 떠올랐다. 무작정 핸들을 급히 꺾었다. 교차로의 땅이 꺼졌는지 물웅덩이가 깊게 형성되어 있었다. 잠깐 동안 차가 접지력을 잃고 물 위를 활주하듯 미끄러졌다. 브레이크를 밟고 싶은 충동을 간신히 참아내며 차가 알아서 진정되길 기다렸다.

비아의 몸이 내 쪽으로 확 쏠렸다. "무슨 일이야?" 차가 중심을 잡자 비아가 하얗게 질린 채로 물었다. 그녀는 몸을 바로 하고는 창밖을 내다보며 현재 위치를 가늠하려 했다.

"미안해." 좀 전의 일로 심장이 쿵쾅대고 숨이 가빠졌다. "자칫하면 교차로를 그냥 지나칠 뻔했어."

"그냥 다음 교차로로 빠지면 되잖아. 어디 주차장에서 차를 돌려도 되고. 같이 죽으려고 했던 거야, 케이트?"

나는 입을 다물었다. 운전에만 집중했다. 비아와 싸우기 싫었다. 비아는 내게 화가 나 있었다. 내가 닥터 파인골드의 진료실에서 겪었던 일에도 화가 나 있었다. 내가 골반 검사를 견디는 동안 비아는 옆에서 그 모습을 지켜봐야만 했다. 나에게도 그랬지만 그녀에게도 무척 끔찍한 시간이었을 거다. 둘 다 마음이 괴로운 상태였다.

나처럼 비아도 이를 잘 알고 있었다. 비아의 목소리가 누그러졌다. 손을 뻗어 내 팔을 살짝 잡았다. "차 잠깐 세우고 교대할까? 오늘 힘들었잖아. 날씨도 이 모양이고. 내가 운전하면 어떨까, 케이트?"

나는 대수롭지 않게 대꾸했다. "내가 할게. 괜찮아. 게다가 집에 거의 다 왔는걸, 뭐."

사이드미러를 흘낏 쳐다봤다. 여전히 그 차가 뒤를 따르고 있었다. 뒤차 운전자 역시 나처럼 급작스럽게 90도로 차를 돌린 것이다. 무척이나 신경이 쓰였다. 저 사람은 우리를 미행하고 있다. 비아와 나를 놓치지 않으려고 하는 거다. 그래서 그렇게 바짝 붙어서 운전했던 거다. 다른 차가 끼어들 만한 공간을 만들지 않으려고. 직감적으로 느껴졌다. 운전자의 얼굴을 보려고 했지만 비 때문에 얼굴은 물론 차의 형상조차 흐릿했다. 헤드라이트 불빛이 아니었다면 누군가 뒤따른다는 사실조차 모를 정도로 비가 많이 왔다.

비아에게 말했다. "저 차가 우리 따라오는 것 같아."

"어떤 차?"

"우리 뒤에. 바짝 붙어 오고 있어."

비아가 고개를 빼고 사이드미러를 쳐다봤다. "누구야? 누군지 알겠어?"

"망할 비 때문에 잘 안 보여."

비아와 함께 메디컬 빌딩에서 나왔다. 엘리베이터에는 우리 둘뿐이었다. 같이 탄 사람은 없었다. 닥터 파인골드가 어쩌면 계단을 이용해 우리 뒤를 따랐을 수도 있다. 주차장에서는 비아와 말다툼을 하는 와중에 쏟아붓는 비를 피해 급히 차에 오르느라 정신이 없었다. 주차장에 다른 누군가 있었는지는 미처 살피지 못했다. 닥터 파인골드가 열 걸음쯤 뒤에 있었다 해도 눈치채지 못했을 것이다. "어쩌면 아까 빌딩 앞에서 네가 끼어들었던 그 차일지도 몰라. 운전자가 열받아서 보복운전을 하고 그러잖아들."

"그 차는 우리를 추월해 갔어. 그 사람은 아니야."

아직 집까지 몇 킬로미터 남은 상황이었다. 뒤차를 비아와 내가 사는 집까지 곧장 안내해줄 생각이 없었기에 어떻게 해야 할지 당황스러운 와중에 정말 닥터 파인골드라면 이미 주소를 알고 있으니 이런 걱정이 쓸모없다는 생각도 들었다. 내가 정말 멍청한 짓을 했다.

달리 뭘 어쩔 수가 없어 계속 차를 몰았다. 우리를 겁줄 의도였다면 성공이었다. 너무 긴장되어 운전하는 법을 잊은 것만 같았다. 양손을 핸들 위 10시 2시 방향에 놓고는 느린 속도로 차를 몰았다.

"그냥 무시하자." 비아의 말처럼 쉬운 일이 아니다. 그녀가 몸을 앞으로 기울여 라디오를 켰다. 좋은 생각이다. 우리는 말이 없었다. 그러다 보니 어느새 집에 가까워졌다. 집까지 얼마 남지 않았는데도 여전히 마음을 정하지 못했다. 집으로는 갈 수 없다. 저 사람을 우리 집으로 데려갈 수는 없다. 집에 도착한 후 우리에게 무슨 짓을 할 수도 있으니까. 다만 처음으로 집에 작업자들이 득시글거려 다행이라는 생각이 들었다. 수많은 목격자가 지켜보는 상황에서는 누구도 감히 비아나 나를 해칠 수 없을 것이다.

집으로 가는 길에 마침 경찰서를 지나치게 된 것은 뜻밖의 행운이었다. 요란하게 울리는 사이렌 소리와 경광등 불빛을 내뿜는 경찰차가 급히 주차장에서 나오는 모습이 빗속에서도 보인 덕분에 경찰서인 줄 알았다. 뒤차가 경찰서 주차장까지 따라오는 멍청한 짓은 하지 않을 것이다. 나는 방향 지시등을 켜고 속도를 줄였다. 주차장으로 진입하자 뒤차가 차선을 변경하고는 속도를 높여 도로 위를 질주했다. 지나간 자리를 따라 빗물이 요란하게 튀어 올랐다.

운전자 얼굴이나 번호판을 확인하려고 애를 썼지만 우리 둘다 보지 못했다. 비 때문에 시야가 흐려져 조금도 보이지 않았다.

레오
현재

누나가 온 지 사흘째 되는 날, 거스란 이름의 아이에 대해 이야기했다. 우연한 계기로 대화가 시작되었다. 누군가 바깥에서 공놀이를 하고 있었다. 공이 바닥에 부딪치는 소리가 집 안까지 들렸다. 누나가 관심을 보였다. "그냥 농구공이란다." 하얗게 질린 누나의 얼굴을 보고 아빠가 말했다. 누나가 집에 온 후부터 아빠는 강박적으로 문과 창문을 잠그고 블라인드를 내렸다. 아무리 조심해도 지나치지 않으니까. 아빠는 밤에도 깨어 있었다. 거실에 앉아 책을 읽었다. 아빠가 지키고 있는 한 누구도 누나를 데려갈 수 없었다.

"거스도 농구를 했어요." 누나가 말했다.

스크램블드 에그를 먹던 아빠가 고개를 들었다. "거스가 누구야?"

누나가 아빠에게 설명했다. 아빠의 얼굴에 점차 핏기가 사라졌다. 잠시 실례하겠다고 말하고는 핸드폰을 들고 사라졌다.

누나는 그 지하실에 혼자 갇혀 있던 게 아니었다. 누군가 같이 있었다. 누군가 아직도 그곳에 남아 있다.

우리는 다시 경찰서로 향했다. 형사는 좀 더 적극적으로 이런 저런 질문을 했다. 누나가 부서지기라도 할까 봐 조심스럽게 대하는 모습은 사라졌다. 누군가 그곳에 아직도 잡혀 있다는 것을 안 이상 본격적으로 사건을 조사해야 한다고 형사는 말했다.

거스라는 아이에 대해 아는 것을 전부 말해달라고 했다. 누나가 아는 것은 많지 않았다. 형사에게 거스의 인상착의조차 설명하지 못했다. 함께 있던 세월 동안 단 한번도 그 아이의 얼굴을 제대로 본 적이 없으니까. 거스가 몇 살인지도, 어디에서 살다 왔는지도 몰랐다.

형사는 실종 아동 데이터베이스를 살폈다. 그녀와 부하직원 몇 명이 거스 또는 그와 비슷한 이름의 실종 아동들 몇 명을 추렸다. 아거스, 오거스터스, 거스타보. 누나에게 사진을 내밀며 이 중에 누나가 말한 거스가 있는지 물었다. 모르는 눈치였다. 그러다 테네시주의 쿡빌에서 실종된 아이인 것 같다고 했다. 하지만 누나는 조금도 확신하지 못하고 있다. 그저 뭐라도 말해서 형사를 기쁘게 해주려는 것이다. 나라도 그랬을 것 같다.

누나가 사라진 후 나는 온갖 실종 아동 사이트를 들락거렸다. 누나는 몰랐겠지만. 이런 사이트에는 말도 안 되는 게 올라오기도 한다. 찾고 있는 아이들의 사진만 있는 게 아니다. 어떨 때는 수습한 유골 사진을 올려놓고 유골의 주인을 찾기도 한다. 이런 경우 제인과 존이란 이름을 붙였다. 그런 유골이 얼마나 많은지 신원 미상의 유골이 나온 장소를 표시한 지도 위에는 빨간색, 파란색 점이 빼곡하게 들어찼다. 경찰이 신원을 밝히지 못한 유골은 대부분 심하게 훼손되었거나 일부만 발견된 것들이다. 인간이 인간에게 저지를 수 있는 악행에는 끝이 없다.

누나가 실종된 후 이런 웹사이트들을 보며 누나도 이런 신원 미상 유골 중 하나가 된 것은 아닐까 생각했다.

아빠에게 웹사이트에서 본 실종 아이들에 대한 이야기를 한 적이 있다. 덕분에 한 달간 인터넷 사용이 금지되었다. 그 후로 다시는 언급하지 않았다. 아빠에게 누나가 유골이 되었을 수도 있다고 말할 정도로 멍청하지는 않았다. 그래도 아빠에게 끔찍한 가능성을 떠올리게 한 셈이었다.

형사는 누나에게 계속 질문을 했다. 누나가 아무것도 대답하지 못했다. 수사에 진척이 없었다.

경찰이 처음 누나를 발견했을 당시, 그 집을 찾기 위해 누나를 차에 태우고 동네를 몇 바퀴나 돌았다. 하지만 높은 굴뚝과 울타리 외에는 아는 게 없었다. 누나가 있던 동네를 인터넷으로 검색해봤다. 마을이라고 보기도 어려운 곳이었다. 지도에서 확대를 여러 번 해야 보인다. 마이클이라는 이름의 마을에는 약 서른다섯 명 정도가 거주하고 있다. 우리 집에서 다섯 시간 떨어진 곳으로 농지와 숲이 다인 미시시피 근처였다. 매년 홍수가 나는 동네다.

인터넷으로 사진을 몇 장 찾아본 바로는 지저분한 동네였다.

문을 닫은 상점의 창문은 깨져 있거나 판자로 가려져 있었다. 집들은 하나같이 노후하고, 그렇지 않은 집은 트레일러 같은 이동주택이었다.

누나가 어쩌다 저런 동네에 가게 된 건지 의아했다.

아빠는 최면으로 엄마나 거스에 대한 기억을 되살려보자고 제안했다. 형사는 부정적이었다. 그녀는 누나가 최면을 진행할 정도로 정신 상태가 온전하지 않다고 말했다.

사실이다. 누나는 큰 충격을 받은 상태다. 잠도 자지 않았고, 설사 잠이 든다 해도 악몽에 시달렸다. 땀을 흘린 채로 비명을 지르며 잠에서 깼다. 밤이면 지하실 바닥에서 잠을 잤다. 누나가 잠을 잘 수 있는 유일한 장소였다. 다른 사람의 눈도 쳐다보지 못했다. 물소리에도 놀랐다. 초등학교 버스가 근처를 지나치는 소리에 소스라쳤다.

아빠는 형사에게 이렇게 말했다. "누군가의 아이가 아직도 실종 상태예요. 제 아이는 집에 돌아왔지만요. 그 생각만 하면 마음이 괴로워 견딜 수가 없습니다."

메러디스
11년 전

5월

겸자로 꺼낸 티보의 아기는 상처와 멍투성이었다. 태어난 지 몇 분도 채 지나지 않아 아기의 작은 머리가 부어오르기 시작했다. 몇 시간이 지나자 아기가 발작 증세를 보였다. 두개골 초음파를 시행한 결과, 의료진은 두개내출혈 즉 뇌출혈을 발견했다. 아기의 머리에 과도한 힘이 가해진 것이 원인이었다. 겸자를 잘못 사용한 탓이다.

아기의 상태가 나아지자 집으로 갈 수 있었다. 하지만 퇴원한다 해도 아이의 미래는 불확실했다.

그렇게 몇 주가 흘렀다. 티보 부부는 변호사를 만났다. 부부는 의료 과실로 닥터 파인골드를 고소하기로 했다. 셸비가 전화를 걸어 내 의견을 물었다.

"제이슨은 제가 뭐라고 하든 무조건 고소하겠대요. 화가 머

294

리끝까지 나 있어요. 파인골드는 이제 큰일 났어요."

내가 결정할 일이 아니었다. "셸비 가족에게 가장 옳다고 여기는 쪽을 택해요." 이렇게만 말했다. 셸비에게 유리한 소송이었다. 나도 그 자리에 있었다. 내가 직접 목격했다. 의사가 동의도 구하지 않은 채 셸비의 몸에 그것도 대단히 위험할 수 있는 시술을 감행하는 것을 모두 지켜봤다.

의료 과실 소송으로 이미 벌어진 일을 되돌릴 수는 없다. 아기에게는 장애가 생길 확률이 높았다. 합의금으로 앞으로 아이를 돌보는 데 필요한 비용을 충당할 수는 있을 것이다.

"무엇이든 제가 도울 일이 있다면 도울게요. 셸비와 제이슨에게 필요한 일이라면 뭐든지요."

변호사는 셸비와 아기의 의료 기록을 살펴봤다. 의료 전문가들과도 만났다. 변호사는 티보 부부에게 승산이 있는 소송이라고 판단했다.

그다음 주, 닥터 파인골드에게 의료 과실 소장이 전달되었다. 그가 가장 먼저 한 일은 내게 전화를 거는 것이었다. "그 사람들은 뭐가 뭔지도 모르는 사람들이죠. 내가 무슨 실수를 했는지 안 했는지 분간도 못 할 정도로요. 그래서 말인데 아마도 당신이 부추긴 일 같군요."

"당신이랑 통화해선 안 되는 걸로 알고 있어요." 그에게 말했다.

"만약 그랬다면, 이게 당신 생각이었다면 가만두지 않을 거요. 알아듣겠습니까? 당신을 가만두지 않는다고." 한 글자씩 또

박또박 말했다. 당신을. 가만두지. 않는다고.

전화를 끊었다. 한참이나 몸이 떨렸다. 한 시간이 넘도록 꼼짝하지 못하고 식탁에 앉아 있었다. 여러 생각이 스쳤다. 도대체 날 어떻게 가만두지 않겠다는 거지? 내 커리어를 망치겠다는 건가? 아니면 정말 물리적으로 어떻게 하겠다는 걸까?

조시가 아이들을 데리고 집으로 들어왔다. 셋 다 밝은 얼굴로 요란하게 떠들었다. 딜라일라가 신이 나 보였다. 반에서 애벌레 몇 마리를 키우기 시작했다고 말이다. 애벌레가 나비로 성장하면 풀어주기로 했다.

딜라일라가 나를 안았다. 아이의 키가 성큼 자랐다. 날 꼭 안은 딜라일라의 팔이 내 허리에 닿았다. "엄마, 파이퍼랑 바보 같은 릴리 모리스랑 언제 같이 놀아?"

"딜라일라, 우리 다른 사람들한테 바보라고 하지 않기로 했잖아."

"하지만 걔는 진짜 바본데." 아이가 투덜댔다.

"딜라일라." 엄한 목소리를 냈다.

"알겠어. 근데 언제 놀아? 꼭 릴리 모리스도 같이 놀아야 해?" 아이가 사정하듯 물었다. 양손을 허리에 갖다 대었다가 한 손을 옆으로 내밀며 의아하다는 듯 물었다. 여섯 살밖에 안 된 아이가 벌써 연기에 깜찍한 재능을 보였다. 아이를 향해 웃으며 삶이 딱 이 정도로만 복잡하다면 얼마나 좋을까 생각했다. 아이가 안타깝기도 했다. 소외된다는 것이 얼마나 힘든 일인지 잘 안다.

"그럼. 릴리 모리스도 같이 놀아야지. 우리는 누구만 빼놓고 그러지 않기로 했잖아. 소외되면 슬프지 않을까?"

아이들이 주방을 나가는 것을 보고 조시에게 말했다. "저녁 식사 준비하려던 참이었어." 거실에서 TV 소리가 들렸다. 저녁 식사 준비를 까맣게 잊고 있었다.

"뭐 시켜 먹을까?" 조시가 말했다. 그러고 싶었다. 요리할 기분이 아니었다. 속이 조여드는 것 같았다. 뭘 넘길 수 있을 것 같지 않았다.

조시가 나를 바라봤다. 너무도 멋진 남자다. 지금껏 늘 그랬다. 딱 떨어지는 말끔한 차림새다. 슬림한 네이비 슈트를 입었다. 조시는 슈트를 많이 갖고 있다. 다른 남자들은 시가나 자동차 번호판 같은 것을 수집하는 데 조시는 슈트를 수집했다. 맞춤복도 있고 기성복도 있다. 사람들에게 좋은 인상을 남기기 위해 늘 노력하는 사람이다. 호감 가는 성격으로 사람들의 마음을 끌었다. 사람들의 관심을 사로잡았다. 거기에 외향적인 성격까지 갖추었다. 그가 미소 지으면 주변이 다 환해졌다. 누구나 조시를 좋아했다.

티보 부부에게 있었던 일, 닥터 파인골드와의 문제 그리고 협박 문자까지 그에게 털어놓아야 했다. 하지만 뒤늦게 말한 데 실망할 것 같았다. 걱정도 많이 할 터였다. 애초에 왜, 어쩌다 이런 사건에 휘말렸는지 물을 것이다. 그런 뒤에는 내가 일하는 방식도 완전히 바꾸고 싶어 할 터였다. 개인적으로도 그리고 업무적으로도 지금보다 위험이 덜 한 쪽으로 말이다. 하지만 나는 내 일을 사랑한다. 업무 방식도 지금이 좋았다.

티보 부부와 닥터 파인골드의 일은 잠시 잊기로 했다. 이 또한 다 지나갈 일이다.

레오

현재

누나가 실종되었을 즈음 사라진 여자가 한 명 더 있다. 그 여자는 찾았다. 다만 경찰이 찾았을 때는 이미 죽어 있었다.

한동안 경찰들은 이 모든 사건이 연관되어 있다고 생각했다. 하지만 틀렸다. 그 여자의 남편은 지금 교도소에 수감되어 있다. 그가 일하는 곳 쓰레기통에서 여자의 혈흔이 묻은 옷이 발견되어 20년 형을 받았다.

경찰서에 다녀온 날 저녁 형사가 아빠에게 전화를 걸었다. 누나에게 대화 소리가 들리지 않도록 아빠는 다른 방에서 전화를 받았다. 그래도 내가 묻자 아빠는 어떤 이야기를 들었는지 알려주었다. 누나를 납치했던 자들이 멍청하게도 진짜 이름을 썼다는 것이 밝혀졌다. 실제로 일리노이주 마이클에 에디와 마사 커터란 이름의 사람들이 거주하고 있었다. 에디와 마사는 칼훈가에 집을 소유하고 있다. 두 사람이 그 집을 소유한 지는 12년이

299

되었다. 형사는 아빠에게 문자로 사진을 보냈다. 창문에 달린 셔터 반은 떨어져 나갔고 외벽은 흰곰팡이가 핀 끔찍한 집이었다. 집을 거의 다 가릴 정도로 나무들이 마구잡이로 뻗어 있었다. 실내는 그보다 열 배쯤 더 형편없었다. 말로 할 수 없을 정도로 더러웠다. 카펫은 얼룩투성이였다. 습기가 찬 벽은 곰팡이로 까맣게 변했다. 바닥에는 물이 고여 있었다. 주방 싱크대에는 더러운 그릇들이 높게 쌓인 채였다.

문제는 에디와 마사가 그 집에 더는 살고 있지 않다는 것이다. 경찰들이 수사를 하러 갔을 때는 이미 집을 버리고 떠난 뒤였다. "롤링스 형사가 그들의 소재를 파악하기 위해 가족들을 찾고 있다는구나."

두 사람이 우리 집에 찾아오면 어떻게 되는 걸까, 그런 생각이 들었다.

지하실 사진은 없었다. 아빠는 그들이 누나를 어떤 곳에 가두었는지 형사에게서 전해 들었지만 차마 내게 설명하지 못했다. 눈물을 쏟느라 말을 잇질 못했다.

누나의 친구 거스는 어디에서도 보이지 않았다. 지하실에서 피가 발견되었다.

거스에게 어떤 일이 벌어졌을지는 대충 짐작이 된다.

누나의 기억을 되찾는 일이 더욱 시급해졌다. 형사는 직접적으로 말하진 않았지만 최면이 하등 쓸모없는 일이라고 생각하는 것 같았다. 최면에 대해 조사한 아빠는 누나를 완전히 안정시킬 수만 있다면 마음 깊은 곳에 자리한 기억을 꺼낼 수 있을 거라고 말했다.

최면 치료가 있기 하루 전날 밤, 다들 잠자리에 들었을 때였다. 누나는 누나 방에 있었고, 아빠도 침실에 있었다. 누나의 소리가 복도에서부터 전해졌다. 방 안에서 무슨 일이 일어나고 있는지 궁금해졌다. 누나 방으로 갔다. 누나는 문을 여는 데 더는 주저하지 않았다. 이제는 아빠와 내가 익숙해진 듯 보였다.

"뭐 하고 있어?" 방 안을 둘러보며 물었다. 불이 꺼져 있었다.

"아무것도." 당황한 얼굴이었다. 내게 알리고 싶지 않은 모양이다.

"분명히 뭐 하고 있었는데."

"그냥, 한심한 거야." 누나가 말했다.

"한심한 거 뭐?"

"그냥 게임이야."

"게임 이름이 뭔데?" 내가 물었다.

"이름 같은 거는 없어."

"그럼 어떻게 하는 거야?"

알려주고 싶어 하지 않았다. 그래도 계속 졸라대니 어떻게 하는지 보여주었다. 내가 한심하다며 놀릴 거라고 생각한 모양이다. 난 그러지 않았다. 대신 누나와 같이 게임을 했다. 복도에 켜진 등 때문에 방 안이 칠흑처럼 어둡진 않았다. 그래서 누나는 방문을 닫았다. 그래도 깜깜하진 않았다. 창문을 통해 밝은 달빛이 새어 들어왔다.

"아무것도 안 보일수록 좋아." 누나가 말했다.

"왜?"

"그냥 원래 그래. 깜깜해야 할 수 있는 게임이야. 그래서 눈을 감아야 돼." 그래야 조금이라도 더 깜깜해져, 이렇게 말했다. 팔은 몸 옆에 붙이라고 했다. "손으로 먼저 느끼는 건 반칙이야."

우리는 벽에 등을 대고 섰다. 맞은편 벽에 부딪히지 않고 가장 근접하게 벽 앞에 멈추는 사람이 이기는 게임이었다. 손을 써서는 안 된다.

한 번 해봤는데 보기 좋게 실패했다. 두 눈을 감고 걷는 것이 너무도 어색했다. 똑바로 걷지도 못했다. 침대 프레임에 부딪치고는 게임을 포기했다. 한심한 게임이었지만 누나에게는 굳이 말하지 않았다.

누나가 계속 걸어가는 모습을 지켜봤다. 벽이 어디 있는지 직감적으로 알기라도 하는 것처럼 몇 센티미터 앞에서 걸음을 멈췄다.

"어떻게 한 거야?" 내가 물었다.

어둠 속에서 길을 찾는 것은 잘할 수 있게 된 일 중 하나라고 말했다.

"우리가 갇혀 있는 데는 빛이 하나도 없었어. 아주 작은 빛도 없었어. 아무것도 보지 못할 때는 다른 것들을 발휘해 어떻게든 살아가는 법을 배우게 돼." 그렇게 살아남은 거였다. 몸의 다른 감각들과 본능에 의지해 생존하는 법을 배웠다. 꽤나 멋졌다.

"또 해볼래?" 내게 물었다.

그러고 싶지 않았다. 정말 싫었다. 침대 프레임에 부딪친 허벅지가 욱신거렸다. 멍이 생길 것 같았다. 다시 할 마음이 들지 않았다.

　나는 어깨를 으쓱이며 말했다. "또 해보지 뭐." 누나가 원한다는 것을 알고 있으니까.

메러디스
11년 전

5월

카산드라를 잊은 건 아니었다. 그간 좀 바빴다. 바쁜 일상 속에서도 카산드라에게 마음이 쓰였다. 전보다 더 좋은 친구가 되어주고 싶었다. 지금껏 내 사정만 늘어놓고는 정작 그녀의 이야기는 들어주지 못했다. 요즘 들어 카산드라가 조금 달라졌다. 무슨 일인지 알고 싶었다.

금요일 오후, 동네 베이커리에서 케이크를 하나 샀다. 딜라일라와 레오를 각각 유치원과 샬럿의 집에 데려다주고 카산드라의 집으로 향했다. 현관문을 두드렸다. 아를로를 안은 카산드라가 나왔다.

"어쩐 일이에요?" 말투가 퉁명스러웠다.

나는 케이크를 내밀었다. "잠깐 이야기나 좀 나눌까 해서요. 이런 시간이 좀체 없었잖아요. 보고 싶었어요, 카산드라."

그녀가 헛기침했다. 뭔가 언짢은 일이 있는 게 분명하다. "들어와요." 내게 말했다. 집 안으로 들어가 신발을 벗었다. "커피 줄까요?" 좋다고 답하며 주방으로 들어가는 그녀의 뒤를 따랐다. 늘 그렇듯 드레스 차림이다. 면 소재에 편안해 보이는 스타일이었지만 그래도 드레스는 드레스다. 예쁘게 잘 어울렸다. 내가 마지막으로 저런 치마를 입어본 게 언제인지 기억조차 나지 않았다.

"마침 잘 왔어요." 의자에 앉는 내게 말했다. 카산드라가 한쪽 팔에는 아를로를 안고 다른 한쪽 팔로 커피를 내리는 모습을 바라봤다. 너무도 수월해 보였다. 나였다면 아를로든 커피든 둘 중 하나를 떨어뜨렸을 것이다.

"계속 생각은 하고 있었는데 너무 바빴어요."

"메러디스에게 보여줄 게 있어요."

"그래요?" 아이들과 관련된 일이라 생각했다. 딜라일라, 파이퍼, 릴리의 불편한 관계에 관한 것 말이다. 딜라일라가 해서는 안 되는 행동을 한 건 아니길 바랐다. 가령 릴리 모리스에게 이상한 사진을 주거나 하진 않았길 바랐다.

카산드라가 식탁 위에 책 한 권을 올려놨다. 앨범이었다. 요즘에는 보기 힘든 물건이다. 이제는 전부 디지털화되었다. 앨범보다는 스크랩북을 만들었다. 사람들이 만든 스크랩북을 보면 기분이 좋아졌다. 하지만 나는 그런 걸 만들 여유가 없다.

카산드라가 가리킨 건 딱 봐도 오래된 앨범이었다. 사진을 끼워 놓은 비닐 파일이 푹 꺼져 있다. 35밀리미터 카메라로 찍은 오래된 사진이 담겨 있었다. 요즘에는 카메라가 있는 사람이 거의 없다.

카산드라가 앨범을 휙휙 넘겼다. 원하는 페이지를 찾자 앨범을 활짝 펼쳤다. 온통 붉은 옷을 입은 사람들이 찍힌 사진을 보고 그녀가 찾던 게 무엇인지 깨달았다. 앨범을 가득 메운 티셔츠와 맨투맨 티셔츠에는 내 모교의 이름이 새겨져 있었다. 그때는 다들 대학교 티셔츠만 입고 지냈다.

카산드라가 사진 한 장을 가리켰다. 내가 있었다. 마티와 함께. 얼굴이 달아올랐다. 목이 콱 막히는 것 같았다. 침이 바짝 말랐다.

카산드라의 목소리가 분노와 고통으로 떨렸다. "숨겨야 할 게 있으니깐, 두 사람 다 내게 비밀로 한 거 아닌가요? 두 사람의 관계는 알아챈 지 몇 주 되었어요." 내 말은 듣지도 않고 일방적으로 떠들었다. "그냥 잠자코 있으면 아무도 모를 줄 알았어요?"

우리가 사귀었고 잠자리도 했다는 건 그녀가 모른다. 하지만 같이 찍은 사진만으로도 카산드라의 화를 돋우기 충분했다. 우리가 나란히 서서 찍은 사진이었다. 마티의 팔이 내 어깨를 감싸고 있다. 자연스럽고도 편안한 자세였다. 서로를 잘 아는 사이였던 건 맞다. 그것도 아주 잘 아는 사이였다. 카산드라와 조시에게 말하지 않은 의도가 새삼 불순해 보였다

"마티와 저랑 아무 사이도 아니라고 말했다면 믿어줬을까요?" 내가 물었다.

"이야기는 했어야죠. 곧이곧대로 믿지는 않았겠지만."

카산드라의 눈을 바라봤다. 그녀는 시선을 피했다. 아를로를 유아용 식탁 의자에 앉히고는 케이크를 잘라 주었다.

"지난 18년 동안 마티와 아무 일도 없었어요."

그녀가 나를 바라봤다. "예전에는 무슨 사이였고요?"

"오래전 일이에요. 그때는 카산드라가 없었잖아요. 카산드라와 아무 관계도 아니었던 때잖아요."

"사귀었던 거군요?"

"풋사랑이었을 뿐이에요."

내 말을 듣고는 경악스러운 표정을 지었다. "사랑이었다고요?"

순간 말을 잘못 꺼냈다는 생각에 아차 싶었다. 다르게 말했어야 했다. 사랑이라는 단어를 입에 올려선 안 되었다.

"그런 줄 알았어요. 갓 스무 살이 된 청춘이 느끼는, 그런 온갖 들뜬 감정에 눈이 멀었어요. 하지만 그게 사랑이 결코 아니었다는 걸 이젠 알죠. 카산드라와 마티가 나누는 게 사랑이에요. 예전에 그 일은 그냥 철부지 같은 짓이었어요. 열병 같은 거요. 어린 애들이 하는 그런 거요."

"그 말을 어떻게 믿어요? 지금껏 내게 거짓말을 했잖아요."

"거짓말한 적 없어요." 바로 잡아야 했다.

"내게 비밀로 한 거잖아요. 숨겼잖아요."

카산드라는 정말 아름다운 여자다. 우아하고, 말솜씨도 좋고, 명민하고, 영리하다. 카산드라가 곁에 있는 지금 마티가 나를

307

원할 리가 없었다. 하지만 사람이란 자신을 정확히 판단하기가 어렵다. 카산드라는 기만당했다고 느끼고 있었다. "당신을 위해서, 그리고 조시를 위해서 그런 거였어요."

카산드라가 반듯하게 허리를 세우고 앉았다. "조시도 알고 있나요?"

"아뇨. 말을 꺼낼 수가 없었어요. 뭐가 있어서 말을 안 한 게 아니에요. 정말 마티와 아무 사이도 아니니까요. 맹세할 수 있어요, 카산드라. 제 아이들을 걸고. 마티와 저는 지금 아무 사이도 아니에요."

"예전에 둘이 같이 잤어요?" 그녀가 물었다.

"카산드라, 이러지 말아요."

"잤어요?" 카산드라가 따지듯 물었다. 커피와 케이크는 잊은 지 오래였다. 둘 다 케이크는 손도 대지 않았다. 아를로만 자신 몫의 케이크를 먹고 있었다. 커피도 한참 전에 끓었다. 커피메이커 용기 안에서 얌전히 우리를 기다리고 있었다.

"열여덟 살 때 일이에요." 그녀가 바라는 대답은 아니었다.

"두 사람이 잤다는 말이군요."

"카산드라."

"대답해요, 메러디스. 내 남편과 잤는지 안 잤는지, 말을 하라고요." 이제 그녀는 소리를 질러댔다. 유아용 의자에 앉아 있던 아를로가 화들짝 놀랐다. 아이를 달래기 위해 카산드라가 두 번째 케이크 조각을 내밀었다. 나는 아이가 손에 크림을 다 묻히며 집어 먹는 모습을 지켜봤다. 머리카락에도 케이크가 묻었다.

"그랬어요." 당시 그는 카산드라의 남편이 아니었음에도 죄를 고백하듯 낮은 목소리로 말했다. 우리가 아무 관계가 아니었다고 말해봤자 카산드라의 화만 돋울 것이다.

순식간에 상황이 최악으로 치달았다. 카산드라는 내게 확인하기 전에 이미 우리가 그런 사이였다는 걸 알고 있었다. 앨범 사이에 반으로 접힌 편지가 있었으니까. 십 몇 년 전에 내가 마티에게 쓴 편지였다. 감히 꺼내서 볼 수는 없지만 어떤 내용이 적혀 있었는지는 똑똑히 기억난다. 마티와 사귄 지 몇 달이 되었을 때 내가 임신한 걸 알았다. 마티의 아이였다. 어떻게든 아이를 지키고 싶었고, 그런 심정을 적어 마티에게 준 편지였다. 그가 아이의 삶에 함께하길 택한다면 그래도 되지만 의무감에 그럴 필요는 없다고 적었다.

다만, 그가 선택할 필요가 없어졌다. 이틀 후 유산했기 때문이다.

"아이는 어떻게 됐나요?" 내게 물었다.

"12주에 유산되었어요."

"안됐군요." 싸늘하게 말했다.

마티가 본인이 아닌 다른 여자와 아이를 낳을 뻔했다는 사실에 카산드라는 위기감을 느꼈다. 유산이 아니었다면 마티와 나는 아마도 그 아이를 함께 키웠을 것이다. 결혼을 했을지도 모른다. 현재 카산드라가 누리는 삶이 어쩌면 존재하지 않을 뻔했다.

"여전히 내 남편이랑 뒹굴어요?" 냉랭한 말투에 숨이 턱 막혔다.

"당연히 아니죠." 숨을 내쉬었다.

"내가 그리 멍청한 여자는 아니라서요. 다 알고 있다고요."

"뭘 안다는 거예요?" 무슨 말을 하는지 알 수가 없었다.

"그쪽과 내 남편이 무슨 짓을 하는지. 마티가 한밤중에 갑자기 마트에 간다고 나서는 거. 10시만 되면 아이스크림이 먹고 싶다면서 나가는 거." 검지와 중지를 까딱거리며 따옴표를 그리는 제스처를 취했다. 그녀는 마티가 아이스크림을 사러 마트에 가는 게 아니라고 여기고 있었다. "마티가 날 얼마나 멍청하게 보는지, 빈손으로 들어오는 것도 내가 모르는 줄 아나 봐요. 아이스크림이라도 손에 들고 들어오는 쇼도 안 하니까. 갑자기 나가서 그쪽이랑 뒹굴고는 멀쩡하게 침대에 들어와요. 열에 아홉 번은 결혼반지를 다시 껴야 한다는 것도 까먹고 말이죠."

마티가 밤이면 몰래 나가 외도를 한다니 슬퍼졌지만 나로서는 그리 놀랄 만한 일은 아니었다. 카산드라가 부족한 아내라는 게 아니라, 대학 때 내가 알던 마티는 능구렁이 같은 남자였다. 여자들에게 인기가 많았다.

내 생각과 달리 그는 그리 달라지지 않은 모양이다.

다만 내가 충격을 받은 지점은 카산드라가 나를 밤 10시에 남편과 아이들을 두고 몰래 집을 빠져나가 마티와 바람을 피우는 여자로 생각한다는 것이다.

"카산드라, 마티가 바람을 피운다 해도 그 상대가 나는 아니에요."

"그러니까 그 말을 어떻게 믿냐고요. 메러디스가 하는 말을 어떻게요?"

"카산드라에게 거짓말을 한 적은 결코 단 한번도 없어요."

"개소리하지 마." 갑자기 이성을 잃었고, 또 한 번 아를로가 놀랐다. 카산드라가 이토록 화를 내는 모습은 처음이었다. 아이 앞에서 이런 단어를 내뱉는 것도. 마티와 내가 외도를 한다고 생각했으니 당연히 화가 날 만했다. 하지만 지금 그녀는 너무 극단적으로 반응하고 있었다. "거짓말했잖아, 메러디스. 우리가 처음 만났던 그날부터 내내 거짓말한 거라고."

"그렇게 느꼈다고 해도, 말을 하지 않은 것뿐이지 거짓말을 한 건 아니에요. 이 둘은 다르다고요."

"정말 다를까?" 그녀가 물었다.

나는 아무 말도 하지 않았다. 사실 이 둘이 정말 다른 것인지 확신할 수 없었다.

"조시에게는 언제 말할 생각이죠?" 질문이라기보다는 최후통첩에 가까웠다.

"카산드라가 바라는 게 그거라면, 말할게요." 카산드라가 알게 된 이상 조시에게 털어놓아야 한다. 하지만 내가 직접 말하고 싶었다. 카산드라에게서 듣게 하고 싶지는 않았다. "카산드라가 하기 전에, 내가 먼저 털어놓게 해줘요."

"나라면 절대 메러디스에게 그런 짓을 하지 않았을 거예요. 난 친구에게 그런 짓을 하는 사람이 아니니까." 뼈를 찌르는 말이었다. 자신은 친구에게 상처를 주는 사람이 아니지만 난 그렇다는 말이다.

나는 자리에서 일어났다. 현관으로 향했다. 카산드라가 따라왔다. 문 앞에서 등을 돌려 그녀를 바라봤다. "이야기하지 않은 건 미안해요." 어떻게든 사과를 전하려는 최후의 노력이었다. "마티와 나는 말을 하지 않는 게 최선이라고 생각했어요."

"마티와 나, 마티와 나." 내 말을 따라 했다. 그녀가 얼마나 분노했는지 한눈에 보였다. 새빨갛게 달아오른 얼굴에 침착함이나 체면은 사라진 지 오래였다. 그녀는 마티가 나랑 바람을 피운다고 믿고 있었다. 마티가 늦은 밤 집에서 나와 만나는 여자가 나라고 말이다. 절대 아니다. 세상 무엇보다 내게는 가정이 가장 소중하다. 조시는 내게 너무도 소중한 사람이다. 조시에게도 카산드라에게도 결코 그런 짓을 할 리가 없다. 난 그런 여자가 아니다.

하지만 무슨 말을 해도 이런 내 마음을 카산드라가 믿어줄 리 없다. 눈앞에서 사라져주는 것이 최선이다.

문을 나서는 내게 카산드라가 소리쳤다. "지옥에서 썩어 문드러져버려, 메러디스. 지옥에서 썩어 문드러지라고."

지난 며칠간 나를 괴롭혀온 협박 문자와 똑같은 말을 하고 있었다. 다시금 문자가 떠올랐다. 네가 무슨 짓을 했는지 다 알아. 네가 죽어버렸으면 좋겠어. 절대로 무사히 빠져나갈 수 없을 거야, 나쁜 년. 지옥에서 썩어 문드러져버려, 메러디스.

문자를 보낸 사람은 카산드라였다. 급히 몸을 돌려 그녀를 바라봤다. "당신이었군요." 충격 그 자체였다. 목소리가 떨렸다.

"그 끔찍한 문자를 보낸 게 당신이었어. 그동안 날 공포에 떨게 만든 게 당신이었어."

"효과가 있었나 봐?" 목적을 달성했다는 것을 내게서 확인한 그녀는 만족스러운 표정을 지었다.

"날 미행했어?" 병원에서 집으로 가던 날 밤이 떠올라 하얗게 질린 얼굴로 되물었다. 문자를 보낸 사람은 내가 혼자인 것을 분명 알고 있었다.

"미행했다 해도 당신이 한 짓만큼 끔찍할까? 당신이 지금 하고 있는 짓보다 나쁘다고 할 수 있어?"

증오와 저주가 담긴 문자를 떠올렸다. 그저 과장한 걸까, 아니면 정말 내가 죽길 바라는 걸까? 내 안전을, 목숨을 정말 걱정해야 하는 걸까?

"난 아무 짓도 안 했어." 마티와 내가 과거의 일을 밝히지 않은 이유는 그녀를 위한 것이었다고, 조시를 위한 일이었다고 다시 한번 설명하려 했다. 누군가에게 상처를 주려고 그런 것이 아니었다. 하지만 제대로 설명하기도 전에 문이 쾅 닫히고는 단단히 걸어 잠그는 소리가 들렸다.

* * *

딜라일라에게 파이퍼와 앞으로 놀지 말라고 말하자 딜라일라가 사정을 했다. "엄마, 제발…… 제발." 아이가 이유를 알고 싶어 했다.

핑계를 대다 지친 나는 아이에게 짜증을 내고 말았다. "엄마가 놀지 말라고 하면 놀지 마." 딜라일라에게 화를 내고 마음이 무거워졌다. 사실 나 때문에 벌어진 일이었다. 앞으로 카산드라의 얼굴을 마주하고 싶지 않았고, 내 아이를 맡기고 싶지도 않았다.

다음 날 카산드라의 집에 릴리 모리스가 놀러 왔다. 딜라일라의 속을 긁으려고 카산드라가 일부러 아이들을 앞마당에서 놀게 한 것이 분명했다. 자기는 초대받지 못했다는 사실에 마음이 상한 아이가 거실 창문 앞에 앉아 울음을 터뜨렸다. 초대받았다고 해도 내가 못 가게 했을 테지만 말이다. 파이퍼와 릴리는 앞마당에서 손을 잡고 웃으며 춤을 췄다. 내게 복수를 하기 위해 내 아이의 마음을 다치게 하는 저열한 방법을 쓰는 카산드라에게 소름이 끼쳤다.

이후로 며칠 동안 레오는 샬럿 집에 갈 때마다 눈물을 보였다. 나를 붙잡고 매달리며 애원했다. "싫어, 엄마. 싫어." 억지로 들여보내며 마음이 찢어지는 것 같았다. 병가를 내고 레오와 집에 있을까 생각도 했다. 하지만 아이가 더 힘들어 할 것 같았다. 나랑 있다 보면 샬럿 집에 가야 할 때 열 배는 더 괴로울 테니까.

레오에게 조건을 내걸고 거래했다. "이번 주 내내 안 울면 엄마랑 레오랑 주말에 아주 특별한 일을 할 거야. 우리 둘이서만." 어린이 박물관에 가거나 날씨가 협조해준다면 수목원에 있는 어린이 정원을 갈 거라고 말했다. 둘 중 레오가 고를 수 있다고 말이다.

엄마로서 느끼는 미안함이 찾아왔다. 요가 스튜디오를 그만 둘까, 산모를 덜, 아니 아예 받지 않을까 고민했다. 출산 도우미 일을 좋아하지만 티보 부부의 아이 일로 걱정 또한 많아졌다. 제이슨과 셸비가 자주 떠올랐다. 두 사람에게 연락을 자주 하지는 못했다. 편하게 연락할 수가 없었다. 아기가 회복하기 어려운 뇌 손상을 입은 상태였다. 어느 정도로 심각한지는 잘 모른다. 분만실에서 내가 잘 대응하지 못한 것 같다는 후회가 들었다. 셸비를 보호하기 위해 내가 할 수 있는 모든 것을 다 하지 못했다. 더욱 강경하게 나섰어야 했는데. 닥터 파인골드와 내 고객 사이에 몸이라도 밀어 넣어 막아서야 했다.

재닛에게 전화를 걸었다. 그간 있었던 일을 털어놨다. 오래 이야기를 나눴다.

조산사인 재닛은 나와 비슷한 일을 하는 몇 안 되는 지인 중 하나다.

"잠시 일을 놓고 가족에게 집중해야 할 시기가 아닌가 싶어요."

그녀는 내가 셸비에게 했던 말과 같은 말을 했다. "가족에게 가장 옳다고 여기는 쪽을 택해요. 하지만 메러디스, 닥터 파인 골드와의 일은 나라도 똑같이 했을 거예요. 그러니 스스로 부족하다거나 산모를 위해 할 수 있는 일을 다 하지 못했다는 생각은 말아요. 메러디스도 그저 사람일 뿐이에요."

통화를 하는 내내 창문으로 마티와 카산드라의 집을 바라봤다. 카산드라가 임시 휴대폰을 구매하고, 내 뒤를 따르고, 위협적인 문자를 보낼 정도로 교활한 여자라면 더 심한 짓도 가능할 것 같았다. 그 문자들은 전부 말뿐인 협박인 걸까? 아니면 내 가족과 나의 안전을 걱정해야 하는 걸까?

레오

현재

누나가 온 지 나흘째 되던 날, 나는 학교에 갔다. 먼 길을 골라 걸어서 갔다. 내 시터였던 여자와 그녀의 남편이 더는 그 집에 살지 않는다고 들었지만 아직도 그 집 앞을 지날 때면 토할 것 같은 기분이 든다.

아빠는 학교 애들한테 누나 이야기를 하지 말라고 당부했다. 누가 물으면 아빠가 말하지 말라고 했다고 말이다. 예상했던 상황이 펼쳐졌다. 누나에 관한 이야기를 하지 않는다고 점심시간에는 내가 들고 있던 쟁반이 구내식당 바닥에 나뒹구는 일이 벌어졌다.

쟁반이 바닥으로 큰 소리를 내며 떨어졌다. 그 순간 애덤 벨트너가 자리를 피한 탓에 카마이클 선생님은 나를 혼냈다. 다들 웃음을 터뜨렸다. **저 병신 좀 봐**, 수군댔다.

카마이클 선생님이 내게 바닥을 다 치우라고 했다. 정리를 마치고 나자 막상 점심을 먹을 시간이 없었다. 배가 고팠다.

온종일 애들이 집적거렸다. 애들이 하는 질문을 하나같이 무시했다. 내게 뭔가를 던지기도 했다. 욕도 했다. 멍청한 놈, 한심한 놈. 모두 나를 쳐다봤다. 내게 손가락질을 하며 웃었다.

누나가 집에 온 이후로 빌어먹을 기자 놈들이 누나의 사진만 수만 장을 찍었다. 신문에 사진이 실렸다. 스냅챗과 애들은 누나에게 벌어진 일이 마치 자신이 겪은 비극이라도 되는 양 누나의 사진에 온갖 글을 써서 올렸다. 누나의 사진을 안 본 사람이 없을 정도였다. 똑같은 장면을 사진 기자 열 명이 열 개의 서로 다른 각도에서 찍은 사진들이었다. 사진 속 누나는 얼굴과 팔에 물집이 잡혀 피부가 벌겋게 변했다. 의료진은 표백제로 인한 화상이라고 했다. 2도 화상. 흉이 질 것 같았다. 옷 사이즈도 맞지 않았다. 11년간 제대로 씻지도 못해 정말 거지꼴이었다.

물집과 화상으로 뒤덮인 얼굴을 보고 누군가 부리토 같다고 하는 소리가 들렸다. 얼굴에 주먹을 날리려 했지만 파이퍼 해너카가 내 앞을 막아섰다. "무시해, 레오. 쟤는 그냥 너 긁으려고 일부러 저러는 거야. 원하는 대로 반응하지 마."

파이퍼는 누나와 동갑이다. 나보다 두 살이 많다. 졸업반인 그녀는 1학년 때부터 사귄 어떤 남자랑 약혼한 거나 다름없는 사이다. 내년에 서로 다른 대학을 간다는 이야기가 있었다. 대학에 가기 전에 헤어지기로 약속했다고 들었다. 둘 다 서로의 발목을 잡고 싶지 않아 했다. 파이퍼가 언젠가 만날 인연이라면 다시 만나겠지, 라는 말을 하는 것을 들은 적이 있다. 언뜻 들으면 어른스러운 말이었지만 동시에 한심하기 그지없는 헛소리였다. 어쨌거나 8개월 후면 파이퍼가 혼자가 된다는 소리였다. 그렇다고 해서 내게 관심을 보이거나 하지는 않겠지만.

누나는 파이퍼 해너카를 기억할까? 두 사람은 친구였다. 나는 기억에 없지만. 언젠가 파이퍼가 복도에 있던 내게 은밀하게 다가온 적이 있다. 사물함 앞에 서 있는 내 쪽으로 옆걸음질 치며 슬쩍 오더니 누나 꿈을 꿨다고 말했다. 나는 잠자코 있었다. 무슨 말을 해야 할지 알 수가 없었다. 그래서 아무 말도 하지 않았다. 그러자 파이퍼가 입을 열었다. "무슨 꿈이었는지 알려줄까, 레오?"

"뭐, 그러던지."

그녀가 말하길, 두 사람은 거리에서 털이 복슬복슬한 애벌레를 잡고 있었다. 애벌레가 자동차에 깔려 죽을까 봐 도와주려는 것이었다. 누나는 애벌레 여러 마리를 손바닥 위에 올리곤 급히 나무로 뛰어갔다. 애벌레를 나뭇잎에 내려놓고 기어가는 모습을 지켜봤다. 애벌레가 나뭇잎 끝에 다다르자 나방으로 변했다. 날 수 있게 되었다. 그녀의 꿈속에서 누나는 여전히 여섯 살이었다.

어떤 의미가 있는 것처럼 들렸다. 누나는 이미 죽었고, 날개가 달린 천사가 되어 하늘로 올라갔다는 걸 암시하는 꿈이라고 생각했다.

결과적으로는 별 꿈이 아니었다. 꿈이라고 해서 늘 의미가 있는 것은 아니다.

당시 그녀는 이렇게 말했다. "아직도 딜라일라를 생각해. 어렸을 때 놀았던 거. 그리고 그 아이가 떠나지 않았다면 지금까지 친구로 지냈을까, 뭐 그런 것들."

떠났다고 말했다. 누나에게 선택권이 있었던 듯이 말이다. 그렇다고 그녀의 말을 나쁘게 받아들이지는 않았다. 내게 누나 이야기를 하며 잔인하리만치 직설적인 말로 상처를 주지 않는 유일한 사람이니까. 또한 다들 군중심리에 굴복해 나를 웃음거리로 만들 때도 거기에 휘말리지 않는 몇 안 되는 사람 중 하나였다.

파이퍼는 우리 집 건너편에 살았었다. 누나와 자전거도 같이 타고, 재주넘기도 하고, 소꿉놀이도 하고 나무에도 오르며 놀았다. 나는 하나도 기억이 나질 않는다. 이런 이야기는 전부 아빠에게 들은 것이다.

파이퍼 가족은 사건이 벌어진 후 이사를 했다. 파이퍼가 맞은편 집에 살았던 때가 전혀 기억이 나지 않는다. 내게 그곳은 머피 할아버지 집이었다. 아빠 말로는 엄마가 돌아가신 후 닷새가 채 지나지 않아 파이퍼 가족이 집을 내났다. 파이퍼 학교 때문에 그리 멀리 가지는 않았다. 동네 건너편으로, 창문을 내다보며 좋은 사람들에게 끔찍한 일이 벌어진다는 사실을 매일같이 떠올리지 않아도 되는 곳으로 집을 옮겼다. 케빈 베이컨의 6단계 법칙과 비슷하다.(여섯 다리만 건너면 세상 사람들이 모두 아는 사이라는 이론 – 옮긴이) 사실, 불행은 생각보다 가까운 곳에 있다.

아빠에게 우리도 집을 팔자고 말한 적이 있다. 새로운 삶을 살고 싶었다. 엄마와 누나 일을 모르는 낯선 곳에서 새로운 사람으로 다시 시작하고 싶었다.

누나가 우리를 못 찾을 수도 있다며 아빠는 거절했다. 누나가 돌아오기 전에는 아빠는 이 집을 떠날 생각이 없었다. 누나가 사라진 후 시간이 멈췄다.

솔직히 말해 파이퍼와 나는 친구 사이는 아니다. 나랑 친구로 지내기에는 너무도 멋진 여자다. 혹시 아직도 눈치 못 챘을까 봐 말하자면, 난 친구가 한 명도 없다.

그렇지만 파이퍼는 내가 웬 멍청이 얼굴에 주먹을 날려 퇴학을 당하는 꼴은 보고 싶지 않았나 보다. 파이퍼는 내가 주먹을 날리려던 걸 포기하고 자리를 뜰 때까지 저놈과 나 사이를 가로막고 서 있었다.

케이트
11년 전

5월

집으로 오는 내내 뒤따르던 차가 보이는지 유심히 살폈다. 비아와 나는 긴장을 늦추지 않았지만 한편으로는 그 차가 정말 우리를 따라서 오고 있었던 게 맞는지, 어쩌면 그저 나처럼 길을 헤맸던 건 아닌지, 이런 생각이 들었다. 뭐가 진실인지는 알 수 없다.

동네에 들어서자 빗줄기가 약해졌다. 그런데도 우울하고 고요한 풍경은 여전했다. 거리는 텅 비어 있었다. 비에 젖어 축 처진 나뭇가지는 얼마 남지 않은 나뭇잎들이 바닥에 닿을 정도로 늘어져 있었다. 얇은 잔가지는 빗물의 무게와 바람을 감당하지 못해 부러졌다. 잔디에 쌓인 우박이 녹기 시작했다.

집 뒤편의 골목으로 향했다. 이 동네에 있는 집 대부분은 차가 집 뒤쪽으로 진입할 수 있도록 골목이 나 있다. 그래야 거리

가 통일감 있고 미적으로도 깔끔하게 보인다. 뒤쪽으로 난 골목
은 상당히 좁았다. 간신히 차 두 대가 오가는 정도의 폭이다.

나는 속도를 늦춰 골목으로 진입했다. 약 30미터 앞에 이제
집으로 돌아온 듯한 조시가 보였다. 진입로에 들어가 주차를 마
친 뒤 비아와 함께 차에서 내려 조시에게 향했다. 그는 차 옆에
선 채로 가만히 있었다. 디키 집 차고는 범죄 현장의 가능성이
있는 곳이라 접근이 금지되었다. 노란색 폴리스 라인이 차고 문
앞을 가로막고 있다. 비아는 그곳을 한번 쳐다보고는 시선을 돌
렸다. 바로 저곳에서 끔찍한 일이 벌어졌을 수도 있다니, 도무
지 믿기지 않았다.

"메러디스와 딜라일라를 찾으러 돌아다녔어요." 인사조차 건
넬 생각도 못 하는 우리에게 조시가 답했다. 그가 입은 버튼다
운 셔츠의 반은 청바지 바깥으로 삐져나왔다. 벨트를 하지 않아
바지가 흘러내렸다. 조시가 허리춤을 붙잡아 바지를 추켜올렸
다. 두 눈이 부어 있었다.

"오늘도 수색대가 모이는지 몰랐어요." 돕지 못했다는 사실
에 미안해졌다. 내일은 동물병원 근무일이라 함께 할 수가 없
었다.

"비바람이 심해서 오늘은 수색대가 나가지 않았어요. 그렇다
고 해서 아무것도 안 하고 앉아 있을 수만은 없어서……" 조시
가 말했다.

어디를 둘러봤냐고 묻는 비아에게 그는 메러디스가 아이들
을 데리고 자주 가는 공원과 야외 장소 예닐곱 군데를 줄줄 읊

었다. 물론 이렇게 궂은 날씨에 메러디스와 딜라일라가 공원에 있을 확률은 거의 없었다. "한심하죠?" 그가 물었다.

조시가 키우는 개, 와이엇은 온종일 혼자 집에 있었다. 조시가 개를 데리고 다닐 여유도 없었고, 아무래도 여러모로 부담스러울 것 같아 두고 나갔다. 개를 데리고 갈 수 있는 곳도 제한적이었다. 조시는 와이엇을 잠깐 산책시킨 뒤 시터 집에 있는 레오를 데리러 갈 예정이라고 했다. 모든 것이 버거워 보였다. 굉장히 지쳐 보였다.

"레오에게 메러디스와 딜라일라에 관한 이야기를 했어요?" 내가 물었다.

조시가 눈을 감았다. 고개를 세차게 젓고는 나를 바라봤다. "할 수가 없습니다. 도대체 무슨 말을 할 수 있겠어요?" 개를 산책시키는 것도 레오를 데리러 가는 것도 너무 힘들다고, 아무것도 손에 잡히지 않는다고 털어놨다. 메러디스와 딜라일라를 찾으러 다니는 것 외에는 아무것도 할 수 없다고 말이다. 혼자 집에서 가만히 있는 것이 괴롭다고 했다. 자신이 너무 무력한 사람처럼 느껴진다고. 그는 온 거리를 샅샅이 뒤지며 가족을 찾으러 다니는 것 외에는 아무것도 하고 싶지가 않았다.

"레오도 조시의 가족이에요. 메러디스와 딜라일라만큼 레오에게도 당신이 필요하다고요."

"와이엇 산책은 제가 할게요." 비아가 제안했다. "조시가 레오를 데리러 가는 동안 케이트와 제가 와이엇을 보고 있을게요. 레오와 같이 있어줘요. 대화도 나누고요. 영리하고 눈치도 빠른 아이잖아요. 엄마랑 딜라일라가 집에 없다는 걸 당연히 알고 있을 거예요. 지금껏 딜라일라 없이 지냈던 적이 있었어요?" 비아가 물었다. 메러디스야 지금 일을 하는 중이라고 둘러댈 수 있었고, 예전에도 출산이 몇 건이나 계속 이어졌던 적도 있으니 이해할 수 있겠지만, 딜라일라는 학교에 가는 몇 시간을 제외하고는 레오와 온종일 함께였다.

비아가 조시의 집에 가서 와이엇을 데리고 나오기로 했다. 나는 홀로 집에 들어가 작업자들 사이를 헤치며 걸음을 옮겼다. 하던 일을 멈추진 않았어도 은근히 나를 의식하는 눈길이 느껴졌다. 내가 모르는 언어로 대화를 나누는 소리가 들렸다. 무슨 이야기를 하는지 알아들을 수 없었다.

위층으로 올라간 나는 침실로 이어지는 복도를 걸었다. 창문으로 들이치는 빛이 닿지 않는 곳이라 복도가 어두웠다. 침실 문을 잠그고 의자로 문을 막기까지 했다. 작업자들이 집에 있을 때는 절대로 샤워를 하지 않았지만 오늘만큼은 당장 씻지 않고는 견딜 수가 없었다. 욕실에 들어가 옷을 벗었다. 작업자들의 소리가 들렸다. 복도 끝에 자리한 두 번째 화장실에서 작업 중인 연장 소리와 대화 소리가 전해졌다. 두 개 중 한 곳이 공사 중이라 현재 쓸 수 있는 화장실은 하나뿐이다. 비아와 내가 쓰는 침실에 있는 화장실만 사용이 가능한 상태로, 다시 말해 우리가 집에 없을 때면 작업자들이 이곳에 들어와서 볼일을 본다는 뜻이다. 변기가 올라가 있고 수건이 젖은 채로 삐뚤게 걸려 있는 이 화장실은 더는 비아와 나만 쓰는 공간이 아니다.

샤워실에 가만히 서서 닥터 파인골드의 손길이 닿았던 흔적이 모두 씻겨 내려가도록 뜨거운 물을 맞았다. 샤워볼에 비누 거품을 내어 몸 곳곳을 샅샅이 닦아냈다. 샴푸를 짜서 머리에 문질렀다. 그가 내 머리를 만진 적은 없는데도 그의 손이 온몸을 훑고 간 것만 같았다.

욕실에서 나와 옷을 갈아입고 나자 작업자들이 짐을 챙겨 집을 나서고 있었다. 짐을 실은 트럭이 느리게 거리를 빠져나가는 모습을 블라인드 사이로 지켜봤다.

땅이 흠뻑 젖어 있었다. 물웅덩이가 너무 많이 생겨 더는 물이 고여 있는 정도가 아니라 땅이 물에 잠긴 것 같은 모양새였다. 어두워진 하늘은 날씨 때문인지 곧 해가 질 시간이 다 되어서인지 가늠하기 어려웠다. 요즘 들어 늘 하늘이 어두운 터라 가늠이 되질 않았다. 마지막으로 해를 본 것이 언제였는지 기억조차 나지 않는다. 이런 날씨만으로도 우울하기 그지없는데, 셸비와 메러디스, 딜라일라에게 벌어진 일 때문에 모든 것이 끔찍하게 느껴졌다.

비아와 와이엇이 산책을 마치고 돌아오고 있었다. 집으로 난 길을 따라 현관에 올라오는 모습을 창문에서 지켜봤다. 곧 현관문이 닫히고 비아가 나를 부르는 목소리가 들렸다.

"금방 갈게." 젖은 머리에 빗질하며 소리쳤다. 욕실에 들어가 수건으로 머리끝의 물기를 닦고 대충 올려 묶었다. 세탁할 수건을 챙겨 아래층으로 내려가던 나는 발에 닿는 낯선 촉감에 바닥을 내려다봤다. 보양지와 플라스틱 시트지가 온 사방에 깔려 있고 못과 건축 자재 쓰레기들이 바닥에 뒹굴고 있었다. 작업자들이 떠나고 나면 우리가 치워야 했다. 제우스는 어딘가로 숨어버렸다. 나만큼 집에 사람들이 오는 것을 싫어하는 아이다.

비아가 젖은 옷을 갈아입고 내려왔다. 와인 한 잔을 따라 소파로 가져다주었다. 와이엇은 소파 아래 바닥에 앉아 있었다. 땅거미가 내려앉자 집이 어두워졌다. 비아와 나는 집 이곳저곳을 돌아다니며 불을 켠 후 다시 소파에 자리를 잡았다.

"생각해봤는데……" 비아가 말했다.

와인 한 모금을 넘기며 물었다. "뭘?"

"닥터 파인골드가 소름끼치는 인간이라고 해서 반드시 살인자라고는 볼 수 없는 거 같아."

"갑자기 무슨 말이야?"

"메러디스를 모른다고 거짓말한 게 메러디스의 실종과 어떤 식으로든 연관이 있어서가 아니라 의료 과실 소송 때문일 수도 있잖아. 생각해봐, 케이트. 네가 임신을 해서 출산 도우미가 필요한 상황이라면 의사로서는 네게 이런저런 이야기를 할지도 모를 메러디스가 달갑지 않을 거라고. 닥터 파인골드가 티보네 아이한테 무슨 짓을 했는지 메러디스가 네게 말할 테니까. 병원 비즈니스에 안 좋잖아."

비아가 한 말을 곰곰이 생각해봤다. "일리가 있는 말이야." 말은 이렇게 했지만 그 의사에 대한 의심이 사라지지는 않았다. 그를 용의선상에서 배제할 수 없었다.

"셸비 남편을 제외하면 안 될 것 같아." 비아가 말했다. "셸비와 남편 사이에 문제가 있었잖아. 셸비가 밤늦게 러닝을 한다는 건 그 남편만 알고 있었어. 셸비를 죽일 동기도, 기회도 있었고. 조시 말이 맞는지도 몰라. 자신이 의심받지 않으려고 닥터 파인골드 이야기를 한 걸지도."

"하지만 재닛도 그렇게 이야기했잖아."

"아니, 파인골드가 의료 과실을 저지르지 않았다는 게 아니라, 셸비의 남편이 우리에게 그 이야기를 꺼낸 데는 숨은 의도가 있을 수도 있다는 거지. 솔직히 말야, 케이트. 셸비 남편이 닥터 파인골드 이야기를 꺼내기 전까지만 해도 우린 그가 셸비를 죽였을 거라고 생각했단 말이야. 하지만 이제는 잘 모르겠다는 쪽이잖아. 그러니까 셸비 남편이 우리에게 의심의 씨앗을 심었달까." 비아의 말이 맞다. 엊그제까지만 해도 내가 생각하는 용의자 리스트에는 한 명만 있었지만 지금은 둘이 되었다.

"하지만 우린 그를 직접 만났잖아." 내 무릎을 억지로 벌리고 호박 속을 파내듯 내 안으로 손가락을 쑤셔 넣었던 그 느낌이 생생했다. 몇 시간 지나 다시 떠올려보니 그가 내게 딱히 비윤리적인 짓은 하지 않았다는 생각이 들었다. 나를 불쾌하고 불편하게 만들었던 것은 그의 기계적이고도 강압적인 태도였다. 어쩌면 그가 셸비를 죽인 살인자일지도 모른다는 생각이, 그가 발가벗겨진 셸비의 차가운 시체를 숲속에 끌고 가 쓰레기를 버리듯 내팽개치는 이미지가 더해져 더욱 최악으로 느껴졌던 거였다. "직접 대화도 나눠봤잖아. 역겨운 인간이라고. 혐오스러운 인간이야."

"그렇다고 해서 살인자라고 볼 수는 없어."

"경찰에 신고하자. 우리가 아는 사실을 경찰에 알려야 해."

비아도 같은 생각이었다. 그녀의 핸드폰이 탁자 위에 놓여 있었다. 핸드폰으로 경찰서에 전화를 걸었다. 경찰 측에서도 수사가 진행 중이었다. 이미 제이슨 티보를 수차례 불러 조사를 했고, 메러디스의 핸드폰 통화 내역을 분석하는 중이지만, 핸드폰이 나오지 않은 이상 한계가 있었다.

비아가 전화 건너편의 누군가에게 말했다. "디키 실종사건에 대해 제보하고 싶어서요." 잠시 기다리라는 안내를 받았다. 와인이 들어가자 날카로웠던 신경이 무뎌지는 한편 용기가 샘솟았다. 나도 들을 수 있게 스피커로 돌려달라고 비아에게 말했다. 비아가 스피커폰을 켜고 내 쪽으로 좀 더 다가왔다. 여자 형사가 전화를 받았다.

"제보하실 내용이 있다고요." 그녀가 말했다.

"네." 내가 급히 끼어들었다.

"지금 전화 거신 분은 누구시죠?"

비아가 답했다.

"케이트와 비아요. 네 알겠습니다. 제보하실 내용이 뭔가요?"

내가 먼저 입을 열었다. 건너편에 사는 카산드라 해너카에게 들은 이야기부터 했다. 이 이야기를 듣고 만 하루가 지나도록 경찰에 알리지 않았다는 데 죄책감이 들었지만, 어제 셸비의 시체가 발견되며 정신이 없었으니 어쩔 수 없었다고 합리화했다. 나는 카산드라가 한밤중에 아들을 재우다가 조시와 메러디스의 집 앞에서 서성대던 누군가를 봤다고 말했다. "근처에 보안용 카메라가 설치된 집이 있을 것 같아서요. 그 사람들 모습이 찍혔을지도 몰라요." 우리 집에는 보안 장치가 없다. 이 일이 있기 전까지만 해도 그런 걸 설치해야 한다는 필요성을 느끼지 못했다.

"아쉽게도, 가정용 보안 카메라는 실시간 촬영만 하고 녹화는 안 되는 경우가 대부분이에요. 그래도 조사는 해보겠습니다. 뭔가 나올 수도 있어요. 디키 씨에게도 혹시 그날 저녁이나 그 다음 날 뭔가 이상했던 게 있었는지 확인할게요. 해너카 부인이 이상한 사람을 봤다고 한 날이 며칠인가요?" 형사가 물었다.

"날짜는 말하지 않았어요. 잘 기억이 안 난다고요. 1, 2주 전쯤이었던 것 같다고만 했어요."

비아가 말을 이었다. 티보 부부가 닥터 파인골드를 상대로 의료 과실 소송 중이라고 말했다. 제이슨 티보 외에도 용의자가 될 수 있는 사람이 있다는 것을 알리기 위해서였다. 형사는 의료 과실 소송 건에 대해 이미 알고 있었다. 다만 형사는 메러디스가 셸비의 출산 도우미라는 사실은 몰랐다. 비아가 한 말을 듣고 알게 되었다.

민망했지만 우리가 닥터 파인골드와 만났다는 것을 고백했다. 비아가 형사에게 설명하는 걸 듣자니 새삼 민망했다. 형사는 앞으로 경찰 일은 경찰에게 맡기라고 당부했다.

형사는 다시 연락을 주겠다고 말했다. 그렇게 전화를 끊었다. 우리는 TV를 켰다. 와인을 마시며 마음을 진정하려 했지만 천둥과 번개를 동반한 엄청난 비가 쏟아지기 시작했다. 아무리 노력해도 마음이 진정되지가 않았다. 메러디스와 딜라일라가 이렇게 춥고 무서운 밤에 쏟아지는 비를 맞으며 어딘가를 헤매고 있는 것은 아닌지 걱정을 멈출 수가 없었다. 번개가 잇따라 땅에 꽂혔다. 천둥소리는 어찌나 큰지 집 전체가 뒤흔들리는 것 같았다.

그 순간 갑자기 집이 어둠에 휩싸였다. 폭풍우로 전기가 나간 것이다.

너무나 갑작스러운 정전에 심장이 멈출 뻔했다. 나도 모르게 비명을 질렀다. 낮게 웅웅거리던 냉장고의 소음이 순식간에 멈췄다. 건조기와 실링팬이 작동을 멈추고 TV는 꺼졌다. 집 안에 비정상적인 적막이 내려앉았다. 실링팬이 돌아가는 소리를 한 번도 의식한 적이 없었지만, 소리가 나지 않자 갑자기 의식이 되었다. 고요한 실링팬에 귀청이 터질 것만 같았다.

발치에서 신음을 내는 와이엇의 귀를 쓰다듬어 주었다. "괜찮아, 괜찮아." 말하면서도 정말 괜찮은 건지 알 수 없었다. 자리에서 일어나 초와 손전등을 최대한 많이 챙겨 거실로 돌아왔다.

지금껏 우리는 전기만큼은 운이 좋은 편이었다. 하지만 우리의 운도 다한 것 같았다.

나는 비아 옆에 앉았다. 초에 불을 붙여 탁자에 올려놨다. 비아에게 손전등 하나를 쥐여주고는 다른 손전등 하나를 켜서 어두운 거실 구석을 비췄다. 어두운 그림자가 사람인 줄 알고 화들짝 놀랐는데 다시 보니 그저 가구였다. 비아와 나 말고는 아무도 없다.

바깥에서는 폭풍이 거세지고 있었다. 비보다는 천둥과 바람이 심했다. 발치에 와이엇을 두고 소파에 잠자코 앉아 있는데 대피를 알리는 토네이도 사이렌 소리가 들렸다.

바람에 나무와 풀들이 잔뜩 성을 냈다. 집 벽과 창문을 거칠게 두드렸다.

그때 위층의 문 하나가 갑자기 쾅 소리를 내며 닫혔고 비아와 나는 비명을 질렀다.

"제우스가 그런 건가." 말했지만 5킬로그램의 고양이가 저렇게 세게 문을 닫는다는 건 말이 안 되는 소리였다.

"작업자들 때문일 거야." 비아가 그나마 이성적인 답을 생각해냈지만 둘 다 진심으로 그렇게 생각하지는 않았다. "작업자들이 창문을 열어 놓은 걸 거야. 바람 때문에 문이 닫힌 거야." 정말 창문이 열렸다면 방으로 비가 들이치겠지만 누구도 가서 직접 확인할 용기가 나지 않았다. 우리는 몸을 가깝게 붙여 앉았다.

두려웠다. 나 자신이 나약하고 무방비로 노출되어 있는 듯한 기분이었다. 이런 기분이 싫었다. 나는 소파에서 다시 몸을 일으켜 코트를 걸어놓은 옷걸이로 향했다. "어디 가?" 묻는 비아에게 답하지 않았다. 비아는 손전등을 비추어 내가 하는 행동을 지켜봤다.

코트 걸이 옆에는 우산꽂이가 있다. 손을 뻗어 대형 골프 우산을 꺼냈다. 우리를 지킬 만한 무기가 있어야 할지도 모르니까.

내 시선이 우산꽂이 위로 향했다. 창문을 살폈다. 우리 집 창문은 실용성보다는 심미성에 치중한 장식품에 가깝다. 화창한 날에도 창문을 통해 빛이 잘 들지 않은 탓에 집 안은 어둡다. 지금은 굵은 빗줄기가 창문을 뒤덮었다.

다만 아무리 작아도, 그 기능을 하지 못하는 장식품에 불과해도 창문을 통해 길 건너편의 집들은 전부 밝게 불이 밝혀져 있다는 것만은 또렷하게 들어왔다. 우리 집과는 달리 전혀 어둡지 않았다.

다른 집 현관 앞과 차고는 밝았다. 침실과 거실 등 아래 사람들이 움직이는 모습이 보였다. 길 건너편 집에는 카산드라의 남편 마티가 현관 통로 쪽에 설치된 새장 샹들리에 아래 서 있는 것이 보였다. 샹들리에의 불빛이 밝게 빛났다. 쏟아져 내리는 노란 불빛이 그를 비추고 있었다.

"비아." 숨을 내뱉듯 그녀를 불렀지만 목이 바싹 말라 목소리가 나오지 않았다. 이름을 부르는 대신 발작적인 기침이 나왔다. 눈물이 고였다.

내가 비아에게 하려던 말은 이 마을에 전기가 나간 게 아니라는 거였다. 그러니까 우리 집만 전기가 나갔다는 이야기를 하고 싶었다. 차단기는 집 측면 외벽에 내장된 금속 상자 안에 있다. 누군가 어둠 속에서 우리 집 주변을 배회했다. 누군가 차단기에 접근해 일부러 차단기를 내린 것이다.

전기를 다시 들어오게 하려면 우리 둘 중 한 명이 바깥에 나가 차단기를 다시 올려야 한다. 차단기를 발견하기 쉽지는 않다.

외벽 색깔에 맞춰 금속 상자를 노란색으로 칠해 가려놨다. 내가 차단기의 위치를 아는 이유는 집수리를 하는 동안 작업자들이 감전 위험 때문에 전기를 차단하는 일이 자주 있었던 탓이다.

낮에 마음먹고 집 이곳저곳을 뒤지지 않고서야 차단기를 찾아내기가 어렵다.

내 안의 가장 깊은 두려움은 또 다른 생각으로 이어졌다. 우리 집 열쇠는 현관에 걸린 열쇠 박스 안에 들어 있다. 열쇠 박스의 비밀번호를 아는 사람만 집 안으로 들어올 수 있다.

"괜찮아?" 비아가 다가와 등을 두드리며 기침을 달랬다.

"저기." 떨리는 손가락으로 건너편 마티와 카산드라의 집을 가리키며 간신히 할 수 있는 말은 이게 다였다. 비아가 내 말뜻을 이해하기까지 시간이 좀 걸렸다. 비아도 현관 통로에 서 있는 마티를 확인했다. 집에 막 들어온 듯한 마티가 코트를 벗어 옷걸이에 거는 모습을 지켜봤다. 카산드라가 다가왔고 두 사람이 말싸움을 시작하는 것도 보였다. 카산드라가 마티를 향해 무언가를 던지고 소리를 질렀다. 여자는 화가 났고 남자는 미안해했다. 마티가 조심스럽게 손을 뻗었다. 카산드라가 손을 매몰차게 뿌리쳤다. 그때 어린아이가 뛰어오다가 넘어졌다. 아이가 울기 시작하자 싸움을 멈췄다. 마티가 아이를 안아 들었고, 카산드라와 아이를 안은 마티가 각기 다른 방향으로 흩어지며 이제 현관 통로에는 밝은 불빛만 남았다.

"뭘 보라는 거야?" 비아가 물었다.

그녀는 큰 그림을 보지 못했다. 전기가 나가 캄캄한 집이 우리 집뿐이라는 것을 깨닫지 못했다. 그 이야기를 해주자, 어둠 속에서 비아의 표정은 잘 보이지 않았지만 위기를 감지한 고양이처럼 그녀의 등이 굽는 게 보였다. 내 말의 의미를 파악한 그녀가 순간 등을 곧추세웠다.

"세상에, 지금 무슨 생각 하는 거야?"

"우리 집 차단기를 누군가 내렸다고."

"왜? 도대체 누가 왜 그런 짓을 해?"

"나도 몰라." 낮은 목소리로 대답했다. 내가 정말 두려워하는 일이 벌어졌다면 누군가 열쇠 박스에서 키를 꺼내 지금 이 집 안에 우리와 함께 있다는 소리였으니까. 열쇠 하나로 문 두 개를 열 수 있다. 비아와 내가 지금 있는 현관과 우리가 뒷골목에 차를 대고 들어올 때 쓰는 옆문. 작업자들도 같은 열쇠로 옆문도 열 수 있다는 걸 알고 있다. 옆문의 폭이 더 넓고 대형 석고판을 안으로 들여오기에도 수월해 자주 이용했으니까. 우리 집을 유심히 지켜본 사람이라면 누구나 알 수 있다.

옆문은 세탁실과도 통해 있다. 세탁실을 통해 주방으로 들어올 수 있고, 주방은 하인용 계단과 이어져 있다. 하인용 계단을 통해서는 집 안 어느 곳이나 갈 수 있다.

둘 중 누구도 혼자 나가서 차단기를 확인하고 싶지는 않았다. 또한 혼자 집에 남겨지기도 싫었다.

결국 우리는 함께 나가기로 했다. 나는 손전등을 켰다. 비아는 자칫 빛을 보고 누군가 우리의 위치를 알 수 있으므로 손전등을 끄라고 했다. 어둠 속에서 조용히 움직여야 한다. 손전등을 두고 나가기로 했다.

　현관 손잡이를 돌렸다. 문을 천천히 밀었다. 비아는 내 등허리에 손을 대고 뒤를 따랐다. 우리는 머뭇거리며 문밖으로 한 발짝을 떼었다. 주변 상황에 경계를 바짝 세웠지만 바람 때문에 정신이 없었다. 바람의 사나운 기세에 머리카락이 온 얼굴을 덮었고, 문손잡이를 당장이라도 놓쳐버릴 것만 같았다. 밖이 너무 캄캄해서 집 앞임에도 어디가 어디인지 구분할 수 없을 정도였다. 방향감각을 잃고 현관 계단에 발을 헛디뎠지만 비아가 잡아준 덕분에 균형을 잃지 않았다. 우리 머리 바로 위에서 번개가 번쩍였다. 폭풍우가 상륙했다.

　하늘에 구멍이 뚫린 듯 퍼붓는 빗속에서 마당으로 나가자 발이 흙 속에 푹푹 빠지고 온몸이 흠뻑 젖었다. 차가운 빗물에 몸이 덜덜 떨리는 와중에 누군가 있는 것은 아닌지 주변을 바쁘게 살피며 걸음을 옮겼다.

　차단기는 집 측면 외벽에 설치되어 있다. 마당을 가득 메운 나무들이 사람의 형상처럼 보였다. 비아와 나는 몸을 꼭 붙인 채 걸었다. 비아는 왼쪽을, 나는 오른쪽을 살폈다. 한 번씩 고개를 돌려 뒤를 확인했다. 누군가 우리를 지켜보고 있다고, 우리 뒤를 쫓고 있다는 불안감에 목이 뻣뻣하게 굳었다. 내 피해망상일까 아니면 정말 누군가 있는 걸까? 알 수 없다. 뒤를 확인하려고 잠시 멈췄지만 비아가 내 손을 당기며 걸음을 재촉했다. 이 폭우를 피해 다시 집에 들어가려면 우선 차단기를 올려야 한다.

　차단기까지 반쯤 갔을 때 즈음, 손전등을 놓고 온 것을 후회했다. 어두워서가 아니라 호신용으로 말이다. 대형 우산을 두고 온 것도 후회스러웠다. 공격에 방어할 만한 것이 아무것도 없었다.

우리는 뛰듯이 걸음을 서둘렀지만 바람에 밀려 제 속도가 나지 않았다. 우리 쪽으로 불어오는 바람을 거슬러 오르며, 바람에 맞서 걸었다. 부러진 나뭇가지에 발이 걸려 넘어졌다. 진창에 발이 푹 빠졌다. 흙이 튀며 다리가 축축하게 젖었고 순식간에 더러워졌다.

앞서 걸으며 나를 끄는 비아를 따라 집 모퉁이를 돌았다. 바람에 버텨보려고 집 벽에 바짝 붙어 걸었다. 거센 바람 때문에 옆으로 흩날리는 빗물이 눈에 들어간 탓에 눈을 뜰 수가 없었다.

그때 갑자기 뒤에서 발소리가 들렸다. 숨소리도 들렸다.

이곳에 비아와 나 말고도 다른 누군가가 있다.

홱 몸을 돌리자 세 발짝쯤 뒤에 선 누군가의 하얀 눈동자만 간신히 보였다. 비명이 나왔고, 내 안에 어떤 본능이, 동물적 본능이 깨어났다. 나는 주먹을 꽉 쥐었다. 상대가 고통에 배를 움켜쥘 정도의 일격을 가하기 위해 온몸의 체중을 실어 주먹을 배에 꽂았다.

비명 소리를 듣고 나서야 누군지 알아봤다. 조시였다.

"어머, 세상에, 조시." 그에게 다가가 몸을 일으켰다. 숨쉬기 어려울 정도로 세게 친 바람에 조시가 극심한 통증을 느꼈다. 빗속에서 배를 감싸 쥐고 웅크린 채로 호흡을 가다듬었다. 횡경막에 경련이 일어나 숨을 쉬지 못했다. 그를 부축해 허리를 펴고 바로 설 수 있도록 했다. "정말 미안해요. 세상에, 조시. 미안해요. 저는 다른 사람인 줄 알고……."

순간 말을 멈췄다. 왜 조시가 이 빗속에 여기에 있는지, 왜 우리 집 외벽에, 차단기 근처에 숨어 있었던 건지 의아한 생각이 들었다. 혼란스러운 동시에 경찰이 조시를 심문했다는 것이, 조시의 알리바이를 확인하고 차고에서 발견된 혈액에 대해 조사했다는 것이 떠올랐다.

하지만 조시는 메러디스를 사랑한다. 메러디스에게 무슨 짓을 했을 리가 없다.

설마?

그에게서 몸을 떼고 물러났다. 심장이 얼마나 빨리 뛰는지 머리가 어지러울 지경이었다. 다리에 힘이 풀렸다. "우리 집 전원을 차단한 게 조시였어요?" 바람이 내 목소리를 삼켰다.

"뭐라고요?" 그의 목소리 또한 잘 들리지 않았다.

"우리 집 전원을 차단한 사람이 조시였냐고요." 소리를 질렀다.

"도대체 무슨 말이에요?" 조시가 물었다. 무릎에 손을 짚고 몸을 일으키려 했다.

"우리 집 전기가 나갔어요. 누군가 차단기를 내렸다고요. 조시였어요?"

"케이트." 통증 때문에 여전히 숨을 쉬기 어려운 듯 말을 이었다. "내가 왜 그러겠어요? 이쪽 거리 전기가 다 나갔어요."

"아니에요." 건너편에 밝게 빛나고 있는 집들을 가리켰다.

그가 내 어깨에 손을 올렸다. 나는 놀라 뒤를 돌아봤다. "우리 쪽이요, 케이트." 그가 달래듯 말했다. "우리 쪽 거리는 전기가 전부 나갔어요. 건너편에는 다른 송전선으로 연결이 된 모양입니다. 보세요." 그가 약 스무 걸음 떨어진 곳의 캄캄한 집을 가리켰다. "우리 집도 나갔어요. 나무가 전선을 덮쳤어요. 지금 복구 중이라고 하더라고요. 핸드폰으로 전기 회사 홈페이지에 들어가서 확인했습니다. 아침에는 복구될 겁니다." 조시가 설명했다.

뒤편에 자리한 조시의 집도 어두웠다. 조시의 집 뒤로 이어진 집들도 마찬가지였다. 비아와 거실 창문으로 내다봤을 때는 우리 집과 나란히 있어서 보이질 않았다. 건너편 집들만 보였다.

조시가 우리 집 전기를 차단한 게 아니었다. 누가 일부러 한 짓이 아니다. 폭풍 때문에 전기가 나간 거다. 조시가 비아와 나를 해치려 든다고 생각하다니 나 자신이 한심하게 느껴졌다. 병원에서 누군가 우리의 뒤를 미행했다고 해도, 우리에게 겁을 주었다 해도 그건 조시와는 무관한 일이다. 병원에 내 진짜 이름과 주소를 적은 것도, 아니 애초에 닥터 파인골드와 만날 약속을 잡는 한심한 짓거리를 한 것도 전부 나였고 조시와는 무관한 일이었다. 위험한 상황을 만든 것은 바로 나 자신이다.

안도감에 휩싸였다. 잔디밭에 선 채로 울음을 터뜨렸다. 그간 참아왔던 감정들이 마침내 터졌다. 비아가 내 등에 작은 원을 그리며 쓰다듬었지만 정작 나를 위로해준 사람은 조시였다. 그는 젖은 몸으로 떨고 있는 내게 팔을 둘러 안아주었다.

"지금 벌어지는 일들이 내 삶을 무너뜨리고 있어요. 메러디스와 딜라일라가 없는 삶은 아무 의미도 없죠. 모두에게 힘든 시기일 겁니다. 다들 불안하고 혼란스러울 수밖에요."

조시가 우리 집에 들르려던 이유는 와이엇이었다. 비아가 와이엇을 데리고 나왔다. 우리는 레오가 잠들어 있는 조시의 집으로 향했다. 비를 피해 현관 앞에 섰다. 흠뻑 젖은 몸이 차갑게 식었다. 몸을 덜덜 떨던 나는 조금이나마 온기를 지키려고 팔을 감쌌다.

현관 앞에서 조시가 말했다. "롤링스 형사가 한 시간 전쯤 전화를 했습니다. 차고에 있던 혈액은 메러디스도, 딜라일라도 아니라고요."

반짝 고개를 들어 물었다. "그럼 누구예요?"

"경찰도 모른대요. 데이터베이스에 있는 자료와 매칭되는 게 없답니다."

"생긴 지 꽤 된 거 아닐까요?" 비아가 물었다. "잘 보이지도 않을 정도라고 했잖아요. 그럼 몇 년 전에 생긴 걸 수도 있는데. 어쩌면 전에 살던 사람 건지도 몰라요."

조시가 고개를 저었다. "검사 결과 혈흔이 며칠 전에 생긴 걸로 나왔어요." 그의 말을 끝으로 셋 다 말이 없었다. 할 수 있는 말이 없었다.

차고에서 어떤 일이 있었지만, 그게 뭔지는 아무도 모른다.

메러디스

11년 전

5월

조시에게 이렇게 많은 것들을 비밀로 한 채 계속 지낼 수는 없다. 그에게 숨기는 게 많아지니 내 삶도 조금씩 망가져 갔다. 지금껏 어떤 일들이 있었는지 그에게 털어놓을 때다. 조시도 느끼고 있는지는 몰라도 지난 몇 달간의 일들로 우리 사이가 조금씩 틀어졌다. 예전의 우리로 돌아가고 싶었다. 마티와 있었던 일에 대해서도 털어놔야 했다. 내가 조시에게 직접 설명할 수 있도록 기다려 달라고 부탁했지만 카산드라가 그 약속을 지켜 줄지는 미지수다. 카산드라가 나선다면, 과연 그녀는 조시에게 뭐라고 말할까? 카산드라는 마티와 내가 지금 바람을 피운다고 생각하고 있다.

목요일 저녁 나는 아이들을 돌봐줄 여학생을 집으로 불렀다. 시터가 왔을 때 아이들은 자고 있었다. 시터가 크게 할 일은 없었다. 그저 시간만 때우면 된다.

조시에게 외식을 하자고 했다. "무슨 일이야?" 그가 웃으며 물었다. 조시와 단둘만의 시간을 보낸 지가 오래됐다. 항상 아이들이 곁에 있어 어른다운 대화를 나눌 기회가 거의 없었다.

사실 우리 부부에게 가장 필요한 것은 주말여행이다. 미시간에 계신 조시의 부모님이 우리 집에 오셔서 이틀만 아이들을 봐주신다면 얼마나 좋을까. 그리고 우리는 시내에 있는 포시즌스 호텔에 방을 하나 잡는 거다. 잠시나마 아이가 없는 성인의 삶을 즐기기 위해 말이다. 공연도 보고 아침에 7시 넘어 일어나는 그런 하루. 그간 나누지 못하는 대화나 아이들이 계속 끼어들어 마치지 못했던 이야기도 나눌 수 있고 말이다. 조시와 회사 일이나 고객, 동료에 대한 대화를 제대로 나눠본 지가 너무도 오래되었다. 조시가 말을 시작할라치면 아이들이 뭐가 필요하다, 뭐가 싫다 매달리는 탓에 대화가 이어지지 않았다. 나 우유 더 먹어도 돼? 레오가 자꾸 괴롭혀. 브로콜리 싫어.

"별일은 무슨." 그에게 몸을 기울이며 말했다. "남편이랑 저녁을 함께 보내고 싶은 건데, 뭐 문제 있어?"

강이 내려다보이는 고급 레스토랑으로 조시를 데려갔다. 음식이 괜찮은 곳이다. 버거로 유명하지만 사실 이곳의 진짜 매력은 전망이다. 층마다 테라스가 마련된 2층짜리 레스토랑의 위층에 자리를 잡았다. 테라스에는 개폐식 지붕이 있어 오늘처럼 쌀쌀한 날씨에도 그리 춥지 않게 멋진 전망을 즐길 수 있다. 조시가 무척이나 만족스러워 했다.

목요일 밤에는 라이브 연주와 댄스 플로가 열려 사람들이 많이 찾는다. 내 허리에 손을 얹은 조시가 레스토랑을 가득 메운 사람들 사이를 헤치고 나를 안내했다. 의자를 빼주고는 내가 먼저 앉기를 기다렸다. 조시는 아이들이 곁에 있을 때는 도중에 중단되고 마는 로맨틱한 행동을 마음껏 했다.

우리는 음료를 주문했다. 긴장되었지만 겉으로는 티를 내지 않았다. 음료가 도착하면 마음먹었던 이야기를 전부 털어놓겠다고 다짐했다. 닥터 파인골드와 의료 과실 소송 건부터 이야기할 생각이었다. 그러고는 마티 이야기도 꺼낼 계획이었다. 마티와 내가 카산드라와 조시에게 지난 관계를 알리지 않은 것은 별일 아니었기 때문이라고 말이다. 마티와 내 관계는 아무것도 아니었다고. 풋사랑이라는 단어를 쓰는 실수를 반복하지 않겠노라 다짐했다. 조시도 내게는 절대로 말하지 않은 비밀이 있을 것이다. 내게 했던 말이 사실이라면 조시가 나 이전에 만났던 여자가 여섯 명쯤 되었다. 나는 마티와 다른 남자 이렇게 둘 뿐이었다. 손가락질받을 정도는 아니다. 다만 우연의 일치로 조시와 마티가 아는 사이가 되었을 뿐이다.

음료가 나왔다. 첫 모금을 넘기자 속이 뜨거워졌다. 보드카와 맥주를 섞은 칵테일이다. 조시가 손을 뻗어 내 손을 잡았다. 깍지를 꼈다. 짜릿했다.

"좋다." 테이블 건너편에 앉은 나를 보며 조시가 미소를 지었다. 그의 손길에 심장이 쿵쾅댔다. 테이블 아래로 다리가 맞닿았다. 조시의 눈빛이 무엇을 말하는지 너무나 명백했다. 그가 무슨 생각을 하는지 읽을 수 있었다. 그가 무엇을 원하는지. 나도 같은 마음이었다.

"단둘이서만 저녁 먹은 게 언제였는지 기억도 안 나."

우리가 아이를 둘만 낳으리라고는 생각지 않았다. 아이를 더 많이 가질 줄 알았다. 조시의 집처럼 넷, 다섯, 여섯 명의 아이가 있는 가정을 꿈꿨다. 아직 마음을 접은 것은 아니다. 어쩌면 오늘 시도해볼 수도 있다. 새로 태어나는 아이가 우리 가족을 변화시킬지도 모른다고, 우리의 관계를 더욱 단단하게 만들어줄지도 모른다는 기대감이 생겼다. 속이 뜨겁게 달아올랐다. 술 때문인지도 모른다. 아니면 내게서 시선을 뗄 수 없다는 듯 바라보는 조시의 눈빛 때문인지도.

아직은 이야기를 꺼낼 수 없다. 이 분위기를 망치고 싶지 않다. 로맨틱한 분위기가 지나면 그때 말할 것이다. 곤두선 신경을 가라앉혀 주길 바라며 칵테일을 천천히 길게 한 모금 넘겼다.

"메뉴를 보셨는지요?"

웨이터가 테이블 옆으로 다가왔다. 젊은 청년이었다. 요즘 웬만한 사람들은 전부 나보다 어린 것 같았다.

서로를 바라보느라 메뉴를 볼 시간이 없었다. 그래도 상관없었다. 전에 와봤던 곳이다. 뭘 먹을 건지는 이미 정했다. 내가 먼저 식사를 주문한 뒤 조시가 주문을 마쳤다.

웨이터가 자리를 떠났다. 조시가 맥주잔을 들었다. "우리를 위해" 술잔이 부딪쳤다. 쨍하는 얇은 소리가 울렸다. "당신을 만나서 얼마나 행운인지 이야기했던가?" 그가 물었다.

"내가 행운이지."

우리는 스물다섯 살 때 만났다. 고속도로를 달리던 중 어떤 멍청이가 내 차 옆을 받았다. 차가 균형을 잃고 빙글 돌며 운전석 쪽으로 가드레일을 받고 멈췄다. 나를 친 차는 그대로 사라졌다. 조시는 내 바로 뒤차 운전자였다. 911을 부른 것도 그였다. 조시는 구급대원과 소방대원이 올 때까지 내가 의식을 잃지 않도록 말을 걸며 안심시켜주었고, 다른 사람들과 함께 차에서 나를 꺼냈다. 내가 의식을 차릴 때까지 곁에서 지켜준 것도 그다. 가족만 출입할 수 있는 병실에 들어가지 못할까 봐 간호사에게 자신이 친오빠라고 거짓말을 했다. 조시는 어떤 상황에서도 재치 있는 언변을 발휘할 줄 아는 사람이다.

조시가 내 목숨을 구한 거나 다름없었다. 병원에 도착했을 때 출혈이 심했다. 내부 출혈이 있었다. 쇼크에 빠지고 있었다.

그러니 내가 행운이라고 했던 말은 진심이었다.

한 남자가 무대에 올랐다. 기타를 조율하는 동안 밴드가 무대에 합류했다. 곧 연주가 시작되었다. 루프탑이 붐볐다. 마련된 자리를 초과해 사람들이 몰려들었다. 음악과 야경을 즐기기 위해 올라온 것이었다. 2층에는 바가 있다. 바 근처에는 음료를 주문하는 사람들로 가득했다. 그래도 대학교 앞 술집과는 다른 분위기다. 대학생들은 싸구려 술을 마시며 춤을 추는 그런 바에 간다. 술에 취하면 테이블 위로 올라가 몸을 흔드는 그런 곳 말이다. 여기는 가격이 있어 대학생들이 편히 오기는 어렵다.

"춤추자." 조시가 말했다. 그가 앉았던 의지가 뒤로 밀리며 바닥에 긁히는 소리를 냈다. 그가 자리에서 일어났다. 내게 손을 내밀었다. 나는 주변 눈치를 보며 망설였다. 아직 춤을 추는 사람이 없었다. "누군가는 시작해야지."

거절을 받아들일 생각이 없어 보였다.

그의 손안에 내 손을 맡겼다. 그가 손에 힘을 주어 나를 일으켰다. 정신이 아찔해졌다. 바텐더가 보드카를 아낌없이 넣었던 것 같다. 댄스 플로어에 올라 조시가 나를 빙글 돌렸다. 사람들이 손뼉을 쳤다. 누군가 휘파람 소리를 내자 여기저기서 연달아 환호성이 터졌다.

조시가 나를 돌리던 손을 멈추었다. 내가 균형을 잡도록 등허리를 손으로 받쳐주었다. 그가 자신의 몸쪽으로 나를 당겼고 이내 우리 둘 다 얼굴이 상기되었다. 나를 원할 때 바라보는 그 눈빛으로 내려다봤다. 가슴이 두근거렸다.

누군가 옆을 스쳤다. "실례합니다." 의도치 않게 팔꿈치로 나를 쿡 찌르는 게 느껴졌다. 괜찮다고 답을 하기도 전에 조시가 입을 맞췄다. 부드럽고도 짓궂은 입맞춤이었다. 내 몸이 그의 입맞춤에 반응했다.

그가 내 귓가에 속삭였다. "이 세상 무엇보다도 당신을 사랑해." 음악이 시작되었다. 음악 소리 때문에 다른 건 하나도 들리지 않았다. 나는 조시의 목에 팔을 둘렀다. 고개를 그의 가슴에 기대었다. 음악에 맞춰 몸을 움직였다. 조시의 손이 내 몸을 위아래로 쓸어내렸다. 오늘 여기서 하려던 말이 모두 지워져버렸다.

다음 곡은 빠른 리듬의 대중적인 노래였다. 댄스 플로에는 이제 우리만 있는 게 아니었다. 사람들로 붐볐다. 서로 몸이 부딪혔다. 플로가 베이스 소리에 맞춰 진동했다. 원래는 춤을 추는 바가 아니다. 하지만 목요일 저녁마다 분위기가 완전히 달라졌다. 조시에게서 몸을 떼어냈다. 신나는 비트의 음악이 흘러나왔다. 블루스에는 어울리지 않는 곡이었다.

그러다 나도 모르는 새 낯선 남자와 춤을 추고 있었다. 음흉한 갈색 눈동자가 나를 훑어봤다. 조시처럼 나를 빙그르르 돌렸다. 땀으로 축축하고 탐욕적인 손이었다. 그의 손에 이끌려 한 바퀴 돈 후 어느새 조시의 안전한 품 안에 안착했다.

하늘에서 번개가 여러 갈래로 갈라지며 번쩍였다. 유리로 된 천장을 통해 보였다. 사람들이 놀라 숨을 들이마셨다. 곧이어 비가 퍼부을 거라고 예상했지만 비는 오지 않았다. 비는 내리지 않고 번쩍이는 번개만 하늘을 메웠다.

테이블로 돌아오자 새로 서빙된 음료가 놓여 있었다. 조시의 이마가 땀으로 번들거렸다. 여전히 미소 짓는 얼굴로 맥주를 벌컥 들이켰다. 춤을 추고 난 뒤라 목이 마른 모양이었다. 우리의 눈빛은 좀 더 아찔하고 충동적인 무언가를 바라고 있었다. 술잔 너머로 서로를 향해 킥킥거렸다.

"계산서 달라고 할까?" 조시가 짓궂게 물었다.

"아직 음식 안 나왔는데."

"배고프면 패스트푸드 먹으면 되지."

집에 가면 베이비시터와 개가 있다. 아이들 때문에 소리도 낮쳐야 했다. 조시와 나는 차를 몰고 어디 외진 곳에라도 갈 작정이었다.

나도 미소로 답했다. "나가자." 그 어느 때보다도 조시와 단둘이서만 시간을 보내고 싶었다.

조시가 이리저리 살피며 웨이터를 찾았다.

"어, 이웃사촌 아니에요?" 반갑지 않은 목소리였다. 고개를 돌리자 옆 테이블에 케이트가 활짝 웃는 얼굴을 하고 있었다. 웨이터의 안내를 받은 케이트와 비아가 의자에 앉았다.

"이런 우연이 다 있네요?" 비아가 메뉴를 집어 들며 말했다.

그때 우리가 주문한 음식이 나왔고, 웨이터가 잔과 커틀러리 사이로 음식을 놓을 자리를 마련했다.

조시와 나는 김이 샌 눈빛을 주고받았다. 이제는 그냥 나가버릴 수가 없게 되었다.

조시의 의견에 따라 우리 테이블을 케이트와 비아의 테이블에 붙여 4인석으로 만들었다. 로맨틱한 분위기가 한풀 꺾였다. 완전히 없어진 건 아니었다. 내 안에 자리한 욕망은 한 시간이 지난 후에도 꺼지지 않고 그대로일 것 같았다.

케이트와 비아가 주문한 음료가 나왔다. 케이트가 건배를 제안했다. "비아를 위해." 그녀의 생일이었다. 오늘로 비아는 서른 살이 되었다. 두 사람은 생일을 기념해 온 것이었다. 네 개의 잔이 테이블 위로 모였다. 누군가 잔을 너무 세게 부딪치는 바람에 끈끈한 음료가 잔을 타고 흘러내려 손을 적셨다. 웃음이 터졌다. 케이트가 서둘러 냅킨으로 닦아내며 사과했다.

비아가 물었다. "목요일 저녁에 웬일이에요?"

조시가 내게 시선을 보냈다. "아름다운 아내와 멋진 저녁을 보내는 데 이유가 필요한가요?"

음식이 푸짐하게 나왔다. 양이 많았다. 술기운에 배가 고파진 나는 남김없이 먹었다. 비아와 케이트가 주문한 음식도 나왔다. 비아의 생일을 축하하며 조시와 나는 술을 한 잔씩 더 했다. 누군가 우리 테이블에서 생일 이야기가 오가는 것을 들었고, 이내 루프탑에 있는 사람들이 비아를 위해 생일 축하 노래를 불러줬다. 시끄러운 고성에 가까웠다. 듣기 좋은 노래는 아니었다. 비아가 디저트 메뉴판으로 얼굴을 가리자 케이트가 메뉴판을 뺏어 갔다. 비아가 정말 민망해서 그러는 것은 아니다. 그냥 그런 시늉만 하는 것이다. 그녀는 쉽게 당황하는 사람이 아니다. 노래가 끝나자 두 사람이 키스를 나눴다.

케이트와 비아는 정반대였다. 케이트는 보수적이고 비아는 그렇지 않다. 케이트는 비아처럼 눈에 띄는 타입이 아니다. 비아는 아주 매력적인 사람이다. 외모도 그렇고 태도도 그렇고, 비아는 쉽게 잊히지 않는 타입이다. 무엇도, 누구도 비아를 흔들 수 없다. 오늘 그녀는 짧은 반바지에 검정색 스타킹, 티셔츠에 호피 무늬의 인조퍼 재킷을 입고 닥터 마틴을 신었다. 이런 차림을 소화할 수 있는 사람은 드물다.

우리는 함께 춤을 췄다. 조시와 춤을 추다가 케이트, 비아와도 춤을 췄다.

유리로 된 천장 아래로 얇은 전선으로 연결된 꼬마전구가 달려 있었다. 은은한 빛을 내었다. 시간이 어떻게 지나가는지 아득해졌다. 발아래의 지면이 마치 파도가 밀려왔다 사라지고 난 뒤의 모래사장처럼 느껴졌다.

이제는 조시를 안은 채로 느린 노래에 맞춰 춤을 췄다. 조시가 사라진 후에는 케이트가 파트너가 되었다. 누군가 내 어깨를 두드렸다. 조시였다. 그의 표정이 달라져 있었다.

"왜 그래?" 내가 물었다. 우리 넷은 테이블 옆에 서 있었다. 케이트가 자신의 잔을 단숨에 비웠다. 비아는 몸을 슬쩍슬쩍 흔들고 있었다.

시끄러운 주변 소음에 조시가 소리쳤다. 시터가 전화를 한 모양이다. 딜라일라가 악몽을 꾸고 잠에서 깼다. 아이가 진정을 못 하고 있었다. 그 이야기에 정신이 번쩍 들었다. 한창 재밌는 탓에 떠나기가 아쉬웠다. 하지만 조시가 말했다. "시터한테 집에 바로 가겠다고 했어."

케이트가 비아에게 기댔다. "우리도 이제 가야 해요." 멋진 밤이 끝나고 있었다.

비아가 케이트의 손을 잡고 댄스 플로로 다시 이끌었다. 애원하는 눈빛이었다. "딱 한 곡만. 딱 한 잔만 더 하고. 제발, 케이트."

케이트가 거부했다. "너무 늦었어. 아침에 출근해야 한다고."

비아가 이제는 투덜거렸다. "내 생일이잖아." 비아는 두 눈을 감은 채 손을 허공에 흔들며 춤을 췄다. 보기만 해도 즐거워졌다.

케이트는 집에 가고 싶다는 마음과 생일 주인공인 비아를 실망시키고 싶지 않은 마음 사이에서 난처해 보였다. 조시와 나에게 아침에 수술이 있다고 말했다. 오늘은 열 시간이나 서서 일했다고 덧붙였다. 안락사도 한 건 있었다. 몸도 마음도 지쳐 보였다.

내일 아침에 출근하지 않는 사람은 나뿐이었다. 조시에게 말했다. "당신이 케이트를 집에 데려다주고 딜라일라를 달래주면 안 될까. 딜라일라 다시 재워줘. 비아랑 딱 한 잔만 더 하고 갈게."

"그래도 되죠?" 내 질문에 케이트가 반색했다.

"그럼요." 케이트가 나를 안았다.

조시의 입술이 내 귓가에 닿았다. 그의 말에 발끝까지 짜릿한 전기가 흘렀다. "집에 오면 깨워. 무슨 말인지 알지?" 몸을 떼면서도 두 눈은 여전히 나를 응시했다.

조시와 키스를 하자 그의 입술에 묻은 맥주 맛이 입안에 감돌았다. 케이트와 조시가 인파를 헤치며 레스토랑을 벗어나는 모습을 바라봤다. 비아가 내 손을 이끌었다. 함께 춤을 췄다. 케이트가 비아의 어떤 면에 빠진 건지 알 것 같았다.

음악과 술 때문에 몸이 나른해졌다. 바텐더는 내내 보드카를 아낌없이 넣었다. "이렇게 같이 있어 주다니 정말 좋은 친구예요."

"서른 살 생일은 한번뿐이잖아요."

말이 느려졌다. 기분 좋은 취기가 올랐다.

우리는 춤을 췄다. 갈색 머리의 남자가 근처로 왔다. 나와 춤을 추고 싶어 했다. 비아가 꺼지라고 소리쳤다. 우리는 배를 부여잡고 웃었다. 얼마나 웃었는지 배가 당길 지경이었다.

테이블로 돌아오자 웨이터가 술을 더 가져왔다. 뒤이어 계산서가 왔다. 둘 중 누군가 돈을 냈다.

비아와 나는 주차 건물을 향해 걸었다. 둘 다 술을 많이 마신 상태라 운전을 해선 안 되었다. 조시에게 와달라고 연락을 했다가는 아이들이 깰 것 같아 연락을 할 수 없었다. 비아도 출근해야 하는 케이트에게 연락을 하지 않았다.

"저것 좀 봐요." 비아가 위쪽을 가리켰다. 온 거리를 수놓은 하얀 빛을 내는 작은 전구들이 꼭 별처럼 반짝였다.

밤공기가 선뜩했다. 비아가 내 옆에 찰싹 붙어 걸었다.

위층으로 올라가는 엘리베이터를 탔다. 속도도 느리고 삐걱댔다. 구석에는 음료 캔이 나뒹굴었다. 바닥은 끈적였다. 엘리베이터 문이 열렸다. 우리는 엘리베이터에서 내려 비아의 차를 찾았다. 보이지 않았다. 그녀가 웃음을 터뜨렸다. "어떻게 된 거지?" 내가 물었다.

다른 층에 잘못 내린 거였다. 말도 안 되게 웃긴 일처럼 느껴졌다. 우리는 허리를 젖혀가며 웃었다. 다시 엘리베이터를 타고 아래층으로 향했다. 엘리베이터 문이 열리자 비아의 차가 보였다.

차에 탑승했다. 비아가 시동을 걸고 라디오를 켰다. 우리는 노래를 불렀다. 나는 취기와 더불어 온몸에 퍼지는 행복을 느꼈다. 비아가 주차장 건물을 빠져나와 거리로 향했다.

교통사고 대부분이 집에서 8킬로미터 이내에서 발생한다고 들 한다.

앞으로 다가올 일을 조금도 예상하지 못했다.

케이트

11년 전

5월

며칠 동안 세 가지 사건이 있었다. 제이슨의 동의로 경찰이 진행한 친자 검사에서 제이슨이 그레이스의 친부가 아닌 것으로 드러났다. 그 소식을 듣고 비아와 나는 깜짝 놀랐다. 알고 보니 일부일처제는 제이슨은 물론 셸비와도 거리가 먼 듯했다.

다음 날, 닥터 파인골드 병원의 간호사가 혈액 검사 결과가 나왔다고 전화를 주었다. "안타까운 소식이에요." 전화 너머 간호사가 말했다. "좋은 소식이 아니네요. 임신이 아닌 걸로 나왔어요." 슬픈 척을 하는 와중에 고맙다는 인사를 주워섬기며 전화를 끊었다.

한창이던 메러디스와 딜라일라의 수색이 난항을 겪었다. 조시에게 힘을 보태던 여러 주민이 희망을 잃어갔다. 사람들은 포기했다. 조시와 메러디스, 딜라일라의 삶이 멈춘 가운데 다른 사람들의 삶은 계속되었다. 한동안 경찰이 수색 규모를 넓혀 수색견과 다이버들을 동원해 숲과 강을 뒤졌다. 주립 경찰도 사건에 합류했다. 얼마 지나지 않아 메러디스와 딜라일라는 전국 뉴스에 올랐다. 하지만 여전히 두 사람이 발견되지 않았다. 날씨도 도와주지 않았다. 강의 상황이 위험하고 비가 더 내릴 거라는 예보에 수색대 파견이 취소되는 날이 이어졌다.

그러던 어느 날 아침, 단체 채팅방 알림음 소리에 잠에서 깼다. 핸드폰을 보니 어떤 차의 뒷모습과 함께 번호판이 클로즈업된 사진이 올라와 있었다.

잠에서 덜 깨 몽롱했다. 내가 지금 보고 있는 게 무엇인지 제대로 이해하기까지 잠시 시간이 걸렸다. 정신을 차려보니 메러디스의 번호판 사진이었다. 메러디스의 차다.

침대에서 반짝 몸을 일으켜 앉았다. 비아를 불렀지만 스튜디오에서 작업을 하는 중이었다. 단 몇 초 사이에 채팅방이 분주해졌다. 수색대원 중 한 명이 옆옆 도시의 한 모텔 주차장에서 메러디스의 차를 발견했다. 경찰도 이 소식을 들었다.

비아도 문자를 확인했다. 집으로 뛰어 들어와 나를 찾았다. 샤워도 커피도 거르고 비아와 나는 곧장 조시를 태워 모텔에 직접 가기로 했다. 형사에게서 집에서 기다리라는 연락을 받았지만 조시는 가만히 앉아 소식만 기다리고 있을 수는 없었다. 마땅히 흥분 상태인 그는 운전대를 잡을 상황이 아니었다. 셋이서 차를 몰고 모텔로 가기 전 레오의 시터 집에 먼저 들렀다. 조시가 레오를 샬럿 집 현관 앞까지 데려다주는 동안 나는 동물병원에 전화해 오전 예약을 미뤄달라고 부탁했다. 조시와 메러디스, 딜라일라에게는 지금 내가 필요했다.

20분 정도밖에 안 되는 거리지만 길고 멀게만 느껴졌다. 가는 내내 우리는 각자 생각에 빠져, 아마도 최악의 상황을 떠올리며 침묵을 지켰다.

모텔은 비자치지역의 2차선 고속도로 근처에 자리하고 있었다. 공장 몇 개와 평야 외에는 아무것도 없었고, 매물로 나왔다는 표지판이 걸린 대부분의 땅이 물에 잠겨 있었다. 모텔에 도착하자 주차장이 이미 출동한 경찰로 분주했다. 메러디스의 차가 보이지 않았지만 무언가를 중심으로 경찰들이 둥그렇게 모여 있는 모습이 시야에 들어왔다.

조시는 차가 멈추지도 않았는데도 문을 벌컥 열었다. 차에서 뛰어내려 메러디스의 차 쪽으로 달려갔다. 차 문 네 개와 트렁크가 전부 열려 있고, 경찰들이 안을 들여다보고 있었다.

메러디스도 딜라일라도 보이지 않았다. "두 사람 보여?" 주차장을 살피며 비아에게 물었다.

"아니." 비아도 이리저리 둘러봤지만 눈에 보이는 거라고는 구경꾼 몇 명과 경찰들뿐이었다.

빈 곳에 차를 세웠다. 크지 않은 주차장이었다. 주차한 후 비아와 나는 조시에게 향했다. 얼마 가지 않아 경찰이 우리를 막아서며 범죄 현장에서 서른 걸음 쯤 떨어진 곳에서 기다리라고 했다. 경찰의 단어 선택에 갑자기 입안이 바짝 마른 나는 메러디스의 차에서 무언가 나왔음을 직감했다. 아마도 시체와 다량의 혈액. 범죄 현장이라는 소리에 비아가 내 손을 잡았고, 우리는 그 자리에 꼼짝없이 서서 조시가 소식을 갖고 돌아오길 초조하게 기다렸다.

아주 낡은 모텔이었다. 작고 허름한 1층짜리 건물에 복도식으로 객실이 죽 늘어서 있다. 1970년대풍의 "빈 방 있음"이라는 네온사인이 번쩍거리며 1박에 50달러, 일주일은 200달러라는 홍보 문구가 적혀 있었다. 아마도 이용객 대부분이 홈리스인 듯했다. 모텔에서 생활하는 사람들 말이다.

내가 아는 메러디스라면 오지 않을 만한 장소였다.

"경찰들이 뭐라고 해요?" 조시가 다가오자 비아가 물었다.

"차에는……" 조시가 숨을 고르며 말했다. "아무것도 없어요. 메러디스나 딜라일라의 흔적은 전혀 못 찾았지만 운전석에 진흙이 잔뜩 묻어 있어요. 조수석에는 혈액이 나왔고요. 경찰 한 명이 모텔 직원과 대화를 나눴어요. 메러디스가 실종되던 날 체크인을 했다고 합니다. 현찰로 방값을 지불했고요. 한 달 동안 투숙하는 것으로 방을 잡고 청소 서비스는 거절했어요. 경찰이 객실을 수색할 예정이에요." 설명을 마친 조시는 두 손으로 머리를 쓸어 넘겼다. 고단한 두 눈은 솟구치는 아드레날린으로 흥분된 상태였다. 눈빛이 정상적이지 않았다. "가만히 기다리라고 했지만……" 그의 목소리가 떨렸다.

그 순간 그의 얼굴에 두 가지 감정이 스쳤다. 희망과 절망이 동시에 나타났다.

비아가 그에게 손을 뻗었다. 그렇게 셋이서 나란히 손을 잡고 섰다.

경찰들이 방으로 들어가 문을 닫았다. 한참이 지나서야 방에
서 나왔다. 일분일초가 지날 때마다 걱정이 점점 커져만 갔다.
잠시도 몸을 가만히 둘 수가 없었다. 가만히 서 있기 힘든 상태
였음에도 조시를 위해 몸을 바로 하려고 했다.

"왜 이렇게 오래 걸릴까요?" 조시는 계속 이런 질문을 우리
에게 했다.

다행히도 비아는 조시가 안심할 만한 이야기를 해주었다.
"아마도 메러디스랑 대화중일 거예요.", "메러디스가 방에 있다
면 조사할 게 많을 테니까요."

하지만 메러디스와 딜라일라가 정말 저 방에 있다면 경찰들
이 벌써 나왔을 거라는 생각이 들었다. 두 사람이 방에 없으니
깐 시간이 오래 걸리는 거라고. 우리는 바리케이드 테이프 너머
의 닫힌 방문만 뚫어지게 바라보며 한참을 기다렸다.

몇몇 경찰관이 남아 우리를 감시했다. 방으로 들어간 경찰들
과 무전기로 대화를 나누는 소리가 들렸지만 목소리가 작고 발
음이 뭉개져 알아들을 수가 없었다. 그러던 중 경찰 두 명이 방
으로 향했다. 우리 쪽에서는 보이지 않는 누군가 문을 열어 경
찰들을 방으로 들였다. 문이 닫혔다. 창문에는 커튼이 쳐져 있
다. 아무것도 보이지 않았다.

"무슨 일입니까?" 조시가 외쳤지만 아무도 대답해주지 않았
다. 우리가 도착했을 때보다 구경꾼이 두 배는 더 늘어 있었다.
고속도로를 지나는 차들은 속도를 늦추고 창문으로 모텔 쪽을

처다봤다.

방에서 경찰관 한 명이 나오는 모습을 보며 마른침을 삼켰다. 하늘에 구름이 가득했지만 비는 오지 않았다. 오늘은 놀랍게도 비가 올 기미조차 없는 날이다. 저 너머에는 태양이 무거운 구름을 뚫고 빛을 발했고, 내내 흐린 날이 이어지다가 햇살이 비추니 좋은 징조라고 생각했다. 하지만 이제는 어떤 의미인지 확신할 수 없었다.

방에서 나온 경찰은 모자를 벗은 채 손에 들고 있었다. 주차장을 가로질러 우리를 향해 다가오는 그의 고개가 푹 꺾였다. 형사가 세 발짝 뒤에서 그를 뒤따랐다.

비아가 내 손을 꽉 쥐었다. 누구도 입을 열지 않았다. 모두가 숨죽였다.

형사가 바리케이드 테이프로 다가와 조시에게 잠깐 대화를 나눌 수 있겠냐고 물었다. 조시가 급히 테이프 아래로 몸을 숙여 통과했다. 그가 형사의 뒤를 따랐다. 모두가 볼 수는 있지만 대화 소리는 들리지 않을 만한 곳으로 자리를 옮겼다. 두 사람이 대화를 나눴다. 그리 오래 걸리진 않았다.

열 몇 명의 구경꾼이 지켜보는 가운데 조시가 주차장 바닥에 무릎을 꿇었다. 울고 있었다. 가슴이 저릿해지는 그의 울음소리가 멀리서도 들릴 정도였다. "안 돼!"라고 길게 울부짖는 그의 외침은 아마도 평생 잊지 못할 것만 같다. 자갈투성이의 주차장 바닥을 주먹으로 거칠게 내려치던 그가 하늘을 보며 포효했다. "왜!" 소리쳤다. "도대체 왜!"

메러디스

11년 전

5월

눈을 감고 있었다. 어떤 노래의 후렴구를 큰 소리로 불렀다. 가사는 모른다. 그냥 내 마음대로 가사를 붙였다. 전혀 이상하게 들리지 않았다. 비아와 나는 기분 좋은 취기에 들떠 웃음을 터뜨렸다. 속도를 어찌나 내었는지 차가 지면에서 붕 떴다. 우린 하늘을 날았다.

시내를 벗어났다. 가로등이 가득했던 거리를 지나자 도로가 어두웠다.

차에 충격이 전해지기 직전 작게 헉하는 소리를 냈던 걸 보면 비아는 봤었던 게 분명하다. 다 지나고 생각해보니 비아가 놀란 신음을 내뱉었다는 게 뒤늦게 떠올랐다.

쿵 하는 소리와 함께 둔탁하고 육중한 충격이 전해졌고 이내 고요해졌다.

나는 순간적으로 자세를 바로 했다. 정신이 하나도 없었다. 눈이 번쩍 떠졌다. 비아가 브레이크를 밟았지만 속도가 붙은 차는 곧장 멈추지 않았다. 차가 앞으로 몇 미터 더 나갔다. 차에 치인 무언가를 밟고 지나가며 차체가 덜컹거렸다. 비아가 더욱 세게 브레이크를 밟았다. 그제야 차가 멈췄다. 벨트 덕분에 몸이 쏠리지 않았다. 비아가 기어를 R에 놓고 차를 후진시켰다. 또 한 번 차가 흔들렸다.

나는 입을 다물었다. 앞 유리창 너머의 칠흑 같은 어둠을 응시했다. 하늘의 별 말고는 아무것도 보이지 않았다.

운전석에 앉은 비아는 내내 "젠장, 젠장, 젠장"이 말만 중얼거렸다.

"뭐였어요?" 간신히 이 말만 내뱉었다.

밤이면 여우들이 쓰레기 더미를 뒤지고 다녔다. 코요테도. 이런 동물들이 많았다. 동네 이웃들은 바깥에서 고양이나 개를 키우는 사람들에게 항상 조심하라고 경고했다.

비아는 내 말에 답하지 않았다. 그저 "젠장, 이런 젠장"이 말만 계속했다.

그녀가 손으로 운전대를 내리쳤다.

차 안의 공기가 완전히 달라졌다. 쥐죽은 듯한 침묵에 휩싸였다.

비아가 차에서 내렸다. 온몸이 굳은 것처럼 뻣뻣하게 움직였다. 로봇 같았다. 차 문을 열어둔 채였다. 그녀가 차 앞으로 걸음을 옮겼다. 벨트에 몸이 묶인 나는 조수석에 앉아 그저 바라만

봤다.

헤드라이트 불빛 속에서 그녀가 환하게 빛났다. 천사 같이 보였다.

나는 술에 취한 상태였다. 모든 것이 슬로 모션으로 보였다. 거리 감각이 사라졌다. 모든 것이 비현실적으로 느껴졌지만 조금씩 술기운이 가시기 시작하며 정신이 돌아오고 있었다.

비아와 케이트는 고양이를 한 마리 키운다. 마음 따뜻한 사람들이다. 비아는 일부러 무언가를 해칠 사람이 아니다. 그녀는 죄책감에 어찌할 바를 모르는 듯 보였다. 허리를 굽힌 채 손으로 입을 막고 울고 있었다. 그것도 잠깐이었다. 비아는 원래 잘 울지 않는다.

그녀가 갑자기 허리를 펴고 바로 섰다. 젖은 눈을 닦고 황급히 차로 돌아왔다.

운전석에 앉은 그녀는 냉정해 보일 정도로 차분해져 있었다. 그녀는 이미 생각을 마쳤다.

가장 먼저 한 일은 운전석 문을 닫는 것이었다. 차가 어둠에 잠겼다. 헤드라이트도 껐다. 도로가 깜깜해졌다. 가로등은 손전등 정도의 밝기였다. 길을 밝히기보다는 장식용에 가까웠다.

"지금 뭐 하는 거예요?" 내가 물었다. 동물이 죽었다면 우리가 할 수 있는 일은 없었다. 아직 살아 있다면 케이트에게 연락을 하면 된다. 케이트가 도와줄 수 있는 일이다.

비아가 나를 바라봤다. 아플 정도로 내 팔을 꽉 잡았다. 손톱이 파고들었다. "이 일을 아무한테도 말하면 안 돼요. 내 말 알아들었어요, 메러디스? 약속해줘요. 약속할 수 있어요?"

비아의 행동에 섬뜩해진 나는 순식간에 술이 깨는 기분이었다. 동물을 치는 일이야 늘상 벌어지는 일이다. 그러니 로드킬이라는 말도 있는 거고. 그래서 괜찮다는 게 아니라 그만큼 자주 있는 일이란 뜻이다.

"정신 차려요, 비아." 무심하게 별일 아닌 듯 말했다. "동물이 차에 치이는 일이야 흔해요. 괜찮아요. 아직 살아 있던가요?"

비아의 손아귀에서 벗어나려고 해도 그녀가 팔을 놔주질 않았다. 오히려 더욱 힘을 주었다. 팔뚝이 욱신거리기 시작했다.

차 안은 어두웠다. 비아의 얼굴만 간신히 보일 정도라 표정을 읽을 수 없었다.

"약속해요." 비아가 다시 한번 말했다. 단호하고 침착한 말투였지만 눈빛이 뭔가 좀 이상해 보였다. 정상이 아닌 듯했다.

그녀의 말에 따랐다. "약속할게요, 비아. 아무에게도 말하지 않을게요."

비아에게 어떻게 해볼 새도 없이 무언가가 도로에 뛰어든 거라고, 괜찮다고 말해주었다. 자책할 일이 아니다. 뭔지는 몰라도 갑자기 뛰어든 동물 탓이다. "내가 열여섯 살 때 너구리들을 차로 친 적이 있어요. 다 새끼들이었는데." 면허를 딴 지 얼마 되지 않은 때였다. 야간 운전 중이었다. 너구리 사체를 눈으로 확인하지 않았음에도 몇 달 동안이나 죄책감에 괴로워했다. 마음이 너무 아팠다.

"망할 너구리가 아니라고요, 메러디스!" 비아가 소리를 쳤다.

지금껏 그녀가 이성을 잃는 것을 본 적이 단 한번도 없었다. 이런 모습은 처음이었다. 강하고 굳센 여자였다. 지금의 비아가 너무 낯설었다. 평정심을 잃고 있었다.

차 안에 침묵이 감돌았다. 헝클어진 머리카락 사이로 거친 눈빛을 한 비아가 나를 응시했다.

겁에 질린 내 숨소리가 들리진 않았지만 가슴께가 심하게 오르락내리락 하는 것이 느껴졌다.

"비아." 숨을 토하듯 말했다. "뭔데요. 차에 치인 게 뭐였어요?"

그녀의 침묵이 소름끼쳤다. 나를 잡고 있던 손을 놨다. 운전석 등받이에 몸을 깊이 기대며 허공을 응시했다.

나는 차에서 내렸다. 비틀대는 걸음으로 차 앞으로 향했다. 내 눈으로 직접 확인해야 했다.

끔찍한 장면을 상상하며 마음을 다잡았다. 로드킬 현장이란 그럴 수밖에 없으니까. 팔다리와 목이 잘려나간 사체를 떠올렸다. 지독히도 끔찍한 일이 벌어진 게 틀림없다. 비아가 저렇게 충격에 빠질 정도의 일이.

밤하늘의 희미한 빛 아래, 무언가 있다.

동물이 아니다.

순식간에 공포에 휩싸였다. 심장이 터질 듯 뛰었다. 다리에 힘이 풀렸다. 손바닥에서 땀이 배어 나왔다. 그 자리에 우뚝 선 나는 비명이 새어 나오지 않도록 땀에 젖은 손으로 입을 막았다.

사람이었다. 머리 길이와 체구를 봐서는 여자다. 엎드린 몸 아래로 새카만 피 웅덩이가 퍼져나가고 있었다. 두 팔은 머리 위로 올라가 있다. 어렸을 때 딜라일라는 바로 누운 상태에서 팔을 머리 위로 올려 자곤 했는데, 그 자세와 같았다. 긴 머리카락이 사방으로 뻗어 있었다. 두 다리는 차 아래 들어간 상태였다.

비아가 차에서 나와 내 옆에 섰다. "형광 조끼든, 암밴드든 뭐든 했어야지. 망할 놈의 헤드램프라도. 인도로 걷지 않고 도대체 왜."

결국 다리가 버티지 못했다. 힘이 풀려 무릎이 풀썩 꺾였다. 거친 자갈들이 피부를 찔러댔다. 쓰러진 여자에게 손을 뻗자 비아가 말했다. "손대지 마요." 날이 선 말투였다. 몸이 움찔했다.

"왜요?" 깜짝 놀라 고개를 돌려 비아를 바라봤다. "뭐든 해야 해요. 이 여자는 지금 우리 도움이 필요하다고요. 그냥 이렇게 두면 안 된다고요."

"이렇게 내버려둘 생각은 없어요. 얼른 나 좀 도와줘요." 비아가 여자를 가운데 두고 맞은편으로 이동했다. 장갑을 끼고 있었다. 겨울에 꼈던 장갑이 차에 아직 있었던 모양이다. 나는 맨손이었다. 비아가 맨손으로 여자를 만지면 안 되니 소매를 끌어당겨 손을 감싸라고 했다. 그 이유를 물을 생각은 하지 않았다. 그저 그녀의 말에 따랐다.

여자의 몸을 바로 하려 했다. 체구가 크지 않았다. 하지만 축 늘어진 몸이 천근만근처럼 느껴졌다. 일으켜 세울 수가 없었다. 여자의 몸을 뒤집어야 했다. 머릿속으로는 이렇게 하면 안 된다는 생각이 들었다. 다친 사람을 결코 만져서는 안 된다. 여자를 지금 이 상태 그대로 두고 신고를 하는 게 맞다. 이 생각이 머릿속에서 떠나지 않았다. 계속 메아리쳤다. 그럼에도 비아의 지시를 따랐다. 쇼크 상태에 빠진 탓이다. 비아가 하라는 대로 따라 했다. 이건 현실이 아니야. 지금 이건 진짜 내가 아니야. 눈앞에 벌어진 일과 나란 인간이 분리된 마냥 몸으로는 도로에 무릎을 꿇은 채로 여자의 몸을 굴려 바로 눕히면서도 또 다른 나는 멀리서 겁에 질린 채 이 모든 광경을 지켜보고 있었다.

여자의 몸을 바로 눕히고 나서야 얼굴을 제대로 확인할 수 있었다. 순간, 속에서 술이 역류했고 근처 수풀로 달려갔다. 나는 울부짖었다. 곧장 비아가 달려와 내게 얼굴을 들이밀고 매섭게 다그쳤다. "닥쳐요, 메러디스." 패닉에 빠진 얼굴로 쏘아 붙였다. "동네 사람들을 다 깨울 작정이에요?"

손으로 내 입을 막아 울음소리가 새어 나오지 못하도록 했다. 숨을 쉴 수가 없어 그녀의 손을 뿌리쳤다. 비아는 두려운 거였다. 겁에 질려 어쩔 줄 모르는 상태였다. 나도 마찬가지였다.

길에 누워 있는 여자는 셸비였다.

나는 비아를 밀쳤다. 차로 달려갔다. 가방을 뒤져 핸드폰을 찾았다. 핸드폰을 손에 쥐자마자 비아가 달려왔다. 핸드폰을 낚아챘다.

"돌려줘요."

"지금 뭐 하는 거예요? 누구한테 전화를 걸게요?"

핸드폰을 되찾으려 몸싸움을 벌였지만 비아가 나보다 키도 크고 힘도 셌다. 비아를 이길 수 없었다.

"내가 아는 사람이에요, 비아." 셸비와의 관계를 설명했다. 그녀의 얼굴이 해쓱해 보였지만 그렇다고 달라지는 건 없었다. "911에 전화해야 해요. 구급차부터 불러야 한다고요. 셸비를 도와야죠."

"우린 술을 마셨다고요." 비아가 정신 좀 차리라는 듯이 말했다. "이 여자는 죽었어요, 메러디스. 죽었다고요. 맥박을 확인했는데 안 잡혀요. 우리가 할 수 있는 일이 없어요. 누가 알게 되면 난 교도소에 가게 될 거예요."

"그래서 어쩌자는 건데요?" 비아에게 물었다. "뺑소니라도 하자는 거예요?"

셸비를 여기에 두면 다른 사람 눈에 띌 게 분명한데, 도무지 심중을 이해할 수 없었다.

비아가 고개를 저었다. "아니죠, 메러디스. 그냥 두면 안 되죠." 처음에는 비아의 말을 듣고 안도했다. 처음에는 그녀가 인간으로서 마땅히 해야 할 일을 할 거라고 말하는 줄 알았다. 하지만 비아는 이렇게 말했다. "시체를 치워야죠." 심장이 멈추는 것 같았다.

"무슨 말이에요?" 섬뜩해진 내가 물었다.

"외딴곳으로 옮겨야 해요. 적어도 당장은 발견되지 않을 곳으로."

"안 돼요." 고개를 세차게 저었다. "안 돼요, 비아. 도대체 왜 그런 짓을 하자는 거예요? 제정신이 아니군요."

"내 말 잘 들어요." 단호한 목소리였다. 두 손으로 내 머리를 잡고 억지로 시선을 맞췄다. "내 말 들어봐요. 지금 어떤 심정인지 알아요. 나도 안다고요, 메러디스. 나도 미칠 것 같아요. 하지만 한번 생각해봐요. 잠깐 진정하고 **생각이란** 걸 좀 하라고요. 이 여자는 죽었어요. 우리가 해줄 수 있는 게 없어요. 살아 있다면요 메러디스, 앰뷸런스를 불렀을 거예요. 내가 직접 응급실로 데려갔을 거라고요. 하지만 죽었잖아요. **죽어버렸잖아요.** 우리가 뭘 하든 그건 바꿀 수가 없어요. 자수하면 우린 그걸로 끝이에요. 내 인생은 **끝이에요.** 이 여자를 살릴 수는 없지만 우리는 살수 있어요."

"차라리 그냥 두고 가요." 강경하게 말했다. "여기에 두고 익명으로 경찰에 신고해요."

시체를 숨기는 것보다는 셸비를 이곳에 두는 편이 낫다.

"그럴 수 없어요."

"왜죠? 뭐가 다른 데요?"

진즉 생각 정리를 끝낸 비아가 기다렸다는 듯 대답했다. 나보다 두 수 앞을 내다보고 있었다. "여기에 두고 그냥 떠난다면 이르면 오늘 밤 늦어도 내일 아침이면 경찰이 뺑소니 차량을 수사하겠죠. 하지만 시체를 치운다면 경찰은 실종자를 수색해야 하죠. 뺑소니와 실종사건은 달라요. 모르겠어요, 메러디스? 셸비의 시체와 옷에 타이어 자국이 남아 있어요. 이런 증거들이 결국 나를 가리키게 될 거고요. 우린 다른 선택이 없어요. 쉽지 않은 일이란 건 알아요. 하지만 시체를 치워야 해요."

나는 필사적으로 고개를 저었다. 눈물이 흘렀다. 소리 없이 굵은 눈물만 뚝뚝 떨어졌다. "나는 못 해요. 그런 일을 할 수는 없어요." 비아를 향해 소리를 질렀다. 몸을 돌렸다. 차 문 손잡이로 손을 뻗었다. 떠날 생각이었다. 하지만 어디로 가야 할까? 도대체 뭘 어떻게 해야 할까?

하지만 차를 출발시키기 전에 비아가 나를 잡았다. 그녀의 손을 떨쳐보려 했지만 벗어날 수가 없었다. 몸을 돌려 비아를 마주했다. "놔 줘요, 비아. 난 갈 거예요. 이런 일에 동조할 수는 없어요. 그 죄책감을 안고 살 수 없어요. 경찰에 신고해요, 우리. 비아도 자수하고요."

"정신 차려요!" 비아가 세게 내 뺨을 쳤다. 순간 충격에 휩싸여 아무 말도 나오질 않았다. 맞은 곳이 화끈거렸다. 터져 나오는 울음을 삼키며 손으로 뺨을 감쌌다. "아직도 모르겠어요?" 평정을 찾은 비아가 목소리를 낮췄다. "당신도 무고한 방관자는 아니라고요. 이미 당신도 이 일에 휘말린 거나 다름없어요. 우리가 여자를 차로 치었다는 걸 조시가 알면 뭐라고 할 거 같아요? 당신 남편이 전과 다름없이 당신을 대할 거 같아요?"

수치심과 두려움이 밀려왔다. 조시가 안다면 어떻게 될까? 셸비를 차로 친 것은 사고였다. 하지만 누가 봐도 술에 잔뜩 취한 비아와 함께 차에 올랐다는 걸 안다면 조시가 뭐라고 할까?

"몰라요." 나는 넋이 나간 채로 고개를 세차게 저으며 말했다. "조시가 어떻게 나올지 나도 모른다고."

"차에서 내려요, 메러디스. 지금 당장요. 나 혼자는 이 여자를 옮길 수가 없어요."

비아가 단호하게 말했다. 더는 같은 위치가 아니었다. 비아가 주도권을 잡은 셈이다.

우리는 차에서 내려 시체에 다가갔다. 몸을 바로 해놓은 터라 아까보다 옮기기가 훨씬 수월했다. 비아가 셸비의 겨드랑이에 두 팔을 넣어 상반신을 일으켜 세웠다. 비아가 셸비의 몸을 차 아래서 끌어냈고, 나는 셸비의 다리를 잡았다. 나는 덜덜 몸을 떨며 흐느꼈다. 비아는 내게 그만 조용하고 빨리 움직이라고 말했다. 누군가 당장이라도 들이닥칠 수 있었다.

마지못해 몸을 움직였다. 비아가 시키는 대로 했다. 이건 현실이 아니라고 되뇌었다. 현실일 리가 없어. 빨리 깨어나길 바랐다. 이건 그냥 꿈이야. 끔찍한 악몽일 뿐이라고.

하지만 꿈은 지독히도 이어졌다.

우리는 셸비의 몸을 질질 끌고 차 뒤로 이동했다. 셸비는 인형처럼 축 늘어졌다. 콘크리트 바닥에 부딪힌 머리에 상처가 생겼다. 부어올라 있었다. 피가 흘렀다. 셸비의 입에서도 피가 흘렀다. 사인이 무엇인지는 몰라도 단순한 상처는 아니다. 두부 외상. 장기 부전. 장기 출혈. 이런 단어가 떠올랐다.

비아가 한 손으로 셸비의 팔을 잡고 다른 손으로 트렁크를 열었다. 괴상한 장면이 연출되고 있었다. 목이 부러져 셸비의 머리가 뒤로 확 꺾였다. 비아가 트렁크를 열자 희미한 불빛이 새어 나왔다. 이렇게 어두운 거리에서는 태양처럼 밝은 빛이었다. 비아가 당황한 목소리로 말했다. "서둘러요." 그녀는 배터리 충전용 케이블과 고양이 화장실용 모래 박스 옆으로 셸비의 상반신을 내팽개쳤다.

셸비의 머리가 트렁크 안에 떨어지며 둔탁한 소리가 울렸다. 소름이 끼쳤다. 나는 저러고 싶지 않았다. 조심스럽게 셸비의 하반신을 트렁크에 넣은 뒤 편안하게 누울 수 있도록 자세를 고쳐주었다.

비아는 마음에 들지 않는 눈치였다. "서두르라고요, 메러디스. 그냥 빨리 넣어요."

비아가 거리를 살폈다. 집이 몇 채 보였다. 대부분 불이 꺼져 있었다. 사람들이 잠자리에 들었을 시간이다. 몇몇 집은 여전히 불이 켜져 있었지만 창문은 텅 비어 있다. 지켜보는 사람은 없었다.

나는 트렁크에서 물러났다. 비아가 트렁크 문을 닫는 순간, 분명 셸비의 신음 소리가 들렸다.

온몸의 피가 얼어붙었다. 맥박을 젠 것은 비아였다. 나는 확인하지 못했다.

"뭐였어요?" 패닉에 빠졌다. "다시 열어요." 비아는 나를 바라보기만 했다.

"이제 출발해야 해요, 메러디스." 비아가 운전석으로 걷기 시작했다.

"셸비가 소리를 냈어요. 내가 들었어요." 물러설 생각이 없었다. "확인해야 해요."

아직 살아 있는 게 아닐까?

우리가 잘못 본 게 아닐까?

"난 아무것도 못 들었어요." 비아가 말했다.

"제발요, 비아." 애원했다. "제발 다시 열어봐요. 확인해야 해요."

"당장 망할 놈의 차에나 타라고요." 비아는 운전석으로 가 차에 몸을 실었다. 조금 후에 목적지에 도착해서 확인하면 된다는 말에 나도 차에 올랐다. 비아가 시동을 걸었다. 헤드라이트는 켜지 않았다.

"살아 있으면 병원으로 데려가는 거예요. 약속해요, 비아. 살아 있으면 병원에 간다고 약속해요."

"저 여잔 죽었어요."

"내가 들었어요. 소리를 냈다고요."

"잘못 들은 거예요."

차가 움직이기 시작했다. 어디로 가는지, 얼마나 가야 하는지 알 수 없었다. 그저 셸비가 살아 있다면 트렁크에 얼마간을 버틸 산소가 충분하기만을 바랐다.

자동차 배기관이 트렁크와 너무 가까우면 어떡하지? 이산화탄소가 트렁크로 유입되는 게 아닐까?

내부 출혈이 있는 상태면 과다 출혈로 사망하기까지 얼마나 걸릴까?

한 블록 지나고 나서야 비아가 헤드라이트를 켰다.

"혹시 뭘 들었다고 해도 별거 아니에요. 사람이 죽으면 몸에서 소리가 나기도 하니까."

비아는 앞만 내다봤다. 내 쪽을 바라보지 않았다.

굵은 빗방울이 떨어지기 시작했다. 빗방울이 앞 유리에 부딪히는 소리가 둔탁하게 울렸다. 일기예보가 맞는다면 이를 시작으로 한동안 비가 많이 내릴 예정이었다.

"살아 있는지 확인해보면 안 돼요?" 집에서 몇 킬로미터 떨어진 곳을 지나고 있었다. 근처에 병원이 있다. 셸비가 살아 있다면 바로 병원에 데려갈 수 있다.

"닥쳐요, 메러디스. 제발 그 입 좀 닥치라고요!" 비아가 매섭게 쏘아붙였다.

나는 입을 다물었다. 트렁크 안에 있는 셸비를 생각했다. 우리가 도대체 무슨 짓을 한 건가. 집에 있을 제이슨과 아기도 떠올랐다. 침대에서 나를 기다리고 있을 조시도.

한참을 달렸다. 우리가 사는 동네를 지나쳐 계속 달렸다. 나무가 무성한 길이 나왔다. 삼림 보호 구역의 가장자리에 있는 벌람원을 가로질렀다. 더는 집이 보이지 않았다. 폭이 좁은 자갈길이 나왔다. 보닛으로 우거진 나뭇가지를 헤치며 빽빽한 나무 사이를 나아갔다.

비아는 외딴 자갈길 중간에 멈췄다. 우리는 차에서 내렸다. "이러면 안 돼요. 난 못 하겠어요, 비아."

"난 교도소에 가고 싶지 않아요." 비아는 이미 결심을 굳혔다. 이런 모습의 비아를 본 적이 없다. 지금 이 여자는 내가 모르는 사람이지만, 나만큼 두려움에 빠져 있다는 것만은 안다. 그 두려움을 분노와 강압적인 태도로 표출하고 있을 뿐이다. 비아는 좋은 사람이다. 사이코패스가 아니다. 코너에 몰려 필사적으로 출구를 찾는 것이다. 그리고 그 출구란 것이 이거였다.

비아가 트렁크를 열었다. 셸비가 죽었는지 살았는지 확인하기에 앞서 마음을 다잡았다.

셸비는 죽었다. 맥박이 없었다. 이미 사후 경직이 시작되고 있었다. 공포에 질려 찡그린 표정 그대로 얼굴이 굳어버렸다. 피부색이 변하기 시작했다.

하지만 우리가 처음 트렁크에 셸비를 실었을 때와 자세가 달라져 있었다. 마음에 걸렸다.

숨이 붙어 있던 셸비가 어떻게든 트렁크에서 나오려고 움직였던 걸까?

아니면 차가 흔들리며 이미 죽은 셸비의 몸이 흐트러진 걸까?

어느 쪽일까, 도저히 생각을 멈출 수 없었다.

하지만 내 죄책감을 덜겠다는 것 외에는 아무런 쓸모가 없는 생각이다. 셸비는 죽었으니까.

시간 개념이 사라졌다. 사고가 벌어지고 얼마나 지난 건지, 운전을 해서 얼마나 온 건지 전혀 가늠이 안 되었다.

비가 추적추적 내렸다. 더 깊숙한 숲으로 옮기는 와중에 셸비가 자꾸 손아귀에서 미끄러졌다. 손이 젖어 사람의 발목이 아니라 물고기를 잡고 있는 것 같았다. 발목이 손에서 자꾸 빠져나갔다. 땅이 질었다. 비아와 나는 나무뿌리에 걸려 넘어졌다. 진흙에 발이 빠졌다.

여기서는 소리를 내지 않으려고 애쓰지 않아도 되었다.

60미터쯤 걸어 숲 깊숙한 곳으로 들어갔다. 멀리서 강물이 흐르는 소리가 들렸다. 유속이 빨랐다. 처음에는 비아가 셸비를 강에 던지려는 줄로 알았다.

하지만 강에서 떨어진 곳에 비아가 걸음을 멈췄다. 셸비의 상반신을 땅에 내려놨다. 손길이 거칠었다.

장갑을 낀 손으로 비아는 약해진 땅을 파내기 시작했다. "거기 서서 구경만 할 거예요?" 나는 조심스럽게 셸비의 다리를 내려놓았다. 무릎을 꿇고 주저앉았다. 소매로 손을 감싼 채로 흙을 파냈다. 셸비의 시체가 옆에서 나를 지켜봤다. 나는 기계적이고도 무의식적으로 손을 움직였다. 달리 뭘 해야 할지 몰라 시키는 대로 했다. 여기서 벗어날 수도 없었다. 비아가 차 키를 갖고 있으니까. 통제권을 쥔 것은 비아다. 나는 땅을 파며 눈물을 쏟았다. 몸이 심하게 떨렸다. 몸을 진정시키려 해도 감정이 너무도 격해지고 있었다. 충격, 공포, 죄책감, 두려움이 나를 짓눌렀다.

셸비를 묻을 만큼 땅을 파려면 평생이 걸릴 것 같았다. 대충 몸을 덮을 정도밖에 파지 못했다. 깊이도 너비도 어림없었다. 삽이 없어 비아가 트렁크에서 성에를 제거하는 긁개를 찾았고, 둘이서 번갈아 가며 긁개로 땅을 팠다. 나뭇가지도 동원했다.

셸비를 묻기 전에 비아가 옷을 벗겼다. 상의를 거칠게 찢어버렸다. 바지를 확 아래로 잡아당겼다. 속옷도 잡아당겨 무릎에 걸쳐두었다.

발가벗은 셸비는 임신과 출산을 거치며 몸이 불어 있었다. 셸비는 살이 쪄서 고민이라고 했다. 잔뜩 불어 있는 가슴이 아래로 축 처졌다. 비아가 셸비의 브래지어를 벗겨내자 가슴이 훤히 드러났다.

비아는 셸비의 신발도 벗겼다. 발가벗겨진 채로 발견된다면 얼마나 큰 수치와 모욕감을 느낄까. 불명예스러운 최후였다. 나는 시선을 피했다. 지켜보고 있을 수가 없었다.

"왜 그렇게까지 하는 거죠?"

"나체로 발견되면 성범죄처럼 보이니까요. 경찰이 남성 용의자부터 쫓을 거예요."

우리는 시체를 질질 끌어 구덩이 안에 넣었다. 파낸 흙으로 셸비의 몸을 덮었다. 숲속을 돌아다니며 나뭇잎과 잔가지들을 주워 모은 뒤 흙 위에 흩뿌렸다. 셸비의 시체가 묻힌 곳이 봉긋 올라왔다. 하지만 다른 지반보다 살짝 높은 정도였다. 운이 좋다면 평생 아무도 발견하지 못할 것 같았다.

집으로 돌아오는 길에 어느새 비가 멈췄다.

비아가 집에서 멀지 않은 도로에 차를 세웠다.

"왜 여기서 멈춰요?" 내가 물었다.

차의 시동이 꺼졌다. "따라와요." 비아는 이렇게만 말했다. 우리는 차에서 내려서 인도를 따라 걸었다. 둘 다 흙투성이에 꼴이 말이 아니었다. 옷에도 손에도 신발에도 머리카락에도 흙이 잔뜩 묻었다.

비아가 집에 표백제가 있는지 물었다. 있다고 답했다. 지금쯤이면 도로에 남아 있던 셸비의 피가 빗물에 모두 씻겨내러 갔을 터였다. 완전히 없어졌을 것이다. 아무도 모를 것이다.

하지만 비아의 트렁크에는 혈흔이 남아 있었다. 없애야 했다.

"어디 있어요?" 비아의 걸음이 빨라졌다. 나보다 보폭이 컸다. 날 기다려주지 않았다. 비아의 속도에 맞추느라 잰걸음으로 달리듯 걸었다.

"차고에요." 와이엇과 아이들이 실수로라도 만지지 못하도록 청소용품은 전부 차고에 보관한다.

어느새 우리 집에 도착했다. 이 늦은 시간에 밖에서 집을 바라보고 있자니 너무도 낯설었다. 내 집 마당인데도 생경했다. "어서 가져와요." 표백제를 말하는 것이었다. "여기서 기다릴게요." 비아는 마당에 있기로 했다. 마당에는 나무들이 우거져 있다. 수백 년의 역사가 깃든 동네다. 몇몇 나무는 집보다 나이가 많다. 오래된 고목들이 몸을 숨겨주었다. 아무도 우릴 못 볼 거라고, 그렇게 생각했다.

집은 어두웠다. 현관 등이 꺼져 있었다. 날 위해 켜두는 것을 조시가 잊은 모양이다. 보통 조시는 불을 켜둔다. 한밤중일 시간이었다. 자다 깨서 내가 없다면 조시가 걱정할 터였다. 하지만 조시는 잠이 깊이 드는 편이다. 그가 자다가 중간에 깰 확률은 아주 낮았다. 도리어 아이 중 한 명이 자다 깨서 나를 찾을 확률이 더 높았다.

제이슨을 떠올렸다. 조시처럼 잠을 깊게 자는 사람일까 아니면 러닝을 하러 간 셸비가 왜 아직도 오지 않는 건지 걱정하느라 뜬눈으로 지새우고 있을까?

차고로 조용히 잠입했다. 불은 켜지 않았다. 몸에 익은 대로 움직였다. 표백제를 찾아 비아가 있는 곳으로 돌아갔다. 날씨가 추웠다. 아드레날린이 가시자 추위가 느껴졌다. 몸을 떨기 시작했다. 처음에는 작게 떨리던 것이 이가 딱딱 맞부딪칠 정도로 심하게 떨렸다. 온몸에 경련이 일었다.

비아가 내 손에 들린 표백제를 가져갔다. "이제부터는 내가 알아서 할게요. 집에 가서 씻고 자요. 그리고 절대로 누구에게든 아무 말도 해서는 안 돼요. 알아듣겠어요? 입도 뻥긋하면 안 돼요."

뒷정리를 돕겠다고 했다. 비아는 내 도움을 거절했다.

떠나기 전 그녀는 내게 옷을 모두 벗으라고 했다.

"왜요?"

"그냥 얼른 벗어요."

내 집 앞마당에서 브래지어와 팬티까지 벗었다. 너무 피폐한 상태라 수치심조차 느끼지 못했다. 비아가 내 옷을 모두 챙겼다. "그걸 어쩌려고요?" 흙과 피를 뒤집어쓴 옷이었다.

"없애야죠. 증거가 될 테니." 그녀가 말했다. "이제 집에 가요, 메러디스. 남편과 아이들이 있는 집으로 돌아가요. 오늘 밤 일어난 일은 모두 잊고요."

비아가 걸음을 옮기려 했다. 나는 그녀의 팔을 잡았다. "안 되면요?" 이 밤을 평생 잊을 수 없을 거라는 건 이미 알고 있다.

"잊어야만 해요." 비아는 내 손을 뿌리치고 자리를 벗어났다.

레오
현재

누나의 최면 치료에는 함께하지 않았다. 아빠의 말에 따라 학교에 갔다. 아빠는 내가 학교를 자주 빠진 탓에 뒤처질까 봐 걱정했다.

늘 그렇듯 학교에서 거지 같은 하루를 보냈다. 집에 오니 누나와 아빠가 주방에 있었다. 누나가 아빠에게 죄송하다고 말하는 소리가 들렸다. 나는 문가에서 도대체 뭐가 미안한 걸까 생각하며 누나를 지켜봤다. 너무 왜소해 보였다. 누나는 고개를 푹 숙인 채 손톱 주변으로 일어난 거스러미를 손으로 뜯어냈다.

얼마 전 아빠가 누나 옷을 사왔다. 사이즈는 맞지만 뭔가 이상했다. 요즘 애들 옷이 아니었다. 치수 때문에 아동 코너에서 옷을 고른 탓이다. 티셔츠에 판다가 그려져 있었다. 귀는 무지개색이었다. 파이퍼 같은 애들은 죽어도 입지 않을 옷이었다.

"선생님, 죄송합니다." 누나가 다시 한번 말했다.

"네가 미안해할 일이 아니야. 모르고 그랬잖니. 네가 일부러 그랬던 게 아니잖아."

아빠의 목소리에서 떨림이 느껴졌다. 나는 알아챌 수 있다. 울음이 나올까 봐 간신히 참고 있는 것이다. 아빠가 포옹하려는 듯 손을 뻗었다. 누나가 뒤로 물러나다 식탁에 부딪혔다. 아빠가 그 몸짓을 읽었다. 딸이 아니라 지금은 트라우마 피해자라는 사실을 떠올리고는 두 팔을 내렸다. 누나는 영영 아빠가 기억하는 딸로 돌아갈 수 없을지도 모른다.

누나가 온 이후로 아빠는 출근하지 않았다. FMLA라는 가족 휴가를 냈다. 무급 휴가지만 모아둔 돈이 충분했기에 별문제는 아니었다. 아빠는 일 중독자였다. 누나와 엄마가 사라진 후 나와 집에 있기보다는 회사에서 일하는 쪽을 택했다. 우리는 휴가를 간 적도, 여가 생활을 한 적도 없다. 아빠는 자신이 좋은 것들을 누릴 자격이 없다고 생각했다. 옆집 사람이 얼마 전에 산 벤츠와 같은 모델을 살 여력이 충분함에도 10만 마일은 족히 탄 12년 된 파사트를 몰고 다녔다.

"네 잘못이 아니야." 아빠가 말했다.

현관문을 닫고 두 사람에게 들릴 정도로 큰 소리를 내며 가방을 바닥에 던졌다. 주방으로 향했다. "잘됐어요?" 물었다. 사과 하나를 집어 베어 물었다. 누나와 아빠 모두 아무 말도 하지 않았다. "최면이요." 사과를 우물거리며 두 사람을 대신해 말을 이어갔다. "어떻게 됐어요?"

"잘했다." 아빠는 이렇게만 말하고 바쁘게 몸을 움직이며 저녁을 준비했다. 냉장고에서 쇠고기 다짐육을 꺼내고는 찬장에서 냄비를 꺼냈다. 큰 소리가 나면 누나가 놀랄까 봐 냄비를 조용히 싱크대에 내려놨다. "유익한 정보를 많이 얻었어. 많은 걸 알게 되었지. 최면 치료를 하기 잘했어."

알맹이는 전혀 없는 말만 죽 늘어놨다.

누나에게로 시선을 옮겼다. 어깨를 움츠리고 고개를 숙인 채 서 있었다. 사과를 한 입 더 베어 물었다. 이번에는 좀 덜 모호한 답변이 나올 질문을 했다. "그래서 뭘 알게 됐어요?"

한동안 조용했다. 둘 다 내게 말하고 싶어 하지 않았다. 잠자코 기다리자 입을 연 쪽은 누나였다.

"거스가 존재하지 않는 애래." 어쩔 줄 모르겠다는 듯 발을 움직거리던 누나는 머리카락이 얼굴을 다 가릴 정도로 머리를 푹 숙였다.

나는 놀라 입을 다물지 못했다. "거스가 존재하지 않는다니 무슨 소리야?"

누나는 벌겋게 달아오른 얼굴로 말했다. "거스가 가짜래. 내가 만들어낸 거야."

순간 화가 났다. 그동안 아빠가 누나에게 얼마나 애를 썼는데, 누나는 고작 한다는 게 이런 멍청한 짓거리라니. 세상에 있지도 않은 애를 찾겠다고 아빠와 경찰을 고생시키다니.

"도대체 왜 그런 거야?" 내가 물었다.

"일부러 그런 게 아니야."

"일부러 그런 게 아니라니, 무슨 말도 안 되는 소리야?" 실수

로 가상의 인물을 만들어내는 일 따위는 없다. 화가 나는 것이
당연했다. 관심을 얻으려고 그런 거야. 반응을 보려고.

"그만하자, 레오." 아빠가 단호하게 말했다. 엄한 눈빛을 했다.

그만할 생각이 없었다. "누나는 사기꾼이라고요, 아빠."

누나가 고통스러운 듯 얼굴을 찌푸렸다. 아빠도 마찬가지였
다. 누가 보면 내가 때리기라도 했다고 생각할 정도였다.

"네 누나한테 그런 식으로 말하지 말아라."

"하지만 사실인걸요."

"그런 게 아니야."

"그럼, 정신병자예요?"

생각 없이 말이 불쑥 튀어나왔다. 일부러 재수 없게 굴려던
건 아니었다. 그냥 지금 내 상태가 그랬다. 화가 났으니까. 누나
와 가까워지고 있다고 생각했다. 내게 마음을 연다고 말이다.
지금 보니 나 혼자 착각했던 모양이다.

아빠가 나무 주걱으로 싱크대를 내려쳤다. 큰 소리가 났다.
"젠장, 레오! 닥치라고. 말도 안 되는 소리 그만하고."

지금껏 아빠가 내게 닥치라는 말을 한 적이 한번도 없었다.
누나는 큰 소리가 나자 어찌할 줄 몰라 했다. 몸을 덜덜 떨었다.
울음을 터뜨렸다. 어쩌면 저것도 쇼일지 모른다. 우리를 속이려
고 일부러 저러는 걸지도.

아빠는 누나를 달래며 의자에 앉혔다. 마실 것도 주었다. 정
신과 의사가 처방한 약을 내밀었다.

내가 거짓말을 했다면 한 달간 인터넷 사용을 금지했겠지. 거

짓말을 한 누나는 아기처럼 보살핌을 받았다.

어느 정도 누나가 진정되자 아빠는 다시 요리를 시작했다. 이 모든 광경을 지켜본 나는 조용히 주방에서 나왔다.

내가 오늘 하루를 어떻게 보냈는지는 아무도 묻지 않았다.

메러디스

11년 전

5월

다음 날 아침, 눈을 뜨니 온몸이 아팠다. 쑤시지 않는 곳이 없었다. 내 입술을 간지럽히는 조시의 입맞춤에 눈을 떴다. 조시가 나를 내려다보고 있었다. "집에 들어오면 깨우기로 했을 텐데." 그가 짓궂게 말했다. "데이트하기로 했잖아."

"미안해." 입안이 버쩍 말라 있었다. 침을 삼키기 어려웠다.

"설마 잊어버린 거야?"

"다음에 꼭 보상해줄게."

침대에서 일어나기가 힘들었다. 시간이 필요했다. 방이 핑핑 도는 것 같았다. 목 뒤부터 뭉근한 두통이 올라왔다.

조시가 나를 바라보며 웃었다. "우리 나가고 난 다음에 비아랑 한바탕 제대로 놀았나 봐."

얼굴이 화끈거렸다. 조시는 어젯밤 일을 상상도 못 할 거다.

그저 두 사람이 떠난 뒤 비아와 둘이서 술을 한잔 더 마셨을 것 뿐이라 생각할 테니. 내가 숙취에 시달린다고 믿고 있었다.

"몇 시에 들어왔어? 안 자고 기다렸는데." 조시에게 기억이 나질 않는다고, 둘 다 시간이 어떻게 가는지도 모르고 있었다고 답했다.

"비아가 계속 좀 더 있자고 해서."

어젯밤으로 시간을 되돌릴 수만 있다면, 비아와 남는 대신 조시와 집에 그냥 갔더라면.

침대에서 몸을 일으켰다. 조시의 눈에 내가 어딘가 달라진 것처럼, 변한 것처럼 보일 것 같았다. 어젯밤 집에 들어온 후 1층 욕실에서 샤워를 했다. 조시나 아이들을 깨워선 안 되었다. 머리를 말리지도 못하고 침대에 누웠다. 고작해야 너댓 시간 전 일이다. 자세히 보면 머리가 아직도 젖어 있다는 걸 조시도 알아챌 것이다.

"커피 줄까?" 거울을 들여다보며 타이를 고치던 조시가 물었다. 좋다고 답하면서도 음식을 넘길 수 있을까 자신이 없었다. "잠깐 기다려. 내가 커피 새로 내릴게."

바닥에 발을 딛자마자 화장실로 달려가야 했다. 무릎을 꿇고 축축한 손으로 변기를 끌어안았다. 간밤에 마신 서너 잔은 변기를 안고 구역질을 할 정도의 양이 못 된다. 내 속을 뒤집히게 만든 것은 그다음에 벌어진 일이다.

"와." 조시가 내 뒤를 쫓아왔다. 손등으로 입을 닦아내는 모습을 화장실 문가에서 지켜보며 능글맞게 웃었다. "대단한 생일 파티였나 봐. 비아 생일을 제대로 축하해줬어. 당신 같은 친구를 두다니 비아는 행운아야."

파티에서 분위기 메이커를 도맡는 스타일과는 거리가 멀었다. 오히려 그런 자리에서 흥을 깨는 쪽이다. 늘 가장 먼저 자리에서 일어나 집으로 가겠다고 말하는 편이었다. 그러니 지금 이런 모습은 나답지 않았다. 내가 숙취에 시달리는 모습을 자주 볼 수 없는 조시는 재밌어했다.

조시가 수건을 가져왔다. 차가운 물을 흠뻑 적셔 내게 건넸다. 수건을 받으며 손톱 아래 낀 흙이 눈에 들어왔다. 어젯밤에 그렇게 닦아냈는데도 여전히 남아 있다.

조시가 못 보도록 손을 숨겼다. 거짓말을 못 하는 심장이 티나게 쿵쾅거렸다.

그날 오후부터 조금씩 시끄러워지기 시작했다. 시작은 페이스북이었다. 연락이 안 된다는 글이 올라왔다. 다른 고객들과 마찬가지로 셸비와도 페이스북 친구 사이였다. 누군가 셸비를 태그한 포스팅을 올렸다. 셸비를 찾는다는 글이었다.

그날 저녁 셸비의 소식이 지역 뉴스에 보도되었다.

조시와 함께 시청했다. 10시 뉴스라 아이들은 이미 잠들어 있었다. 여성 앵커가 셸비의 소식을 전할 때는 숨도 거의 쉬지 못한 채 얼어붙었다. 조시에게 내가 아는 사람이라고 이야기해야 했다. 내 고객이라고 말이다.

하지만 너무 긴장되었다. 연기에는 소질이 없는 편이라 망설여졌다. 어색하게 반응하다가 들킬까 봐 걱정되었다.

타이밍을 놓친 후에는 말을 꺼낼 수가 없었다. 아까 방송을 보며 왜 말하지 않았는지 조시가 물어볼 것 같았다. 마티 일도 마찬가지였다. 시간이 흐를수록 의료 과실 소송도, 닥터 파인골드에 대한 일도 그 무엇도 말할 수가 없었다. 의심스럽게 보일 게 분명했다.

경찰이 찾아와서 셸비에 대해 물으면 어떻게 해야 할지 고민이 깊어졌다. 모르는 사이라고 거짓말을 해봤자 금방 들통날 것 같았다. 사실대로 말한다면 조시도 알게 될 것이고, 그럼 내가 셸비를 모른 척하며 그를 속이려 했다는 것을 알게 될 텐데. 딜레마였다. 어떻게 하든 난감한 상황에 빠질 터였다.

다음 날 비아가 집으로 찾아왔다. 집에는 나밖에 없었다.

"우리가 같이 있어도 될까요?" 문을 닫고 비아에게 물었다.

"안 될 게 뭐예요, 메러디스?"

"그 일 때문에요." 나지막이 속삭였다.

"무슨 일을 말하는 거예요? 같이 바에 가서 즐겁게 논 거요?" 비아는 의심을 사지 않으려면 평소처럼 행동하라고 내게 말했다.

나는 발끈했다. "평소처럼 행동하고 있어요." 사실과 다른 말이 튀어나왔다. 사실, 평소처럼 전혀 생활하지 못하고 있었다.

비아는 산모가 실종되면 어떻게 할 것 같은지 물었다. "몰라요." 갑자기 터져 나올 것 같은 울음을 참으며 답했다. 내 앞에 선 비아는 무표정하게 나를 내려다봤다. 내 집 현관에 서서 위압적인 존재감을 내뿜고 있었다. 우산을 쓰지 않은 탓에 몸이 젖어 있었다. 현관 러그에 빗물이 떨어졌다. "그런 적이 한번도 없다고요."

"멍청한 소리 말아요." 표정 없이 말했다. 정신이 번쩍 들 정도로 매서운 말투였다. "만약에요, 메러디스. 그런 일이 벌어진다면 뭘 할 거냐고요."

침을 꿀꺽 삼켰다. "남편에게 전화하겠죠. 유감을 표하고, 내가 도울 일이 있는지 묻고요."

"그대로 하면 돼요." 비아가 지시하듯 말했다. "오늘 당장 전화해요."

바람처럼 집에 찾아왔듯 바람처럼 집을 나갔다. 나는 거실 창으로 다가가 비아를 지켜봤다. 그녀가 정말 간 게 확실한지 내 눈으로 확인하고 싶었다.

바깥은 회색빛이었다. 안개가 자욱했다. 간신히 길 건너편만 보였다. 그 너머의 세상은 안개 속에 숨어버렸다.

이후 며칠간, 하얀 눈이 소복하게 세상을 뒤덮듯 경찰들이 동네를 뒤덮었다. 나는 멀리서 그 광경을 지켜봤다. 경찰들이 찾아와 물으면 어떤 반응을 보여야 할지 머릿속으로 몇 번이나 연습해 뒀지만 우리 집에 찾아오는 사람은 아무도 없었다.

사람들 사이에 소문이 퍼지고 뉴스 보도가 매일같이 이어졌다.

조시는 흥분을 참지 못했다. "어떻게 다 큰 성인 여자가 그냥 그렇게 실종될 수가 있지?" 딱히 대답을 바라고 물은 건 아니었다. 그는 집 안을 이리저리 서성였다. 셸비에게 이런 짓을 벌인 범인을 찾기 전까지는 해가 진 뒤에 외출하지 않았으면 좋겠다고 내게 말했다.

"산모가 출산할 때마다 당신이 데려다주고 데리고 오고 할 거야?" 괜히 성질을 냈다. "한밤중에 애들 다 깨워서 차에 태우고 오간다고?"

내 질문에 그가 곰곰이 생각했다. 그러곤 이렇게 답했다. "당신 택시 타고 다녀. 운전기사가 병원까지 데려다주고 병원 앞에서 또 태워서 집까지 데리고 오는 거로 하자."

"말도 안 되는 소리 하지 마." 목소리의 떨림을 감추려고 애썼다. "사람들이 그 남편에 대해 뭐라고 하는지 몰라? 남편이 죽였을 수도 있다고 말이야. 당신이 날 살해할 계획이 없는 한 난 안전하다고." 이렇게 말하고는 방을 나왔다. 필요 이상으로 날이 서 있었다.

죄책감 때문이었다. 셸비를 죽였다는 것 말고도, 제이슨이 범인으로 지목받는 상황이 되자 괴로워 견딜 수가 없었다.

"당신 화났어?" 욕실에서 잘 준비를 하는 내게 조시가 물었다. "내가 언짢게 한 거야?" 내 뒤로 다가왔다. 부드러운 손으로 등허리를 쓸어내렸다. 뒤에서 나를 안으며 내 몸을 두 팔로 감쌌다. 그러고는 손깍지를 꼈다. 내 어깨에 턱을 기댔다. "당신 없으면 난 못 살아."

내가 무슨 짓을 했는데, 조시는 내게 과분한 남자다. 좋은 사람이다.

결국 참지 못하고 그의 팔을 풀었다. "왜 그래, 메러디스?"

"아무것도 아냐." 성질을 부렸다. "나 괜찮아."

"괜찮아 보이지 않는데."

"괜찮다고."

나는 인터넷을 뒤졌다. 사람이 차에 치여 죽을 때 사인이 무엇일까? 주로 두부 손상 때문이었다. 장기 손상, 내출혈, 대동맥 손상도 있었다. 나는 정보의 바다에 매몰되었다. 부딪힐 때의 충격과 뉴턴의 운동 법칙에 따라 셸비의 몸은 차체와 충돌한 후 튕겨 나갔어야 했다. 차 바로 앞에 쓰러질 수는 없다. 그렇다면 차에 치일 당시 셸비가 똑바로 서 있던 게 아니라는 소리다. 운동화 끈을 묶는 등 지극히 평범한 무언가를 하느라 쭈그려 앉아 있었을 것이다. 그러니깐, 운동화 끈을 묶다가 죽을 거라고 누가 생각이나 했을까?

한 가지 더 검색했다. 죽은 후 사체에서 소리가 날까? 답은 그렇다. 사체를 이동시키면 호흡 기관에 남아 있던 공기가 바깥으로 나올 수 있다. 그로 인해 신음 소리 같은 것이 난다.

나는 강박적으로 매달렸다. 비아의 차 트렁크에 셸비를 실을 때 들었던 소리를 반복해서 떠올렸다. 기도 속 공기가 빠져나가는 소리였을까? 아니면 그때까지는 살아 있었던 걸까?

셸비가 차체에 세게 부딪힌 후 바닥으로 떨어졌을까, 아니면 도미노처럼 넘어간 걸까?

이게 무슨 상관일까. 어쨌거나 셸비는 죽었는데.

비가 잦아들 기미조차 보이지 않았다. 차가운 비를 맞으며 발가벗은 몸이 홀딱 젖은 채로 떨고 있는 셸비의 모습이 자꾸 떠올라 괴로웠다. 견딜 수가 없었다.

어느 날 아침, 나는 옷장 앞에 서서 무엇을 입어야 할지 고민하고 있었다. 얼른 아무거나 고르라고 머릿속에서 고함 소리가 울렸다. 그냥 하나 골라. 결정을 내려야 하는 상황에 빠지면 무력감이 찾아왔다. 이런 무력감이 매일같이 반복되었다. 단순히 옷만이 아니었다. 매일 마주하는 아주 사소한 결정 하나하나에 사고가 정지하는 것 같았다. 아이들이 발치에서 아옹다옹했다. 뭐라고 할 기운도 없었다. 아이들의 목소리가 아득하게 멀리 들렸다. 물속에 잠겨 물 밖에서 떠드는 아이들의 목소리를 듣는 것처럼, 내 옷장 속 무한한 심연을 멍하니 응시하는 것처럼. 모든 것들이 너무 버거웠다.

고민 끝에 한 가지 결심을 했다. 아이들을 차에 태워 한 명씩 데려다주었다. 샬럿의 집에 가자 레오는 또 울면서 매달렸지만 어쩔 수 없었다. 이 죄책감을 안고 버틸 수가 없었다. 비아와 내가 한 일을 떠올리는 것 외에는 아무것도 할 수 없었다. 매일 밤낮으로 사고 당시의 순간이 머릿속에서 재생되었다. 차가 셸비와 충돌하던 순간이, 곧이어 한 번도 아니고 두 번이나 그녀의 몸을 밟고 지나갈 때 전해지던 그 혐오스러운 느낌이 생생했다.

하등 쓸데없는 가정에 사로잡혔다. 조시와 같이 집에 갔으면 어땠을까? 비아와 마지막 잔을 마시지 않았다면 어땠을까? 내가 운전을 했으면 어땠을까? 셸비가 인도에 있었다면? 셸비의 운동화 끈이 풀리지 않았더라면, 주저앉아 운동화 끈을 다시 묶으려 하지 않았다면 어땠을까? 이미 벌어진 일이었음에도 말이다.

죄책감은 너무도 무거운 짐이다. 지워지지 않을 상흔이 새겨졌다.

나는 마트로 향했다. 더는 운전이 즐겁지 않았다. 지나치게 조심했다. 제한 속도 이하로 차를 몰았다. 주변 시야에 아주 작은 움직임이라도 감지되면 브레이크를 밟았다. 운전대를 잡는 내내 심장이 뛰었다. 내가 다칠 것 같아서 무서운 게 아니었다. 다른 사람을 다치게 할까 두려웠다. 운전대를 잡은 손이 자꾸 미끄러졌다. 가죽 핸들을 제대로 잡을 수가 없었다. 차들이 나를 향해 경적을 울렸다. 지나치게 조심한 탓에 도리어 위협적인 존재가 되었다.

마트에서 담요를 하나 샀다. 격자무늬의 양털 담요였다. 나홀로 그 숲으로, 마지막으로 셸비를 봤던 그곳으로 향했다. 나무와 강기슭 풍경이 비슷해서 한참을 찾아야 했다. 마지막으로 이곳에 왔을 때보다 강 수위가 높아졌다.

요 며칠 비바람이 심한 날들이 이어졌다. 해가 보이지 않았다.

셸비를 찾았다. 그녀가 죽은 지 며칠이 지났다. 셸비를 확인하고 참담한 기분에 휩싸였다. 시체 대부분은 땅에 묻혀 있었어도 비로 인해 주변 흙이 드문드문 씻겨 나간 상태였다. 그녀의 몸이 보였다. 통통불은 다리 한쪽이 진흙투성이의 나뭇잎 위에 늘어져 있었다. 염색한 머리카락도.

장갑을 끼고 담요 포장지를 벗겨냈다. 지문을 남기지 않으려 조심했다. 셸비에게 다가가 시체가 드러난 곳에 담요를 덮었다. 보지 않으려 했다. 하지만 눈을 뗄 수가 없었다. 형언할 수 없는 광경이 눈앞에 펼쳐졌다. 혈액순환이 멈춘 탓에 셸비가 자주색으로 변해 있었다. 중력 때문에 피가 아래쪽으로 쏠리며 시반이 나타났다. 하반신은 온통 멍투성이였다. 벌레들이 셸비의 시체를 찾아내었다. 시체 주변으로 부산하게 날아다니다 그녀의 몸에 앉았다. 벌레를 쫓아내려 했다. 하지만 날 전혀 개의치 않았다. 날아갔다가도 금세 돌아왔다.

셸비의 시체를 자세히 들여다보니 구더기가 들끓었다.

미처 진흙에 찍힌 신발 자국을 생각지 못했다. 오던 길을 되돌아가던 중에 발견했다. TV에 형사들이 나오는 프로그램을 봤던 터라 신발 자국으로 범인을 추적할 수 있다는 것쯤은 알았다. 아주 잠깐 신발 자국을 남길까 생각도 했었다. 그렇게 되면 이제 내가 어찌할 수 없는 일이 되어버리니까. 일부러 잡히려고 든다면 충분히 잡힐 수 있다.

마음 속 깊은 곳에서는 그걸 내가 원하고 있다는 생각이 들었다. 경찰에 잡히고 싶었다.

하지만 그럴 수 없었다. 신발을 벗었다. 지나온 발자국을 되짚어갔다. 무릎을 꿇고 장갑 낀 손으로 신발 자국을 지우며 온 길을 되돌아갔다. 모두 지우고 나자 온몸이 진흙투성이였다. 비를 맞으며 흙을 씻어냈다. 그래도 남아 있는 흙은 그냥 둔 채로 차에 올랐다.

집까지 반 정도 갔을 때 도로 옆에 차를 세우고 속을 게워냈다.

셸비는 여전히 혼자지만, 그래도 이제 춥지는 않겠다는 생각에 조금은 안도했다.

그나마 그날 밤에는 잠을 잘 수 있었다.

레오
현재

잠들기 전, 대수학을 공부하고 있는데 아빠가 방으로 찾아왔다. 대수학은 내가 유일하게 좋아하는 과목이다. 대수학은 옳거나 그르거나 뿐 중간이 없어서 좋다. 인생과 달리 모호함이 없다. 삶은 모호함투성이다.

"들어가도 되니?" 아빠가 물었다.

나는 어깨를 으쓱해 보였다. "아빠 집이잖아요."

"그러지 말아라, 레오."

"그럼 어떻게 하라고요?"

평소에는 이렇게 고집을 부리지 않았다.

아빠는 방으로 들어와 침대 끝에 걸터앉았다. 나는 등을 돌린 채로 앉아 있었다.

"내 말을 들어줬으면 좋겠구나. 끝까지 말이다. 네가 누나 상황을 이해해줘야 해."

난 의자에 앉은 채 몸을 돌렸다. 아빠를 바라봤다. 회전 의자라 원한다면 언제든 다시 몸을 돌릴 수 있다.

"듣고 있어요." 신경질적인 말투였다. 지금껏 항상 어른스럽게 굴었다. 이렇게 애같이 구는 것도 나쁘지 않았다.

아빠는 하루가 다르게 나이가 들어가고 있다. 엄마가 돌아가셨을 때 10년쯤 늙었다. 누나가 집에 온 후 10년은 또 늙은 것 같다. 머리가 하얗게 세었다. 배도 불룩하게 나왔다. 잠을 제대로 자지 못해 눈가에 다크서클이 진해졌다. 아빠는 항상 피곤해 보였다. 잘 먹지도 않았다. 물론 우울증을 감자칩과 맥주로 달래긴 했지만 진짜 제대로 된 음식을 먹지 않았다. 배가 나온 이유도 이 때문이다. 예전에는 운동을 많이 했었다. 내가 태어나기 전에 마라톤 대회도 나갔다는 이야기를 들었을 때 말도 안 된다고 생각했다. 거짓말인 줄 알았다. 아빠는 그 증거로 메달을 보여줬다. 최근 아빠가 유일하게 달릴 때는 누군가 누나를 목격한 것 같다는 소식이 들릴 때뿐이었다.

예전의 아빠가 기억에 남아 있지 않다. 하지만 사진과 영상이 있다. 아빠는 근육질이었다. 매력이 넘쳤다. 갈색 머리가 풍성했다. 지금처럼 머리속이 훤하지 않았다. 하얗게 세지도 않았다. 지금처럼 거짓으로 웃지도 않았다.

아빠는 자기 자신을 놓아버렸다.

"정신과 의사 말로는 어두운 곳에 네 누나만큼 오래 갇혀 있으면 정신이 이상해진다고 하더구나. 시간 개념도 사라지고 수면 사이클도 망가진다고. 아무것도 보이지 않는 상황에서는 감각이 차단되는데, 그럼 사람이 병신이 된다, 레오." 몸이 굳었다. 아빠가 **병신**이라는 단어를 입에 올렸으니까. 아빠는 절대로 그런 말을 쓰지 않는다.

"딜라일라의 친구는 허상이었어. 하지만 그 아이에게는 완벽히 실재하는 사람이었지. 그 아이가 갇혀 있던 곳에는 대화 상대가 없었어. 어둠 속에서 아무것도 볼 수 없었고. 아무런 자극이 존재하지 않는 상황에서 그 아이의 마음이 거스라는 아이를 만들어낸 거다. 아빠에게 레오 네가 진짜인 것처럼, 네 누나에게는 그 아이가 진짜 사람과 다름없었다. 네 누나가 거짓말을 한 게 아니야. 사기꾼이 아니라고. 그 아이는 거스가 실제 인물이라고 완벽히 믿고 있었던 것뿐이다. 거스 덕분에 네 누나가 그 시간을 견딜 수 있었던 거란다."

아빠 말을 듣자 누나를 사기꾼, 정신병자라고 했던 내가 쓰레기 같았다.

아빠는 내게 잘못했다는 말을 듣고자 한 것은 아니었다. 그래도 나는 잘못했다고 사과했다.

갑자기 보고 싶었다. 아빠에게 예전에 찍었던 영상을 찾아달라고 부탁해서 함께 영상을 봤다. 그 순간만큼은 정말 예전의 누나가 곁에 있는 것 같고, 엄마가 살아 있는 것 같았다.

메러디스
11년 전

5월

계속 이렇게 지낼 수는 없다. 조시의 눈에도 내가 이상해 보이는 게 분명하다. 그가 무슨 일이 있는지 물어 왔다. 내가 가스레인지나 싱크대에 있으면 내 뒤를 어슬렁거렸다. 내 어깨를 주무르기도 했다. 그럴 때면 몸이 굳었다. 조시가 내 몸에 손을 대는 것이 싫어서가 아니다. 조시와는 아무 상관이 없다. 그저 셸비 생각에서 단 한 순간도 벗어날 수 없었던 탓이다. 잠에서 깨면 셸비가 보였다. 간신히 눈을 붙이는 밤이면 어김없이 그녀가 나타났다. 발가벗은 채로 나뭇잎 더미 위에 누워 있는 셸비의 모습이 떠오를 때마다 소름이 끼쳤다. 아직은 아니더라도 곧 야생동물들이 그녀를 찾아낼 터였다.

조시는 틈만 나면 나를 살폈다. "여보, 별일 없지?", "무슨 생각을 그렇게 골똘히 해?" 내 수심 어린 얼굴이 조시의 눈에도 보였다.

그럴 때마다 아무것도 아니라고, 괜찮다고 대충 답하며 그를 떼어냈다. 조시는 괜찮다는 말이 지긋지긋해지기 시작했다고 말했다. 우리 둘 사이의 긴장감이 날로 높아지고 있었다.

비아는 거의 매일 찾아왔다. 내가 혼자일 때만 골라서 몰래 왔다. 내 행동을 감시하거나 진입로에 내 차가 있는지 유심히 살피는 게 분명했다.

비아가 집으로 올 때마다 질문을 해댔다. "내 옷은 어쨌어요?", "셸비 옷은 어떻게 처리했어요?" 매 순간 공황 상태에 빠져 숨을 쉴 수가 없었다. 조시와 다른 사람들 앞에서 내 감정을 숨겨야 한다는 게 날 더욱 힘들게 했다. 비아와 있을 때만 편하게 말할 수 있었다.

반면에 비아는 항상 침착했다. 걱정할 것 없다고 말했다. 옷의 행방에 대해 물을 때면 이렇게 답했다. "제가 다 알아서 처리했어요." 내 질문에 대한 답으로는 부족했다. 도대체 어떻게 처리했다는 걸까?

"오늘 출근을 안 했네요." 비아가 추궁하듯 말했다. "9시에 수업 있었잖아요. 웹사이트에서 확인했거든요. 출근했어야죠."

"몸이 안 좋아요." 거짓말이 아니다. 죄책감은 비단 감정의 영역만이 아니다. 물리적으로도 영향을 미치고 있었다. 두통이 있었고 허리도 아팠다. 속이 꽉 막힌 듯 불편했고 변비도 심했다. 요가 수업에 집중하기는커녕 속을 게워내거나 울지 않을 자신이 없었다. 비아와 내가 그날 밤 한 일을 몇 번이나 머릿속으로 되풀이하며, 우리가 그리고 내가 다른 선택을 했다면 어땠을까 수백 번도 넘게 상상했다. 그날 밤에서 벗어날 수가 없었다. 정신이 이상해지는 것 같았다. 단 한 순간도 쉴 수가 없었다. 그날 밤에 있었던 일 외에는 아무 생각도 할 수 없었다. 잠도 못 잤다. 거의 먹지도 않았다.

"평소처럼 해요, 메러디스. 평상시처럼."

나는 딱히 종교에 뜻이 있는 사람은 아니다. 부활절과 크리스마스에는 조시와 아이들을 데리고 교회에 갔지만 그 정도가 다였다. 어젯밤부터 성경 구절 하나가 머리에서 지워지질 않았다.

진리가 너희를 자유케 하리라.

너무도 명쾌했다. 다만, 비아에게 속마음을 털어놓은 것은 실수였다.

"경찰에게 사고였다는 것만 이해시키면 돼요. 일부러 셸비를 친 게 아니라고요. 피할 수 없는 사고였어요. 경찰도 이해할 거예요."

비아가 말도 안 된다는 눈빛으로 바라봤다. "정신이 나갔어요? 경찰이 이해할 거라고? 내가 무슨 벌레 한 마리를 죽인 게 아니라고요. 사람을 죽였어요. 우리가, 당신이랑 나랑, 우리가 사람을 죽였다고."

비아에게 사정했다. "제발요, 비아. 난 이렇게는 못 살겠어요."

"견뎌야 해요. 어떻게든 버텨야 해요." 비아가 한 걸음 다가왔다. "그날 나는 음주운전을 했어요, 메러디스. 그리고 당신은 내가 취했다는 걸 알면서도 운전을 하게 내버려뒀고요. 당신도 나랑 똑같이 잘못을 저질렀어요. 경찰에 발각되면 당신도 교도소에 가게 될걸요. 당신이 몇 년이나 교도소에서 썩는 동안 조시와 애들은 어떻게 지낼 것 같아요?"

그 문제에 대해서도 생각해봤다. 이미 준비된 답이 있었다. "이제 와서 음주 측정을 할 수 없어요. 시일이 너무 지나서 아무것도 입증할 수가 없어요. 음주만 아니라면 죄는 훨씬 가벼워져요. 경범죄 정도로 끝날 거예요."

잠시 비아가 나를 뚫어지게 바라봤다. "이렇게 멍청할 줄이야. 그리고 언제부터 변호사 놀이에 빠진 거예요?" 비아는 나처럼 죄책감에 시달리지 않고 있다.

내가 아는 비아는 잔인한 사람이 아니다. 연민이 넘치는 사람이었다. 거침없이 말하는 편이긴 해도 마음은 따뜻했다. 지금 비아는 두려워서 그러는 거다. "이제는 살인이나 경범죄로 끝나는 일이 아니라고요. 시체를 숲에 유기했잖아요. 사체은닉이에요." 비아가 잠시 말을 멈췄다. 그러고는 잘 새겨들으라는 듯 나지막이 말했다. "이제 그놈의 양심 타령은 그만하고 애들을 생각해요."

비아가 가고 난 뒤 안락의자에 풀썩 주저앉았다. 여섯 시간 후 조시가 아이들을 데리고 집에 올 때까지 그 자세로 꼼짝도 하지 않았다. 바깥에서 조시와 아이들의 소리가 들렸다. 나는 몸을 일으켜 일부러 분주하게 움직이는 척을 했다.

레오
현재

사물함 앞에 서 있는데 파이퍼가 내게 다가왔다. "안녕, 레오. 뭐 보여주고 싶은 게 있는데." 사물함 문을 열면 애덤 벨트너가 옆에서 계속 닫아대는 통에 벌써 세 번째로 사물함 문을 다시 여는 중이었다. 그러거나 말거나 신경 쓰지 않았다. 그런 나를 향해 애덤 벨트너가 병신이라고 했다. 덤볐다가는 나를 가만두지 않을 놈이다. 무슨 짓을 해도 이길 수가 없다.

고등학교를 다니지 않아도 되니 누나는 운이 좋다. 고등학교는 정말 거지 같은 곳이다.

파이퍼에게 말했다. "어, 알겠어."

스포츠 게임이 있는 날이다. 즉, 치어리더들이 유니폼을 입는 날이라는 뜻이다. 파이퍼는 다리가 다 드러나는 짧은 치마를 입고 있었다. 엉덩이를 간신히 가릴 정도였다. 파이퍼의 다리를 쳐다보면 안 된다는 것은 그리 달갑지 않은 경험을 통해 배웠다. 자칫하면 성도착증 환자나 변태로 불리기 십상이다. 그래서 파이퍼 쪽은 아예 쳐다보지도 않았다. 뭘 찾는 척하며 사물함만 들여다봤다.

"신문에 딜라일라 사진 실린 거 봤어."

"어. 나도 봤어."

"너무 마음이 아프더라."

"그렇지 뭐."

"그래도 기쁜 일이잖아. 그러니까, 딜라일라가 돌아온 거니까."

어떻게 대꾸해야 할지 몰라 이렇게 물었다. "그래서 뭘 보여 주고 싶다고?"

난 여자친구를 사귀어 본 적이 없다. 날 좋아하는 여자도 없었다. 1학년 체육시간에 어떤 애가 내게 몰리라는 여자애가 날 좋아한다고 했다. 아직도 그때 일로 악몽을 꾸곤 한다. 사흘 동안 고민한 끝에 용기를 내어 몰리에게 학교 축제 때 같이 춤을 추자고 청했다. 알고 보니 전부 다 거짓말이었다. 몰리에게 거절당한 날 두고 애들이 쓰러질 듯 웃어댔다. 몰리는 미식축구 2군 선수와 함께 축제에 가기로 되어 있었다. 라인배커라는 포지션에 어울리게 건장한 체격의 남자였다.

파이퍼가 말했다. "엄마가 실종사건 후 딜라일라에 관련된 건 전부 치웠어. 그런 물건을 계속 갖고 있으면 좋지 않다고 생각했던 거 같아. 진짜 이상하지. 딜라일라 거랑 합치면 하나가 되는 그런 우정 목걸이도 있었거든. 엄마 때문에 그 목걸이도 버렸어. 나한테 '나머지 반쪽이 없으면 아무 의미가 없어' 뭐 이런 식으로 말했거든. 엄청 울었어. 그래서 엄마가 새 우정 목걸이를 사주면서 주고 싶은 친구에게 하나를 나눠주라고 했어. 여섯 살 정도밖에 안 되었지만 그래도 제일 친한 친구는 잊을 수가 없잖아."

"그래서 그 목걸이 누구 줬는데?"

"릴리 모리스. 걔 기억나? 이제는 여기 안 살지만. 열두 살 때 노스캐롤라이나인가 거기로 이사 갔어."

나는 고개를 저었다. 기억이 나지 않았다.

"뭐, 중요한 건 아니고. 걔 별로였거든. 4학년 땐가, 내가 웃을 때마다 오줌을 지린다는 이상한 소문을 퍼뜨리고 다녔어."

정말 그랬는지 묻고 싶었다. 사실이라면 너무 귀여웠다.

"어쨌거나, 엄마가 그래도 딜라일라 사진 한 장은 갖고 있게 해줬는데……."

"잘됐네." 말은 이렇게 했지만 해너카 부인이 누나에 관한 물건을 모두 처분하라고 했다니 언짢았다. 반대로 아빠는 뭐 하나 빠짐없이 보관했다. 무지개색 반짝이 신발은 11년째 현관 앞에 놓여 있다. 아마 누나도 봤을 거다.

파이퍼가 사진 한 장을 내밀었다. 어릴 때 사진이었다. 누나와 파이퍼가 나란히 얼굴을 맞댄 모습이 클로즈업되어 있다. 사진 속 누나는 활짝 웃고 있었다. 이는 반이나 빠져서. 지금처럼 두려움에 떠는 모습이 아니라, 아빠가 가진 영상 속 붉은 머리카락에 주근깨가 가득한 얼굴로 춤을 추는 행복한 꼬마의 얼굴이었다.

"다른 게 아니라 그 턱 보조개 있잖아, 그게 나중에 사라지기도 하는지 인터넷을 좀 뒤져봤거든? 근데 없어지는 게 아니라더라."

애덤 벨트너 같은 놈들이 뭐라고 지껄이든 나는 멍청하지 않다. 파이퍼가 무슨 말을 하려는지 단번에 알아들었다. 다만 어떻게 받아들여야 할지 혼란스러웠다.

파이퍼가 신문에서 누나의 사진을 오려 왔다. 요즘도 신문을 보는 사람은 해너카 가족밖에 없을 거다. 어제 병신 같은 사진 기자들이 찍어댄 사진 중 하나와 여섯 살 때 사진 두 개를 나란히 두었다. 붉은색 머리, 초록색 눈은 비슷했지만 턱은 분명 달랐다. 누나의 턱이 갈라져 있었는지 몰랐다. 대단히 눈에 띄는 특징은 아니니까. 아무래도 턱끝이다 보니 누가 말하기 전에는 눈치를 채기가 어렵다. 하지만 이제는 보였다. 눈에 확 들어왔다. 어제 찍힌 사진에는 턱끝에 갈라진 부분이 보이지 않았다. 조금도. 아주 약간의 음영조차 없다.

종이 울렸다. 복도가 텅 비었다. 수업 시간에 이미 늦은 모양이다.

파이퍼가 뒷걸음질을 쳤다. 교과서를 품에 안고 있었다. "이런 말 했다고 나한테 화내지 말고, 레오." 이렇게 말하고는 몸을 돌려 뛰기 시작했다.

메러디스

11년 전

5월

"드릴 말씀이 있어요." 샬럿이었다. 내게 전화를 걸어 왔다. 목소리가 어두웠다. 저녁이 다 된 시간이었다. 조시와 아이들은 몇 시간 전에 집에 왔다. 세 사람은 거실 소파에 앉아 TV를 보고 있다. 조시는 무릎에 책을 펴놓고 TV를 보며 웃고 있었다. 서른여섯이나 먹은 남자가 아이들이 보는 프로그램을 보며 웃는 모습을 보니 마음이 따뜻해졌다.

"안 좋은 일이에요." 순간 비아와 내가 한 일을 이 여자가 알고 있구나, 하는 생각이 들었다. 심장이 내려앉는 것만 같았다. 머리가 하얘졌다. 주방에 있다 전화를 받은 거였다. 설거지를 마치고 식탁을 막 훔친 뒤였다. 식탁 의자를 꺼내 주저앉았다.

"무슨 일이죠?" 숨이 쉬어지지 않았다. 가슴에서 둥둥 심장이 뛰었다.

"그간 레오가 괴롭힘을 당한 모양이에요." 이내 목소리가 떨리더니 샬럿이 무너져 내렸다. "세상에, 메러디스. 정말 죄송해요. 너무 죄송해서 어떻게 해야 할지. 제가 미리 알아차렸어야 했는데."

여전히 마음이 진정되지 않았다.

"모르실 수도 있죠."

"그게 제 일인데요. 더욱이 얼마 전에 레오 몸에 멍이 들었다고 전화까지 주셨는데. 그때 이후로 좀 더 신경을 썼어야 했어요. 메러디스 말에 좀 더 귀를 기울이고 주의했어야 했는데 그냥 애들이 원래 그렇다고 생각하고 넘겼어요. 정말 죄송해요, 메러디스. 레오가 괴롭힘당하는 걸 좀 더 일찍 알았더라면 얼마나 좋았을까, 그 생각뿐이에요."

"어떻게 괴롭힘을 당했죠?" 여전히 숨이 잘 쉬어지지 않았다. "누가 그랬나요?"

"브로디 파커요."

이름을 듣고는 선뜻 떠오르는 얼굴이 없었다. "그 아이가 레오한테 무슨 짓을 했나요?"

"그게요." 민망하다는 듯 샬럿이 말을 이었다. "제 입으로 말하기가 너무 부끄럽네요, 메러디스. 모쪼록 용서해주세요. 오늘 오후에 마당에 있는 장난감 보관함에 레오를 가뒀어요."

집에 있는 보관함을 떠올렸다. 대략 높이 60센티미터, 너비 60센티미터, 길이 90센티미터 정도 되었다. 가장 마지막 검사에서 레오 키가 약 96.5센티미터로 나왔다. 샬럿의 집에 있는 보관함이 우리 것과 비슷하다면 레오가 그 작은 다리를 쭉 펼 수 없었을 거란 소리다. 무릎을 굽힌 채로 있었을 것이다. 무릎을 굽히고 누울 정도의 폭은 되었을까? 더구나 안에 장난감도 있었을 텐데? 장난감 위에 누웠을까, 아니면 브로디 파커라는 애가 레오를 가두기 전에 안에 있던 장난감을 치워주는 정도의 선의는 발휘했을까?

이런저런 생각에 머리가 바빴다. 그런데 고작 이 말 밖에 나오지 않았다. "오늘 비가 왔는데요, 샬럿. 아이들이 바깥에서 놀았나요?"

"브로디가 밖에 있는 너프 건을 집 안으로 갖고 와도 되냐고 물었어요. 저는 그렇게 해도 된다고 했고요. 요 며칠 계속 비가 내리는 바람에 실내에서 할 만한 놀이가 더는 없었거든요. 브로디가 레오랑 같이 다녀와도 되냐고 해서 허락했어요. 그러다 어린아이 한 명이 바지에 쉬를 하는 바람에 새 옷으로 갈아입히고 버린 옷을 빠느라 정신이 없었어요. 레오가 집에 안 들어왔다는 걸 몰랐어요." 샬럿이 설명을 이었다. "브로디도 딜라일라처럼 학교에 다녀요. 하교 시간에 맞춰 애들과 함께 학교로 가서 브로디를 데려오죠. 3시 반 정도에 들어왔는데 아이들이 놀이를 시작하기 전에 간식을 먹고 싶다기에……." 샬럿이 말을 잇지 못했다. 마저 말하기를 꺼리고 있었다.

"그래서요, 샬럿?"

"레오가 한 시간이 좀 안 되게 거기 갇혀 있었던 거 같아요." 혼자서 춥고 어두운 장난감 보관함에 한 시간이나 갇혀 있었을 레오를 생각하니 숨이 멎는 것 같았다.

"브로디 파커라는 애는 몇 학년인가요?" 딜라일라와 비슷한 또래일 것 같아 물었다.

"5학년이요." 그럼 열 살에서 열한 살 정도였다. 도대체 어떻게 생긴 아이기에 열한 살이나 먹어서 네 살짜리 어린아이를 괴롭히는 걸까? 레오가 꼬임에 넘어가 보관함에 들어갔을지, 아니면 도발에 응한 것인지, 그것도 아니라면 이 망나니 같은 녀석이 레오를 그 안에 억지로 넣은 것인지 궁금해졌다.

"레오가 왜 나오지 않고 그 안에 계속 있었던 거죠?" 레오는 수줍음은 많지만 똑똑한 아이다. 그냥 혼자서 나오면 됐을 텐데.

"보관함에 잠금장치가 있어요."

"세상에나." 손으로 입을 막았다. 공기가 드나들 구멍이 있었을지, 보관함에 산소는 충분했을지 걱정이었다. 이런 생각의 끝은 결국 내 머릿속을 한시도 떠나지 않는 셸비에게 향했다. 우리가 트렁크에 실었던 것은 셸비의 사체였을까, 아니면 트렁크 안에서 셸비가 죽음을 맞이했던 걸까.

"장난감을 정리할 때 레오가 없다는 걸 알았어요. 정리 시간이 되면 가장 먼저 움직이는 아이거든요. 정말 착한 아이에요, 메러디스. 오늘은 퍼즐이 나와 있는 걸 보고 레오에게 뭔가 일이 생겼구나, 했어요. 브로디 엄마와도 통화를 마쳤어요. 더는 우리 집에서 돌봐줄 수 없다고 알렸어요, 메러디스."

레오
현재

    특정한 표정을 짓거나 할 때만 턱 보조개가 나타나는 것은 아닌지 저녁을 먹는 동안 누나를 흘끗거렸다. 하지만 지켜본 바로는 누나의 턱끝은 갈라지지 않았다. 매끈했다.

    그날 밤 인터넷으로 좀 찾아봤다. 파이퍼가 봤을 법한 내용을 찾았다. 턱 보조개를 없애는 방법은 수술뿐이다. 2,000에서 3,000달러가 든다. 그 약쟁이들이 몇천 달러를 들여 턱 수술을 해줬을 리가 없다. 뿐만 아니라 이런 수술을 할 수 있는 성형외과 의사가 마이클 같이 외진 동네에는 있을 것 같지 않았다.

    어렸을 때 사진과 신문 기사 사진을 나란히 놓고 비교해봤다. 닮은 점이 많았다. 차이점이라 해도 코가 좀 더 넓어지고 얼굴형이 갸름해지는 등 자라면서 충분히 변할 수 있는 특징들이었다. 성장하면서 얼굴이 달라지기 마련이니까. 머리카락 색도 전보다 어두워졌다. 햇빛을 받으면 색이 밝아진다. 하지만 누나가 있던 곳에는 빛이 들지 않았다.

턱 보조개는, 인터넷에 나온 설명에 따르면 태아 발달 과정에서 하악골 결합의 불완전 융합 때문에 생긴다. 보통 엉덩이 턱이라고도 한다. 드문 현상이다. 유전되는 형질이다. 누나의 경우 턱 보조개가 사라졌다. 지금은 보이지 않는다. 아니, 사라진 게 아니다. 내 누나가 아니라는 소리다.

이 사실을 어떻게 해야 할지 혼란스러웠다. 아빠에게 사실을 알려서 가슴 찢어지는 고통을 안겨야 할까? 아니면 아빠가 헛된 꿈속에서 계속 살아가게 둬야 할까? 이제 진짜 누나가 집으로 돌아올 가능성은 더욱 희박해졌다. 지금 저 사람을 누나라고 믿는 이상 아빠는 행복하다. 아빠도 드디어 자신의 삶을 살 수 있게 될 것이다. 지난했던 고통을 끝낼 수 있다. 설사 그것이 거짓된 결말일지라도 말이다. 누구인지는 몰라도 11년간이나 지하실에 갇혀 살았던 저 여자도 좀 더 나은 인생을 살 수 있을 것이다. 아빠가 잘 보살펴 줄 테니. 필요한 것은 뭐든 해줄 테니.

다만, 이 여자도 진짜 가족이 있을 것이다. 어쩌면 남동생이 있을지도. 가족들이 그리워하고 있을 것이다.

이틀간 고민한 끝에 파이퍼가 준 사진을 아빠에게 보여줬다. 말도 안 되는 소리를 한다며 내게 버럭 화를 냈다.

하지만 가만히 사진을 보던 아빠도 결국 알아채고 말았다.

"레오, DNA 테스트라는 결정적인 증거가 있어. 테스트에서 저 아이가 딜라일라고 나왔다고. DNA 테스트는 거짓말을 하지 않는다."

그게 정말 의문이었다. DNA 테스트가 틀릴 경우는 희박하다. 다만 샘플의 질이나 처리 과정, 결과 해석에서 드물게 오류가 나오긴 한다.

우리는 경찰서로 향했다. 누나는, 아니 저 여자는 다른 사무실에 데려다 놓고 아빠는 형사와 그 부하들을 몰아세웠다. 아빠가 형사에게 사진을 내밀었다. 형사는 처음에는 아빠의 말을 무시했다. "사람은 변하기 마련입니다, 조시. 성장하면서요. 젖살이 빠지고 이목구비가 달라져요. 지금 이 경우도 마찬가지고요."

형사는 딜라일라가 오랫동안 실종 상태였던 탓에 아빠가 또다시 아이를 잃을까 두려움을 느끼는 PTSD 증상을 경험하는 거라고 일축했다.

하지만 그렇게 간단한 문제가 아니었다. 나는 턱이 갈라지는 특징은 죽을 때까지 사라지지 않는다고 적힌 인터넷 기사 몇 편을 이미 출력해 뒀다. 기사를 읽은 형사의 얼굴이 하얗게 질렸다.

"DNA 테스트가 잘못 나온 걸 수도 있지 않습니까?" 아빠가 물었다.

"유전자 테스트의 정확도는 100퍼센트에 가까워요."

"그 결과지를 좀 보고 싶군요." 아빠는 연구소에서 실수한 게 분명하다고 생각했다. 위양성이나 우연의 일치 같은 일이 벌어지기도 했다.

형사는 그 자리에 가만히 서 있기만 했다. 꼼짝도 하지 않았다.

"카먼?" 아빠가 재차 요구했다. "테스트 결과지를 봤으면 합니다." 투자 은행가인 아빠가 무슨 수로 DNA 보고서를 이해한다고 그런 요구를 했는지 의아했다.

"제가 가져오겠습니다." 부하 경찰이 말했다.

"아니야." 형사가 급히 말했다. "내가 갈게." 형사가 자리를 벗어났다. 아빠의 눈이 형사를 쫓았다. 중년 여성치고는 잘 관리한 편이었다. 아빠와 비슷한 연배인 50에 가까운 나이로 보였지만 아빠보다는 자기 관리를 잘해온 것 같았다. 운동도 하고, 건강한 음식을 섭취하는 것처럼 보였다. 근육이 잡혀 있을 것 같은 몸이었다.

다시 돌아온 형사가 고개를 저었다. 손에 아무것도 들려 있지 않았다. "서류가 없습니다." 단호한 말투였다.

"형사님?" 부하 경찰이 놀란 듯했다.

"없어요. 파일에 DNA 보고서가 없습니다." 냉담하게 말했다. 침착한 어조였다. 눈도 깜빡이지 않고 부하 경찰에게 그리고 아빠에게 차례대로 시선을 맞췄다.

"뭔가 착오가 있을 겁니다. 서류를 다 같이 보관하는데. 원하시면 제가 가서 다시 한번 확인해보겠습니다, 형사님."

"없다니까. 착오가 아니야." 형사가 화가 난 데는 두 가지 이유가 있었다. 첫째는 보고서가 사라졌고, 둘째는 아빠와 내가 있는 자리에서 부하가 의심하는 태도를 보였기 때문이다.

"알겠습니다, 형사님." 부하 경찰이 말했다.

부하 경찰이 인터넷으로 보고서를 확인할 수 있다고 말했다.

"내가 해볼게." 형사가 답했다. 함께 형사의 자리로 향했다. 형사는 컴퓨터 앞에 앉아 키보드를 두드렸다. 우리는 형사를 마주하고 서 있어 모니터가 보이지 않았다.

형사가 타이핑을 멈췄다. 손가락이 키보드 위를 배회했다.

"왜 그러시죠?" 아빠가 물었다.

"그게……." 형사가 흠칫 놀랐다. "비밀번호를 잊었어요. 잠시만 기다려주세요." 그래서 기다렸다. 그래도 마찬가지였다. 경찰이 쓰는 프로그램이 뭔지는 몰라도 1분이 지나도록 형사는 여전히 비밀번호를 누르지 못하고 있었다.

"제 걸로 해보겠습니다." 부하 경찰이 나서며 키보드로 손을 뻗었다.

"손 떼." 형사가 날카롭게 말했다. "일단 손 떼라고." 사람들이 쳐다볼 정도로 큰 소리를 냈다. 다른 경찰들이 와서 괜찮냐고 물어보기까지 했다.

롤링스 형사는 감정을 잘 드러내지 않는 편이었다. 형사 일을 하며 못 볼 꼴도 많이 봤을 것이다. 덕분에 웬만한 일에는 무감해진 듯했다.

하지만 지금은 딱딱한 갑옷 위에 미세한 균열들이 서서히 퍼져나가고 있었다. 눈에 보였다.

형사가 아빠를 바라봤다. "이 모든 일이 처음 시작되었을 때부터 함께했잖아요, 조시. 파란만장했던 일들을 겪으면서요. 조시가 아내와 아이를 잃는 엄청난 아픔을 이겨내는 과정을 지금껏 지켜봤죠. 딜라일라가 어딘가에 있을지도 모른다는 소식이 들릴 때마다 다시 일어나 새롭게 희망을 찾는 조시의 모습을 옆에서 지켜봤어요. 딜라일라를 절대로 포기하지 않으셨죠." 형사의 목소리가 갈라졌다. "딜라일라가 집에 돌아오는 날까지 포기하지 않고 계속 찾겠다는 조시를 보며, 저 또한 이 아이를 찾는 데 매달리겠다고 오래전에 스스로에게 다짐했어요. 조시가 포기하지 않는다면 나도 포기하지 않겠다고. 지난 세월 동안 조시를 향한 마음이 커졌고, 어떻게든 딸을 찾아주고 싶었어요. 제게는 단순한 실종사건이 아니었어요. 그 이상이었어요. 그러면 안 되는 줄 알면서도 그랬어요. 이렇게 사적인 감정을 개입시켜서는 안 되는 줄 알면서요. 선이란 게 분명 있는데요. 조시는 그 선을 넘지 않았지만, 전 넘었어요."

형사가 잠시 가느다란 숨을 내쉬고는 말을 이었다.

"그러던 중 11년 동안이나 기다려온 소식을 들은 거죠. 그 아이가 정말 딜라일라라고 확신했어요, 조시. 모든 게 다 맞아 떨어졌거든요. 생김새도 닮았고요. 그 아이도 자신이 딜라일라라고 했어요. 그간 우리를 속였던 사기꾼들과 달리 이 아이는 100퍼센트 확실했어요. 직감적으로 알 수 있었어요. 드디어 해냈다고. 딜라일라를 찾았다고 말이에요. 당신의 눈에 어린 안도감과 행복을 봤죠. 아이를 찾는 게 당신에게 무엇보다 중요한 일이었으니까. 그러고는 DNA 결과가 나왔어요. 아니라고요. 친자가 아니라고. 믿을 수가 없었어요. 얼마나 실망했는지 몰라요. 말도 안 된다고 생각했죠. 그럴 수 없다고. 어떻게, 무슨 말로 이 소식을 전해야 할지 고민했어요. 연습도 했죠. 하지만 막상 때가 되자 말을 할 수가 없었어요. 정말 말이 나오질 않았어요. 당신에게서 그 아이를 또다시 앗아갈 수가 없었어요. 정말 미안해요, 조시. 한심하지만, 당신을 위해 그리고 그 아이를 위해 이렇게 해야 한다고 생각했어요. 아무도 모른다면 누구도 다치지 않을 거라고요."

아빠는 목 놓아 울기 시작했다. 지금만큼은 아빠를 뭐라 할 수 없는 것이, 아빠가 느끼는 그 상실감을 알 것 같았다. 가슴에 큰 구멍이 뚫린 것만 같았다.

이제 한 가지 의문은 왜 그 여자가 우리 아빠를 보고 자신의 아빠라고 했냐는 거다.

우리는 여자가 있는 곳으로 향했다. 그 끝에 사형장이 있는 길고 긴 복도를 걷는 기분이었다. 여자 옆에 내가 앉았다. 아빠는 내 맞은편에 자리했다. 아빠는 차마 여자을 바라보지 못했다. 형사는 함께 들어오지 않았다. 자신이 한 짓을 자백한 후 고개를 푹 숙인 채로 더 높은 사람으로 보이는 누군가에게 불려 갔다. 형사는 거짓말을 한 것뿐만 아니라 경찰 내부 기록도 조작한 셈이다. 파면당할 확률이 높았다. 어쩌면 고발을 당할지도 모른다.

여형사 대신 남자 형사가 심문을 진행했다. 형사는 자리에 앉지 않았다. 빙빙 돌려 말하지도 않았다. "이분이 당신 아버지라고 생각한 이유가 뭔가요?"

여자의 목소리가 떨렸다. "아니에요?"

고개를 떨궜다. 무력했고, 혼란스러워했다. 두 눈은 울고 있

416

는 아빠에게 향했다. 여자의 질문에 대한 답은 아빠의 눈물이
었다.

"아버지가 아닙니다."

여자는 눈에 눈썹이 들어간 것처럼 몇 번이고 눈을 깜빡였다.
처음에는 아무 말도 하지 않았다. 이내 두 다리를 끌어안고는
몸을 앞뒤로 흔들었다. 너무도 원초적이고 본능적인 몸짓이었
다. 지켜보고 있기가 괴로웠다. 두 눈에 가득 차오른 눈물이 뺨
을 타고 흘러내렸다. 여자가 거짓말을 한 게 아니라는 것이 느
껴졌다. 정말 친아빠라고 믿었다. "아빠 맞아요. 우리 아빠 맞아
요." 그 말을 듣고는 나도 눈물을 참기가 어려웠다.

메러디스

11년 전

5월

한밤중에 딜라일라가 엄마를 찾는 소리가 들렸다. 숨 가쁘게 비명을 지르더니 훌쩍이며 울었다. 침대에서 벌떡 몸을 일으켰다. 한걸음에 방으로 달려가자 아이가 놀란 듯 눈을 크게 뜬 채로 침대에 앉아 있었다. 딜라일라에게 다가갔다. 아이의 몸에 손을 대자마자 바로 알았다. 딜라일라가 열이 오르고 있었다. 몸을 덜덜 떨면서 시트가 젖도록 땀을 흘리고 있었다. "오, 아가." 아이의 젖은 머리를 쓸어 넘겼다. 축축해진 몸에 잠옷이 들러붙었다.

딜라일라는 방 한구석을 빤히 쳐다보고 있었다. 아이의 시선이 향한 곳을 바라봤다. 램프 외에는 아무것도 없었다. 풍선 모양의 아크릴로 된 동그란 갓이 세 개 붙어 있는 아이용 스탠드 램프다.

딜라일라가 축축한 시트 아래에 있던 손을 올려 램프 쪽 허공을 가리켰다.

"왜 그러니, 아가?" 침대 끝에 몸을 앉히며 물었다. "뭐가 있는데?"

"저기 누가 있어." 쉰 목소리로 말했다. 당연히 아무도 없는데도 괜스레 가슴이 뛰었다. 딜라일라가 열 때문에 헛것을 보는 것이다. 스탠드 램프의 동그란 갓을 사람 머리로, 길고 좁은 몸체를 사람 몸으로 착각했다.

"아무도 없어." 아이를 안심시켰다. "그냥 램프야. 램프 켜서 한번 볼까?" 침대에서 일어나 램프 쪽으로 다가갔다. 아이의 눈빛이 심상치 않아 대답을 기다리지 않고 바로 램프를 켜볼 생각이었다. 손을 뻗어 램프 스위치를 찾았다. 그때 아이가 기침을 해댔다. 급성 폐쇄성 후두염일 때 나는 개 짖는 소리와 비슷한 기침 소리였다.

램프를 켰다. 노란 불빛이 보랏빛 방을 밝혔다. 일부러 침대 아래, 옷장 안을 들여다본 후 말했다. "봤지? 아무도 없어. 너랑 엄마밖에 없어."

"다 가버렸어, 엄마." 딜라일라는 당연하다는 듯 말했다.

그런 일은 있을 수 없다.

"누구였는데?" 장단을 맞춰주었다. 아이는 대답하지 않은 채 나를 바라보며 눈을 깜빡였다. 말간 눈빛을 보내왔다. 아무 말도 하지 않았다. 빨간 머리카락이 축 늘어졌다. 헤어라인을 따라 난 잔머리는 땀에 젖어 적갈색으로 짙어졌다. 아이가 잘못 본 것이므로 굳이 또 묻지 않았다. 램프 스위치를 눌러 다시 불을 껐다.

아이들이 쓰는 욕실에서 체온계를 꺼내고 아래층으로 내려가 타이레놀을 찾았다. 딜라일라의 체온부터 쟀다. 39.5도에 가까웠다. 타이레놀 복용량을 다시 한번 확인한 뒤 아이에게 약을 먹였다. 침대가 땀으로 푹 젖었다. 아이를 침대에서 일어나게 한 뒤 시트를 갈았다. 시트를 갈고 침대에 다시 눕혔다. 나도 아이 옆에 누웠다.

잠이 들 때까지 딜라일라 곁을 지켰다. 잠든 것을 확인한 뒤 침실로 돌아갔다. 여전히 깊게 자고 있는 조시 옆에 조심히 몸을 뉘었다. 조시는 잘 때 누가 업어 가도 모를 정도다. 딜라일라야 워낙 자주 아픈 아이라 조시까지 깨울 필요는 없었다. 딜라일라는 우리 집의 병균 끈끈이니까. 같은 반에 누가 아프기라도 하면 십중팔구 옮아 왔다. 열이 난다고 해서 호들갑 떨 일이 아니었다. 남편에게는 아침에 말해도 된다.

침대에 눕자 침실 창문이 살짝 열려 있는 게 보였다. 조시는 몸에 열이 많은 편이다. 겨울에도 잘 때 창문을 열지 않으면 더워했다. 봄의 시원한 밤공기가 방 안으로 들어오며 얇은 커튼이 펄럭였다. 보슬비가 내리고 있었다. 빗소리에 마음이 편안해졌다. 셸비에 대한 생각이 나를 괴롭히지만 않는다면 빗소리에 금방 노곤해질 것 같았다. 하지만 나는 침대에 누워 밤에 돌봐줄 엄마를 잃은 어린 그레이스 티보를 생각했다. 나 때문에 그 아이는 엄마를 잃었다. 그것만 생각하면 견딜 수가 없었다. 나는 내 몸을 감싸는 남편의 팔을 느끼며 따뜻하고 푹신한 침대에 누워 있지만 셸비는 숲에 홀로 누워 구더기와 날벌레의 먹이가 되었다는 생각만 하면 토할 것처럼 속이 뒤집혔다.

이제 한계였다. 이렇게 큰 비밀을 안고 계속 살 수는 없다. 경찰서에 가야 한다. 내가 한 짓을 자백하고 그 결과를 감내해야 한다. 마땅히 벌을 받아야 한다.

내 죄는 차치하더라도 제이슨은 진실을 알 자격이 있다. 셸비에게 무슨 일이 벌어졌는지 알아야 한다. 뉴스를 통해 들려오는 소식이 별로 좋지 못했다. 모든 정황이 제이슨을 범인으로 가리키고 있었다. 제이슨이 바람을 피운다는 소문도 돌았다. 그가 범인으로 몰리고 있었다. 그가 살인으로 유죄를 선고받는다면 나 자신을 용서할 수 없을 것 같았다. 정말 그렇게 된다면 아기는 어떻게 되는 걸까? 그 어린아기는 누구의 손에서 자라게 될까? 특수 장애를 지닌 그 아이를 누가 돌봐줄 수 있을까? 보호시설로 보내지는 건 아닐까?

이런저런 생각 끝에 깜빡 잠이 들었나 보다. 눈을 떠보니 조시가 보이질 않았다. 침실 탁자 위에 미지근한 커피 한 잔이 놓여 있었다. 그의 향수 냄새가 방 안에 희미하게 남아 있었다.

좀 전까지 있었지만, 지금은 보이지 않았다.

침대에서 일어났다. 아래층에 내려가 남편을 찾았지만 이미 출근한 후였다. 다시 위층으로 올라와 아이들 방으로 가니 딜라일라는 여전히 깊이 잠들어 있었고 레오는 뒤척이기 시작했다. 딜라일라가 오늘 학교에 가기 어려우니 레오도 보내지 말까 고민했다. 내가 집에 있으면 레오가 샬럿 집에 갈 이유가 전혀 없었다.

하지만 레오는 최근 샬럿의 집에 가는 것을 힘들어했다. 만약 오늘 안 간다면 아이가 더욱 혼란스러울 것 같았다. 내일은 아마 더 많이 괴로울 것이다. 샬럿은 브로디를 받지 않겠다고 약속했으니 레오가 샬럿의 집에 가기를 꺼렸던 가장 큰 이유도 사라졌다. 괜히 집에 있게 했다가 딜라일라에게 병을 옮을지도 몰랐다.

나는 레오의 방으로 향했다. 잠에서 깨어 바닥에서 장난감 놀이를 하는 중이었다. 옆에 앉아 아이를 무릎에 앉혔다. "잘 잤니, 아가." 아이의 정수리에 입을 맞췄다. 머리가 잔뜩 헝클어져 있는 아이에게서 달큰한 냄새가 났다.

잠깐 같이 장난감을 갖고 놀았다. 소방서 장난감이었다. 레오가 소방관을 맡고 나는 달마티안 강아지가 되었다. 침실 한쪽에서 불이 났다. 소방관과 달마티안이 장난감 소방차에 올라타자 레오가 불을 끄기 위해 소방차를 침실 쪽으로 밀었다.

놀이를 하다 레오에게 말을 걸었다. "샬럿 아줌마가 어젯밤에 엄마한테 전화했었어. 레오랑 다른 애 사이에 문제가 있었다고 말씀하시더라고." 잠시 레오의 반응을 살폈다. "브로디라고 하던데." 그 이름이 나오자 레오의 몸이 긴장하는 게 보였다. 얼굴이 새빨개지고 순식간에 눈물이 차올랐다. 아이를 꼭 껴안았다. "그 아이가 널 괴롭힌다는 걸 엄마가 좀 더 일찍 알았더라면 좋았을 텐데, 레오. 그럼 엄마가 도와줬을 텐데." 비난의 말이 아니었다. 괴롭힘을 털어놓지 않았다고 레오에게 뭐라 하는 것이 전혀 아니다. 다만 엄마에게는 뭐든 말해도 된다는 걸 레오가 알길 바랐다. "샬럿 아줌마가 브로디는 이제 안 올 거라고 했어. 레오랑 다른 친구들만 있는 거야. 언제?" 레오가 수줍게 미소 지었다. 마음에 드는 모양이었다.

딜라일라가 잠에서 깼다. 열이 다시 오르고 있었다. 아이의 눈빛이 흐렸다. 목소리가 갈라졌고, 아프다는 듯 손으로 목을 감쌌다. 열을 쟀다. 여전히 39.5도였다. 약을 한 번 더 먹였다. 아이를 데리고 아래층으로 내려가 소파에 앉힌 뒤 마실 것을 주었다. 입맛이 없어 보였다. 레오가 샬럿 집에 갈 준비를 하는 동안 딜라일라는 만화를 봤다.

딜라일라는 차에서 기다리고 나와 레오만 내렸다. 샬럿에게 딜라일라가 아파서 못 온다고 알렸다. "오늘은 레오만 있을 거예요." 레오가 현관으로 다가갔다. 안을 들여다봤다. 레오는 오늘 울지 않았다.

집으로 돌아온 딜라일라는 소파에 몸을 기댔다. 시터 집까지 잠깐 다녀온 것만으로도 무척이나 피곤해했다. 열 기운에 아이가 지쳐갔다. 내 무릎을 베게 하고 한동안 딜라일라 옆을 지켰다. 그러다 조시에게 딜라일라가 아프다는 이야기를 해야 할 것 같아 자리에서 일어나 핸드폰을 찾으러 다녔다. 집을 한 바퀴 돌았지만 보이지 않았다. 레오를 데려다주고는 차에 가방과 핸드폰을 두고 온 거 같았다. 핸드폰을 가지러 차고에 가기 전 딜라일라를 살폈다. 아이는 곤히 잠들어 있었다.

차고는 집에서 떨어져 있다. 15미터 정도 거리였다. 비가 오고 있었다. 집 뒷문을 통해 빗속으로 한 걸음 뗐다. 문을 닫았다. 아이를 혼자 두고 집을 비우자니 마음이 찜찜했다. 하지만 그리 오래 걸리지 않을 것이었다. 빨리 움직이면 30초밖에 걸리지 않을 일이다. 비를 맞으며 뛰었다. 마당 곳곳에 웅덩이가 생겼다. 웅덩이를 밟자 물이 튀며 다리가 젖었다. 집에 가서 바지를 갈아입어야 할 것 같았다. 지대가 낮은 쪽은 벌써 잠기려 하고 있었다.

차고에는 위로 올리는 롤업이 아니라 옆으로 여는 여닫이문이 달려 있다. 차고에 들어가 차 쪽으로 다가갔다. 보조석 문을 활짝 열자 가방이 보였다. 다만 내가 마음이 급했다. 가방을 꺼낸다는 것이 뒤집어서 들어 올리고 말았다. 안에 있던 내용물이 바닥에 떨어졌다. "젠장." 몸을 숙여 소지품을 주웠다. 립스틱이 좌석 아래로 굴러 들어갔다. 허리를 굽혀 좌석 아래로 팔을 쭉 뻗었다.

"좋은 아침이에요, 메러디스."

간신히 균형을 잡고 있는데 비아의 목소리에 몸이 기우뚱했다. 깜짝 놀라 몸을 급히 일으켰다. 뒤를 돌아보니 비아가 있었다. "비아였군요." 놀란 가슴을 손으로 눌렀다. "놀랐잖아요." 요즘 신경이 항상 팽팽하게 곤두서 있는 상태였다.

비아가 차고로 들어왔다. "안색이 안 좋네요." 아직 샤워도 하지 못했다. 대충 묶은 머리에 레오를 데려다주느라 트레이닝 복 차림이었다. 레오만 아니었으면 여전히 잠옷을 입고 있었을 터였다. 조시가 준비해놓은 커피 한 잔 외에는 아무것도 먹지 않았다. 비아에 비해 자신이 나약하고 초라하게 느껴졌다. 심장이 너무 세게 뛰었다. 머리가 어지러울 지경이었다. 비아에게도 들렸을 것 같았다. "괜찮아요?" 비아가 물었다.

"눈을 감으면 셸비가 보여요." 비아에게 털어놨다. "정말 이렇게는 못 살겠어요. 계속 이렇게 지낼 수는 없어요."

"정신 좀 차려요, 메러디스." 비아가 충고하듯 말했다. "거의 다 됐어요. 조금만 참으면 다 끝난다고요."

"더는 못 해요." 숨을 토해냈다. "이 비밀을 안고는 더는 못 살겠어요."

"여론 상 벌써 남편이 범인으로 몰리고 있어요. 좀 있으면 구속될 거고요. 그러면 우린 자유예요. 다시 정상적인 생활로 돌아갈 수 있다고요."

"정상이요?" 비아의 말을 믿을 수가 없었다. 이제 정상적인 삶이란 게 가능하기나 할까? 나는 결코 정상적인 생활로 돌아갈 수 없었다. "시체가 발견되지 않으면 구속할 수가 없어요."

"과연 그럴까요, 메러디스?" 나를 비난하듯 말했다.

"시체가 안 나오면 셸비가 죽었다는 것도 입증할 수가 없잖아요?"

비아가 내 말에 반박했다. "시체 없이도 살인죄로 기소된 전례가 있어요. 배심원이 셸비가 죽었다고 믿을 만한 정황 증거만 있으면 된다고요."

"정황 증거라뇨? 뭘 말하는 거예요?" 자세한 수사 내용은 비밀에 부쳐졌다. 대중에게는 일부만 공개되었다. 수색견들이 셸비를 찾고 있다는 것은 알려졌다. 아직 찾지 못한 것이 분명했다. 찾았다면 보도되었을 터였다.

"피 묻은 옷이요." 비아가 말했다.

"셸비 옷을 어떻게 한 거예요?" 그날 밤 비아가 거칠게 옷을 벗기던 모습이 떠올랐다. 셸비의 머리가 뒤로 꺾였다. 조심성이라고는 찾아볼 수 없는 손길이었다.

셸비의 옷을 어떻게 했는지는 답하지 않았다. 하지만 그녀의 침묵이 무슨 뜻인지 알 것 같았다.

"제이슨을 범인으로 몰 생각이군요. 셸비의 옷을 이용해서 제이슨에게 뒤집어씌우려고." 도저히 믿을 수가 없어 손으로 입을 막았다.

"제이슨이라니, 도대체 언제부터 이름을 부를 정도로 친해진 거예요?" 비아가 물었다.

"셸비가 내 고객이었다는 걸 잊었어요? 제이슨과 아는 사이라고요. 이름을 부를 정도의 사이는 돼요. 비아, 그 사람 아이가 있어요. 갓 태어난 딸이요. 그 아이는 얼마 전에 엄마를 잃었어요. 아빠까지 잃게 만들 순 없어요. 당신이 그런 짓을 하도록 두고 보지만은 않겠어요." 처음으로 확신 같은 것이 차올랐다. 셸비를 죽인 것도 죽인 거지만, 제이슨에게 그 죄를 덮어씌우는 것은 다른 문제였다. 계획적이고 의도적으로 죄를 짓는 거니까. 엄마의 사랑을, 어쩌면 아빠의 사랑까지도 받지 못하고 자랄 그레이스가 눈앞에 아른거렸다. "경찰에 신고할 거예요."

내 의지가 비아에게도 전해졌다. 그녀의 표정이 달라지는 것이 보였다. 처음에는 당혹감이 스쳤다. 입을 벌린 채로 나를 바라봤다. "그러지 말아요." 비아가 사정했다. 기세등등했던 목소리에 간절함이 실렸다. 셸비가 죽은 뒤 내내 침착했던 비아가 처음으로 동요하고 있었다. "제발요, 메러디스. 신중하게 생각해요. 내가 이렇게 사정할게요. 난 교도소에 갈 수 없어요. 살아남지 못할 거예요. 당신만큼 강한 사람이 못 돼요."

"나만큼 강하지 못하다니요. 나보다 더 강한 사람이에요, 당신은."

비아가 고개를 저었다. 자신이 나보다 강하다고 생각하지 않고 있었다. "내가 교도소에 가면 케이트는 날 떠날 거예요. 내가 없는 동안 자기 삶을 찾아 떠날 거라고요. 교도소에서 나오면 아무것도 남지 않을 거예요. 당신과 나 둘 다요. 정말 아무것도 남은 게 없을 거예요, 메러디스." 비아는 사정하고 있었다.

나는 눈을 감았다. 비아와 내가 형을 살고 나올 10년 또는 12년 뒤의 삶을 상상했다. 딜라일라와 레오는 10대 청소년이 되어 있겠지. 고등학생일 거다. 아이들이 자라는 모습을 지켜보지 못하겠지. 어쩌면 아이들이 날 미워하게 될지도 모른다. 날 원망하고 부끄럽게 여기고, 나란 존재를 난감해할지도 모른다. 조시가 아이들을 데리고 면회를 올까? 아니 내가 갇혀 있는 모습을 아이들에게 보여주고 싶을까? 조시는 내가 없는 동안 다른 누군가를 만나 사랑에 빠질 수도 있다. 생각만으로도 고통스러웠다.

"변호사를 구할 거예요. 조시 고객 중에 피고를 변호해주는 변호사들도 있어요. 우리를 도와줄 수 있는 변호사를 찾으면 돼요. 비아, 생각해봐요. 우리는 전과가 없어요. 우리 둘 다 음주운전 전력이 없어요. 양형 거래가 가능할 거예요."

"그래서 형량을 얼마나 줄일 수 있는데요?" 비아가 신경질적으로 물었다. "10년 형을 5년으로? 교도소에서 5년이 어떤 건지 알기나 해요? 우린 거기서 5분도 버티질 못할 거예요."

어떤 벌을 받든 중요한 게 아니었다. 셸비를 죽였다는 죄책감을 안고 살 수가 없었다. 이런 식으로는 살 수 없다. 셸비는 딸이 자라는 모습을 영영 보지 못하게 되었다. 그럼 나도 그래야 하지 않을까?

"미안해요, 비아. 어쩔 수 없어요."

비아의 심경이 또 한번 달라졌다. 갑자기 거친 모습을 보였다. "당신이 과연 그렇게 할 수 있을까." 순간 내가 방해물이 되었다. 비아의 자유를 방해하는 유일한 존재가 되었다.

자리를 벗어나려 했지만 비아가 길을 막고 나가지 못하게 했다. 차 문과 차고 벽 사이에 갇히고 말았다. 사방이 막힌 셈이었다.

"경찰한테 그날 내가 운전했다고 하면요? 비아가 술에 취해서 대신 내가 운전한 걸로요. 셸비를 차로 친 사람은 나라고요. 숲에 시체를 유기한 것도 내가 계획한 일이라고. 술에 취한 비아가 차 뒷좌석에서 정신을 잃는 동안 내가 모두 한 짓이라고요."

비아의 목소리가 냉담해졌다. "아무도 믿지 않을 거예요." 그

428

녀가 한발 다가왔다. 차고의 불은 꺼져 있다. 밖에서 들이치는 햇빛이 유일한 빛이었지만 그나마도 날이 흐렸다. 빛이 거의 들지 않았다.

"왜죠?" 사실 나는 거짓말을 잘하는 편은 아니다. 하지만 경찰은 내 이야기를 반박할 증거가 없다. 내 자백 외에는 증거가 없는 상황이다. 경찰은 내 말을 믿는 것 외에는 다른 방법이 없다.

"혼자서는 할 수 없는 일이니까요. 45킬로그램쯤 나가는 당신이 다 젖은 채로 말이죠. 혼자서는 절대로 시체를 옮길 수 없어요. 혼자 몸으로는 그 시체를 묻을 재간이 없다고요."

"나도 했잖아요. 그날 밤에 그 일들을 해냈잖아요."

"하지만 내가 없었다면 못 했을 거예요. 당신 말을 아무도 믿지 않을 거예요. 우린 같이 교도소에 가게 되겠죠."

비아에게 우리가 한 짓을 상기시켰다. "우리는 한 여자를 죽였어요, 비아. 살인을 했다고요."

핸드폰은 차 바닥에 떨어져 있다. 시선이 아래로 향했다. 비아가 막기 전에 몸을 숙여 핸드폰을 집었다. 그 모습을 지켜본 비아가 다가와 핸드폰을 뺏으려 했다. 경찰에 전화하지 못하게 막으려는 거였다. 배터리 아이콘이 빨갛게 변했다. 좀 있으면 방전될 것 같았다.

핸드폰을 두고 몸싸움을 벌였다. 비아는 내 손에서 핸드폰을 낚아채려 했고 나는 몸을 뒤로 물리며 그녀를 밀쳤다. 일부러 그런 건 아니었다. 반사작용처럼 팔이 나갔다. 비아의 몸이 뒤로 기울어지며 휘청하더니 차고의 합판 벽에 부딪혔다. 합판에는 못이 튀어나와 있었다. 언제 튀어나온 못들을 정리하자는 이야기를 조시와 했었다. 위험하다고 말이다. 아이들이 다칠까 걱정이었다. 파상풍에라도 걸릴까 염려했다. 조시가 볼트 절단기로 못을 정리하겠다고 했었는데 여전히 그대로였다.

비아가 못이 나온 쪽으로 넘어졌다. 팔이 긁혔다. 피가 났지만 비아는 모르는 것 같았다. 중심을 잃은 탓에 내게 곧장 달려들지 못했다. 나는 그 틈을 노려 재빨리 움직였다. 비아에게서 벗어나야 했다. 집으로 들어가 문을 잠글 생각이었다. 그런 뒤에 경찰에 전화하면 된다. 내가 한 짓을 모두 털어놓고 싶었다. 경찰이 찾아오면 어디까지 자백할 것인지는 비아가 결정하면 된다.

하지만 고작 운전석까지 밖에 가지 못했다. 비아가 재빨리 움직였다. 내 뒤를 따라와 팔을 잡았다. "핸드폰 내놔." 비아가 세게 움켜잡은 팔이 너무 아팠다. "망할 놈의 핸드폰 내놓으라고, 메러디스."

팔을 빼내려 했지만 그럴 수가 없었다. 나는 몸을 돌려 비아를 마주했다. 그녀의 눈이 매섭게 빛났다. 비아에게 싫다고, 망할 놈의 핸드폰을 주지 않겠다고 소리치려던 참이었다. 하지만 말문이 막히고 말았다. 비아의 손에 망치가 들려 있었다. 조시의 망치였다. 도망치려던 내 뒤를 쫓다가 조시의 작업대에서 집어 온 게 분명했다.

"그걸로 뭘 하려는 거예요?"

"그러니깐 핸드폰 줘요. 그럼 내려놓을 게요." 비아의 말을 믿고 싶었다. 그녀가 나를 해치고 싶어 하지 않는다는 건 안다. 셸비 사건이 있기 전까지만 해도 비아는 내게, 누구에게도 악감정을 품지 않았다. 비아는 마음이 따뜻한 사람이었다.

하지만 지금의 비아는 궁지에 몰려 있다. 자신을 지키기 위해, 자유를 얻기 위해 그녀가 무슨 짓까지 할 수 있는지는 아무도 모른다.

비아가 망치를 들지 않은 손을 내밀었다. "그 핸드폰 지금 당장 내놔요, 메러디스."

나는 싫다고 말했다. 그럴 수 없다고. 핸드폰 화면을 켜서 키패드 화면을 열었다.

비아가 머리 위로 망치를 들었다. "날 시험하지 말라고." 소리쳤다.

"그러면 어쩔 건데?" 그녀를 도발했다. "뭘 어떻게 할 건데?"

비아는 아무 말도 하지 않았다. 어디 해보라고 도발했다. 비아는 내 친구다. 서로 알고 지낸 세월이 길었다. 나는 셸비와 처지가 달랐다. 비아는 셸비와 전혀 모르는 사이다. 셸비에게 그어떤 유대감도 없었다. 셸비에게는 그랬더라도 나를 해치진 못할 거다.

나는 몸을 돌렸다. 집으로 가서 경찰에게 전화할 생각이었다.

고개를 돌리는 순간, 열린 차고 문 앞에서 모든 것을 지켜보던 딜라일라를 발견하고 심장이 내려앉은 것 같았다. 아이가 TV 리모컨을 손에 쥐고 있었다. 땀에 젖은 얼굴에 머리카락이 어지럽게 달라붙어 있었다. 열이 들끓는 아이는 충격에 휩싸여 두 눈을 크게 떴다.

"엄마." 딜라일라가 말했다. 비아와 내가 싸우는 소리를 듣고 내 바로 뒤에서 망치를 들고 서 있는 비아를 본 아이의 목소리가 떨렸다.

모든 것이 너무도 순식간에 벌어졌다.

딜라일라의 두 눈이 젖어 들었다. 눈물이 차오르기 시작했다. "엄마, 리모컨이 안 돼." 그 순간 뒤쪽에서 망치가 내 머리를 가격하며 전해지는 통증에 꼼짝도 할 수가 없었다. 고통보다는 충격이 컸다. 아이에게 어서 도망치라고 소리치고 싶었지만 말이 어눌해졌다. 무릎이 꺾이며 바닥으로 쓰러졌다. 주변이 빙빙 돌고 있었다. 차가운 차고 바닥에 몸이 닿았고, 이윽고 암흑이 찾아왔다.

레오

현재

여자가 짐을 챙길 때까지 경찰들이 기다려주었다. 여자 혼자 위층으로 올라가고 우리는 아래층에 남았다.

여자가 무력한 사람이라고 여긴 것은 우리 모두의 착각이었다. 끔찍한 곳에 갇혀 11년을 버텼고, 손수 도구를 만들어 남자를 찌르고 그곳에서 도망쳐 나왔다는 것을 잊었다. 그렇게 할 수 있는 사람이 많지 않다. 여자는 우리가 생각했던 것보다 강했다. 스스로 생각한 것보다 강한 사람이다.

경찰서에서는 이런 설명을 내놓았다. 거짓 기억이라는 게 있다고 했다. 진짜 기억인 것 같지만 사실 만들어진 가짜 기억이다. 정신이 거짓 기억을 만들어낼 때도 있고, 누군가의 농간으로 애초에 있지도 않은 일들을 기억인 것처럼 받아들이기도 한다. 기억은 조작할 수 있다. 사람의 머리에 생각을 주입할 수도 있다. 경찰은 여자에게도 이런 일들이 벌어졌던 것 같다고 설명했다.

경찰이 심문을 계속하자, 여자는 지하실에 감금되기 전 누군가 신문 기사를 읽어주고 엄마 아빠 사진을 보여주었던 것을 떠올렸다. 인터넷을 뒤지던 경찰은 오래된 기사를 찾아냈고, 거기에는 여자가 설명했던 아빠의 모습과 똑같은 사진이 실려 있었다. 아빠가 파란색 집 앞에 서 있는 사진이었다. 기사에는 사진 하나가 더 있었다. 엄마의 사진이다. 사진 아래 설명글에는 이렇게 적혀 있었다. **자살한 뒤 시체로 발견된 엄마.** AP통신에서 제공한 기사였으니 거의 모든 매체에 실렸다고 봐도 무방했다.

어떤 이유에서인지 에디와 마사가 이 기사를 본 뒤 여자가 딜라일라이고 사진 속 사람들이 당신의 부모님이라고 믿게 만들었다. 경찰이 두 사람을 찾아내지 않는 한 그 이유는 알 수 없을 것이다. 다만 형사는 에디와 마사가 세간에 관심을 받는 딜라일라의 실종사건에 집착했거나, 모방범죄를 꿈꿨던 것 같다고 추측했다. 여자를 납치하며 일종의 만족감을 느꼈을 거라고 말이다. 이들은 여자를 세상을 떠들썩하게 만들며 순식간에 유명 인사가 된 실종 소녀, 즉 우리 누나라고 믿고 싶었거나 진짜 그렇게 믿었던 것 같다.

짐을 챙기는 데 생각보다 긴 시간이 걸렸다. 누구보다 힘든 여자를 재촉하는 사람은 없었다. 혼자만의 시간이 필요할 거라 여겼다. 우리는 주방에 앉아서 기다렸다. 아빠가 경찰들에게 물을 대접했다.

그나마 다행인 것은 여자의 DNA와 일치하는 가족이 데이터

434

베이스에 등록되어 있다는 사실이다. 여자의 진짜 이름은 칼리 버드이고 열여섯 살이다. 누나가 실종되고 일주일 뒤 세인트루이스 인근에서 실종되었다. 집 근처에서 납치되었다. 누나의 사건은 왜 뉴스거리가 되었고, 여자의 실종은 왜 관심받지 못한 건지는 아무도 모른다.

30분이 지나도 소식이 없자 아빠는 도움이 필요한 상황인가 싶어 올라가 보기로 했다.

얼마 지나지 않아 아빠가 계단 위에서 소리를 질렀다. "애가 사라졌어요. 사라졌다고요!"

계단을 두 칸씩 뛰어올라 가보니 방은 텅 비어 있고 아빠가 사준 옷은 옷장에 곱게 남아 있었다. 도망친 것이다. 창문이 열려 있었다. 누나 방은 2층이었지만, 창문 아래 발을 디딜 지붕과 덩굴나무가 타고 올라가도록 지지하는 구조물이 있었다. 절박한 때에는 필사적인 행동을 하기 마련이다.

메러디스

11년 전

5월

　가장 먼저 청각이 돌아왔지만 그리 완전하지는 않았다. 소리가 끊겨서 들렸다. 웅얼거리는 말소리가 들렸다. 바람 소리도 들렸다. 드럼 스틱이 스네어드럼을 때리는 소리도. 뭐가 뭔지 알 수가 없었다. 더 많은 감각에 노출되면 감당이 되지 않을 것 같아 눈을 꼭 감았다. 정신이 하나도 없었다. 목에서 역류하는 토사물을 억지로 삼켰다. 머리가 지끈거렸다. 귀, 관자놀이, 눈까지 덩달아 욱신거렸다. 누군가 콧노래를 불렀다.

　내가 어디에 있는지, 왜 이곳에 있는지 기억이 나지 않았다. 꿈을 꾸는 게 분명했다.

　억지로 눈을 뜨자 세상이 휙휙 지나갔다. 어지러웠다. 시야가 흐릿했다. 뿌옇게 보였다 초점이 잡히길 반복했다. 비가 내리고 온 세상이 회색빛이었다. 추웠다. 몸이 떨렸다.

점점 눈에 초점이 돌아오며 내 옆에 있는 것들이 차례차례 눈에 들어왔다. 유아용 보드북과 개 목줄이 보였다. 차 바닥에 나뒹구는 어린이용 보조의자에 발을 올려둔 상태였다. 컵 홀더에는 회색, 빨간색, 분홍색이 뒤섞인 물병이 보였다. 딜라일라의 물병이었다. 딜라일라의 카시트였다. 아이들의 발길질에 더러워질까 봐 운전석과 보조석에 씌워놓은 비닐 커버도 보였다.

내 차 뒷좌석에 누워 있는 거였다.

천천히 몸을 일으키자 온몸이 아우성을 쳤다. 카시트 위에 쓰러져 있던 터라 울퉁불퉁한 부품에 눌려 피부에 자국이 남았다. 가슴 벨트의 클립 모양이 팔에 진하게 찍혀 있었다.

레오의 카시트였다.

몸을 바로 하고는 정신없이 주변을 둘러봤다. 레오는 어디 있지? 딜라일라는? 왜 내가 여기 누워 있었을까? 차가 움직이고 있었다. 빠른 속도였다.

균형을 잡을 수가 없었다. 중심을 잡으려 아무거나 손에 잡히는 대로 잡고 버텼다.

운전석에 있는 사람은 비아였다. 내 차를 운전하고 있다. 운전석 창문이 조금 열려 있다. 틈새로 들어온 바람이 비아의 머리카락을 흩날렸다. 어쩐 일인지 비는 들이치지 않았다. 라디오가 켜져 있다. 비아는 혼잣말을 중얼거렸다. 감정이 격해진 그녀가 이해할 수 없는 말들을 내뱉었다.

그 순간 모든 기억이 떠올랐다.

비아와 싸우던 장면, 망치를 들고 있던 비아, 차고 앞에서 놀

란 채 서 있던 딜라일라. 거기서 기억이 끝났다. 새카만 암흑이
었다.

입에서 나간 첫 마디는 "아이는 어디 있어요?"였다.

말이 뭉개졌다. 입술을 달싹여도 발음이 잘되지 않았다. 말을
하자 머리가 깨질 듯했다. 손바닥으로 눈을 꾹 누르며 이마를
감쌌다. 전혀 소용이 없었다. 손을 떼어냈다.

다시 입을 열었다. "아이는 어떻게 한 거예요?" 이번에는 제
대로 말이 나왔다.

"깼네요." 비아가 고개를 돌렸다. 몸을 돌리며 실수로 핸들의
방향도 같이 틀었다. 차가 휘청거렸다. 누군가 신경질적으로 경
적을 울렸다. 비아가 다시 앞으로 몸을 돌렸다. 다행히 사고가
나기 전에 차를 바로 했다.

"딜라일라는 어떻게 했어요?" 재차 물었다.

비아는 대답하지 않았다. 그녀의 침묵에 미칠 것만 같았다.
내 딸이 어디 있는지 알아야 한다. 저 여자가 내 아이한테 무슨
짓을 했는지 알아내야 한다.

문을 열려고 손잡이에 손을 뻗었다. 달리는 차에서 뛰어내려
도망칠 생각이었다. 하지만 문이 꿈쩍도 하지 않았다. 잠금 기
능이 설정되어 있었다. 얼마나 정신을 잃었는지 알 길이 없었
다. 비아가 딜라일라에게 무슨 짓이든 하고, 나를 차에 태운 뒤,
차를 몰고 어딘가로 갈 정도로 오래 의식을 잃었다. 창밖을 내
다봤다. 어디쯤일지 가늠해보려고 했다. 멀리 벗어나지는 못했
다. 집에서 몇 블록 떨어진 곳이다. 차에서만 내릴 수 있다면 딜

라일라에게 갈 수 있다. 가서 아이가 괜찮은지 봐야 한다.

"아이에게 무슨 짓을 했나요?" 비아가 아이를 다치게 했을 것 같아 두려웠다. 비아가 망치로 내 머리를 내리치는 모습을 딜라일라가 그대로 지켜보고 있었다.

딜라일라는 너무 많은 것을 봐버렸다. 아이를 가만히 둘 리가 없다.

반대편 문 쪽으로 몸을 기울였다. 문을 열어보려 했다. 역시나 열리지 않았다. 버튼을 눌러 창문을 열려고 했지만 잠금이 설정되었다. 비아는 이미 모든 상황을 예측했다.

절박했던 나는 누구에게든 내가 뒷좌석에 갇혀 있다는 걸 알리기 위해 손으로 창문을 두드렸다.

비아가 소리쳤다. "그만둬요, 메러디스. 지금 뭐 하는 짓이에요?"

"날 보내줘요." 철창에 갇힌 동물이 된 심정이었다. "내게 이럴 순 없어요, 비아. 당신이 내게 이럴 수는 없어요."

이제 내게 남은 방법은 앞으로 달려드는 것밖에 없었다. 몸싸움을 해서라도 차를 멈춰야 한다. 아드레날린이 치솟자 온몸과 머리의 통증이 잦아들었고, 나는 당장이라도 운전석과 보조석 사이의 좁은 틈으로 몸을 내던지려던 차였다.

하지만 그 순간, 보조석에 있는 무언가가 눈에 들어왔다. 칼이었다.

내가 움직이려는 순간 비아가 칼을 쥐었다. 비아가 한발 빨랐다. 몸이 굳어버렸다.

"그걸로 뭘 하려는 거예요?" 혹시 저 칼이 딜라일라에게 쓰였던 것은 아닌지 두려워졌다.

"시키는 대로만 하면 누구도 다치지 않을 거예요." 비아가 침착한 목소리로 말했다.

나는 의자에 등을 기대고 앉았다. 그럴 수밖에 없었다. 여기서 어떻게 벗어날 수 있을지 고민하느라 마음이 바빴다. 아무리 고민해도 뾰족한 방법이 생각나지 않자 절망감에 사로잡혔다. 비아가 나를 어쩌려는 걸까? 딜라일라는 어떻게 한 걸까?

차가 시내를 통과했다. 우회전을 한 후 좌회전을 하고 다시 우회전을 했다. 무작정 가는 게 아니었다. 뭔가 꿍꿍이가 있다. 우리가 사는 동네를 지나 다른 동네를 거쳐 또 다른 동네로 향하고 있었다. 주택보다는 공업단지가 많은, 사람이 많이 살지 않는 곳이었다.

"집에 데려다줘요." 운전하는 비아를 향해 사정했다. "제발, 나 좀 집에 데려다줘요. 없었던 일로 할게요. 약속해요, 비아. 경찰서에도 가지 않을게요. 셸비 일은 당신과 나만의 비밀로 할게요."

비아는 내 말을 무시했다. 내가 계속 애원하자 결국 짜증을 냈다. "닥쳐요, 메러디스. 제발 좀 닥쳐요." 차갑고 냉정하게 말했다.

비아가 고속도로 바로 옆에 있는 낡은 모텔 주차장에 차를 세웠다. 단층짜리 황토색 건물이었다. 주차장에 커다란 쓰레기통이 있고, 피크닉 테이블과 음료 자판기도 한 대 보였다. 비아는 휑한 주차장에 내 차를 세웠다.

비아는 바닥에 떨어진 내 가방을 챙겼다. 이제부터 할 일을 알려줬다. "들어가서 방을 하나 잡아요. 한 달 투숙으로. 현금으로 지불하고요." 내 지갑과 본인 지갑을 뒤져 현찰을 긁어모았다. 뒷좌석으로 몸을 기울여 내 손 안에 돈을 쥐여주었다. "체크인 하고 키를 받아요."

"그렇게 안 하면 어떻게 되는 거죠?" 비아가 셸비에게 한 짓을 두 눈으로 똑똑히 봐놓고도 이런 질문을 했다. 사건을 은폐하고 음모를 꾸미는 비아를 옆에서 지켜봐 놓고도 말이다. 궁지에 몰린 그녀는 무슨 일이든 할 터였다.

"딜라일라가 무사하길 바라지 않아요?" 비아의 말을 듣고 한 줄기 희망이 보였다. 딜라일라는 살아 있다.

비아가 내게 거짓말을 하는 게 아니라면 말이다.

비아가 차에서 내렸다. 칼을 청바지 뒷주머니에 넣고 그 위를 상의로 덮어 감추었다. 그녀가 차 옆쪽으로 다가와 문을 열어주었다. 차에서 내리기까지 시간이 좀 걸렸다. 머리가 지끈거려 중심을 잡기가 힘들었다.

"쓸데없는 생각은 하지 말아요, 메러디스. 여기서 지켜보고 있을 테니까. 딜라일라가 어디에 있는지 아는 사람은 나뿐이라는 걸 명심하고요. 부디 내 한계를 시험하지 않길 바라요."

마른침을 삼켰다. 비아가 딜라일라에게 무슨 짓을 했는지 알 길이 없다. 하지만 살아 있다면 어떻게든 아이에게 돌아가야 한다. 일단은 비아가 시키는 대로 따라야 했다. 딜라일라를 위해서 허튼짓은 삼가야 한다.

비아가 체크인하는 곳까지 따라왔다. CCTV가 있을 것을 대비해 사정거리 밖에 서 있었다. 직원은 내가 내민 현찰을 챙긴 뒤 키를 내주었다. 시선도 제대로 맞추지 않던 직원은 내 안색이 나쁘다는 것도 눈치채지 못했다.

비아와 방으로 향했다. 내게 문을 열라고 했다. 떨리는 손으로 그녀의 말을 따랐다. 방에 들어오자 불을 켜고 블라인드를 내리라고도 했다. 비아는 무엇도 손대지 않았다. 신경이 쓰였다.

"나를 어떻게 할 생각이에요, 비아?"

그녀는 대답하지 않았다.

객실 상태가 형편없었다. 카펫은 얼룩투성이에다 벽에는 페인트가 군데군데 벗겨져 있었다.

"딜라일라가 아파요." 애원하듯 말했다. "약 먹을 시간이 지났어요. 지금쯤이면 열이 오르고 있을 거예요. 열이 들끓고 있다고요. 타이레놀을 먹여야 해요."

비아는 아이의 상태에 대해 아무런 말을 하지 않았다. "종이랑 펜을 찾아봐요." 그녀의 말을 따랐다. 아무것도 묻지 않았다. 비아가 말한 것들을 찾기 위해 서랍이란 서랍을 죄다 뒤졌다. 하지만 종이나 펜을 구비해 둘만 한 모텔이 아니었다. 대신 낡은 전화번호부를 발견했다. 전화번호부 한 장을 찢어냈다. 비아에게 펜이 있었다. 비아는 소매로 펜을 닦아낸 뒤 내게 건넸다.

"내가 하는 말 받아 적어요." 그녀가 지시했다. "딜라일라는 안전해. 그 아이는 괜찮아. 이렇게 적어요."

이해가 가지 않아 비아를 바라봤다. "시키는 대로 해요." 망설이는 나를 다그쳤다. "딜라일라는 안전해. 그 아이는 괜찮아. 이렇게 쓰라고요." 선뜻 써지지 않았다. 왜 그렇게 적으라고 하는 거지? 비아가 뒷주머니에 있던 칼을 꺼내 나를 겨눴다. "지금 장난 하는 거 아니에요, 메러디스. 적으라고요. 내 말대로 하면 가서 딜라일라를 데려올 거예요. 여기에 데려올 거라고요. 하지만 일단은 내가 시키는 대로 해요."

"알겠어요." 비아의 말대로 했다. 딜라일라는 데려오겠다고 약속했으니까, 내 목에 칼을 들이밀고 있으니까. 비아가 시키는 대로 적는 것 외에는 다른 방법이 없었다. 이 허름한 모텔에 나와 딜라일라를 한 달간 가둬두려는 생각인 것 같았다. 조시의 눈에 우리가 집을 나간 것처럼 꾸미고, 지금까지의 일을 어떻게 처리할지 고민할 시간을 벌려는 계획인 거다. 나쁘지 않다. 여기서 한 달을 버티는 건 충분히 할 수 있다.

다만 한 가지 이해가 가지 않는 것은 비아가 왜 딜라일라와 나를 같이 이곳에 데려오지 않았냐는 것이다. 뭔가 이유가 있을 텐데. 두 명을 혼자 감당하기가 힘들어서 그런 것일지도 모른다.

다 쓰고 난 뒤 종이를 비아에게 내밀었다. "서랍장 위에 올려놔요." 그녀의 말대로 종이를 서랍장 위에 두었다. "자살처럼 보여야 하거든요." 비아가 말했다.

비아의 말을 분명 들었다. 귀로는 똑똑히 들었지만 머리로는 이해가 되지 않았다. 비아의 말이 머리에 들어오지 않았다. 그녀의 말을 이해할 시간이 부족했다. 미처 반응할 시간도.

잠시 후 칼날이 손목을 스치고 지나가는 날카로운 통증을 느꼈다. 비명을 지르며 비아에게서 뒷걸음질 쳤다.

"너무 원시적인 방법을 써서 미안해요." 내게 다가오며 비아가 말했다. "하지만 당신이 자초한 일이에요, 메러디스. 조용히만 있었어도 이 지경까지는 되지 않았을 텐데. 경고했잖아요. 그냥 덮어두라고, 그날 밤 있었던 일은 잊으라고 했잖아요. 하지만 그러질 못했어요. 당신이나 딜라일라를 해치고 싶진 않았어요. 날 이렇게 만든 건 당신이에요. 교도소에 갈 수 없다고 몇 번이나 말했건만. 도대체 내가 뭘 어쩌길 바란 거예요?"

그녀가 다시 한번 칼을 휘둘렀다. 또 한번 칼날이 손목을 깊이 긋고 지나갔다. 피가 흐르기 시작했다. 출혈을 멈추려고 반대편 손으로 손목을 눌렀다. 도망치려 해도 방이 너무 작았다. 비아가 칼을 든 채로 문 앞을 막고 서 있었다. 나갈 길이 없다. 모텔은 텅 빈 것이나 다름없었다. 주차장에도 차가 보이질 않았다. 소리를 질러봤자 들어줄 사람이 없었다. 와줄 사람이 아무도 없었다.

이게 비아의 계획이었다. 내가 손목을 그은 것처럼 보이게 만드는 것. 내가 절망에 빠진 것처럼 꾸미는 것. 자살 충동에 시달리던 여자로 만드는 것.

어떻게든 시간을 벌어보려 두 팔을 뒤로 숨겼다. 설마 손목 말고 다른 곳을 찌를 거라고는 미처 생각지 않았다. 하지만 그 순간, 내 배로 깊이 들어온 칼날을 느꼈다. 공포에 질린 채로 비아가 칼을 다시 빼내는 모습이 눈에 들어왔다. 너무나 순식간에 벌어진 일이었다. 숨이 턱 막혔다. 숨을 쉴 수가 없었다. 복부에 새빨간 피가 퍼져나갔다. 출혈을 어떻게든 막아보려 두 손으로 배를 감쌌다. 비아가 살짝 뒤로 물러났다. 그녀는 한 번 찌른 것으로 충분하지 않을 상황을 대비에 칼을 내 쪽으로 겨눈 채로 내가 어쩔 줄 몰라 버둥대는 모습을 지켜봤다.

"정말 이렇게까지 하고 싶지는 않았어요. 우린 친구잖아요." 비아가 울기 시작했다. 그 자리에 서서 내가 몸부림치는 모습을 바라보며 눈물을 떨궜다. "가만히 좀 내버려두면 좋았잖아요." 비아가 소리를 질렀다.

쇼크 상태에 빠지자 통증이 사라졌다. 두 다리에 힘이 풀려 더는 서 있을 수 없었다. 도와달라는 눈빛으로 비틀대며 비아에게 다가갔다. "미안해요." 그녀가 흐느꼈다. "정말 미안해 미칠 것 같아요, 메러디스." 그러고는 내게서 멀어졌다. 등을 돌렸다. 차마 내가 죽는 모습을 지켜볼 수 없으니까. 비아는 아무 소리도 듣지 않으려고 손으로 귀를 막았다.

나는 바닥에 쓰러졌다. 바닥에 몸을 기대며 이렇게 누우니 너무 편안하다고 생각했다. 정말 너무도 피곤했다. 며칠 만에 처음으로 잠을 잘 수 있을 것 같았다.

케이트

현재

비아와 주방에 있을 때 벨이 울렸다. 좀 전에 퇴근한 나는 저녁 식사로 치킨 엔칠라다를 만드는 비아에게 오늘 있었던 일을 이야기하던 중이었다. 닭이 가스레인지 위 냄비에서 익는 동안 비아는 피망을 썰었다. 입에 침이 고였다. 늘 그랬듯 일이 바빠 자리에 앉아 점심을 먹을 시간이 없었다. 환자를 맞이하며 시간이 날 때마다 조금씩 끼니를 때웠다.

힘든 하루였다. 오랫동안 치료했던 개 한 마리를 안락사시켜야 했다. 아무리 해도 익숙해지지 않았다. 동물을 안락사시키는 일이 거의 매일 같이 벌어졌다. 보호자들에게 비난 어린 말을 듣는 것보다 안락사가 더 힘들었다. 동물들은 너무도 사랑하지만 그 반려인들은 다른 문제였다.

"누구 오기로 했어?" 벨소리에 비아에게 물었다.

"아닌데." 비아가 가스레인지 불을 끄며 답했다. 와인잔을 든 채로 비아를 따라 현관으로 나갔다.

이제 막 5시가 지난 초저녁이었다. 밖이 아직 환했다. 비아가 문을 열자 조시와 레오, 그 뒤에 선 제복 차림의 경찰들이 보였다. 하나같이 얼굴이 어두웠다. 조시와 레오의 눈에는 눈물이 맺혀 있었다. 11년 전 그날 밤이 떠올라서 잠시 말문이 막혔다. 폭풍우가 몰아치던 밤을 배경으로 어린 레오가 조시의 다리를 껴안고 서 있던 모습이 겹쳤다. 두 사람의 악몽이 시작되던 날이었다.

11년이나 지났어도 악몽은 여전히 이어지고 있었다.

"무슨 일이에요?" 비아가 물었다. "왜 그래요?"

탁자에 와인잔을 내려놨다. 조시가 설명했다. "사라졌어요. 떠났어요." 메러디스와 딜라일라가 실종되던 날 밤과 너무도 똑같아서 나는 입을 벌린 채 놀란 표정을 지었다. 조시가 어딘가 이상해 보였다. 사실 그런지는 좀 되었다. 지난 몇 년간 관계가 소원해졌다. 전보다 만나는 횟수가 현저히 줄었다. 가끔 만날 때면 비아와 나는 말을 각별히 조심했다. 메러디스나 딜라일라에 대한 언급은 피했다.

딜라일라가 드디어, 결국 집에 안전하게 돌아왔다는 꿈같은 소식을 들은 것이 약 일주일 전이다. 나는 딜라일라가 집에 돌아오리라는 희망을 거의 버렸었다. 그 아이가 무척이나 보고 싶었지만 조시에게 부담을 주고 싶지 않았다. 비아와 나는 취재진이 모두 떠나고, 소란이 잦아들면 딜라일라를 만나러 가기로 했다.

하지만 지금 조시가 우리 집 현관에 와서는 아이가 사라졌다고, 가버렸다고 말하고 있었고, 내가 할 수 있는 일이란 입을 벌린 채로 쳐다보는 것뿐, 대화는 비아에게 맡겨야 했다. 조시가 너무 가여워서 내 마음이 찢어졌다. 또 그런 일이 생겨선 안 된다. 제발, 또 한번 조시가 아이를 잃는 일을 겪지 않기를 속으로 빌었다.

"딜라일라가 떠났다고요?" 비아가 물었다.

조시는 고개를 저었다. "네, 그러니까 떠난 건 아니고. 아니 맞아요, 떠났어요. 그게 이야기가 좀 긴데. 혹시 본 적 있습니까? 그 아이를?" 그 순간 조시와 레오의 집에서 지난 일주일간 지냈던 아이는 딜라일라가 아니었다는 걸 깨달았다. 조시가 또 속았다. 그는 상실감에 빠진 듯 보였다.

조시 옆에 선 레오도 망연자실한 표정이었다. "칼리예요." 작게 중얼거렸다. 잠시 뒤 좀 더 분명하게 말했다. "그 여자 이름은 칼리예요."

경찰 한 명이 앞으로 걸어 나왔다. "실종된 아이를 찾고 있는데, 잠시 집 주변을 둘러봐도 되겠습니까?"

"물론이죠." 비아가 답했다. "편하게 보세요."

우리는 신발을 챙겨 신고 혹시라도 도움이 될까 싶어 그 뒤를 따랐다. 언뜻 보니 취재진의 눈이 호기심에 잔뜩 빛나고 있었다. 우리 소유지 경계에 서서 기삿거리가 될 만한 게 보이면 바로 카메라를 들이밀 준비를 하고 있었다. 엄청난 뉴스가 이미 벌어지고 있다는 건 아직 모르는 눈치였다.

조시의 곁으로 가서 손을 잡았다. 10년 넘게 찾아 헤맨 아이를 드디어 만났다고 생각한 순간 또다시 원점으로 돌아오다니, 그가 얼마나 힘들지 상상조차 되지 않았다. 지난 11년간 조시와 레오는 두 사람만의 고요한 삶을 살았다. 친구로서 좀 더 챙겼어야 했는데, 뒤늦은 후회가 밀려들었다. 비아와 나도 조시가 너무도 큰 슬픔에 잠겨 있어 처음엔 다가가기가 쉽지 않았다. 조시는 우리를 밀어냈고, 우리도 포기하고 말았다. 비탄에 빠진 그에게 우리를 축하해주기를 바라는 것이 욕심처럼 느껴져 결혼식에도 초대하지 못했다.

내가 더 노력했어야 했다. 내가 좀 더 신경을 썼어야 했다.

조시와 레오 집 앞에 경찰차 몇 대가 서 있었다. 대여섯 명의 경찰이 뿔뿔이 흩어져 사라진 아이를 찾고 있었다.

집 주변을 둘러봤다. 마당이 크지는 않아도 나뭇가지와 잎이 드리워진 큰 나무들이 제법 있다. 야트막한 풀숲도 있어 아이가 숨으려 든다면 충분히 숨을 수 있었다. 경찰들이 풀숲을 뒤졌다. 아이가 보이지 않았다. 우리는 뒷마당으로 이어지는 콘크리트 길을 따라 집 옆쪽을 살폈다. 몇몇 경찰은 덤불을 헤쳤다. 경찰 한 명이 물었다. "차고도 한번 봐도 될까요?"

경찰이 차고에 자리한 비아의 음악 스튜디오 외부를 살폈다. 스튜디오는 우리 집과 비슷하게 생겼다. 물론 집보다는 규모가 작지만 1층 건물 위에 반 층짜리 다락이 있는 건물이다. 다락은 필요가 없어서 쓰지 않는다. 아마도 비아가 오래된 녹음 장비를 두었을 것이다. 비아와 나는 짐이 많은 편이 아니라 소지품들은 집에 있는 여분의 침실로 충분했다.

비아가 스튜디오로 다가가 손잡이를 돌렸다. 경찰보다 비아가 몇 센티미터 더 컸다. 청바지에 검은색 티셔츠, 스니커즈를 신고 있는 비아를 바라봤다. 어딘지 불안해 보였다. 메러디스와 딜라일라 사건 이후 비아가 많이 달라졌다. 아마도 변하지 않은 사람이 없을 것이다. 그녀는 여유롭고 자유분방하던 모습을 잃었고, 걱정이 많아졌다. 혼자서 음악 작업을 하는 시간에 비해 곡을 그리 많이 만들지는 못했다. 아이를 키우는 데도 관심이 없어졌다.

"문을 잠가 놨어요." 비아가 경찰에게 말했다. 비아는 스튜디오 문을 항상 잠근다. 그 안에 비싼 장비들이 있고, 이 동네에 사는 사람들 대부분이 우리가 차고를 어떤 용도로 쓰는지도 알고 있다. 누군가 아무도 안 보는 때를 틈타 장비를 훔쳐 갈 수도 있다는 생각이 드는 것도 무리는 아니다.

경찰이 물었다. "열어봐주실 수 있습니까?"

"하루종일 잠겨 있었어요. 안에는 못 들어갔을 거예요."

비아의 말이 어딘가 찜찜하게 들렸다. 틀린 말은 아니었다. 초능력이 있지 않고서야 잠긴 문을 열고 들어가진 못할 테니. 창문이 하나 있긴 하지만 위층에 있다. 노란색 외벽을 타고 올라갈 수 있다면 모를까, 창문에 닿기가 쉽지 않을 것이다.

그래도, 나라면 문을 열어 경찰에게 아무도 없다는 것을 직접 확인시켜줬을 것 같다.

"문을 열지 않겠다는 말씀입니까?" 경찰이 비아를 향해 눈을 매섭게 떴다. 조시가 내 손을 놓았다. 그는 비아와 경찰이 있는 쪽으로 다가갔다.

"그런 말이 아니에요. 아무도 이 안에 들어갈 수 없다는 말이죠. 괜히 시간만 낭비하게 될 것 같아 그런 것뿐이에요." 비아는 경찰의 요구에 불응하는 것도, 협조하지 않으려 하는 것도 아니었다. 그저 무의미한 수색으로 소중한 시간을 낭비할까 걱정하는 것뿐이다. 비아는 경찰을 도우려는 거였다.

"비아." 조시였다. "아이가 사라진 지 얼마나 되었는지 모르는 상황이에요."

"칼리요." 레오가 또 한번 불쑥 끼어들었다. 내 뒤쪽에 서 있었다. "이름이 칼리라고요." 한 글자 한 글자 또박또박 말했다.

조시가 마른침을 삼켰다. "칼리가 사라진 지 얼마나 되었는지 모릅니다." 칼리라는 이름을 강조했다. "얼마나 멀리까지 갔는지도 짐작이 안 되고요. 비아, 제발 경찰이 들어가서 확인할 수 있게 문 좀 열어줘요."

"네, 알겠어요." 그녀가 조시를 향해 어색하게 웃어 보였다. 당황한 것 같았다. 비아가 당황하는 일은 거의 없다. 그녀가 일부러 수색을 방해하려는 건 아니었지만 상황이 그렇게 보였다. 비아는 돕고 싶은 마음뿐이라는 것을 아는 나는 그녀를 향해 안타까운 미소를 보였다. "알겠어요." 비아가 시선을 떨구며 말했다. "단지 시간을 낭비하게 하고 싶지 않았던 것뿐이에요. 원한다면 문을 여는 건 문제도 아니죠. 열쇠 좀 가져올게요." 비아는 이렇게 말하고는 우리를 지나쳐 콘크리트 길을 따라 현관으로 향했다. 우리는 아무런 대화도 나누지 않은 채 비아를 기다렸다. 날이 더웠다. 가만히 있는데도 나는 물론이고 다른 사람들도 땀을 흘렸다. 나무가 그늘을 만들어주었지만 바람 한 점 불지 않는 날이었다. 숨이 막힐 듯 후텁지근한 여름 날씨였다. 땀 냄새를 맡은 모기와 벌이 주변을 날아다녔다.

한참을 지나도 비아가 오지 않았다. 조시와 경찰들은 조바심이 나기 시작했다. "왜 이렇게 오래 걸리는 건가요?" 내가 그 이유를 알고 있을 거라는 듯 경찰이 나를 보며 물었다.

"열쇠 두는 곳에 없어서 못 찾나 본데요." 현관 앞 거울에는 황동으로 된 후크가 있어 그곳에 열쇠를 걸어놓는다. 열쇠가 바로 보일 텐데. "제가 가서 확인해볼게요."

비아가 갔던 길을 따라 집으로 향했다. 현관이 몇 센티미터 열려 있었다. 비아가 문을 너무 세게 닫는 바람에 걸쇠에 걸리지 못하고 도리어 열려버린 것 같았다. 조심히 문을 밀었다. 취재진이 바깥에서 지켜보고 있다는 생각에 집으로 들어간 뒤 문을 닫았다.

비아를 불렀다. 대답이 없었다.

"비아!"

침묵이 이어졌다. 거울 프레임을 따라 나란히 설치해놓은 황동 후크로 시선이 향했다. 내 열쇠만 보였다.

신발을 벗고 위층으로 급히 올라갔다. 침실부터 살폈다. 비아는 안 보이고 비아의 옷이 있던 서랍들이 텅 빈 채 바닥에 뒹굴었다. 뭔가를 찾고 있었던 모양이다. 욕실도, 다른 침실도 확인했다. 비아는 어디에도 없었다.

아래층으로 달려 내려가다 나무로 된 계단에 발이 미끄러지며 넘어졌다. 엉덩방아를 찧는 바람에 꼬리뼈에서 통증이 느껴졌다. 비아를 향해 욕설을 내뱉었다. 무슨 짓을 벌이고 있는지는 몰라도 그것이 아주 무모하고도 경솔한 짓이고, 내가 난처해졌다는 건 알 수 있었다.

화가 났다. 두려웠고 혼란스러웠다.

엉덩이를 문지르며 몸을 일으켰다. 절뚝이며 주방에 가니 만들다 만 저녁 식사가 그대로 방치되어 있었다. 유리문을 통해 뒷마당에 있는 조시와 레오, 경찰이 비아의 스튜디오를 주시하고 있는 게 보였다.

주방 카운터에 내 핸드폰이 보였다. 핸드폰을 들어 비아에게 전화를 걸었다. 전화를 받지 않았다.

통화를 종료하자 비아에게서 문자가 들어왔다.

용서해줘. 정말 일이 이렇게 될 줄 몰랐어.

심장이 거칠게 뛰었다.

뭘 용서하라는 거야? 곧장 힘이 잔뜩 들어간 손가락으로 글자를 꾹꾹 눌러 입력한 뒤 문자를 보냈다.

내 질문에 답하지 않았다.

어디야?

비아는 답장하지 않았다.

다시 전화를 걸었다. 한 번 울리더니 음성 사서함으로 넘어갔다. 제정신이 아닌 사람처럼 통화 버튼을 계속 눌러댔다. 도대체 뭐가 이렇게 될 줄 몰랐다는 건지 알 수가 없었다. 난처한 상황에 빠진 나를 이렇게 모른 척하는 것 말고도 뭘 또 용서하라는 걸까?

비아는 지금 무엇에서 도망치고 있는 걸까?

맨발로 뒷마당을 향해 달려갔다. 브래지어 끈이 민소매 아래로 흘러 내렸다. 끈을 어깨로 올렸다. 또 흘러내렸다. 심장이 쿵쾅거렸다. 정신이 하나도 없었다. 비아는 어디로 간 걸까? 무슨 생각인 걸까?

땀에 젖은 머리카락이 이마에 들러붙었다. "없어졌어요." 뒷마당에 도착한 후 숨을 헐떡이며 말했다. 가슴께가 저릿했다. 호흡을 가다듬을 수가 없었다.

"없어지다니 무슨 말이에요?" 조시가 물었다.

"모르겠어요, 조시. 나도 모르겠어요. 집이 텅 비었어요. 다 찾아봤는데. 비아한테 전화도 했어요. 그런데 제게 이 문자만 보냈어요." 조시에게 핸드폰을 건네줬다.

비아의 고백을 읽어 내려간 그가 물었다. "이게 무슨 소립니까?"

나는 고개를 저었다. "저도 모르겠어요."

조시가 핸드폰을 경찰에게 건넸다. 비아의 차는 뒷골목 내 차 옆에 주차되어 있다. 어디로 갔든 걸어서 갔을 테고 그렇다면 그리 멀리 가진 못했을 것이다.

"차고 문을 열어주시겠습니까?" 경찰이 물어왔다. 비아가 경찰에게 들켜선 안 되는 무언가가 그 안에 있다. 내 머리에는 고작해야 도난 신고된 음향기기 정도가 떠올랐다. 하지만 우리는 돈이 충분했다. 비아가 필요한 건 뭐든 살 수 있었다.

"열쇠가 어디 있는지 몰라요. 하나밖에 없거든요. 근데 없어졌어요. 비아가 도망치면서 열쇠를 챙겨간 것 같아요." 여러모로 수치스러운 상황이었지만, 무엇보다 비아가 나를 이런 상황에 남겨두고 혼자만 급히 도망쳤다는 게 가장 수치스러웠다. 너무나 그녀답지 않은 행동이었다.

조시와 경찰들을 번갈아 보며 설명했다. "저는 저 스튜디오에 들어가지 않아요. 비아가 쓰는 공간이거든요. 작업 공간이요. 비아의 공간을 침해하고 싶지 않았어요." 예전에는 나도 스튜디오 열쇠가 있었다는 기억이 스치자 머릿속이 바빠졌다. 몇 년 전, 누군가 스튜디오에 침입하려 했다며 비아가 좀 더 강력한 잠금장치로 바꿨다. 스파이더맨이 아니고서야 사다리 없이는 아무도 들어가기 힘든 위치에 있음에도 하나뿐인 창문을 합판으로 막았다. 솔직히 말해 피해망상에 빠진 것처럼 보일 정도로 너무 과한 대처였다. 하지만 당시 나는 비아의 마음만 편해진다면 뭐든 상관없다고 생각하고 넘겼다. 굳이 뭐라 하지 않았다. 셸비 티보, 메러디스, 딜라일라 사건이 있은 지 얼마 지나지 않은 때였으니까. 온 동네가 불안에 떨었다. 불안함을 느낀 비아가 보안 조치를 강화하고 싶다 해도 이상한 일이 아니었다.

새로운 잠금장치에 열쇠가 하나밖에 없다고 했다. 내 몫의 열쇠를 만들어놓겠다고 했었다. 이제 생각해보니 열쇠를 준 적이 없다.

경찰 한 명이 물었다. "문을 부숴도 되겠습니까?"

나는 곧장 대답했다. "네, 물론이죠."

비아가 무엇을 숨기고 있는지 확인하고 싶었다.

경찰차에 간 경찰이 몇 분 후 문을 부술 때 쓰는 대포 모양의 육중한 도구를 들고 돌아왔다. 오래 걸리진 않았다. 곧 문이 떨어져 나갔다. 비아의 장비가 보였다. 의심스러운 건 하나도 보이지 않았다.

나는 참았던 숨을 뱉었다.

경찰들이 조심스럽게 스튜디오 안으로 들어갔다. 한 명은 권총집에 손을 갖다 댔다. 조시가 경찰 뒤를 따르려 했다.

"아버님." 경찰 한 명이 단호하게 말했다. "여기서 기다리시는 게 좋겠습니다."

조시는 경찰의 말을 따랐다. 조시와 레오, 나는 그 자리에서 기다렸다. 메러디스를 찾았던 날이 떠올랐다. 형사가 낡은 모텔 주차장 구석에서 조시에게 메러디스가 자살한 것 같다고 알렸고, 이후 부검을 통해서도 자살로 밝혀졌다. 그는 주차장 콘크리트 바닥에 쓰러져 오열했다. 그 이후의 일은 아득하다. 기억이 잘 나지 않는다.

우리가 서 있는 곳에서는 경찰들이 비아의 작업실을 수색하는 모습이 잘 보이지 않았다. 다만 경찰의 관심을 끄는 게 별로 없어 보였다.

갑자기 경찰들이 우뚝 멈춰 섰다. 한 명이 다락이 있는 위쪽을 가리켰다. 경찰 세 명이 계단으로 향했다. 계단을 오르는 움직임이 일사불란했다. 경찰이 계단 몇 칸을 오르자 더는 이들의 모습이 보이지 않았다.

계단 끝에 문이 하나 있는 걸로 기억한다. 아마도 잠겨 있을 거다. 이번에는 내 허락을 구하지 않았다. 잠시 후 문을 부수는 소리가 들렸다.

문이 열린 후 공포에 질린 날카로운 비명 소리가 울렸다. 여자아이의 비명이었다. 조시와 레오가 찾고 있는 아이. 하지만 어떻게? 왜 비아가 그 아이를 음악 스튜디오에 숨겨준 걸까? 그럴듯한 이유가 떠오르지 않았다.

무릎이 꺾였다. 다리에 힘이 풀렸다. 마당에 주저앉았다. 조시가 뛰어 들어가려 하자 레오가 뒤에서 조시를 안고 말렸다. 조시가 레오보다 힘이 셌다. 조시는 팔에 매달리는 레오를 질질 끌며 마당을 가로질러 스튜디오 문으로 향했다.

공포에 질려 얼어붙은 채로 주저앉아 있는데 경찰이 아이를 데리고 나왔다. 다만 내가 뉴스에서 보던 그 얼굴이 아니었다. 영양실조에 걸린 듯 비쩍 마르고 곳곳에 멍이 앉은 몸에 겁먹은 눈빛을 한 학대 피해자의 얼굴이 아니었다.

저 아이는 메러디스를 꼭 빼닮았다. 타는 듯한 빨간색 머리카락, 새하얀 피부, 주근깨에 메러디스의 어두운 초록빛 눈까지. 버릇도, 걷는 모습도, 서 있는 모습도 메러디스였다. 말끔하고 통통한 얼굴에 어디 다친 곳도 없어 보였다. 더는 귀여운 어린 꼬마 아이가 아니었다. 감탄이 나올 정도로 아름다운 숙녀로 자랐다.

그 아이의 발치에서 조시의 무릎이 꺾였다. "아빠." 아이가 소리치며 조시 옆에 주저앉았다. 처음에는 망설이던 레오도 이내 두 사람에게 달려갔고, 셋은 서로를 껴안은 채 눈물을 흘렸다.

딜라일라.

딜라일라였다.

수치심, 두려움, 배신감, 고통에 휩싸였다. 너무도 혼란스러웠다. 메러디스가 자살한 후 어쩌다가 딜라일라가 비아의 작업실에서 지내게 된 걸까? 11년 동안이나 우리 집 뒷마당에 살고 있었음에도 난 전혀 몰랐다.

나 혼자 머리를 싸매지 않아도 되었다. 조시가 물어봐주었다.

"어떻게? 도대체 네가 왜……." 눈앞에 일을 믿지 못하겠다는 듯 조시가 말을 잇지 못했다. 메러디스가 자살하며 남긴 유서가 있다. 이런 내용이었다.

딜라일라는 안전해. 그 아이는 괜찮아. 당신은 딜라일라를 절대로 찾지 못할 거야. 그러니깐 애쓰지 마.

갑자기 떠오른 생각에 머리가 아찔해졌다. 자신이 죽은 후 메러디스는 비아가 딜라일라를 돌봐주길 바란 거였다. 메러디스가 비아에게 아이를 맡긴 거였다. 그리고 비아는 메러디스와의 약속을 지키려 했다. 메러디스의 마지막 부탁을 들어주려 했다.

하지만, 왜일까? 왜 메러디스는 딜라일라를 조시에게서 떼어놓으려 했던 걸까?

하지만 이내 내 생각이 완전히 틀렸음을 깨달았다. 딜라일라가 소리쳤다.

"내가 거기 있었어. 그 여자가 엄마를 죽일 때 거기 나도 있었어."

순식간에 적막이 찾아왔다.

그런 뒤 누군가 "아니야" 소리쳤고, 울분에 찬 목소리가 점차 커졌다. "아니야! 아니야! 아니라고!"

사람들의 시선을 느낀 뒤에야 그게 나였다는 걸 알았다. 내가 비명을 지르고 있었다.

나에 대한 조사를 마치고 나서야 경찰은 비아의 스튜디오에 들어가는 걸 허락했다. 11년간 딜라일라가 갇혀 있던 다락방에 올라가며 어떤 광경을 보게 될지 전혀 예상조차 되지 않았다. 하나뿐인 창문은 합판으로 가려졌지만 딜라일라가 바깥을 내다볼 정도로 작은 구멍이 파여 있었다. 지난 11년간 딜라일라는 아빠가 잔디를 깎는 모습을, 와이엇이 죽기 전까지 레오와 공놀이를 하는 모습을 지켜봤다. 꽃이 피고 눈이 내리는 모습을 봤지만 온몸으로 햇살을 느낀 적은 없었다.

학대를 당한 것은 아니었다. 딜라일라가 경찰에게 말한 것과 같았다. 쌓여 있는 책들, 장난감, 미술용품, 옷만 봐도 알 수 있었다. 하지만 비아는 딜라일라에게서 유년 시절을 앗아갔다. 다시는 오지 않을 시간을 딜라일라에게서 앗아갔다. 비아는 가족에게서 딜라일라를 빼앗았다. 아이의 순수함과 자유도 빼앗았다. 그 이유는, 비아가 메러디스에게 한 짓을 딜라일라가 봤기 때문이었다.

조사 결과, 딜라일라가 11년간 믿었던 바와 달리 그 아이는 비아가 메러디스를 죽이는 장면을 목격하지 않았다. 딜라일라가 본 것은 비아가 딜라일라는 해치는 모습이었다. 비아가 망치로 딜라일라를 내려치자 메러디스가 정신을 잃고 바닥에 쓰러지는 모습이었다. 비아가 딜라일라의 입을 막고 번쩍 안아 조시네 차고에서 우리 차고로 달리는 동안 딜라일라는 엄마가 죽었다고 생각했다. 비아는 딜라일라에게 더는 설명해주지 않았다. 딜라일라는 그날 일을 잘 기억하지 못했지만, 여섯 살짜리에게는 영원과도 같이 멀게만 느껴지던 시간을 홀로 있다 마침내 나타난 비아의 손에 약과 아이스크림이 들려 있던 것만은 또렷하게 기억했다.

차고 위층의 공간은 협소했다. 창문도 막혀 있어 어둡고 음울했다. 지붕은 가운데가 뾰족이 솟은 삼각형의 박공지붕이다. 열일곱 살의 딜라일라는 방 중앙에서만 허리를 펴고 설 수 있었다. 어린아이를 11년이나 이곳에 가두어뒀다니. 생각할수록 기가 막히지만, 딜라일라가 처음 이곳에 왔던 여섯 살 때는 사정이 지금과 달랐을 거다. 어디에 서도 천장에 머리를 부딪치지 않았을 거다.

침대를 놓을 만한 공간이 없었다. 딜라일라는 매트리스에서 잠을 자며 지냈다. 분홍색 시트와 이불을 보면 비아가 딜라일라의 취향을 생각해준 것 같긴 했다. 화장실 대신 기력이 쇠한 노인들이 쓰는 이동식 간이 변기만 보였다. 다락에는 소변 냄새가 가득 배어 있었다. 가끔 비아가 변기를 청소해줬다고 딜라일라가 말했다. 아마도 내가 출근하고 집을 비웠을 때였겠지. 비아는 따뜻한 물에 비누를 푼 양동이를 가져와 스펀지로 딜라일라를 닦아 주었다. 아이를 씻기고 머리도 땋아주었다.

내가 사랑했던 비아와 이런 끔찍한 범죄를 저지른 여자가 동일인이라는 사실을 평생 받아들일 수 없을 것 같았다.

딜라일라를 찾은 날, 델우드파크 근처의 버려진 댐에 숨어 있던 또 한 명의 실종자, 칼리 버드도 발견했다. 다친 데 하나 없이 아이는 멀쩡했다. 경찰서에서 진짜 가족을 만났다.

사흘 후 칼리를 납치했던 커플이 어리석게도 집에 돌아오는 바람에 경찰에 덜미가 잡혔다. 납치와 감금 혐의를 인정한 두 사람은 아주 오랜 기간 교도소에 갇히게 될 것 같았다. 이제 칼리는 두 사람을 두려워하며 살지 않아도 된다. 이들은 딜라일라의 사건을 따라한 모방범죄자들이었다. 딜라일라를 납치한 사람, 그러니까 비아처럼 악명 높은 범죄자가 되길 꿈꾼 사람들이었다. 두 사람은 미디어의 대대적인 보도와 관심을 원했고, 온 나라가 공포에 떨길 바랐다. 두 사람이 한 짓은 이성적인 사고 범위에서 벗어나도 한참이나 벗어나 있어 도무지 이들의 심리를 이해하고 싶어도 할 수가 없었다.

며칠 후 비아는 가짜 신분증을 구하려다가 경찰에 잡혔다. 기소 사실 인부 절차에서 비아는 일급 살인죄, 음주운전으로 인한 살인죄, 사체은닉죄, 가중 납치를 모두 인정했다. 나는 그 자리에 가지 않았다. 조시가 다녀와서 내게 말해줬다.

경찰이 조시의 차고에서 찾은 혈액은 비아의 것이었다.

비아는 차마 아이를 죽일 수 없어 딜라일라를 그토록 오래 감금해 둔 것이었다. 딜라일라는 너무 많은 것을 알고 있었다. 아이를 그냥 풀어주면 사람들에게 알릴 게 분명했다. 비아에게는 두 가지 선택지밖에 없었다. 아이를 죽이거나 숨기는 것. 그나마 나은 선택을 한 것이다.

어떻게 해도 메러디스는 살아 돌아올 수 없지만 그래도 그녀의 명예를 회복하는 것이 우리가 할 수 있는 최선이었다. 레오는 평생 엄마에게서 버려졌다고 생각하며 살았다. 이제 레오는 엄마가 누구보다 자신을 사랑했음을 알고 있다.

비아의 자백으로 셸비 티보의 남편인 제이슨은 11년간의 억울한 형살이를 마치고 풀려났다. 집으로 돌아간 그에게는 남은 것이 하나도 없었다. 아내는 죽고, 한때 자신의 아이라고 생각했던 딸은 친부의 손에 자라고 있었다. 비극적인 일이었다. 비아가 저지른 일의 파장이 너무도 컸다. 그녀는 그저 피해자들에게만 죄를 지은 게 아니다. 너무도 많은 사람을 아프게 했고, 너무도 많은 사람의 삶을 짓밟았다. 그녀의 반려자로서 공동책임을 느껴서만이 아니라 내가 사랑했던 여자가, 내가 잘 알고 있다고 생각했던 사람, 함께 삶을 꾸렸던 동반자가 이기적이고 잔인한 인간이었다는 것을 확인하고 마음이 너무도 괴로웠다. 비아는 유괴범이다. 비아는 살인자다. 딜라일라를 우리 집에 무려 11년이나 숨겨두고, 그간 뻔히 다 알면서도 조시와 레오가 딜라일라를 찾아 헤매는 모습을 지켜만 봤다. 무고한 한 남성을 10년 넘는 세월 동안 교도소에서 썩게 했다.

매일 밤 울다 지쳐 잠이 들었다. 나를 위한 눈물이 아니었다. 비아가 망가뜨린 수많은 사람을 위한 눈물이었다.

교도소에 있는 비아의 전화를 딱 한 번 수락했다. "도대체 어쩔 생각이었어. 딜라일라가 죽을 때까지 거기 가둬둘 생각이었던 거야?" 사람을 그곳에 11년이나 감금했다니 여전히 믿을 수가 없었다. 들키지 않았다면 딜라일라는 어쩌면 11년을 더 그곳에서 살아야 했을지도 모른다.

딜라일라가 탈출하려고 해봤을까? 소리도 질렀을까? 설사 소리를 질렀다고 해도 차고에 방음장치가 되어 있어 들리지 않았을 것이다.

"다른 선택이 없었어. 딜라일라를 풀어주면 다 말할 테니까." 괜한 이야기를 꺼냈다는 생각에 마음이 안 좋았다. 비아가 깊이 숨을 내쉬었다. "정말 이럴 줄 몰랐어. 내가 다 망쳤어, 케이트. 어찌할 바를 몰랐어. 엄청난 실수 하나를 저질렀는데 내가 통제할 수 없을 만큼 커져버렸어. 정말 누구도 해칠 생각은 추호도 없었어."

"하지만 결과적으로는 그렇게 됐잖아. 네가 **모두**를 망쳤다고."

더는 듣지 않고 전화를 끊었다. 그 이후로는 비아의 전화를 거부했다.

저녁에 가끔 조시의 집 현관에 앉아 맥주를 마신다. 레오와 딜라일라가 평범한 남동생과 누나처럼 아옹다옹하며 노는 모습을 지켜본다. 아이들은 어른보다 회복이 빠르다. 아이들은 상처를 더욱 빨리 딛고 일어선다. 조시는 한번씩 딜라일라가 비아와 대화를 나누고 싶다는 둥, 비아에게 할 말이 있다는 둥 이상한 애착을 보이기도 하지만 그것 외에는 빠르게 적응하며 남동생을 괴롭히던 예전의 일상을 되찾고 있다고 말했다. 덕분에 조시의 눈에도 생기가 돌았다. 이제 조시의 집에는 웃음이 끊이지 않는다.

상처에는 시간이 약이라고 한다.

조시와 딜라일라, 레오가 그 증거였다.

내 상처는 아직 아물지 않았지만, 언젠가 그때가 내게도 올 거라 믿고 있다.

공교로움이라는 말로 포장한 개인의 악의

감사한 기회로 《디 아더 미세스》에 이어 메리 쿠비카의 후속 작을 옮길 수 있었다. 특유의 섬세함으로 캐릭터들을 다채롭게 표현하는 작가가 이번에는 어떤 이야기로 독자들을 놀래킬지 기대하는 마음으로 소설을 펼쳤다.

어떤 소설이든, 역자이자 독자로서 글을 읽다 보면 아무래도 주인공의 시선에서 스토리를 따라가게 된다. 그것이 저자의 의도이기도 할 테니까. 하지만 이번 작품만큼은 누가 주인공인지 파악하는 것이 어려웠다. 〈옮긴이의 말〉을 쓰는 것이 유난히 까다롭게 느껴진 이유기도 하다. 저자가 모든 캐릭터에게 적정한 스토리와 분량을 안배했다는 의미는 아니다. 다만 분량이나 등장 빈도와 관계없이 인물마다 밀도 높은 서사가 등장해 이야기를 이끄는 메러디스, 케이트, 레오 외에도 딜라일라, 조시, 비아,

셸비 등 여러 캐릭터에게 공감하고 몰입하게 만드는 작품이었다. 중심 화자는 있지만 조연은 없는 느낌이었고, 작가가 얼마나 공을 들여 쓴 작품인지 새삼 느낀 지점이다.

메러디스와 딸 딜라일라, 이웃 셸비, 이렇게 세 명의 여자가 실종되고 각자 자살, 납치, 살인이라는 서로 다른 결말 끝에 한 명만 살아 돌아온다. 언뜻 접점이 없어 보이는 세 사건의 엉킨 실타래를 풀다 보면 그 중심에 선 또 한 명의 여성이 등장한다. 세상의 종말을 떠올리게 하는 폭우 속에 연달아 벌어진 사건으로 평온하던 동네는 순식간에 범죄 현장이 된다. 충격적인 소재만으로도 몰입감이 커지지만 무엇보다 소제목으로 등장하는 화자의 시점 뿐 아니라 각 화자의 타임라인이 다르게 펼쳐지는 덕분에 겹겹이 화성을 쌓아올린 음악처럼 스토리의 입체감이 살아난다. 누가 적군이고 아군이었는지, 저 인물이 어떤 의도로 저런 말을 했었는지, 이들을 움직이게 한 나름의 이유가 무엇이었는지 마지막 책장을 덮고 난 후에야 아차 싶은 마음이 든다.

여성의 실종이라는 큰 틀 외에도 저자는 여성들만이 느끼는 미묘한 불쾌감에 대해 이야기한다. 조용한 주차장을 거닐며 누군가 내 뒤를 따르는 것만 같은 불안감, 내 집인데도 눈치를 보게 되는 인테리어 작업자들의 불편한 시선, 아이들을 따라 형성된 학부모 커뮤니티 내 신경전, 임신으로 불어난 몸을 향한 압박감, 불쾌하고 적나라한 산부인과 진료, '해피엔딩'을 맞이한다는 이유만으로 출산 과정에서 완벽히 묵살되고 마는 산모의 고통, 어린이집에서 아이들을 하원시키는 아빠보다 등원시키는 엄마가 자연스럽게 악역이 되고야 마는 현실. 저자는 이런 일상적이고도 어찌 보면 평범하기까지 한, 하지만 뒤늦게 생각해보면 묘하게 뒷맛이 씁쓸해지는 이야기들로 알게 모르게 독자들을 긴장시킨다. 슬쩍슬쩍 독자를 건드리는 언짢은 요소들은 가랑비에 진창이 되고 마는 땅처럼 독자들의 발을 무겁게 잡아끈다.

구더기가 들끓는 시체 위에 담요를 덮어주는 행위를 보며 복잡한 감정이 밀려들었다. 자신의 소중한 것을 지키기 위해 인간은 무엇까지 할 수 있을까? 상대를 헤치겠다는 악의가 아니라 나를 지키겠다는 선의는 어디까지 정당화될 수 있을까? 공교로움이란 말로 포장한 개인의 악의는 얼마나 이해받을 수 있을까. 의도한 거짓말과 의도치 않은 비밀은 정말 다른 걸까. 사소한 친구 문제로 속이 상한 딸아이에게 삶이 딱 이 정도로만 복잡하다면 얼마나 좋을까, 메러디스는 안타까운 듯 말한다. 우리의 삶이 여섯 살 난 아이의 걱정만큼만 복잡하다면 모든 것이 얼마나 가벼워질까.

'시간이 지닌 치유의 힘', 이는 저자가 독자들에게 꾸준하게 전하는 희망의 메시지다. 하지만 그저 시간이 흐르기만을 기다려서는 안 될 것이다. 반드시 희망적인 결론은 아닐지라도, 불행에 '방점'을 찍고 미래로 나아가는 인간의 의지가 더해질 때만 시간이 지닌 힘 또한 발휘될 수 있다.

봄이 올 즈음 번역을 마무리 짓고 역자 후기를 위해 여름이 되어 다시 한번 원고를 읽었다. 고작 계절 하나를 건너뛴 시간임에도 새로운 소설을 읽는 것처럼 푹 빠져 정신없이 읽어 내려갔다. 역자로서 책에 대한 애정이 큰 것도 사실이지만 아마존 독자 서평만 봐도 《사라진 여자들》이 전작을 뛰어넘었다는 호평은 비단 나 개인만의 소감은 아닌 듯하다. 메리 쿠비카라는 좋은 작가가 이 책을 통해 더욱 널리 알려질 수 있기를, 더욱 많은 독자를 만날 수 있기를 간절히 바라는 마음이다.

2022년 여름
신솔잎

사라진 여자들

초판 1쇄 발행 2022년 10월 5일
초판 3쇄 발행 2024년 8월 7일

지은이 메리 쿠비카
옮긴이 신솔잎
펴낸이 김문식 최민석
총괄 임승규
기획편집 이혜미 조연수 김지은 김민혜
　　　　　 명지은 신지은 박지원 백승민
마케팅 조아라
디자인 배현정

펴낸곳 (주)해피북스투유
출판등록 2016년 12월 12일 제2016-000343호
주소 서울시 성북구 종암로 63, 5층 (종암동)
전화 02)336-1203
팩스 02)336-1209